HEYNE <

MICHAEL KORYTA

DIE WAHRHEIT DER TOTEN

Thriller

Aus dem Englischen von Frank Dabrock

WILHELM HEYNE VERLAG
MÜNCHEN

Die Originalausgabe
How it Happened
erschien 2018 bei Little, Brown and Company

MIX
Papier aus verantwortungsvollen Quellen
FSC® C014496
FSC
www.fsc.org

Verlagsgruppe Random House FSC® N001967

Deutsche Erstausgabe 02/2020

Neumarkter Straße 28, 81673 München
Redaktion: Lars Zwickies
Printed in Germany
Umschlaggestaltung: Martina Eisele Design, München, unter Verwendung der Motive von: Getty Images (Ed Freeman), Bigstock (Andrew Rybalko, xicro, UNUSUAL111, Gordan)
Satz: Fotosatz Amann, Memmingen
Druck und Bindung: GGP Media GmbH, Pößneck
ISBN: 978-3-453-42322-0
www.heyne.de

Für Christine

TEIL EINS
MITGEFANGEN MITGEHANGEN

And it would make a great story
If I ever could remember it right.
– Jason Isbell,
»Super 8«

1

Ich habe ihn zum ersten Mal an dem Tag gesehen, als wir ihn umgebracht haben.

Jackie hingegen kannte ich schon seit einer Ewigkeit. Wir waren nie befreundet, aber das hier ist eine Kleinstadt, und die Mädchen kennen sich alle untereinander. Wir gingen in dieselbe Klasse, zumindest bis zur Highschool. Dort belegte sie dann die Kurse für die begabteren Schüler. Sie ist nie viel ausgegangen. Ich kann mich vor allem noch daran erinnern, wie ihre Mutter starb, als sie die fünfte Klasse besuchte. Warum haben Sie mich überhaupt danach gefragt? Das ist lange her und hat nichts mit der Sache zu tun. Aber daran kann ich mich wahrscheinlich am besten erinnern, bevor wir sie dann umgebracht haben.

Ihre Mutter starb bei einem Autounfall. Ich glaube, sie ist im Schnee mit dem Wagen über den Mittelstreifen gerutscht. Jackie kam danach für ein paar Tage nicht in die Schule, und wir mussten für sie Karten schreiben, na ja, mit Bildern drauf und ein paar Zeilen, in denen wir unser Mitgefühl zum Ausdruck brachten. In der Woche darauf kam sie dann wieder in den Unterricht. Ihr Dad brachte sie ins Klassenzimmer und hielt ihre Hand dabei fest umklammert. Als wollte er sie nicht gehen lassen. Bei ihrem Anblick musste ich an die Karten denken, die wir für sie geschrieben hatten, und … Das hört sich jetzt schlimm an, aber ich war deswegen stinksauer. Denn obwohl es traurig war, dass ihre Mutter gestorben war, hatte sie doch immer noch ihren Dad, oder? Also, ich lebte damals bei meiner Großmutter. Meine Eltern waren zwar nicht tot, aber sie hätten es genauso gut sein können. Ich meine, mein Dad hat nie meine Hand gehalten, wie Howard Pelletier das bei Jackie getan hat. Niemand hat das. Sie tat mir zwar leid, aber … niemand hat die ganze Klasse gebeten, Karten für mich zu schreiben, wissen Sie? Es war den Leuten scheißegal, wie es mir ging. Die Leute haben sich nie für mich interessiert, man hat mich einfach … übersehen.

Ich kann nicht fassen, dass sie diese Karte aufbewahrt hat. Hat sie sie etwa alle aufgehoben? Aber das ist nicht wichtig. Nichts davon. Ich kapiere nicht, warum Sie danach gefragt haben, Barrett. Das hat nichts mit dem zu tun, was letzten Sommer passiert ist.

Der Tag, der wirklich wichtig ist, war der letzte richtig heiße Sommertag. Anfang September war es heißer als den ganzen August über. Ich schätze, das hatte irgendwie mit der Sache zu tun. Also, das soll jetzt keine Entschuldigung sein, aber ich muss immer wieder daran denken, wie alles angefangen hat und was dann passiert ist, und ich bin mir absolut sicher, dass wir das nicht getan hätten, wenn es nicht so heiß gewesen wäre. Wenn die Hitze allen nicht so zugesetzt hätte, besonders Mathias. Soll ich seinen vollständigen Namen sagen? Wir kennen ihn doch sowieso alle. Mathias Burke. Wissen Sie, was komisch ist? Jedesmal, wenn Sie seinen vollständigen Namen hören, kneifen Sie die Augen zusammen. Jedesmal, wenn ich ihn ausspreche, verkrampft sich Ihr Körper. Als würden Sie sich auf einen Faustschlag gefasst machen. Oder als würden Sie gleich zuschlagen. Was denn nun? Hey, Sie haben doch gesagt, dass ich alles mit meinen eigenen Worten erzählen soll, oder? Das haben Sie jetzt davon, Barrett.

Also schön … es war das erste Wochenende, nachdem die Touristen abgereist waren, die meisten jedenfalls, die Leute mit Kindern. Danach kehrte etwas Ruhe ein, und Mathias fiel die Decke auf den Kopf. An diesem Abend – einem Freitagabend – war er völlig aufgedreht. *Kurz vor dem Explodieren. Als müsste sich etwas in seinem Innern Luft verschaffen. Er fluchte die ganze Zeit über die Hitze. Cass war ebenfalls davon genervt, weil sie Angst hatte, dass ihre Schminke verlaufen könnte. Sie sah damit immer aus wie eine Nutte. Sie schaffte es einfach nicht, sich dezent zu schminken, wissen Sie? Sie trug immer reichlich dick auf, obwohl viel weniger auch genügt hätte. Ich weiß, ich sollte nicht schlecht über sie reden, weil sie tot ist, aber das ist die Wahrheit.*

Lassen Sie mich etwas zurückspringen – ich hatte die Tagesschicht im Spirituosenladen. Um sechs hatte ich Feierabend, und Cass kam rüber, um sich mit mir zu treffen. Wir wollten in die Stadt oder so. Oder in ihrem Wohnwagen ein wenig abhängen. Wir hatten nichts Besonderes vor. Wenn wir ein bestimmtes Ziel gehabt hätten, wären wir ihm an diesem Abend gar nicht über den Weg gelaufen. Aber wir hatten uns nichts vorgenommen.

Irgendwann tauchte Mathias dann im Laden auf … so gegen halb sechs, würde ich sagen. Kurz bevor ich Feierabend hatte. Ich kenne ihn seit Jahren, aber ich habe nie was mit ihm gehabt oder so. Wir haben nicht mal Zeit zusammen verbracht. Darum war ich auch so überrascht, als er mich fragte, was ich an diesem Abend vorhätte. Mathias ging kaum aus. Er schien die ganze Zeit zu arbeiten. Wenn er überhaupt mal was trank, dann im Winter. Im Sommer schien er zwanzig Stunden am Tag zu arbeiten. Als ich ihm sagte, dass Cass und ich was trinken gehen wollten, wirkte er enttäuscht. Für einen Moment fragte ich mich, ob er mich anbaggern wollte. Aber als Cass dann auftauchte, veränderte sich plötzlich sein Verhalten.

Er erzählte uns vom Haus einer Kundin, zu dem er Zugang hatte. Es gehörte irgendeiner reichen Schlampe, die es nur zwei Wochen im Jahr nutzte. Es sei echt was ganz Besonderes. Er wollte dort hinfahren, um was zu trinken und eine Runde zu schwimmen. Das klang ziemlich verlockend. Als er jedoch meinte, er könne etwas Stoff besorgen, schreckte mich das ab, denn ich versuchte gerade, clean zu werden. Aber Cass war ganz Feuer und Flamme.

Nachdem ich meine Schicht beendet hatte, gingen wir auf den Parkplatz. Dort genehmigten wir uns ein Sixpack Twisted Tea und ein paar Flaschen Bier, und Cass trank etwas Wodka. Mit Apfel- oder Himbeergeschmack, was weiß ich. Wir saßen auf der Heckklappe seines Pick-ups, rauchten Zigaretten und tranken etwas. Das war der Pick-up, den er für die Arbeit benutzte. Nicht der Wagen, mit dem wir sie getötet haben.

Die meiste Zeit unterhielten wir uns über die Hitze. Darum weiß ich auch noch, dass Mathias davon genervt war. Er schaute hinauf in die Sonne und redete darüber, als hätte sie es auf ihn persönlich abgesehen. Als würde die Sonne an diesem Tag so heiß brennen, weil sie Streit mit ihm suchte.

Wir hingen dort eine Weile ab, bis er irgendwann meinte, dass er einen tollen Ort kenne, wo wir etwas Spaß haben könnten. Außerdem hatte er Stoff dabei, von dem er mir etwas abgeben wollte, wenn ich ihn zu seinem Pick-up zurückfahren würde. Ich dachte nur, Du sitzt gerade auf deinem Pick-up, du Schlaumeier. *Aber er meinte den Wagen vor dem Haus seiner Kundin, darum müsse ihn jemand dort rausfahren. Wissen Sie, als Hausverwalter hat er Zugang zu sämtlichen Ferienhäusern, die er betreut.*

Also, ich habe den ganzen Sommer über eigentlich nur Alkohol getrunken. Und vielleicht etwas Gras geraucht, mehr nicht. Na ja, und ein paar Pillen eingeworfen. Aber ich habe kein hartes Zeug genommen, denn letzten Sommer sind eine Menge Leute gestorben, auch schon vor Cass. Es kam überall in den Nachrichten. Irgendjemand hatte aus DC schlechtes Heroin mitgebracht. Ein Schwarzer, glaube ich. Vielleicht war er auch Mexikaner. Jedenfalls weiß ich, dass der Stoff aus DC kam, denn die Leute haben ihn so genannt. Es war, als würde in diesem Sommer irgendein tödliches Fieber umgehen. Die Leute starben, ohne sich eine Überdosis zu verpassen, weil der Stoff mit irgendeiner Substanz verschnitten war. Keine Ahnung, was das für Zeug war. Ich weiß nur, dass der Stoff schlecht war und Menschen starben. Ich glaube, es gab in diesem Sommer in Maine mehr Drogentote als im gesamten Vorjahr. Vielleicht stimmt das auch nicht, aber das habe ich jedenfalls gehört.

Wie gesagt, ich versuchte damals gerade, clean zu werden. Doch wenn Cass und Mathias ohne mich gefahren wären, *wäre ich alleine da zurückgeblieben. Mit einem beschissenen Sixpack Twisted Tea an einem Freitagabend. Wer hat darauf schon Lust? Also bin ich einfach … Sie wissen ja, wie das läuft. Schließlich gibt man eben irgendwann nach. Man rechnet ja nicht damit, dass irgendwas Schlimmes passiert. Ich sagte, ich würde zwar mitkommen, aber keine Drogen nehmen. Mathias zwinkerte mir darauf nur zu und sagte,* Warten wir's ab.

Also machten wir uns auf den Weg. Ich saß hinterm Steuer und Mathias auf dem Beifahrersitz. Cass, die eigentlich auf der Rückbank Platz nehmen sollte, krabbelte in die Mitte und hockte quasi auf seinem Schoß. Es war echt nervig, aber so war sie halt. Mich wunderte nur, dass Mathias offensichtlich nichts dagegen hatte. Ich habe ihn nie für einen dieser Typen gehalten, die … wie soll ich sagen? Er war eher der korrekte Typ. Immer mit seinem eigenen Kram beschäftigt. Darum fand ich sein Verhalten merkwürdig.

In diesem Moment wurde mir klar, dass er nicht nur ein wenig angetrunken war.

Jedenfalls saß ich hinterm Steuer und konzentrierte mich auf seine Wegbeschreibung, denn ich wollte nicht, dass man uns anhält. Er sagte, dass er uns zu diesem Ferienhaus bringen würde, sobald wir bei seinem Pick-up wären. Er schwärmte davon, wie toll das Haus sei, und kriegte sich gar nicht mehr ein. Allerdings hatte ich mir etwas anderes vorgestellt als das Haus, vor dem wir schließlich hielten, irgendwie extravaganter.

Sein Pick-up stand irgendwo an der Archer's Mill Road. Ehrlich gesagt, kann ich mich an die Stelle nicht mehr genau erinnern. Er forderte mich auf, in eine Zufahrt zu biegen, und das tat ich dann auch. Sein Pick-up stand am unteren Ende der Zufahrt, und man konnte ihn von der Straße aus nicht sehen. Die Motorhaube war mit einer Plane bedeckt. Als ich ihn fragte, was es damit auf sich habe, grinste er übers ganze Gesicht, so nach dem Motto, Schaut euch die Karre mal an. *Dann zog er die Plane runter.*

Er hatte die Motorhaube strahlend weiß lackiert, und darauf prangte das schlecht gemalte Bild einer schwarzen Katze, wie es kleine Kinder zu Halloween malen, wissen Sie? Mit gesträubtem Fell, Buckel und erhobenem Schwanz. Und lauter schwarzen Schnörkeln.

Inzwischen wurde es dunkel, und er beleuchtete das Bild mit seinem Handy. Als ich näher ranging, konnte ich erkennen, dass die Katze rote Augen hatte. Sie sah echt merkwürdig aus, denn die Augen passten nicht zum Rest der Katze. Es hört sich zwar blöd an, aber irgendwie fand ich die Augen unheimlich.

Ich kapierte nicht, warum er so stolz auf diesen Pick-up war. Das Ding war einfach nur … dämlich. Mit der schwarzen Cartoon-Katze auf der beschissenen Motorhaube und der weißen Farbe, die so hell war, dass man kaum hinschauen konnte. Die Lackierung sah bescheuert aus, und der Pick-up war ziemlicher Schrott.

Dann packte er die Drogen aus, und bei seinem Pick-up haben er und Cass sich dann den ersten Schuss gesetzt. Ich lehnte dankend ab, das Bier reichte mir. Ich habe keine Ahnung, wie lange wir dort unten waren. Nachdem die beiden sich einen Schuss gesetzt hatten, tranken sie etwas, und ich rauchte ein paar Zigaretten und genehmigte mir ein oder zwei Bierchen. Vielleicht auch einen Schluck Wodka. Ich war immer noch ziemlich nüchtern, als Mathias meinte, dass er uns mit seinem bescheuerten Pick-up zum See fahren würde.

In der Fahrerkabine gab es lediglich eine Sitzbank. Weil ich so klein bin, hocke ich normalerweise immer in der Mitte, wissen Sie? Aber an diesem Abend saß Cass dort. Sie wollte neben Mathias sitzen.

Aber, hey, bevor ich weitererzähle, will ich eins klarstellen, okay?

Ich bin nur mitgefahren.

Sie kennen ja die Archer's Mill Road, mit den ganzen Kurven. Mathias war betrunken und völlig durch den Wind, und er fuhr zu schnell. Es hätte jeden Augenblick *was passieren können. Er ließ irgendwelchen furchtbaren Country-Rock laufen. Die Musik war zwar nicht so schlimm wie das Zeug von Nickelback, aber echt grauenvoll. Als ich rüberschaute und sah, wie Cass ihm mit der Hand in den Schritt fasste, wünschte ich, ich wäre nicht mitgekommen. Es ist besser, alleine zu sein als das fünfte Rad am Wagen, während in einem Pick-up direkt neben einem so ein Scheiß abgeht. Aber so war Cass eben, sobald sie sich einen Schuss gesetzt hatte. Wenn sie völlig von der Rolle war, wurde sie ziemlich locker. Sie müssen mir das nicht glauben, aber fragen Sie die Leute.*

Als wir schließlich die Hütte erreichten, ging es mir wieder besser. Sie sah genauso aus, wie Mathias sie beschrieben hatte – es gab dort einen Steg und ein Floß, das Wasser war warm, und am Himmel funkelten unzählige Sterne. An die Sterne kann ich mich noch sehr gut erinnern. Denn nachdem Mathias und Cass ins Wasser gegangen und zum Floß geschwommen waren, lag ich mit dem Rücken auf dem Steg, damit ich den beiden nicht zuhören musste. Dort setzte ich mir auch zum ersten Mal einen Schuss. Weil ich nicht hören wollte, was die beiden dort draußen trieben. Alles schien ganz … schien ganz weit weg zu sein. All die Sterne.

Vielleicht war ich auch für eine Weile weggetreten. So muss es gewesen sein, denn an den Zeitraum zwischen dem Anblick der Sterne und dem Sonnenaufgang kann ich mich kaum erinnern.

Inzwischen hatten Cass und Mathias das Wasser wieder verlassen und sich angezogen. Cass kam zum Steg rüber und trank ein Bier mit mir – das Bier war mittlerweile warm –, und ich sagte ihr, dass ich irgendwann mal auch gerne so eine Hütte besitzen würde. Sie war nichts Besonderes, wissen Sie, aber die Gegend war wunderschön und friedlich. Ich habe nie viel gebraucht, und dort war reichlich Platz für meine Tiere. Meine Hunde, Sparky und Bama, hätten sich dort wohlgefühlt. Ich glaube, Cass wollte, dass ich sie nach ihr und Mathias frage, aber das hatte ich nicht vor. Es war mir scheißegal, was die beiden getan hatten. Ich dachte mir, ich würde es sowieso erfahren, wenn ich sie irgendwann ins Krankenhaus bringe.

Wir waren alle ziemlich entspannt. Doch dann wurde Mathias plötzlich ganz hektisch, denn er konnte seine Schlüssel nicht finden. Er sagte, er habe sie verloren, als er mit Cass zum Floß rausgeschwommen sei. Er fluchte wie ein Rohrspatz und machte ihr Vorwürfe, und während Cass ihn anbrüllte, stapfte er durchs Wasser, als könnte er tatsächlich seine verdammten Schlüssel finden. Ich wollte mit der ganzen Sache nichts zu tun haben und setzte mich in den Pick-up. Und dann sah ich, dass die Schlüssel noch im Zündschloss steckten.

Ich fand das komisch, wissen Sie? Er verliert draußen im See seinen Verstand, und die verdammten Schlüssel stecken noch im Zündschloss. Ich sagte Cass Bescheid und musste lachen, aber inzwischen war sie stinksauer. Sie zog die Schlüssel heraus, hielt sie in die Höhe und rief, dass er ein dämlicher Scheißkerl sei. Dann stieg sie in den Wagen und startete den Motor, und ich stieg ebenfalls ein. Völlig durchnässt kam Mathias zu uns rübergerannt, und in dem Moment sah ich zum ersten Mal das Messer.

Cass saß hinterm Steuer und hätte einfach wegfahren können. Aber er hielt das Messer in die Höhe, trommelte gegen den Wagen und brüllte, dass er sie töten würde. Cass – also, das ist die Frage –, ich würde sagen, dass sie Angst vor ihm hatte. Aber da bin ich mir nicht sicher. Einerseits hatte sie Angst vor ihm, andererseits war sie erregt. Eigentlich hätte sie aussteigen müssen, *aber sie rutschte einfach rüber und öffnete die Tür.*

Ich habe viel darüber nachgedacht. Was, wenn sie ausgestiegen wäre? Wenn wir beide ausgestiegen wären?

Stattdessen blieb sie sitzen und bat mich, den Wagen nicht zu verlassen. Ich wusste nicht, was ich tun sollte. Ich wollte wohl nur, dass er sich voll auf sie konzentriert. Er öffnete die Tür und forderte uns auf, auszusteigen. Wir sollten zu Fuß nach Hause laufen. Cass sagte, er solle sich zum Teufel scheren. Sie werde auf keinen Fall aussteigen, und ich auch nicht. Ich habe die ganze Zeit keinen Ton gesagt. Es war wirklich übel … *Cass war wie eine Art Schutzschild, wissen Sie? Ich wollte keine Aufmerksamkeit erregen. Und ich hatte Angst vor dem, was er ihr antun könnte, wenn ich die beiden alleine lassen würde. Ich hatte einfach nur Angst, Punkt.*

Schließlich stieg er ein und sagte, Schön, ihr Schlampen, jetzt bekommt ihr, was ihr wollt. *Da dachte ich, ich muss raus aus dem Wagen, mit oder ohne Cass. Doch dann fuhr er mit quietschenden Reifen los, und es gab kein Entkommen mehr.*

Wir waren viel zu schnell.

Mathias raste von der Hütte fort und bog nach rechts statt nach links ab, und ich dachte, das ist die falsche Richtung. Aber das wollte ich ihm nicht sagen, nicht in seinem Zustand. Er schlug immer wieder auf das Armaturenbrett und sagte, dass wir jetzt bekommen würden, was wir wollten. Er fuhr schnell, irre *schnell. Der Wagen nahm die ganze Straße ein. Je heftiger die Kurven waren, desto schneller fuhr er … Ich hatte Angst, dass er die Kontrolle verlieren würde. Ein ziemlich alberner Gedanke, wenn man bedenkt, was dann passiert ist, oder? Aber ich sehe diesen Moment noch ganz deutlich vor mir. Ich hatte Angst, dass wir uns mit dem Pick-up überschlagen würden.*

Ich erinnere mich vor allem noch daran, wie ich während der Fahrt auf die Katze gestarrt habe. Sie kam mir jetzt noch verrückter vor. Am Abend zuvor war sie einfach nur dämlich gewesen. Aber als wir an diesem Morgen die Straße entlang rasten, wirkte sie … böse.

An der Archer's Miller Road gibt es diese Obstplantage, und wir fuhren, keine Ahnung, mit etwa hundert Sachen daran vorbei. Es kam mir allerdings wie hundertfünfzig vor. Hinter der Plantage liegt der alte Friedhof. Außer an Halloween geht da niemand hin. Höchstens ab und zu mal ein paar Touristen, die Fotos machen. Cass und Mathias brüllten sich immer noch an, und plötzlich sagte er so was wie, Wenn du sterben willst, bringe ich dich an den richtigen Ort dafür. *Dann bog er nach rechts ab – also, ich hatte das Gefühl, als würde er einfach von der Straße abfahren. Aber es gibt da diesen alten Schotterweg, der* über *den Friedhof führt, fast runter bis zum Wasser. Der Wagen hüpfte durch den Graben und landete auf dem Weg, während die Grabsteine an uns vorbeisausten. Ich war mir sicher, dass er gegen den größten von ihnen fahren wollte. Wie nennt man diese Dinger noch mal, die wie Festungen für Geister aussehen? Nicht Museum, aber so ähnlich. Museen für die Toten. Es gibt dort ein riesiges Exemplar, mitten auf dieser kleinen Anhöhe mit Blick aufs Wasser. Ich glaube, dass er es darauf abgesehen hatte. Dass er dagegenfahren und uns alle umbringen wollte, weil er auf einem Horrortrip war und ihm die Hitze am Vortag so zugesetzt hatte. Sonst gab es dafür keinen Grund.*

Der Weg durch den Friedhof ist ziemlich holprig und steinig. Der Wagen hüpfte wie verrückt auf und ab – mein Arsch befand sich die Hälfte der Zeit buchstäblich in der Luft, und Mathias konnte den Pick-up kaum kontrollieren. Aber ich war froh, dass er die asphaltierte Straße verlassen hatte und mit niemandem mehr zusammenstoßen konnte. Was auch immer passieren würde, wenigstens würde es nur uns passieren.

Das war mein letzter Gedanke, bevor ich Jackie sah.

Sie stand mitten auf dem Weg und schaute aufs Wasser hinaus. Inzwischen ging die Sonne auf, und alles war in ein rosafarbenes, goldenes Licht getaucht. Als wir über den Hügel rasten, drehte sie sich zu uns um. Sie lächelte. Ich kann mich noch erinnern, wie sich ihr Gesichtsausdruck allmählich veränderte. Sie kennen doch diese Jalousien, bei denen man an einer Stange drehen muss, um den Raum abzudunkeln, oder? Genau so.

Aber ich glaube nicht, dass sie die Situation überhaupt ganz … erfasst hat. Ich meine, wir hatten dort nichts verloren, oder? Ich glaube, sie war einfach nur verwirrt und dachte, Was ist hier los?

Sie sprang entweder zu früh oder zu spät zur Seite – je nachdem, wie man es betrachtet. Sie versuchte uns auszuweichen, und Mathias versuchte ihr ebenfalls auszuweichen. Aber sie bewegten sich beide in dieselbe Richtung. Also … warten Sie. Ich vermute, dass er versucht hat, ihr auszuweichen. Ich will das gerne glauben. Sonst würde das bedeuten, dass er ausscherte, um … Wissen Sie, er hat es versucht.

Als Mathias mit Jackie zusammenstieß, wurde sie durch die Luft geschleudert und knallte so heftig gegen die Windschutzscheibe, dass sie splitterte. Dann war sie nicht mehr zu sehen, und Mathias stieg auf die Bremsen. Der Wagen wurde herumgeschleudert und krachte mit dem Heck gegen einen der alten Grabsteine. Der ist dabei zerbrochen. Sie haben Fotos davon gemacht und eines davon in der Zeitung veröffentlicht. Die Leute haben dann behauptet, dass Satanisten dort einen Mord begangen hätten oder so was in der Art. Aber der Pick-up ist mit der Ladefläche einfach gegen den Stein gekracht, als wir herumgewirbelt wurden.

Für einen Moment rührte sich nichts, und es war vollkommen still. Es schien, als würde keiner von uns atmen. Ich starrte bloß durch die Windschutzscheibe auf die Motorhaube, und darauf waren jetzt noch mehr rote Punkte. Ich wusste zwar, dass das Blut-

spritzer waren, aber irgendwie verschmolzen sie mit dem Rest des Bildes. Als gehörten sie zu der Katze. Als wären sie schon immer da gewesen.

Schließlich stieg ich aus dem Wagen, um Hilfe zu holen. Mathias stieg ebenfalls aus. Cass blieb noch einen Moment sitzen. Ich sah, wo Jackie gelandet war, und dann sah ich ihn ebenfalls. Ian Kelly. Damals kannte ich natürlich noch nicht seinen Namen. Das war für mich nur irgendein Mann. Er kam hinter uns den Weg herunter. Wir waren so schnell an ihm vorbeigefahren, dass wir ihn gar nicht bemerkt hatten. Kein Wunder. Wir waren direkt in den Sonnenaufgang gerast.

Er befand sich ein wenig oberhalb von uns, stand dort und starrte herunter. Zwischen uns und ihm lag Jackies Körper. Es war wie bei einem Duell. Dann rief er, Was zum Henker macht ihr da? *Ich fand die Frage merkwürdig, denn die Sache war ja bereits passiert, wissen Sie? Es war ja nicht so, als wäre gerade irgendwas im Gange, was wir hätten beenden können.*

Dann kam er auf uns zu. Ohne zu rennen, in normalem Tempo. Mathias lief ebenfalls los, und ich sah, dass er irgendetwas in der Hand hielt. Eine Stange oder ein Rohr. Die beiden gingen aufeinander zu, Jackies Körper und all das Blut waren genau zwischen ihnen. Cass hatte den Pick-up mittlerweile verlassen, und ich stand wie erstarrt da. Ich wollte nicht näher an das Blut rangehen. Aber der Mann kam weiter auf uns zu, offensichtlich stand er unter Schock.

Die beiden hatten Jackies Körper fast erreicht, als Mathias ihm mit dem Rohr einen Schlag verpasste. Einen einzigen Schlag, direkt auf den Kopf. Der Typ schaffte es nicht mal, seine Hand zu heben. Ich kann mich noch an das Geräusch erinnern. Es klang, als würde eine Faust eine Gipswand durchschlagen. Eine feuchte Gipswand.

Ich fing an zu schreien, doch als Mathias sich umdrehte und mich anstarrte, hörte ich sofort wieder auf. Der Blick, mit dem er mich anschaute … Ich wusste, dass er mich töten würde.

Er kam dann zu uns zurück, sah uns an und forderte uns auf, ihm dabei zu helfen, die beiden in den Pick-up zu verfrachten. Jeder wird sagen, Warum hast du das getan? Warum hast du nicht Nein gesagt, warum bist du nicht abgehauen, warum hast du nicht die Polizei verständigt? *Aber niemand hat gesehen, wie er uns anstarrte. Entweder wir taten, was er verlangte, oder wir würden sterben. Das war klar. Das waren die beiden Alternativen.*

Ich kann mich nur noch vage daran erinnern, wie wir die beiden aufgehoben haben. Mathias stieg in den Pick-up, setzte zurück und holte mehrere Abdeckplanen von der Ladefläche. Das heißt, es waren keine Abdeckplanen, sondern diese durchsichtigen Folien, mit denen man zerbrochene Fensterscheiben abhängt. Und dann haben wir, ähm … tut mir leid. Einen Moment. Entschuldigung.

Wir … äh, wir haben sie … quasi … zusammengefaltet. Sie eingewickelt. Ich habe versucht, nicht hinzusehen. Mathias brüllte, dass wir uns beeilen sollten, falls jemand vorbeikommt. Aber wir befanden uns um sechs Uhr morgens auf einem alten Friedhof außer Sichtweite der Straße – wer sollte da schon vorbeikommen? In diesem Moment fragte ich mich zum ersten Mal, was die beiden dort draußen zu suchen hatten. So früh morgens. Später kam es dann überall in den Nachrichten. Als ich erfuhr, warum sie dort gewesen waren, hatte ich erst recht ein schlechtes Gewissen. Ich meine, das war echt romantisch, wissen Sie? Ich bin nie mit einem Mann zusammen gewesen, der so früh aufgestanden ist, um so etwas zu tun. Scheiße, ich habe so einen Mann nicht mal kennengelernt.

Wir verfrachteten die beiden auf die Ladefläche des Pick-ups, und Mathias forderte uns auf, wieder einzusteigen. Ich glaube, dass weder Cass noch ich irgendwas gesagt haben. Ich konnte nicht mehr aufhören zu weinen und bekam kaum noch Luft. Ich wollte alles tun, was Mathias von uns verlangte, bis die ganze Sache vorbei war. Ich hatte schreckliche Angst vor ihm. Ehrlich gesagt, kam mir der Gedanke an Sie und Ihre Kollegen damals überhaupt nicht *in den Sinn. Ich konnte an nichts anderes als an dieses kurze Stück Weg denken. Das war alles, was in diesem Moment existierte. Es gab nur noch diesen Weg, den Pick-up und Mathias. Mehr nicht.*

Die Leute werden das nicht verstehen.

Cass fragte Mathias, wo er jetzt hinfahren wolle, und er sagte, dass wir die beiden Leichen entsorgen müssten. Er verließ den Friedhof, als hätte er ein ganz konkretes Ziel. Er fuhr zwar schnell, aber diesmal hatte er den Wagen unter Kontrolle und blieb auf der richtigen Fahrbahn. Er sagte, wir würden *die beiden Leichen verschwinden lassen, uns aus dem Staub machen und den Pick-up mit Bleichmittel säubern. Sollte einer von uns beiden jemandem davon erzählen, würde er uns töten. Das war das erste Mal, dass er es aussprach. Aber das machte keinen Eindruck auf uns, denn das war uns bereits klar. Mir zumindest.*

Er fuhr mit uns zum See zurück. Bis runter ans Wasser, zu der Stelle, wo er ein paar Minuten zuvor nach seinen Schlüsseln gesucht hatte.

Bevor ich sie dann im Zündschloss gefunden hatte.

Zunächst kümmerten wir uns um Jackie. Ich konnte ihr Gesicht kaum sehen. Da war zu viel Blut. Mit Klebeband befestigte Mathias ein paar von den Stangen, die auf der Ladefläche lagen, an ihrem Körper. Damit sie auch unterging. Als mir klar wurde, dass wir Jackie ins Wasser werfen würden, hielt ich das für eine dumme Idee. Denn die Stelle auf dem Friedhof, wo wir sie angefahren hatten, war nur fünfzig Meter vom Meer entfernt, und es war gerade Flut. Wir hätten nicht so weit fahren müssen. Die Strömung … die hätte die Leichen aufs Meer rausgetrieben. Solange sie niemand mit einer Hummerfalle oder etwas Ähnlichem herausgezogen hätte, wären sie nie gefunden worden. Dann könnte ich Ihnen jetzt genau erzählen, was passiert ist, und Sie würden sie trotzdem nicht finden. Aber Mathias bekam Panik, und wir brach-

ten sie zum See. Das war ziemlich dumm, wenn man es recht bedenkt. Außerdem hat er sie auf seinen Pick-up geladen. Das wäre auch nicht nötig gewesen. Wir hätten sie nur zum Meer runterschleppen müssen, und die Strömung hätte den Rest erledigt.

Stattdessen sind wir zum See zurückgefahren. Wir wateten ins Wasser, bis es mir bis zum Hals reichte, und dann schwamm Mathias mit Jackie noch ein Stück weiter Richtung Floß. Dort ließ er sie los, und sie ging ziemlich schnell unter. Ich kann mich noch an das Blut im Wasser erinnern, aber kurz darauf war davon nichts mehr zu sehen.

Anschließend liefen wir zurück, um den Mann zu holen.

Nachdem wir ihn vom Wagen gehoben hatten, merkten wir, dass er sich noch bewegte. Ich glaube, dass ich es zunächst nur spürte, aber ich wollte es nicht wahrhaben. Dann sah ich zu seinem Kopf hoch … Ich weiß noch, dass die Plastikplane immer wieder nach innen gesaugt wurde und sich blähte. Da wurde mir klar, dass er noch atmete. Zumindest versuchte er es.

Cass sagte nur, Ach du Scheiße. *Das war alles.* Ach du Scheiße.

Und Mathias stach auf ihn ein. Ich hatte gar nicht mitbekommen, wie er das Messer gezückt hatte. Ich sah bloß, wie er sich über ihn beugte und durch die Plastikplane auf die Stelle einstach, wo sein Herz war.

Ich rastete völlig aus, und Mathias richtete sich wieder auf und starrte mich an, während das Messer auf meinen Körper zeigte. Ich sprang zurück, weil ich dachte, er wollte damit auf mich einstechen und mich töten. Aber dann sagte er mit ruhiger Stimme – ich werde nie vergessen, wie ruhig sie war, als würde er irgendwelche Spielregeln erklären –, Ihr müsst auch zustechen. Wir hängen zusammen da drin.

Er wartete darauf, dass ich seiner Aufforderung nachkam, aber dann nahm Cass das Messer. Sie … ohne zu zögern, stach sie auf ihn ein. Zu diesem Zeitpunkt bewegte er sich nicht mehr. Und die Plastikplane über seinem Mund auch nicht.

Dann hielt Cass mir das Messer hin, sah mir in die Augen und sagte, Kimmy, wir müssen uns beeilen. *Mathias starrte uns beide bloß an, und als ich mich weigerte, das Messer zu nehmen, sagte er,* Entweder du tust es, oder du landest mit den beiden im Wasser. Entscheide dich, Kimmy.

Also … äh, griff ich nach dem Messer. Doch ich ließ es fallen, weil ich so heftig zitterte. Ich ging auf alle viere und hob es wieder auf, und dann … dann streckte ich die Hand aus, stach zu und krabbelte davon. Mathias nahm das Messer und sagte, dass ich nicht fest genug zugestoßen hätte. Ich solle noch mal zustechen.

Und das tat ich.

Anschließend brachten wir ihn ins Wasser. Auf demselben Weg, zur selben Stelle. Das Wasser reichte mir bis zum Hals, ich bin ja nur 1,55 Meter groß. Mathias schwamm mit ihm noch etwa drei Meter weiter. Die beiden Leichen liegen zwischen dem Floß und dem Steg auf dem Grund. Mehr Richtung Floß. Dort werden Sie sie finden. Ich weiß nicht, wie tief das Wasser an dieser Stelle ist. Aber es ist nicht besonders tief. Das Wasser ist nur dunkel und der See verlassen.

Sie werden sie problemlos finden.

Mathias hat uns dann zu meinem Wagen zurückgefahren und uns die ganze Zeit Anweisungen gegeben. Was wir mit unseren Klamotten tun sollten, dass wir die Dusche und alles, was wir berührt hatten, mit Bleichmittel säubern sollten. Außerdem drohte er damit, uns umzubringen, falls wir jemandem von der Sache erzählen sollten. Falls wir zur Polizei gingen, würde er davon erfahren. Es würde ihm nichts ausmachen, in den Knast zu wandern, aber vorher würde er uns töten. So ging das die ganze Zeit – er erzählte uns, was wir tun sollten und was er mit uns anstellen würde, wenn wir nicht auf ihn hörten.

An mehr kann ich mich nicht erinnern. Ich habe keine Ahnung, was er anschließend getan hat und was mit dem Pick-up passiert ist. Dazu kann ich Ihnen nichts sagen, so sehr Sie sich auch bemühen.

Aber so ist es passiert.

Können wir jetzt Schluss machen?

2

Rob Barrett war mit Kimberly Crepeaux alleine im Zimmer. Die etwa 1,50 Meter große, fünfzig Kilo schwere Frau und Mutter eines Kindes war trotz ihrer zweiundzwanzig Jahre bereits fünfmal wegen anderer Delikte verhaftet worden, als sie das Geständnis zu ihrer Verwicklung in die Morde an Jackie Pelletier und Ian Kelly ablegte.

Mehrere Ermittler hatten auf einem Live-Video das Verhör verfolgt, und sobald Kimberly gegangen war, gesellte sich Lieutenant Don Johansson von der Maine State Police zu Barrett. Er war zehn Jahre älter als sein Kollege und hatte im Gegensatz zu ihm bereits mehrere Mordfälle bearbeitet. Als er das Zimmer betrat, hatte er die Augen weit aufgerissen und sagte, »Hei-li-ge *Scheiße*«, als könnte er nicht glauben, was er gerade gesehen und gehört hatte.

Die Polizei hatte Kimberly monatelang befragt, und niemand hatte damit gerechnet, dass sie heute ein Geständnis ablegen würde.

»Sie haben sie zum Reden gebracht«, sagte Johansson und setzte sich. »Sie haben es tatsächlich geschafft.«

Barrett nickte. Er saß immer noch auf seinem Stuhl, und sein Herz pochte unter dem Ansturm des Adrenalins. Er fühlte sich körperlich erschöpft, als würde er gerade nach einem Playoff-Spiel in der Umkleidekabine hocken. In den letzten zwanzig Minuten hatte er keine Miene verzogen und sich nicht bewegt, aus Angst, dass Kimberly bei der kleinsten Störung plötzlich verstummen könnte. Er war schon seit Langem der Überzeugung gewesen, dass sie die Wahrheit kannte und ein Geständnis ablegen wollte. Dennoch war er nicht auf das gefasst gewesen, was er dann zu hören bekam.

»Es war die Karte«, sagte Johansson und starrte Barrett leicht ungläubig an. »Die hat sie zum Reden gebracht. Wie zum Teufel sind Sie auf die Idee gekommen, ihr die Karte zu zeigen?«

Die Karte lag immer noch auf dem Tisch. Barrett nahm sie in die Hand und strich sanft darüber. Sie bestand aus einem Stück gefaltetem Bastelpapier und zeigte ein unbeholfen gemaltes Kreuz unter einem Regenbogen. Auf der Innenseite stand: *Sie war eine liebevolle Mutter, und du kannst dich glücklich schätzen, jemanden wie sie gehabt zu haben. Es tut mir leid, dass sie gestorben ist, aber vergiss nicht, dass du immer noch einen liebevollen Vater hast.* Die elfjährige Kimberly Crepeaux hatte den Text mit rosafarbenem Filzstift geschrieben und in Blau ihren Namen daruntergesetzt.

Barrett hatte auf einer Liste mit persönlichen Gegenständen, die die Ermittler nach Jackie Pelletiers Verschwinden bei der Durchsuchung in ihrem Haus erstellt hatten, einen Vermerk zu der alten, selbstgemalten Karte gefunden und ihren Vater gebeten, einen Blick darauf werfen zu dürfen. Niemand verstand, warum er sich dafür interessierte. Die Karte war, wie Kimberly festgestellt hatte, vollkommen bedeutungslos im Hinblick auf die schrecklichen Ereignisse, die sich mehr als ein Jahrzehnt später ereignet hatten.

Trotzdem brachte sie diese Karte schließlich zum Reden.

»Die Karte hat eine Beziehung zwischen den beiden hergestellt«, erklärte Barrett Johansson, während er die Kinderzeichnung von dem Regenbogen über dem Kreuz betrachtete. »Die Information, dass Jackie die Karte aufgehoben hatte, hat eine

Beziehung zwischen den beiden hergestellt, obwohl Kimberly sich das nicht eingestehen wollte. Ich dachte, wenn ich Jackie ihr auf diese Weise nahebringe, wenn ich Kimberly dazu bringen kann, über ihre Beziehung nachzudenken, dann würde sie vielleicht endlich mit der Sprache rausrücken.« Er stieß einen langgezogenen Seufzer aus und schüttelte den Kopf. »Aber ich habe ganz bestimmt nicht damit gerechnet, dass sie mir *so eine* Geschichte erzählen würde.«

Johansson nickte, fuhr sich mit der Hand über das Kinn und wandte den Blick ab. »Glauben Sie, sie hat die Wahrheit gesagt?«

»Verdammt noch mal ja, das glaube ich.« Barrett war fast ein wenig überrascht, dass man ihm diese Frage stellte. Johansson hatte dasselbe wie er gehört; er hatte auf der Videoübertragung sogar ihr Gesicht sehen können, als sie ihre Geschichte erzählt hatte. Barrett verstand nicht, dass überhaupt noch irgendwelche Zweifel bestehen konnten.

»Ich will damit nur sagen, dass Kimmy nicht gerade für ihre Ehrlichkeit bekannt ist«, sagte Johansson.

»Sie hat gerade einen Mord gestanden, Don.«

»Es ist schon häufig vorgekommen, dass Menschen einen Mord gestanden haben, den sie nicht begangen haben.«

»Ich weiß das besser als jeder andere. Das gehört zu meinem Job. Ich habe mich zehn Jahre lang mit solchen Fällen beschäftigt und Vorträge darüber gehalten.«

»Ich weiß.«

Barrett spürte Wut in sich aufsteigen. Man hatte ihn vom FBI-Büro in Boston hierher geschickt, weil es Johansson und seinem Team trotz der unzähligen Berichte, dass Kimberly Crepeaux sich gegenüber mehreren Bekannten selbst belastet hatte, nicht gelungen war, sie zum Reden zu bringen. Und jetzt, wo Barrett ein Geständnis bekommen hatte, stellte Johansson es infrage. Seit Barretts Ankunft war es zwischen ihnen immer wieder zu Spannungen gekommen. Er konnte das zwar verstehen – kein örtlicher Polizeibeamter mochte es, wenn ihm ein FBI-Agent über die Schulter schaute –, aber trotzdem war er erstaunt, dass Johansson ihn ausgerechnet heute seine Ablehnung spüren ließ.

»Das Taucherteam wird herausfinden, ob sie die Wahrheit gesagt hat«, erklärte Barrett um einen gemäßigten Tonfall bemüht. »Wenn sie lügt, ist der See leer. Wenn nicht, dann sind die Leichen da unten. Stellen wir einen Suchtrupp zusammen.«

»Gut. Außerdem müssen wir Colleen auf den neuesten Stand bringen.«

Colleen Davis war die Staatsanwältin.

»Und die Familien«, sagte Barrett. Es schien, als würde Johansson leicht zusammenzucken.

»Es ist Ihr Geständnis«, sagte Johansson. »Sie haben es aus ihr rausgeholt, also dürfen Sie auch die Familien davon in Kenntnis setzen.«

Als ob das eine besondere Ehre gewesen wäre und nicht eine Last.

»Danke«, sagte Barrett, und falls Johansson den Sarkasmus in seiner Stimme bemerkte, ließ er es sich nicht anmerken. Er betrachtete den Stuhl, auf dem Kimberly Crepeaux gesessen hatte, als wäre sie immer noch da, und schüttelte den Kopf.

»Ich kann immer noch nicht glauben, dass Mathias es gewesen ist«, sagte er. »Bei Kimmy wundert mich das nicht. Und bei Cass Odom auch nicht. Möge ihre gequälte Seele in Frieden ruhen. Ich kann mir gut vorstellen, dass die beiden in die Sache verwickelt waren. Aber Mathias Burke … Kimmys Schilderung passt nicht zu dem Mann, den ich oder die Leute hier kennen.« Er schüttelte erneut den Kopf und stand auf. »Ich werde Colleen informieren und dann die Taucher herbestellen. Ich schätze, morgen früh wissen wir dann Bescheid.«

»Ja«, sagte Barrett, der die Karte aus Bastelpapier immer noch in der Hand hielt. »Ich denke schon.«

Johansson klopfte ihm auf die Schulter. »Gute Arbeit, Barrett. Sie haben gerade einen Fall abgeschlossen. Ihr erster, nicht wahr?«

War das eine Frage oder eine Feststellung?

»Ja«, gab Barrett zu. Der ältere Cop nickte und gratulierte ihm erneut zu seiner guten Arbeit, bevor er den Raum verließ, um die Staatsanwältin auf den neuesten Stand zu bringen und das Taucherteam anzufordern. Rob Barrett saß mit der Beileidskarte in der Hand da, die ein elfjähriges Mädchen für ein anderes elfjähriges Mädchen geschrieben hatte, dessen Leiche es später in eine Plastikplane wickeln und im trüben Wasser eines verlassenen Sees versenken sollte.

Ich muss ihre Eltern informieren, dachte er, und plötzlich wünschte er, Johansson wäre hier, denn er hätte ihm gerne den schwarzen Peter zugeschoben. Auch wenn er Johansson dafür in den Arsch kriechen und anerkennen müsste, dass er sehr viel mehr Berufserfahrung hatte.

In Wirklichkeit hatte Barrett *keinerlei* Erfahrung. Mit seinen vierunddreißig Jahren war er für einen FBI-Agenten zwar nicht außergewöhnlich jung. Aber er war ein Späteinsteiger und hatte mehr als ein Jahrzehnt unterrichtet, bevor er in den Polizeidienst gewechselt war. Er war erst seit neun Monaten beim FBI und hatte bisher keinen einzigen Mordfall bearbeitet. Das war nicht ungewöhnlich, denn in der Regel bearbeiteten FBI-Agenten keine Mordfälle – wenn man von den wenigen spektakulären Ausnahmen absah, bei denen es um Serienmörder und die Erstellung von Persönlichkeitsprofilen ging. Genau genommen leistete das FBI den Detectives von der Mordkommission nur *Diensthilfe*.

Rob Barrett hatte sich für diesen Fall freiwillig gemeldet. Es bedurfte einiger Anstrengungen, um seine Vorgesetzte in Boston, Roxanne Donovan, davon zu überzeugen, ihren jungen Agenten den Kollegen im ländlichen Maine zu überlassen. Aber es gab ein paar Argumente, die für ihn sprachen. Einerseits war eines der Opfer der Sohn eines bekannten Staatsanwalts aus Washington, der das FBI um Hilfe gebeten hatte. Andererseits war Rob Barretts Spezialgebiet die Erwirkung von Geständnissen, und der Polizei war es nicht gelungen, eine mögliche Zeugin zum Reden zu bringen. Außerdem verfügte Rob Barrett über, wie er es ausdrückte, eine gewisse *Vertrautheit* mit Port Hope.

Er vermutete, dass die beiden letzten Punkte nicht annähernd so viel Gewicht hatten wie der erste. Die Kellys hatten in Washington großen Einfluss und waren verärgert über das Tempo der Ermittlungen. Als Barrett Roxanne aufsuchte, um seine Argumente vorzubringen, wusste er, dass man aus Washington bereits die Bitte um Unterstützung an sie herangetragen hatte. Während des Gesprächs spielte er sein wahres Interesse und seine Verbindung – nein, seine *Vertrautheit* – mit Maine herunter.

»Ich kann in Ihrer Vorgeschichte keinerlei Bezug zu dieser Gegend erkennen«, sagte Roxanne und blätterte ein Dokument durch, das wahrscheinlich mehr Informationen zu seinem Leben enthielt, als er wissen wollte.

»Ich war dort immer nur im Sommer, bei meinem Großvater.«

»Aber Sie haben einige Zeit in Port Hope verbracht?«

Ja. Das hatte er. Er hatte sich in Port Hope verliebt – in das Meer, die Wälder und schließlich in ein Mädchen. All das geschah im Schatten eines Mannes, an den sich die Bewohner von Port Hope sehr viel besser erinnerten als an seinen Enkel. Ray Barrett war zwar bereits vor einigen Jahren gestorben, aber die gesplitterten Barspiegel und Narben an den Körpern diverser Männer zeugten immer noch von seiner Anwesenheit in Port Hope. In der Harpoon konnte man beides finden, in der Bar, in der Kimberly

Crepeaux angeblich ihre Informationen zu dem Fall ausgeplaudert hatte, die Bar, die früher Robs Großvater gehört hatte.

Roxanne Donovan war davon ausgegangen, dass man Barrett in Maine höchstens für »ein oder zwei Wochen« benötigen würde.

Das war vor zwei Monaten gewesen. Kimberly Crepeaux legte nicht ohne Weiteres ein Geständnis ab, aber als sie schließlich einknickte, lieferte sie eine umfassende Schilderung der Ereignisse.

Und jetzt war es Barretts Aufgabe, die Familien der Opfer über all die Einzelheiten zu informieren.

3

Die beiden Familien waren grundverschieden. Während Howard Pelletier sich geduldig seine Zuversicht bewahrte, bombardierten George und Amy Kelly die Behörden mit ihren täglichen Anrufen, mit Kritik und Ratschlägen. Seit drei Generationen verbrachte Georges Familie den Sommer in Maine, aber im Jahr zuvor waren George und Amy im Ausland gewesen, und ihr Sohn war alleine zu ihrem Haus gefahren. Nachdem Ian und Jackie verschwunden waren, diente das Ferienhaus der Kellys für einige Zeit als Einsatzzentrale für die Ermittlungen. Doch als die Hinweise nichts ergaben und ihr Sohn nach wie vor vermisst wurde, fuhren George und Amy zurück in den Süden und behelligten sie weiter mit ihren Anrufen.

Barrett wählte ihre Privatnummer in Virginia. In der Regel hatte er mit Amy gesprochen, obwohl George jedesmal mithörte. Oft war er zu aufgewühlt, um etwas zu sagen. Dann stellte er seine Leitung auf stumm und lauschte dem Gespräch. Die beiden hatten eine Vorliebe für Videokonferenzen. Um den Mord an seinem Sohn wie eine Geschäftsangelegenheit abzuwickeln, nahm George die Anrufe in seinem Arbeitszimmer am Schreibtisch entgegen, während er den Bücherregalen mit Fotos von Ian beim Tennisspielen, beim Fußball und mit seinem Abschlusszeugnis den Rücken zuwandte.

Der lächelnde Ian. Stets hatte er dieses Hundert-Watt-Lächeln im Gesicht.

Als Barrett die beiden heute über Kimberly Crepeaux' Geständnis informierte, sprach er mit ihnen über die Freisprecheinrichtung und nicht über die Videoschaltung.

»Sind Sie sicher?«, fragte Amy, und bevor Barrett etwas erwidern konnte, sagte sie: »Natürlich sind Sie sicher.«

Amy und George waren beide Staatsanwälte und hatten Barrett gründlich überprüft, als würden *sie* ihm die Ermittlungen übertragen. Sie wussten nur zu gut, dass Barrett darauf spezialisiert war, echte Geständnisse zu erwirken und falsche zu durchschauen. Sie wussten daher auch, dass sie ihm glauben sollten, wenn er ihnen sagte, dass man ihm die Wahrheit erzählt habe.

Dennoch hatten sie Zweifel an der Geschichte über Mathias Burke.

George und Amy kannten Mathias bereits lange bevor man ihn des Mordes an ihrem Sohn verdächtigte. Vor drei Jahren hatten sie ihn als Verwalter und Hausmeister für ihr Ferienhaus an der Küste engagiert. Amy hatte den anfänglichen Anschuldigungen widersprochen und erklärt, sie verfüge über eine gute Menschenkenntnis und vertraue Mathias Burke.

Sie war nicht die Einzige, die diese Meinung vertrat. Mathias' Familie lebte seit mehreren Generationen in der Gemeinde, und im Ort war man mächtig stolz auf ihn. Im Alter von acht Jahren hatte er in der Gegend Unkraut gejätet und das Laub zusammengefegt; als er zehn war, mähte er für die Leute dort den Rasen. Mit sechzehn kaufte er sich seinen ersten Pick-up mit Anhänger und machte den professionellen Hausverwaltern Konkurrenz. Obwohl er erst einundzwanzig war, besaß er inzwischen eine Hausverwaltungsfirma, die in drei Countys tätig war und ein Dutzend Angestellte beschäftigte. Zu ihrem Angebot gehörten Landschaftsgärtnerei, Umbaumaßnahmen, die Installation von Alarmanlagen, Pflasterarbeiten und Müllentsorgung. Egal, welche Wünsche die Sommergäste hatten, Mathias Burke erfüllte sie ihnen – oder er organisierte jemanden, der sich zuverlässig darum kümmerte. Seine Persönlichkeit wurde oft mit nur einem einzigen Wort umschrieben: *ehrgeizig*.

Es hatte eine Weile gedauert, bis Barrett die Leute davon überzeugt hatte, dass Ehrgeiz einen Mann nicht davor bewahrte, zugedröhnt und betrunken kreuz und quer durch die Gegend zu fahren.

Kimberly Crepeaux' Beteiligung an der Sache kaufte man ihm schon eher ab. Ihre Familie blickte auf eine lange Geschichte von Bagatelldelikten zurück, in einer Gegend, in der so gut wie keine Straftaten verübt wurden. Aber vor allem war die Familie für ihre Alkoholprobleme bekannt. Kimberly – oder Kimmy, wie die Einheimischen sie nannten – war von Alkohol auf Heroin umgestiegen und wurde daraufhin entsprechend häufiger verhaftet. Sie hatte den Verdacht auf sich gezogen, weil sie in betrunkenem Zustand einigen Bekannten erzählt hatte, dass die Polizei in dem Fall der Wahrheit kein Stück nähergekommen sei, und weil sie unaufgefordert ihre Unschuld und Unwissenheit zu dem Tathergang beteuert hatte.

Als Barrett begann, sie zu verhören, ging die Polizei davon aus, dass es zu einem Unfall gekommen war und man die Leichen anschließend entsorgt hatte. Und die Gerüchte unter den Heroinjunkies deuteten darauf hin, dass bei dem Unfall Drogen im Spiel gewesen waren. Das einzig wirklich Schockierende an der schrecklichen Geschichte, die Kimberly ihm schließlich erzählt hatte, war die Identität des Mannes am Steuer, der mit einem Rohr und einem Messer einen mutmaßlichen Totschlag in einen grauenvollen Doppelmord verwandelt hatte.

Das war nicht der Mathias Burke, der auf der Halbinsel als vorbildlicher Bürger galt.

Nachdem Barrett Kimberly Crepeaux' Geschichte zu Ende erzählt hatte, teilte er Amy und George mit, dass ihm immer noch ein Beweisstück fehle.

»Ich habe den Pick-up noch nicht gefunden.«

Der Pick-up war das Erste, wovon Kimberly erzählt hatte. Obwohl sie behauptete, dass sie nur gerüchteweise davon gehört und ihn nicht selbst gesehen habe, beschrieb sie ihn in allen Einzelheiten und brachte ihn mit Mathias in Verbindung. Das schien zunächst ein vielversprechender Hinweis zu sein – Mathias Burke besaß privat oder über seine Firma insgesamt neun Trucks, angefangen von normalen Pick-ups über Dieselfahrzeuge mit Doppelkabine bis hin zu Schneepflügen. Leider stimmte keines davon auch nur entfernt mit Kimberlys Beschreibung überein, und es gab auch keine weiteren Zeugen, die ihn mit einem solchen Wagen gesehen hatten. Im Gegenteil, sie hielten das für ausgeschlossen. Mathias habe ein Faible für schöne Autos, erklärten die Leute Barrett. Ein ramponierter Dodge Dakota mit einer merkwürdigen Lackierung auf der Motorhaube sei einfach nicht sein Stil.

Aber Kimberly halte an ihrer Geschichte fest, erklärte Barrett den Kellys, und die einzige andere Zeugin sei tot – Cass Odom habe sich drei Tage nach Jackies und Ians Verschwinden eine Überdosis gesetzt.

Zum ersten Mal in den letzten paar Minuten ergriff George Kelly das Wort. »Aber Sie brauchen den Pick-up nicht, wenn Sie ein Geständnis haben und …« Er hielt inne und sagte dann: »Eine Leiche.«

»Für eine Verhaftung nicht, aber für eine Anklage ist er unerlässlich«, sagte Barrett. Der Gedanke an einen Prozess war beunruhigend, da der Fall lediglich auf den schmalen Schultern einer unzuverlässigen Zeugin ruhte.

»Ich bin mir sicher, dass Sie ihn bis dahin gefunden haben«, sagte George.

»Ja.«

Es entstand erneut eine Pause, und dann sagte Amy Kelly: »Morgen wissen wir also Bescheid. Wenn die Taucher den See absuchen, werden wir Gewissheit bekommen, was mit Ian passiert ist.«

»Morgen wissen wir mehr, ja. Ich werde Sie anrufen, sobald die Taucher etwas gefunden haben.«

Etwas? Sie wussten alle, wonach sie suchten: nach Ians Leiche.

Mit abwesender, ausdrucksloser Stimme bedankte sich Amy bei Barrett für seine Ausdauer und seinen Einsatz.

Er wusste nicht, was er darauf erwidern sollte. Er hatte einem Vater und einer Mutter gerade mitgeteilt, dass man ihren Sohn mit einem Rohr geschlagen, in eine Plastikplane gewickelt, erstochen und ertränkt hatte.

Gern geschehen.

Er hatte ihnen bereits zu Beginn des Telefonats seine Anteilnahme ausgesprochen und erklärt, wie sehr er es hasse, ihnen diese Nachricht zu überbringen. Und er wollte diese Worte nicht so oft wiederholen, bis sie ihre Bedeutung verloren. Also bekräftigte er, dass er sie anrufen werde, sobald er etwas von dem Tauchteam höre.

Obwohl die Taucher den See erst noch absuchen mussten, hatte er das Gefühl, dass mit diesem Gespräch die Sache zu einem Ende gekommen war. Aber er wusste, dass das nicht stimmte. Das Geständnis war erst der Anfang. Als Nächstes kämen die Leichen, dann die Prozesse, und die Kellys würden Kimberly Crepeaux und Mathias Burke im Gerichtssaal gegenübersitzen. Sie würden die Fotos sehen und den Ausführungen der Forensiker lauschen, während der Laserpointer über die Knochen ihres Sohnes huschte und die Angeklagten ihre Aussagen machten.

Dann sah ich zu seinem Kopf hoch … Ich weiß noch, dass die Plastikplane immer wieder nach innen gesaugt wurde und sich blähte. Da wurde mir klar, dass er noch atmete.

Nein, der Albtraum war für George und Amy noch nicht zu Ende.

Nachdem Barrett den beiden die Nachricht von dem Geständnis überbracht hatte, legte er auf und fuhr an die Küste. Es gab keine Fähre nach Little Spruce Island, aber er kannte einen Einheimischen, der ihn dorthin bringen würde.

Er wollte Jackie Pelletiers Vater die Wahrheit über den Tod seiner Tochter persönlich mitteilen.

4

Etwa eine Stunde vor Sonnenuntergang erreichte Barrett Little Spruce Island. Die Bucht lag friedlich da, und das Wasser war ruhig. Als er vom Boot auf den Steg kletterte, konnte er die Schläge eines Hammers hören. Er zuckte zusammen, denn er wusste, woher das Geräusch kam.

Howard Pelletier legte letzte Hand an das Atelier seiner Tochter. Howard war in der dritten Generation Hummerfischer, aber nachdem seine Frau in einem Schneesturm bei einem Autounfall getötet worden war, als seine Tochter elf Jahre alt war, wurde sein Beruf zur Nebensache. So wie auch alles andere außer Jackie.

Barrett hatte unzählige, rührende Geschichten über die beiden gehört: dass Howard mühevoll gelernt hatte, einen Pferdeschwanz und Zöpfe zu binden, und Jackie jeden Tag Händchen haltend zur Schule brachte, dass er im Herbst und im Winter fischen ging, um im Sommer mehr Zeit mit ihr zu verbringen – auch wenn er dafür auf ein sicheres Einkommen verzichten und die beständigen Wetterverhältnisse gegen eine Jahreszeit eintauschen musste, in der Stürme tobten und die Wellen Eis aufs Deck peitschten. Er arbeitete im Sommer als Zimmermann und fuhr erst wieder aufs Meer hinaus, wenn für Jackie das neue Schuljahr begann. Seine Sorge galt allein ihr. Als sie jedoch zu einem Teenager heranwuchs, kümmerte sie sich genauso sehr um ihn wie er sich um sie. Mit fünfzehn belegte sie einen Kochkurs in Camden und bereitete sämtliche Mahlzeiten zu, damit ihr überforderter Vater eine Aufgabe weniger hatte. Als sie die sechste Klasse besuchte, schickte er sie mit einem unbeholfen geflochtenen Zopf in die Schule, und drei Jahre später schickte sie ihn mit Gourmet-Sandwiches, deren Zutaten er nicht mal aussprechen konnte, aufs Meer hinaus. Ein Vater und eine Tochter, deren Leben von einem tragischen Unfall geprägt worden war, wurden zum Inbegriff menschlicher Widerstandskraft. Die Bewohner von Port Hope mochten die Pelletiers nicht nur; sie liebten sie. Die beiden wurden stets in einem Atemzug genannt, wie zwei Hälften, die ein Ganzes ergaben, Howard und Jackie, Jackie und Howard.

Einige Leute glaubten, dass Jackie nur deswegen nicht das College besuchte, weil sie ihren Vater nicht alleine lassen wollte. Sie war eine aufstrebende Künstlerin, und obwohl sie außergewöhnlich gute Noten bekam, bewarb sie sich nie für das College. Howards Familie besaß eine alte Hütte auf Little Spruce, und seine Tochter verliebte sich in die Insel. Nach ihrem Abschluss an der Highschool zog sie in die Hütte. Jeden Morgen fuhr sie mit der Fähre zur Arbeit in einen Lebensmittelladen am Festland, und im Sommer stand sie an den Wochenenden hinter der Bar eines Fischrestaurants. Während der Touristensaison arbeitete Jackie sechzig Stunden in der Woche und erzählte jedem, der es hören wollte, worauf sie sparte: ein Atelier, das auf der Insel neben der alten Hütte der Familie errichtet werden sollte, so hoch, dass sie einen Panoramablick auf den Hafen hatte, wo die Küste von Maine ins Licht der aufgehenden Sonne getaucht wurde.

Fünf Tage nach ihrem Verschwinden begann Howard Pelletier mit der Arbeit an dem Gebäude.

Wenn sie nach Hause kommt, sagte er immer, *wird ihr das helfen. Was auch immer sie durchgemacht hat, das Atelier wird ihren Schmerz lindern.*

Je länger seine Tochter vermisst wurde, desto ausgefeilter

wurde die Konstruktion des Ateliers. Er baute in das ursprüngliche Dach Oberlichter ein und zimmerte ein Hochbett. *(Falls sie hier oben ein Nickerchen machen will, wissen Sie, wenn sie mal eine Pause braucht.)* Jeder verstand, warum er das Atelier immer weiter ausbaute.

Er konnte nicht damit aufhören.

Denn das hätte bedeutet, dass sie nicht mehr nach Hause zurückkehren würde.

Rob Barrett stand eine ganze Weile auf dem Steg an der Anlegestelle von Little Spruce Island und lauschte dem Hämmern, bevor er schließlich den Hügel hinauflief.

Howard lächelte, als er sah, wie Barrett näher kam.

»Agent Barrett, wie geht es Ihnen?«, sagte er und trat mit ausgestreckter Hand durch die offene Tür. Er war nur etwa 1,50 Meter groß, dreißig Zentimeter kleiner als Barrett. Aber er war muskulös und stämmig und hatte mit seinen fünfzig Jahren mehr Kraft als die meisten Zwanzigjährigen.

»Nennen Sie mich einfach Rob.« Dies war inzwischen zum Ritual geworden, genauso wie ihr Lächeln und der Händedruck.

»Ich werde Sie erst Rob nennen, wenn Sie in Rente sind. Bis dahin sind Sie ein Agent.«

Bevor Barrett etwas erwidern konnte, deutete Howard auf den Raum hinter sich, der nach frischem Holz und Sägemehl roch und von einem Scheinwerfer erleuchtet wurde, der an einem Stützbalken befestigt war.

»Wie Sie sehen, habe ich ein paar Veränderungen vorgenommen«, sagte er, und Barrett bemerkte, dass die Treppe nicht mehr da war. Howard hatte die kalten Winterabende damit verbracht, die Stufen aus wunderschönem, prächtigem Ahornholz mit mehreren Schichten Beize zu überziehen. Aber jetzt waren sie verschwunden.

»Mir fiel ein«, sagte Howard, »dass sie das Atelier immer mit einem Leuchtturm oder Baumhaus verglichen hat, wissen Sie? Sie wollte ganz weit oben sein, als wäre sie an einem magischen Ort. Das waren ihre Worte. Ich frage mich nur – wenn man eine gerade Treppe hochsteigt, wo ist da die Magie? Aber wenn sie gebogen ist, auf einer Wendeltreppe hat man das Gefühl, sich an einen besonderen Ort zu begeben. Man stapft nicht einfach nach oben, sondern man … wie ist der richtige Ausdruck? Man …« Er machte mit seiner kleinen, kräftigen Hand eine ausladende Geste, indem er sie in einem Bogen langsam von seinem Gürtel auf Augenhöhe wandern ließ.

»Steigt empor«, sagte Barrett, und Howard Pelletiers Augen begannen zu leuchten.

»Ja«, sagte er.

»Man steigt empor. Das trifft es genau. Sobald ich sie eingebaut habe, werden Sie verstehen, was ich meine. Wenn sie die Treppe hochgeht, wird sie das Gefühl haben, als würde sie emporsteigen.«

»Howard, ich habe Neuigkeiten«, sagte Barrett.

In Howards wettergegerbtem Gesicht blitzte ein Anflug von Furcht auf, aber mit einem kräftigen Blinzeln vertrieb er den Ausdruck wieder. Er hatte darin inzwischen einige Übung. Während George und Amy Kelly mit jeder weiteren Woche ohne Antworten immer hoffnungsloser wurden, hatte Howard Pelletier sich in diesen Wochen den Glauben an Jackies unwahrscheinliche Rückkehr bewahrt und das Internet nach Berichten über vermisste Personen durchforstet, die nach Jahren wieder zu ihren Familien heimgekehrt waren. Er kannte sämtliche Geschichten und hatte sie Barrett oft erzählt.

Nun wischte er sich die Hände an der Hose ab und nickte begeistert. »Sehr gut! Haben Sie diesmal eine echte Spur?«

Barrett hatte Mühe, die Sprache wiederzufinden, und als er

schließlich etwas sagte, schien es, als würden die Wörter von weit weg kommen.

»Ein Geständnis.«

Howard sank langsam zu Boden und blieb dort mit ausgestreckten Beinen und gesenktem Kopf wie ein kleines Kind sitzen. Er hob etwas Sägemehl auf und presste es in der Faust zusammen. »Erzählen Sie.«

Also erzählte Barrett zum zweiten Mal an diesem Tag von dem Geständnis. Währenddessen saß Howard Pelletier wortlos auf dem Fußboden, den er in dem Gebäude ohne Treppe ausgelegt hatte. Er wiegte sich leicht hin und her, öffnete und ballte immer wieder seine kleinen, muskulösen Hände und drückte das lose Sägemehl zu festen Klumpen zusammen, die er beiläufig gegen die Tür warf, als würde er Steine über einen Teich hüpfen lassen.

»Könnte gelogen sein«, flüsterte er, als Barrett zu Ende erzählt hatte. »So eine Geschichte, von *dieser* Frau? Kimmy Crepeaux würde nicht mal die Wahrheit erkennen, wenn sie sie in den Arsch beißt.«

»Vielleicht lügt sie«, sagte Barrett. »Hoffentlich. Das werden wir morgen wissen, wenn die Taucher den See absuchen. Ich möchte, dass Sie darauf vorbereitet sind, Howard.«

Howard hatte die Augen geschlossen, als Barrett die Taucher erwähnt hatte. »Wann beginnen sie mit der Suche?«, sagte er mit noch immer geschlossenen Augen.

»Sobald es hell ist. Wir wären ja heute schon hingefahren, aber wir wollten verhindern, dass die Taucher irgendwann kein Tageslicht mehr haben. Sobald die Suchaktion beginnt, wird es Gerede geben, und dann wird es nicht lange dauern, bis die Medien dort aufkreuzen. Wir wollen den Tatort absichern, damit das Taucherteam genügend Zeit hat.«

Howard schüttelte den Kopf und öffnete die Augen.

»Die Geschichte ist völliger Schwachsinn«, sagte er. »Crepeaux hat doch irgendeine Gegenleistung dafür bekommen, oder? Ihr drohen weitere Anklagen. Das haben Sie mir erzählt. Haben Sie ihr einen Deal angeboten?«

»Das war nicht meine Entscheidung. Das war die Entscheidung der Staatsanwaltschaft.«

»Aber man hat ihr einen Deal angeboten, nicht wahr? Sagen Sie mir die Wahrheit.«

Barrett nickte.

»Na bitte«, sagte Howard. »Ihr werdet sie nicht finden. Sie hat euch irgendein Märchen erzählt, um den anderen Anklagepunkten zu entgehen. Es tut mir leid, dass Sie dieser Lügengeschichte nachgehen müssen.«

»Ich wollte nur, dass Sie es zuerst von mir erfahren«, sagte Barrett.

»Ihr werdet sie nicht finden«, wiederholte Howard, und seine Augen füllten sich mit Tränen. Er wischte sie fort, als hätten sie nichts zu bedeuten. Aber es folgten weitere Tränen, also gab er seinen Widerstand auf und begann leise und schmerzerfüllt zu weinen. Barrett setzte sich zu ihm in das Sägemehl und wartete. Für eine ganze Weile hockten die beiden so da, und selbst als Howard zu weinen aufhörte, sprachen sie keinen Ton. Schließlich hatte sich Howards Atem wieder beruhigt, und er sagte im Flüsterton: »Hat man Mathias Burke schon verhaftet?«

»Noch nicht. Die Staatsanwältin will erst die« – Barrett vermied es gerade noch rechtzeitig, das Wort *Leichen* auszusprechen – »die Beweise haben. Aber er steht unter Beobachtung. Ich schätze, dass man ihn gegen Mittag verhaften wird.«

Howard nickte. Er starrte geradeaus durch die offene Tür, auf die steinigen Klippen, die Pinien und die untergehende Sonne, auf das Panorama, das seine Tochter so sehr geliebt hatte.

»Sie wissen, dass ich ihr den alten Friedhof gezeigt habe«, sagte er. »Das habe ich Ihnen doch erzählt, oder?«

»Ja.«

»Ich bin mit ihr da rauf, als sie in, äh, in der sechsten Klasse war. Ich habe ihr gezeigt, wie man ein Blatt Papier gegen einen der alten Grabsteine drückt und mit Kohle darüber reibt, sodass ...« Er machte eine kreisende Bewegung. »Sie kamen wieder zum Vorschein. Die Namen, meine ich. Sie fand das faszinierend. Anders als die meisten Kinder in ihrem Alter hielt sie das nicht bloß für einen Trick, sie fand das so faszinierend, weil der Name für ein Leben stand. Weil wir immer noch die Namen der Menschen in Erfahrung bringen und sie aussprechen konnten, sodass man sie nicht ... vergaß.«

Seine kräftige Brust zitterte, während er versuchte, gleichmäßig zu atmen.

»Ja, ich habe ihr den Friedhof gezeigt.«

»Sie liebte diesen Ort«, sagte Barrett, »*weil* Sie ihn ihr gezeigt haben. Sie dürfen nicht denken, dass ...«

»Ich weiß, was ich denke«, sagte Howard. »Sie müssen mir nicht sagen, was ich zu denken habe.«

Während sie dort im Sägemehl saßen, versuchte Barrett, sich ein paar Worte zurechtzulegen, damit Howard sich nicht ganz so alleine fühlte. Aber was sollte er zu einem Witwer sagen, der seine Tochter großgezogen und gesehen hatte, wie sie zu einer wunderschönen, intelligenten jungen Frau heranreifte? Was konnte er ihm bloß sagen?

Wussten Sie, dass es letztes Jahr in diesem Land sechzehntausend Morde gab?, könnte er sagen. *Seit der Geburt Ihrer Tochter wurden in diesem Land mehr als eine Viertelmillion Menschen ermordet. Sie sind kein Einzelfall. Sie sind nicht allein. In Jackies Lebenszeit wurden fünfmal so viele Menschen ermordet wie Portland Einwohner hat. Sie sind wahrlich nicht allein.*

Howard wischte sich über den Mund, und etwas von dem Sägemehl blieb an seinem Gesicht kleben, das immer noch feucht von den Tränen war. »Ich mache das hier am besten fertig, solange es noch hell ist«, sagte er. »Aber … rufen Sie mich morgen an. Sobald Sie …«

Er brachte den Satz nicht zu Ende, und Barrett erwartete das auch nicht von ihm. Er sagte: »Ich rufe Sie an.«

Er wusste, dass er jetzt aufbrechen sollte, und ging durch die Tür. Der Wind hatte aufgefrischt, und die Luft war von intensivem Meeresgeruch erfüllt. Es war nur noch ein schmaler Streifen purpurrotes Licht zu sehen, dünn und hell wie eine geöffnete Vene, das der hereinbrechenden Dunkelheit trotzte. Hinter Barrett verbreiteten die Arbeitslampen einen grellen, weißen Schein. In Jackie Pelletiers unfertigem Atelier, aus dem ihr Vater die Treppe herausgerissen hatte, um sie durch etwas zu ersetzen, das magischer wirkte.

Man steigt empor. Das trifft es genau.

Barrett lief den Hügel hinunter. Der Einheimische, der ihn hergebracht hatte, ein Hummerfischer im Ruhestand namens Brooks, der die Pelletiers schon sein ganzes Leben kannte, wartete geduldig in seinem Boot. Er hatte Barrett nicht gefragt, warum sie heute nach Little Spruce gefahren waren. Das tat er nie. Aber er musterte Barrett eingehend, als dieser in das Boot stieg, und bevor er den Motor startete, holte er aus einem Fach eine Flasche Jack Daniels und hielt sie ihm wortlos hin.

Er hatte Barrett nie zuvor etwas zu trinken angeboten.

»Ja«, sagte Barrett. »Danke.« Er öffnete die Flasche und nahm einen kräftigen Schluck, bevor er sie ihm zurückgeben wollte. Doch der alte Hummerfischer schüttelte den Kopf.

»Behalten Sie sie«, sagte er und startete den Motor. Barrett löste die Taue und setzte sich, die Augen auf den Hügel mit der Hütte und dem neuen Gebäude daneben gerichtet.

»Emporsteigen«, sagte er.

»Wie bitte?«, fragte Brooks.

»Nichts«, sagte Barrett. »Ich habe nur mit mir selbst geredet.«

Er nahm erneut einen Schluck und drehte sich in den Wind.

5

Der See, in dem angeblich die Leichen von Jackie Pelletier und Ian Kelly lagen, hatte eine Fläche von knapp zehn Quadratkilometern, und an seinem Ufer standen lediglich drei Ferienhäuser. Der Rest davon war mit Sumpfgras bedeckt, das sich bis unter die Pinien erstreckte. In der Mitte war der See etwa sieben Meter tief, zwischen Steg und Floß höchstens drei.

Aber wie Kimberly Crepeaux gesagt hatte, war das Wasser dunkel und der See verlassen.

Während langsam die Sonne aufging, stand Barrett zusammen mit Don Johansson am Ufer und sah dabei zu, wie die Taucher ihre Ausrüstung anlegten. Ein paar Cops der State Police waren ebenfalls anwesend. Die Taucher vom Maine Warden Service hatten bereits Leichen aus Seen, Flüssen und Ozeanen geborgen. Manchmal mussten sie dabei sogar unter eine Eisdecke steigen.

Heute jedoch war die Luft bereits bei Tagesanbruch warm und vom Duft nach Piniennadeln und Moos erfüllt. Während Barrett beobachtete, wie die Sonne über die Bäume wanderte, dachte er daran, wie Kimberly Crepeaux Mathias' Reaktion auf jenen ungewöhnlich heißen Septembertag beschrieben hatte: *Als würde die Sonne an diesem Tag so heiß brennen, weil sie Streit mit ihm suchte.*

Barrett war erschöpft, und er wusste, dass das auf Don ebenfalls zutraf. Sie hatten beide nicht geschlafen. Direkt nach seiner

Rückkehr von Little Spruce Island hatte er an einer Besprechung mit der State und County Police und der Staatsanwaltschaft teilgenommen. Er hatte ihren Plan für die Suchaktion und Mathias Burkes Festnahme dargelegt sowie ihren Umgang mit den Fragen der Medienvertreter. Um kurz nach drei Uhr morgens waren sie damit fertig, und sie blieben auf der Wache, tranken Kaffee und redeten belangloses Zeug, während sie daran denken mussten, wie viel Arbeit sie in den Fall gesteckt hatten und wie das alles wohl enden würde.

Bei Tagesanbruch machten sie sich dann auf den Weg zum See.

Als Clyde Cohen, der Leiter des Taucherteams, jetzt signalisierte, dass sie einsatzbereit seien, sagte Barrett: »Holt sie nach Hause.«

Er beobachtete, wie die Taucher einer nach dem anderen unter der Wasseroberfläche verschwanden.

Hinabstiegen.

Sobald die Männer wieder auftauchten, würden die Ermittlungen beendet sein. Wenn sie wieder emporstiegen, wäre das alles vorbei.

Barrett hätte nicht gedacht, dass es so lange dauern würde. Während die Taucher den See absuchten, verstrichen die Minuten, und die Sonne wanderte immer weiter, bis er von ihr geblendet wurde. Er versuchte, nicht auf seine Armbanduhr zu blicken. Don Johansson hingegen schaute ständig auf seine Uhr, sagte jedoch kein Wort.

Barrett blinzelte in die Sonne und war trotz seiner Sonnenbrille und der Baseballkappe, die seine Augen abschirmte, genervt von dem grellen Licht, das von der Wasseroberfläche reflektiert wurde. Der Geruch des Wassers und der Pinien erinnerte ihn daran, wie er mit seinem Großvater früher auf Seen wie diesem geangelt hatte. Sie fuhren dann in einem kleinen Boot mit Zehn-PS-Außenbordmotor aufs Wasser hinaus und machten mit Rapala- und Red-Devil-Blinkern zwischen den Gräsern am Ufer Jagd auf Barsche und Hechte. Sein Großvater trank und redete währenddessen in einer Tour, meistens über das Militär oder männliche Tugenden, oder darüber, dass sein Sohn – Barretts Vater – ein Beispiel für die Verweichlichung der Gesellschaft sei. *Der Professor*, stieß er dann spöttisch hervor. Er nannte Barretts Vater immer nur den Professor. *Scheiß Philosophie, willst du mich verarschen? Ich werde dir von ein paar anständigen Männern erzählen, die wegen der beschissenen Philosophie gestorben sind, Robby.*

Zwölf Jahre nach der Beerdigung seines Vaters und zehn nach dem Tod seines Großvaters – Ray hatte seinen Sohn überlebt; befeuert durch Alkohol, Zigaretten und seine Boshaftigkeit hatte er fast alle überlebt – riefen die Gerüche des Sees Barrett diese Angelausflüge wieder ins Gedächtnis. Angeblich war der Geruchssinn am engsten mit der Erinnerung verknüpft, aber der heutige Tag war nicht dazu angetan, an die Vergangenheit zu denken. Es ging jetzt darum, die Ermittlungen voranzutreiben – so schmerzhaft und tragisch es auch war, der heutige Tag würde sie voranbringen. Und zwar zügig. Das Wasser war nicht tief genug, um für längere Zeit mehrere Leichen zu verbergen.

Ihr werdet sie nicht finden.

Barrett drehte seine Uhr herum, sodass das Ziffernblatt nach innen zeigte und er es nicht sehen konnte.

Es war fast Mittag, als der Leiter des Taucherteams Barrett mitteilte, dass sie um das Floß herum im Umkreis von hundert Metern nichts finden würden.

»Sind Sie sicher? Sie haben doch gesagt, dass man da unten kaum etwas sehen kann.«

»Das stimmt, aber das Wasser dort ist flach. Die Männer sind mehr oder weniger über den Grund gekrabbelt. Über jeden Quadratmeter. Die Leichen liegen nicht hier in der Bucht. Da bin ich mir sicher.«

»Vielleicht weiter draußen, wo es tiefer ist«, sagte Barrett beunruhigt. Denn Kimberly Crepeaux hatte die Stelle genau beschrieben. »Sie haben die Leichen zwar beschwert, aber vielleicht hat das nicht gereicht. Möglicherweise sind sie rausgetrieben worden.«

»Ohne Strömung?«

Barrett schaute den Teamleiter an. »Suchen Sie da, wo es tiefer ist«, sagte er. »Sie sind irgendwo da unten.«

Die Taucher suchten auch die tieferen Stellen ab, und gegen zwei Uhr nachmittags hatten sie die Mitte des Sees erreicht. Inzwischen hatte die Nachricht von der Suchaktion die Runde gemacht, und die ersten Schaulustigen trafen ein. Johansson forderte weitere Polizisten an, um die Leute auf Abstand zu halten und die Straßen zu sichern. Der Helikopter eines Fernsehsenders flog über sie hinweg, und man filmte, wie die Taucher ein ums andere Mal mit leeren Händen an die Oberfläche zurückkehrten. Mittlerweile war es ziemlich warm, und Barretts Mund war ziemlich trocken.

»Sie werden sie finden«, sagte er an niemand Bestimmtes gerichtet.

Um vier Uhr hatten sich die Taucher bis zum gegenüberliegenden Ufer vorgearbeitet und außer ein paar Bierflaschen, Fischködern und einem rostigen Nummernschild des Staates Louisiana nichts gefunden.

»Das ist vom Golfstrom hier raufgetrieben worden – aus südlichen Gewässern«, sagte einer der Taucher und warf das Nummernschild auf die Plastikplane, die sie für mögliche Beweisstücke ausgebreitet hatten. Er grinste, doch Barrett reagierte darauf nicht.

»Sie mögen *Der Weiße Hai* wohl nicht, Agent Barrett?«

»Nicht heute.« Barrett zog seine Baseballkappe noch tiefer ins Gesicht. Das grelle Sonnenlicht war unerbittlich. »Keine Rohre, keine Metallgegenstände?«

»Jede Menge, wenn Sie die Laschen von Bierdosen und Rapala-Blinker auch dazu zählen. Aber irgendwas Größeres?« Der Taucher schüttelte den Kopf. »Der Grund ist sauber. Normalerweise finden wir in Seen wie diesem alles Mögliche. Kühlschränke, Autotüren – ja, ganze Autos. Der Grund hier ist ungewöhnlich sauber.«

Barrett nickte und versuchte einen gleichgültigen Eindruck zu machen. Der Taucher rückte seine Brille und das Mundstück zurecht und stieg wieder ins Wasser. Erneut flog der Hubschrauber über sie hinweg, und seine Rotorblätter spiegelten sich als flirrende Schatten auf der glatten, glänzenden Wasseroberfläche.

»Haben Sie nicht gesagt, dass sämtliche Einzelheiten ihrer Geschichte einer Prüfung standgehalten haben?«, sagte Johansson mit gedämpfter Stimme. Es klang mehr wie ein Vorwurf als wie eine Frage.

»Ja. Jede einzelne Station. Das wissen Sie. Sie sind die Strecke doch abgefahren.«

»Jede einzelne Station, bis zu dieser hier. Aber die hier ist verdammt wichtig.«

»Sie hat die Wahrheit gesagt«, sagte Barrett. »Ich habe mich lange mit ihr unterhalten, Don, und ich bin mir sicher, dass sie bezüglich des Sees die Wahrheit gesagt hat.«

»Ich weiß, dass Sie sich Kimmys Geschichten ausführlich angehört haben«, sagte Johansson, und erneut bemerkte Barrett seinen gereizten, vorwurfsvollen Tonfall. Es fiel Johansson schwer, etwas von dem zu glauben, was Kimberly Crepeaux erzählt hatte. *Ich will meinen Fall nicht von der Aussage einer Gefängnisinformantin abhängig machen*, hatte Johansson gesagt. Und Barrett hatte ihm erklärt, dass das nicht nötig sei, weil sie ja die Leichen hätten.

Sie würden die Leichen finden und den Fall zum Abschluss bringen.

Barrett ging von ihm fort und lief in südlicher Richtung am Ufer entlang, wo er das Wasser und die Gräser absuchte. Dann winkte er Johansson zu sich.

»Der Leiter des Taucherteams irrt sich«, sagte er. »Es gibt im See eine Strömung.«

Mit hochgezogener Augenbraue ließ Johansson seinen Blick von Barrett zu der glänzenden Wasseroberfläche wandern, die vollkommen reglos war. »Ach ja?«

»Es gibt im Norden einen Zufluss, der den See mit Wasser speist, und im Süden fließt es wieder ab. Lassen Sie uns mal einen Blick auf die Südseite werfen.«

Umschwirrt von Mücken und Moskitos stapften die beiden durch den morastigen Untergrund. Ihre Stiefel versanken bei jedem Schritt fünfzehn Zentimeter tief im Erdreich, bevor sie sich mit einem feuchten Schmatzen wieder lösten. Auf Bodenhöhe war alles eine einzige Quälerei – der Matsch und die Insekten, ihre schmerzenden Muskeln und der Schweiß setzten den Männern mächtig zu. Aber weiter oben bot sich ein bezaubernder Anblick, und die Luft unter dem kobaltblauen Himmel war von Pinienduft erfüllt. Es war eine absurde Vorstellung, dass diese beiden Welten irgendwie miteinander verbunden waren.

Am südlichen Ende des Sees erstreckte sich eine Böschung; man hatte dort ein Loch ausgehoben und mit Kies wieder aufgefüllt. Der See war von einem Mann angelegt worden, der auf dem Grundstück Ferienhäuser errichten wollte. Aber das Erdreich war kein guter Baugrund; es blieb zu lange feucht, und er hatte eher ein Sumpfgebiet als einen See erschaffen.

Don Johansson und einer der Polizisten überprüften, wie tief das Wasser auf der anderen Seite der Böschung war, wo es in einen kleinen Fluss mündete.

»Vierzig Zentimeter«, sagte der Polizist. Er schlug nach einem Moskito, der sich gierig über seinen Nacken hermachte, und es blieb ein blutiger Streifen zurück. »Hier kann unmöglich eine Leiche entlanggetrieben sein, selbst wenn man sie nicht beschwert hätte.«

»Es war ein feuchter Winter«, sagte Barrett. »Im Dezember hat es stark geregnet. Und nach der Schneeschmelze stand das Wasser bestimmt höher.«

Der Polizist schaute in Barretts Richtung und wandte dann den Blick ab.

»Agent Barrett? Selbst bei einem Rekordhochwasser wäre die Strömung nicht stark genug gewesen, um eine Leiche aus der Bucht über den See hier durchzubefördern.«

Barrett betrachtete das Wasser, das an der Böschung vorbeifloss. Es glitzerte in der Sonne und rann lieblich säuselnd über die Steine. Die meisten Menschen hätten gesagt, dass es sich wunderschön anhörte, und normalerweise hätte Barrett ihnen recht gegeben, aber in diesem Moment klang das sanfte Plätschern für ihn wie ein höhnisches Kichern.

»Machen Sie weiter«, sagte er. »Ich werde Kimberly aufsuchen.«

6

Am Tag nachdem man Cass Odoms Leiche gefunden hatte, setzte sich Kimberly Crepeaux mit einer geöffneten Wodkaflasche hinter das Steuer ihres Wagens und fuhr in der Nähe der Polizeistation von Rockland entgegen der Fahrtrichtung in eine Einbahnstraße. Als die Polizei sie schließlich anhielt, machte sie keinerlei Anstalten, die Plastiktüte mit Pillen zu verstecken, die offen auf dem Beifahrersitz lag. Sie hatte knapp 0,1 Promille Alkohol im Blut, etwas mehr, als erlaubt war. Aber sie war nicht betrunken genug, um deswegen die Drogen zu vergessen.

»Ich glaube, Sie wollten, dass man Sie verhaftet«, hatte Barrett bei ihrem ersten Gespräch zu ihr gesagt.

Aber sie hatte nur die Augen verdreht.

Heute brachten sie zwei Vollzugsbeamte ins Verhörzimmer, und nachdem sie ihr die Handschellen abgenommen hatten, verließen sie den Raum wieder. Kimberly sah wie eine Obdachlose aus. Sie wog fünfzig Kilo und war 1,50 Meter groß – obwohl sie darauf bestand, dass es 1,55 Meter waren, so wie sie auch darauf bestand, dass Barrett sie mit Kimberly anredete, auch wenn alle anderen sie Kimmy nannten. Die orangefarbene Gefängniskleidung hing in schlabbrigen Falten an ihrem Körper herunter. Das blonde Haar reichte ihr bis knapp unter die Ohren, und durch die freche Bobfrisur wurde der kindliche Ausdruck in ihrem schmalen Gesicht mit den Sommersprossen und hellgrünen Augen noch verstärkt. Sie hatte eine Tochter, für die Kimberlys

Großmutter sofort nach der Geburt das Sorgerecht beantragt hatte. Die Großmutter hatte Barrett mit weit aufgerissenen Augen und einer Zigarette im Mundwinkel den Grund für ihre Entscheidung erklärt. *Warum ich ihr die Kleine weggenommen habe? Mister, Sie haben sie selbst gesehen.*

Als Kimberly das Zimmer betrat, erhob sich Barrett mit routinierter Höflichkeit von seinem Platz. Man musste von Anfang an Respekt zeigen, wenn man die Wahrheit erfahren wollte. Man musste den Verdächtigen zum Reden ermuntern, ohne ihn zu bedrängen; er sollte sich wohl fühlen und nicht denken, dass man ihm eine Falle stellte oder ihn unter Druck setzte. Die Menschen glaubten, dass man sie verstand, wenn man nichts sagte, Augenkontakt hielt und mehr zuhörte als redete. Sobald die Menschen das glaubten, neigten sie dazu, noch mehr zu erzählen.

Eine weitere Regel: Man setzte sich dem Verdächtigen am Tisch nicht gegenüber. In einigen Fällen brachte man damit die Machtverhältnisse zum Ausdruck, aber stets handelte es sich bei dem Tisch um einen Gegenstand, der den Beamten vom Verdächtigen trennte. Barrett wollte keine Barrieren aufbauen. Er zog für Kimberly einen der roten Plastikstühle hervor und achtete darauf, dass sie wie ein Gast als Erste Platz nahm; diese unscheinbaren Gesten des Respekts waren wichtig. Nachdem Kimberly sich gesetzt hatte, trug er seinen Stuhl um den Tisch, sodass sie beide auf derselben Seite saßen und durch nichts voneinander getrennt wurden. Er setzte sich aufrecht hin, allerdings weder stocksteif wie ein Soldat noch in einer allzu lässigen Haltung. Denn damit hätte er Desinteresse oder Überlegenheit suggeriert. Außerdem beugte er sich kaum merklich zu ihr vor, zur Quelle jener Worte, die von Bedeutung waren. Dann vertrieb er alle anderen Gedanken aus seinem Kopf, um ihr Gehör zu schenken. Er versuchte, die Bilder von den glücklosen Tauchern und von Johanssons Gesichtsausdruck zu verdrängen, der immer wieder auf seine Uhr geschaut hatte.

»Es ist also vorbei«, sagte Kimberly.

Plötzlich wurde Barrett wütend, und er musste sich selbst beruhigen. *Du musst langsamer atmen und langsamer reden.* Langsamer war immer besser. Das war eine Frage der Psychologie. Bei siebzig Stundenkilometern behielt man leichter die Kontrolle als bei hundertfünfzig.

Allerdings bestand immer die Gefahr von Glatteis.

Barrett ließ ein paar Sekunden verstreichen und betrachtete das Glatteis vor sich, dann sagte er: »Es ist noch nicht vorbei. Erst wenn ich die Leichen gefunden habe.«

Kimberlys Knastblässe wirkte jetzt noch bleicher, und ihre Sommersprossen zeichneten sich deutlich darauf ab.

»Wovon reden Sie?«

»Wo sind die Leichen?«, fragte Barrett.

»An der Stelle, die ich Ihnen genannt habe. Im See, zwischen Steg und Floß.«

»Dort sind sie nicht.«

Kimberly glotzte ihn bloß an. Dann sagte sie: »Sie haben sie übersehen. Das Wasser ist ziemlich dunkel. Vielleicht hat er sie näher zum Floß gebracht. Vielleicht sind sie im Wasser hin und her getrieben.«

Blödsinn, hätte Barrett am liebsten gesagt. *Schluss mit den Lügen.* Stattdessen atmete er langsam ein und aus, blickte ihr in die Augen und sagte mit ruhiger Stimme: »Seit Tagesanbruch wird der See von Tauchern abgesucht. Im Wasser sind keine Leichen, Kimberly.«

Während all ihrer Verhöre hatte Kimberly Crepeaux ein stoisches Verhalten an den Tag gelegt. Sie war Befragungen durch die Polizei gewohnt, also wurde sie deswegen nicht gleich nervös. Außerdem wollte sie sich als kooperativer Gesprächspartner präsentieren, als hilfsbereite Bürgerin, als Teamplayer. Auf Barretts Fragen nach ihren Ausführungen zu der gemeinsamen Nacht mit Mathias Burke und Cass Odom reagierte sie zwar etwas emotionaler, aber auch das war nicht deutlich sichtbar. Sie vermied jeden Augenkontakt, fummelte an ihren Nägeln herum, starrte zur Decke oder spielte mit ihrem Haar. Kleine Anzeichen von Nervosität. Aber selbst während ihres Geständnisses hatte sie offensichtlich kein einziges Mal Angst gehabt.

Jetzt zitterte sie. Es fing ganz schwach an – mit einem Zucken ihrer rechten Hand auf der Tischplatte –, und sie faltete im Schoß ihre Hände, damit sie sich wieder beruhigten. Doch das Zittern erfasste ihre Schultern, und dann begann ihr Kinn zu zucken.

»Er hat die Leichen woanders hingebracht«, stieß sie hervor.

»Mathias?«

»Natürlich. Er hat sie weggebracht. So muss es gewesen sein, nicht wahr?«

»Mathias ist also da rausgeschwommen, vier Meter tief getaucht, hat die in Plastik gewickelten und mit Rohren beschwerten Leichen an die Oberfläche gezogen, sie in ein Fahrzeug verfrachtet und weggebracht?«

»Vielleicht hat er Seile oder so was dafür benutzt. Woher soll ich das wissen? Das letzte Mal, als ich die Leichen gesehen habe, waren sie genau an der Stelle, die ich Ihnen genannt habe! Sie sind da draußen in der Bucht im See versunken, zwischen Steg und Floß! *Sie sind da unten, und Sie haben sie übersehen!*«

Sie hatte Barrett nie zuvor angebrüllt. Sie war ungehobelt gewesen, hatte Witze gerissen, geweint, ihn verspottet und geflirtet. Sie hatte alles versucht – aber sie hatte nie gebrüllt.

Barrett musterte ihr zitterndes Kinn und ihre Hände, die sie so fest zusammendrückte, dass sich ihre durchlöcherten Venen als blaue Linien unter der weißen Haut abzeichneten. Barrett glaubte, dass sie die Wahrheit sagte.

»Wo ist der Pick-up?«, fragte er. »Wenn es tatsächlich so passiert ist, wenn er die Leichen weggeschafft hat, muss ich die Ermittlungen in eine andere Richtung lenken. Aber dafür brauche ich Beweise. Der Pick-up wäre ein Anfang. Oder irgendwelche Blutspuren. Das ist ...«

»Ich weiß nicht, wo der Pick-up ist!«

»Dann sind wir wieder ganz am Anfang. Kimberly? Ohne die Leichen ist Ihr Geständnis wertlos. Mathias' Anwälte werden Ihre Geschichte in der Luft zerreißen und der Jury erklären, *Wenn sie die Wahrheit gesagt hätte, hätte die Polizei die Leichen gefunden*. Und die Jury wird das genauso sehen.«

»Mathias hat sie weggebracht.«

»Das klingt ziemlich unglaubwürdig«, sagte Barrett. »Ihr habt verdammtes Glück gehabt, dass euch niemand gesehen hat, als ihr die Leichen versenkt habt. Vorausgesetzt, die Geschichte stimmt. Aber jetzt wollen Sie mir erzählen, dass jemand an den Tatort zurückgekehrt ist, sie aus dem Wasser geholt und weggebracht hat, ohne dass ihn irgendjemand gesehen hat? Das wird mir niemand abkaufen.«

Barrett rechnete damit, dass Kimberly auf der Wahrheit ihrer Aussage bestand. Stattdessen senkte sie den Blick und sagte: »Das heißt, er bleibt auf freiem Fuß? Ich bekomme eine Bewährungsstrafe, und Mathias bleibt auf freiem Fuß?«

»Natürlich«, sagte Barrett. »Glauben Sie etwa, ich kann ihn aufgrund eines Geständnisses, das in der Haft gemacht wurde, festnehmen? Ohne irgendeine Erklärung, wie die zwei Leichen verschwunden sind?«

Kimberlys Hals begann merkwürdig und heftig zu pulsieren. Sie musste stark schlucken und befeuchtete ihre Lippen.

»Dann verzichte ich auf eine Bewährungsstrafe«, flüsterte sie.

»Was?«

»Inzwischen weiß er, dass ich geredet habe. Wenn er auf

freiem Fuß bleibt … dann will ich nicht, dass man mich entlässt.«

Für ein paar Sekunden herrschte Schweigen. Kimberlys Hals begann erneut zu pulsieren, und sie musste erneut schlucken, während ihr Zittern stärker wurde.

Sie spielt mir etwas vor, dachte Barrett. Er wich von seiner erprobten Vorgehensweise ab und griff auf eine Methode zurück, die er stets abgelehnt hatte – er drohte ihr.

»Ich kann auf dieses ganze Theater wirklich verzichten, Kimberly. Sie sind eine schlechte Schauspielerin. Wenn wir Sie gehen lassen, werden Sie irgendwann einen Fehler machen. Was werde ich also tun, sobald ich dieses Zimmer verlassen habe? Ich werde mich mit der Staatsanwältin und dem Richter treffen und Ihre Haftverschonung beantragen. Dann können Sie nach Hause gehen, sich volllaufen lassen und mit Drogen zudröhnen, während wir warten, bis Sie erneut einen Fehler machen. Und dann können wir beide uns noch mal unterhalten.«

Kimberly Crepeaux schaute Barrett mit Tränen in den Augen an. »Sie können mich nicht einfach aus dem Gefängnis entlassen. So läuft das nicht.«

»Das hier läuft so, wie ich es will, wenn es um einen Doppelmord geht. Ich werde dafür sorgen, dass man Sie morgen nach Hause schickt. Dann können Sie sich mit Mathias treffen, um mit ihm Ihre Geschichte weiter auszuarbeiten und Ihre Lügen ein wenig auszuschmücken.«

Kimberly starrte ihn bloß an, und erneut begann ihr Hals zu pulsieren. Dann krümmte sie sich auf dem roten Plastikstuhl und übergab sich auf den Fliesenboden.

Entgeistert sprang Barrett auf die Füße. Kimberly würgte und schüttelte den Kopf, um einen Speichelfaden loszuwerden, der von ihrer Lippe hing. Barrett ging in die Knie und legte ihr die Hand auf den schmalen, zuckenden Rücken.

»Erzählen Sie mir einfach die Wahrheit«, sagte er. »Dann kann ich Ihnen auch helfen.«

»Das habe ich.« Kimberly Crepeaux rang nach Luft und hatte ihren Kopf über die Lache aus Erbrochenem auf den Fliesen gebeugt. »Ich habe Ihnen erzählt, was passiert ist.«

7

Wutentbrannt stürmte Barrett aus dem Gefängnis, während seine Gedanken zwischen dem Ausdruck verzweifelter Aufrichtigkeit auf Kimberlys Gesicht und der Erinnerung an die erfolglosen Taucher hin und her wanderten. Als er schließlich seinen Wagen erreichte, blieb er an der Tür stehen. Er legte seine Hand auf das Auto und versuchte sich wieder zu beruhigen, indem er sich auf die Berührung konzentrierte.

Komm wieder runter, Barrett. Atme. Wenn man die Dinge überstürzt, baut man nur Mist. Niemand setzt dich unter Druck. Du bist derjenige, der Druck ausübt.

Kurz darauf hatte er sich wieder unter Kontrolle. Sein Vater hatte die Fähigkeit besessen, sich bei einem Wutanfall wieder zu beruhigen, und diese Eigenschaft hatte Barretts Großvater wahnsinnig gemacht, denn er kannte nichts als Wut.

Ich bin eben in Rage geraten. Das war Ray Barretts Erklärung für seine Wutanfälle, als wäre der völlige Verlust der Selbstbeherrschung etwas ganz Natürliches, so alltäglich und selbstverständlich wie schwankende Cholesterinwerte.

Glenn Barrett hatte seinem Sohn beigebracht, innezuhalten und sich seine Wut wie ein Buch vorzustellen, jeden Moment, der ihn in Rage versetzte, als eine Seite darin zu betrachten, und sich auszumalen, wie er die Seiten langsam umblätterte und jede einzeln anschaute, bevor er das Buch wieder zuklappte und ins Regal zurückstellte.

Barrett betrachtete jetzt einen Augenblick lang jede dieser Seiten. Er war wütend, und das würde bei dem, was er nun vorhatte, nicht hilfreich sein.

Es war an der Zeit, Mathias Burke einen Besuch abzustatten.

Mathias war zehn Jahre alt gewesen, als Barrett ihn kennengelernt hatte. Barrett war damals vierzehn gewesen und hatte den Sommer mal wieder in Port Hope verbracht. Die meiste Zeit angelte er am Pier der Werft Makrelen oder verkroch sich in der winzigen Bücherei und verschlang Geschichten von John D. MacDonald und Dean Koontz. Solange er sich nicht in der schäbigen Wohnung über der Bar seines Großvaters aufhielt, ging es ihm gut.

Mathias und er liefen sich oft über den Weg, doch aufgrund ihres Altersunterschieds schenkte ihm Rob keine Beachtung. Mathias war weder sein Freund noch ein Konkurrent, und er stellte auch keine Bedrohung dar oder erfüllte ihn mit Neid. Dies waren in Robs jugendlichem *Herr der Fliegen*-Dasein die einzigen Fragen von Bedeutung. Mathias war ein Sonderling – der für sein Alter ziemlich kleine Junge war die ganze Zeit mit Arbeit beschäftigt. Er mähte Rasen, jätete in Gärten Unkraut und putzte Fenster. Er schaltete für seine Dienste Anzeigen und hatte einen alten Karren zu einer Art Ladeanhänger umgebaut, um seinen Rasenmäher mit seinem Fahrrad hinter sich herzuziehen.

Der Anhänger erregte Ray Barretts Aufmerksamkeit, und so lernten sich Rob und Mathias kennen.

»Jetzt schau dir nur diesen verdammten Burschen an«, sagte Ray an einem heißen Julinachmittag, als die laue Brise nicht mal die Moskitos vertreiben konnte. Er hatte Rob dafür eingespannt, die Zitronellöl-Lampen auf dem kleinen Balkon vor der Wohnung über der Bar aufzufüllen und zu entzünden. Unter ihnen beförderte Mathias gerade einen klobigen Rasenmäher auf den

Hof von Tom Gleason, einem Zahnarzt aus Massachusetts, der die Wochenenden und Sommerferien in Port Hope verbrachte. Der Moskitoschwarm, der Mathias verfolgte, schien ihm nichts auszumachen.

»Sein Vater ist ein nutzloses Stück Scheiße. Er gibt in meiner Bar mehr Geld aus als für seine Familie, aber dieser Junge …« Ray deutete mit seiner Bierflasche auf Mathias. »Er hat diesen verdammten Anhänger für seinen Rasenmäher umgebaut. Siehst du? Dieser Bursche macht etwas aus sich. Er arbeitet jetzt schon härter als die meisten Männer heutzutage. Tom Gleason sollte seinen Rasen selbst mähen, dieser faule Arsch.«

Inzwischen wusste Rob, worauf das hier hinauslaufen würde – eine Schimpftirade gegen seinen Vater und schließlich gegen ihn selbst.

Doch zu seiner Überraschung verzichtete Ray auf die übliche Tirade gegen seinen Sohn, den verweichlichten Professor, und seinen noch weicheren Enkel. Stattdessen sagte er: »Geh runter und hilf ihm, Robby.«

»Er will das Geld bestimmt nicht teilen«, sagte Rob.

Ray drehte sich zu ihm um und blickte ihn finster an. »Habe ich etwa gesagt, du sollst ihm sein Geld abknöpfen? Ich habe gesagt, dass du ihm helfen sollst. Mehr nicht.«

Also gingen die beiden nach unten zu dem baufälligen Schuppen, in dem Ray einen uralten Rasenmäher aufbewahrte. Obwohl Rob wusste, dass Ray seinen eigenen Rasen ebenfalls nicht selbst mähte, aber trotzdem alle anderen, die das auch nicht taten, mit Verachtung strafte, war er klug genug, das für sich zu behalten. Mit vor Wut und Verlegenheit gerötetem Gesicht schob er den Rasenmäher wortlos zu Mathias Burke hinüber, während ihm sein Großvater mit einem frischen Bier in der Hand folgte.

»Mathias, das hier ist mein Enkel Robby«, bellte Ray. »Er wird dir helfen. Denn er soll lernen, was ehrliche Arbeit bedeutet.

Und zahl ihm nicht einen Cent, hast du verstanden? Zeig ihm bloß, wie es ist, wenn man ab und zu den Arsch hochkriegen muss.«

Der kleine Junge mit den dunklen Augen und der sonnenverbrannten Haut betrachtete Ray Barrett ohne die Angst, die die groß gewachsenen Männer ihm in den Bars entgegenbrachten.

»Ja, Sir, Mr. Barrett. Aber ich brauche keine Hilfe.«

»Ich weiß. Aber er.« Ray hielt Mathias einen Fünf-Dollar-Schein hin. »Dafür, dass du ihn ertragen musst.«

Mathias schüttelte den Kopf. »Ich bin für diesen Rasen bereits bezahlt worden, Sir«, sagte er, und auf Rays Gesicht zeichnete sich Bewunderung ab. Ein Ausdruck, der sonst nur Footballspielern und Boxern vorbehalten war.

»*Daran*«, sagte er zu Rob, »solltest du dir ein Beispiel nehmen.«

Er stopfte den Fünf-Dollar-Schein wieder in die Tasche, und neugierig beobachtete Rob, wie der dürre Junge die Augen zusammenkniff. Als hätte er über Ray gerade etwas Wichtiges, wenn auch wenig Überraschendes erfahren.

Ray verschwand wieder, und die beiden Jungen schlugen fluchend auf die Moskitos ein. Ohne Rob eines Blickes zu würdigen, startete Mathias Burke den Rasenmäher und machte sich erneut an die Arbeit; seine schmalen Schultern spannten sich, während er das Gerät über den Rasen schob. Rob war wütend über diese Demütigung – der Aufenthalt bei seinem Großvater in Port Hope war schon schlimm genug, aber jetzt schuftete er auch noch ohne Bezahlung in der Hitze zusammen mit einem Jungen, der noch nicht mal in die fünfte Klasse ging. In seiner Wut schob er den Rasenmäher zu schnell vorwärts, sodass die stumpfen Klingen ungleichmäßige Streifen in das dichte Gras frästen. Weiter oben auf der Straße, vor der Methodistenkirche, verkauften zwei Mädchen, die ungefähr in seinem Alter waren, an einem Stand Limonade; er konnte sie lachen hören und fragte sich, ob sie sich über ihn lustig machten.

Während er den Rasen mähte, verfluchte er insgeheim seinen Vater, der ihn hierher geschickt hatte, seinen Großvater, weil er immer noch lebte, und die Moskitos, die sich an seinem Blut labten. Während er in selbstgerechtem Zorn versunken vor sich hinbrütete, trat Tom Gleason aus seinem Haus und brüllte ihn an.

»Dreh den verdammten Rasenmäher um. Du ruinierst mir ja noch den Wagen! Jetzt sieh dir das nur an!«

Der Auswurf von Robs Rasenmäher zeigte Richtung Auffahrt, und die Türverkleidungen des glänzenden Cadillacs mit dem Nummernschild des Staates Massachusetts waren mit Gras bedeckt.

»Wenn der Lack verkratzt ist, kriegen eure Familien was von mir zu hören,« blaffte Tom und fuhr mit der Hand über die Türen.

»Ich werden ihn waschen«, sagte Mathias Burke, und Rob und Tom Gleason waren gleichermaßen überrascht.

»Ich werde die ganze Seite säubern«, sagte Mathias. Er schaltete seinen Rasenmäher aus und lief zu den beiden hinüber. »Er wird danach wieder einwandfrei aussehen. Versprochen, Sir.«

Tom Gleason sah ihn mit zusammengekniffenen Augen an. »Okay. Aber wenn er beschädigt ist, lasse ich deinen Vater kommen.

»Er wird wieder einwandfrei aussehen«, wiederholte Mathias.

Tom Gleason stieß ein Knurren aus und ging zurück ins Haus. Rob wandte sich zu Mathias um.

»Tut mir leid«, sagte er, und das war ehrlich gemeint. Doch der kleinere Junge schenkte ihm keine Beachtung. Stattdessen lief er über den Hof zu einem Schlauch, der zusammengerollt neben Tom Gleasons Haus lag. Er drehte das Wasser auf, zog den

Schlauch herüber und spritzte die Seite des Wagens damit ab. Rob rannte zum Schuppen seines Großvaters zurück und holte einen Lappen und eine alte Flasche Autowachs. Nachdem Mathias das Gras abgespritzt hatte, rieb Rob den Lack mit dem Wachs ein, und der Cadillac erstrahlte in neuem Glanz.

In diesem Moment richtete Mathias zum ersten Mal das Wort an ihn.

»Behalte das Haus im Auge, und sag mir, falls er rauskommt.«

»Was?«

»Behalt es einfach im Auge, okay?« Mathias holte ein Taschenmesser aus seiner Tasche. Er zog an der Fahrertür, die nicht verschlossen war, und entriegelte den Kofferraum. Dann drückte er die Tür wieder zu, lief zum Heck des Wagens und beugte sich in den Kofferraum.

»Was machst du da?«, fragte Rob.

Mathias antwortete nicht. Er hatte die Stoffabdeckung an der Rückseite des Kofferraums heruntergezogen und klappte den Schraubenzieher seines Taschenmessers heraus. Er bewegte sich mit gebeugtem Kopf rasch von der linken Seite des Kofferraums zur rechten, während seine kleinen Hände flink zu Werke gingen. Als Rob begriff, dass er die Rücklichter lockerte, begann er zu grinsen.

»Hey«, sagte er, »klasse Idee. Vielleicht wird er angehalten und bekommt einen Strafzettel, dieser Wichser.«

Mathias schloss den Kofferraum. »Erzähl bloß niemandem davon, du Weichei.«

Rob starrte ihn an. Der dürre Junge reichte ihm gerade mal bis zum Schlüsselbein.

»Wie hast du mich genannt?«

»Ein Weichei«, sagte Mathias ruhig mit seiner sanften, hohen Stimme, die vom Stimmbruch bisher verschont geblieben war. »Halt einfach die Klappe, und komm mir nicht in die Quere. Es ist mir egal, was dein besoffener Großvater denkt, aber bleib mir vom Leib, du Weichei.«

Rob war zunächst eher überrascht als wütend, aber das änderte sich schnell. »Wenn du mich noch einmal so nennst, breche ich dir die Nase.«

Zum ersten und einzigen Mal an diesem Tag lächelte Mathias Burke.

»Das würde ein böses Ende für dich nehmen«, sagte er.

Rob funkelte ihn wütend an und begriff, dass Mathias recht hatte. Es würde für Rob übel ausgehen, wenn er diesem kleinen Jungen eine Abreibung verpasste. Für Ray Barrett wäre keine Gürtelschnalle in ganz Texas groß genug, um Rob damit den Hintern zu versohlen, falls er erfuhr, dass sein Enkel einen Jungen geschlagen hatte, der halb so groß war wie er. Auch wenn es Rob widerstrebte, er war beeindruckt – der Junge wusste genau, womit er durchkam, und auch warum.

Mathias ließ seinen Blick von ihm zu Tom Gleasons Hof wandern. Seine Augen wirkten abwesend und nachdenklich, wie Rob das auch von seinem Vater kannte, wenn dieser eine anstehende Vorlesung konzipierte oder ein Buch las.

»Er hat den Hund ins Haus gebracht«, sagte Mathias. »Weil er wusste, dass ich den Rasen mähe, hat er ihn reingebracht. Damit hätten wir ihn fertigmachen können. Seine Frau liebt diesen Hund. Wahrscheinlich mehr als ihn.«

Tom Gleasons Frau besaß einen winzigen, flauschigen weißen Hund, der oft ein langgezogenes, schrilles Bellen ausstieß, das einem durch Mark und Bein ging. Der Hund war häufig draußen angeleint und rannte hysterisch kläffend im Kreis.

»Wovon redest du? Was würde ihn fertigmachen?«, fragte Rob ein wenig beunruhigt, denn der nachdenkliche Gesichtsausdruck des Jungen wirkte ungewöhnlich reif für sein Alter; allerdings nicht in einem positiven Sinn.

»Ich rede nicht mit dir. Hau ab, bevor ich deinem versoffenen Großvater erzähle, dass du mich von der Arbeit abhältst.«

Schlag ihn, dachte Rob. *Du kriegst dieses Wochenende sowieso für irgendwas eine Tracht Prügel. Du weißt zwar noch nicht wofür, aber du kannst es dir wenigstens verdienen.*

Aber er schlug ihn nicht. Er sagte sich – und Mathias –, dass er sich wegen des Alters- und Größenunterschieds zurückhalten und nicht dazu herablassen werde, mit einem kleinen Jungen eine Schlägerei anzuzetteln.

In Wirklichkeit mochte er die Augen des Jungen nicht.

An diesem Abend brachte Tom Gleason den Hund wieder nach draußen, worauf er unaufhörlich bellend umherrannte. Ray Barrett verfluchte ihn und Tom Gleason dafür. Am nächsten Morgen jedoch herrschte Stille, und auch am Nachmittag und am Abend war nichts zu hören. Erst am darauffolgenden Tag tauchte Barbara Gleason in der Bar auf und fragte mit Tränen in den Augen, ob jemand die kleine Pippa gesehen habe. Der Hund habe sich von der Leine losgerissen und sei verschwunden.

Rob sagte dazu nichts, aber er musste die ganze Zeit an Mathias denken.

Damit hätten wir ihn fertigmachen können. Seine *Frau liebt diesen Hund. Wahrscheinlich mehr als ihn.*

Am Nachmittag ging Rob zu den Gleasons rüber und fragte nach einem Foto des Hundes.

»Ich dachte, ich könnte ein paar Zettel aufhängen«, sagte er.

Barbara Gleason bedankte sich bei ihm, und Rob suchte die Post auf – den einzigen ihm bekannten Ort in Port Hope mit einem Kopierer – und fertigte fünfzig Kopien an. Er tackerte sie überall im Dorf an Telefonmasten und Bäume, und mit den restlichen fünf ging er zum Haus der Burkes.

Als Mathias ihn sah, kam er nach draußen. Rob befestigte eins der Plakate direkt an ihrem Briefkasten. Mathias lief zu ihm herüber und betrachtete es mit ausdruckslosem Gesicht und leerem Blick.

»Hast du ihren Hund mitgenommen?«, fragte Rob.

»Natürlich nicht.«

»Ich glaube aber doch.«

»Das ist lächerlich«, sagte Mathias. Aber in seinen Augen war ein schwaches Funkeln zu erkennen, als würde er gerade einen Witz erzählen und hätte noch nicht die Pointe zum Besten gegeben. »Ich mag diese Leute. Und sie mögen mich. Außerdem leiste ich für sie gute Arbeit, und sie bezahlen mich anständig. Warum sollte ich ihnen so etwas antun? Der Einzige, den er an diesem Tag angeschrien hat, warst du. Falls irgendjemand dem Hund was angetan hat, würde ich mich erst mal an dich wenden. Aber ich werde dich nicht verpfeifen. Halt weiter Ausschau nach dem Hund. Wenn du ihn findest, bist du der Held.«

Mit diesen Worten ging er wieder ins Haus. Rob blieb stehen und schaute ihm nach, bevor er einen weiteren Zettel an die Eingangstür tackerte und heimging.

Die Gleasons blieben die ganze Woche lang in Port Hope, liefen durch die Straßen und riefen nach ihrem Hund. Sie baten die Nachbarn inständig, sie anzurufen, falls sie Pippa sehen würden. Doch es rief niemand an. Falls irgendjemand den Hund gesehen hatte, wusste Rob nichts davon.

Zwanzig Jahre nach diesem Vorfall hörte Rob Mathias' Namen erneut im Zusammenhang mit einem Verbrechen, und er war bereit, Kimberly Crepeaux mehr Glauben zu schenken als die meisten anderen Leute.

Er hatte keinen Zweifel daran, dass Mathias, wie die Bewohner sagten, ehrgeizig war. Er fragte sich oft, woher dieser Ehrgeiz kam, und dachte über die stille Düsternis nach, die Mathias umgab.

Während die Taucher den See absuchten, stand Mathias unter

Beobachtung, und als Barrett jetzt zu ihm fuhr, arbeitete er gerade an einem Haus in Rockland.

»Nehmen wir ihn fest?«, fragte der Deputy von der Überwachungseinheit, als Barrett an seinen Wagen trat. Der Beamte, ein muskulöser junger Bursche, sah aus, als würde er den ganzen Tag im Kraftraum verbringen.

»Noch nicht«, sagte Barrett.

»Habt ihr im See nichts gefunden? Ich habe hier die ganze Zeit gewartet, aber ich …«

»Machen Sie das Fenster zu. Außerdem parken sie viel zu dicht am Haus.«

»Er hat nicht mal einen Blick nach draußen geworfen.«

»Dann wollen wir ihn auch nicht dazu ermutigen«, sagte Barrett und lief die Straße hinauf.

Mathias arbeitete an einem Haus, von dem aus man den Hafen überblickte. Es war schätzungsweise hundertfünfzig Jahre alt. Das ehemals stattliche, dreistöckige Gebäude im Kolonialstil erinnerte an einen kräftigen Mann, der von chronischen Schmerzen geplagt wurde – es stand nur noch mit Mühe aufrecht und würde bald zusammenbrechen. Durch eines der Vorderfenster konnte Barrett Mathias sehen. Er errichtete vor einer riesigen Wand mit rissigem Putz ein Gerüst, und die Böden waren mit farbverschmierten Planen bedeckt. Als Barrett gegen die Scheibe klopfte, schaute Mathias auf. Er wirkte weder beunruhigt noch wütend, er hielt lediglich einen Finger in die Höhe, um ihm zu signalisieren, dass er gleich bei ihm sei. Er zog eine Schraube fest, legte die Ratsche hin und wischte sich die Hände an seiner Jeans ab, dann kam er in aller Ruhe zur Tür.

»*Special* Agent Barrett«, sagte er. »Immer wieder eine angenehme Überraschung, Mann. Eine *spezielle* Überraschung.«

Mathias war ein paar Zentimeter kleiner als der 1,85 Meter große Barrett und wog wahrscheinlich zehn Kilo weniger, aber aufgrund der körperlichen Arbeit war er sehnig und stark. Sein Vater war zwar kräftiger als er gewesen, aber der Großteil seines Körpergewichts bestand aus seinem Bierbauch.

»Tut mir leid, dass ich dich stören muss, Mathias«, sagte Barrett, »aber ich habe eine weitere Frage an dich.«

Mathias lächelte übers ganze Gesicht. »Immer noch eine weitere Frage. Du musst dein Gedächtnis trainieren, Special Agent. Offensichtlich vergisst du jedesmal einige deiner Fragen.«

Mathias Burke besaß zwei unterschiedliche Persönlichkeiten, und er konnte mühelos zwischen ihnen hin und her wechseln. Er war intelligent, wortgewandt und charmant. Aber wenn er wollte, konnte er auch unnachgiebig und einschüchternd sein. Es gab Leute, die sich gegenüber der Polizei abweisend verhielten, um ihre Angst zu überspielen, aber einige wenige Leute hatten tatsächlich keine Angst. Mathias Burkes Selbstbewusstsein war jedenfalls keine Fassade.

»Hat Cass irgendwann hinter dem Steuer deines Pick-ups gesessen, als ihr zum See gefahren seid?«, fragte Barrett.

Es gab keinen Grund, diese Frage zu stellen, außer um zu testen, wie Mathias darauf reagierte. Ihm war inzwischen klar, dass Barrett Hinweisen auf ihn und die zwei Frauen nachging. Von dem Geständnis konnte er allerdings noch nichts wissen, und Barrett wollte unbedingt sehen, wie er auf die Information hinsichtlich des Sees reagierte.

Mathias lächelte immer noch. Er lehnte sich gegen den Türrahmen und musterte Barrett amüsiert. »Ihr Kopf schon. Daran kann ich mich erinnern. Hinter dem Steuer, oder darunter, je nachdem, wie man es betrachtet. Vielleicht für fünf oder zehn Minuten. Verdammt, ich hatte was getrunken, also wahrscheinlich waren es fünfzehn. Du weißt ja, wie das ist, Mann.« Er zwinkerte ihm zu.

Es hatte eine Weile gedauert, um an diesen Punkt zu gelangen.

Bei Barretts erster Befragung war Mathias ihm wie einem Kunden begegnet – höflich, ruhig und zuvorkommend. Erst später ließ er seine Maske ein wenig fallen, und ihr Gespräch nahm einen anderen Tonfall an; seine routinierte Höflichkeit wich einer vulgären und ungehobelten Ausdrucksweise. *Darauf willst du also hinaus, ja?*, hatte er gesagt. *Ich bin also der weiße Prolet, nach dem du suchst?* Aber er wurde kein einziges Mal wütend. Je näher Barrett ihm kam, desto mehr schien Mathias sich zu amüsieren.

»Wie lautet also eure neueste Theorie?«, fragte er. »Dass Cass den Pick-up gefahren hat? Das ist wirklich brillant. Also, ich weiß ja, dass euch langsam die Ideen ausgehen, aber das wäre nur zu meinem Vorteil. Glaubt ihr etwa, dass ich sie schütze? Sicher doch. Ich betreibe ein Unternehmen mit vierzehn Angestellten, die sich um Dutzende Häuser kümmern, verdiene von Jahr zu Jahr mehr Geld, habe immer weniger Freizeit und werde immer erfolgreicher, während es für alle anderen bergab geht – aber ich setzte das alles für eine tote Crackhure aufs Spiel. Nur weil ich ihren guten Ruf wahren will? Du hast den Nagel auf den Kopf getroffen. Ich wollte nicht, dass die Leute schlecht von der Heiligen Cass denken. Gute Arbeit.«

»Was ist mit Kimberly?«, fragte Barrett. »Hat sie irgendwann den Pick-up gefahren?«

»Kimmy kann nur mit Automatik fahren«, sagte Mathias.

Er hatte Spaß daran, einem diese kleinen Brocken hinzuwerfen, und seine Rechnung ging jedesmal auf. Er erwähnte dann irgendeinen Umstand, von dem er wusste, dass die meisten Detectives darauf anspringen würden – *Woher wissen Sie, dass der Pick-up keine Automatikschaltung hatte, wenn Sie angeblich nicht dringesessen haben?* –, und dann tat er entweder so, als wüsste er nicht, warum er das überhaupt gesagt hatte, oder er spielte seine Spielchen noch ein bisschen weiter.

Barrett würde heute nicht darauf einsteigen. Er nickte Mathias bloß zu, als hätte er ihm etwas Wichtiges mitgeteilt, und sagte: »Morgen werden wir die Leichen haben.«

»Ich bin verdammt froh, das zu hören.«

Für einen Moment standen die beiden schweigend da und musterten einander, bevor Barrett sagte: »Erinnerst du dich noch an Tom Gleason?«

»Sicher. Der Zahnarzt aus Boston. Ein Riesenarschloch. Er hat immer zu spät bezahlt und nie Trinkgeld gegeben. Sag mal, bist du in letzter Zeit mal in der Harpoon gewesen?«

»Ich war nicht mal in der Nähe.«

»Schade. Der Laden ist nicht mehr das, was er mal war. Aber ich dachte, du würdest ihm um der alten Zeiten willen mal einen Besuch abstatten. Um ihm deine Ehre zu erweisen oder so was in der Art.«

»Die Harpoon ist kein Friedhof oder eine Kirche, Mathias.«

»Ach nein?« Mathias runzelte die Stirn und wackelte mit dem Kopf, als wäre er damit nicht ganz einverstanden. »Es gibt hier nicht viele Leute, die deinen Großvater vermissen, aber ich schon. Ich würde gerne hören, was er zu deiner Arbeit zu sagen hätte.«

»Mich interessiert mehr, was die Jury dazu sagen wird.«

»Er war ein ziemlicher Idiot, wenn er betrunken war, aber im nüchternen Zustand war er auf Zack« fuhr Mathias fort, als hätte Barrett nichts gesagt. »Jedenfalls merkte er, wenn jemand log. Selbst sternhagelvoll hätte er der beschissenen Kimmy Crepeaux keine einzige ihrer Geschichten abgekauft.«

Barrett nickte und wandte sich zum Gehen. »Bleib in der Nähe, Mathias. Ich werde dich bald brauchen.«

»Bisher habe ich mich nicht aus dem Staub gemacht, oder? Und sag deinem Kollegen weiter die Straße rauf, dass er die Fenster wieder runterlassen soll. Es ist zu heiß, um jemanden aus einem geschlossenen Wagen zu beobachten. Ich will nicht, dass der arme Kerl noch an einem Hitzschlag stirbt und ein weiterer Toter auf mein Konto geht.«

Barrett versuchte, sich seine Verärgerung darüber, dass Mathias das Überwachungsfahrzeug entdeckt hatte, nicht anmerken zu lassen. Kommentarlos stieg er die Stufen der Veranda hinunter und lief Richtung Straße. Nachdem er den Hof überquert und den Gehweg erreicht hatte, rief Mathias: »Viel Glück, Barrett. Hol dir keine nassen Füße.«

Barrett gab ihm nicht die Genugtuung, sich noch einmal umzudrehen. Aber durch die Bemerkung geriet er ein wenig ins Straucheln, was auch Mathias nicht entging.

Gefolgt von seinem tiefen Lachen marschierte Barrett die Straße hinunter.

8

»Die Leute reden schon den ganzen verdammten Tag von diesen Tauchern«, sagte Don Johansson, nachdem Barrett ihm von seinem Besuch bei Mathias Burke und dessen spöttischem Abschiedsgruß erzählt hatte. »Inzwischen spricht die ganze Stadt davon. Wahrscheinlich hat Mathias einen Anruf oder eine SMS bekommen, oder er hat auf Facebook davon erfahren. Es ist kein Geheimnis, wo wir nach den Leichen suchen.«

»Ich weiß«, sagte Barrett. »Aber ich weiß auch, dass wir an der richtigen Stelle suchen.«

»Ach ja? Erzählen Sie das *denen* mal.«

Johansson deutete mit der Hand genervt auf die Taucher, die gerade ihre Ausrüstung säuberten. Es war kurz vor Sonnenuntergang. Der Hubschrauber eines Fernsehsenders aus Portland war inzwischen wieder verschwunden und die meisten Schaulustigen auf der anderen Straßenseite gegangen. Zwei der Taucher saßen erschöpft am Ufer, schlugen nach den Moskitos und warfen Barrett verächtliche Blicke zu. Er machte ihnen deswegen keinen Vorwurf. Es war ein langer, anstrengender Tag gewesen, und es war nichts dabei herausgekommen.

»Das passt nicht zu Mathias«, sagte Johansson. »Niemand hier glaubt, dass er Drogen genommen hat. Keine der befragten Personen konnte sich daran erinnern, dass er je Drogen konsumiert hat, oder hat irgendwas darüber gehört.«

»Kimberly hat mich nicht angelogen.«

»*Diesmal* nicht, meinen Sie.«

Barrett blieb nichts anderes übrig, als zu nicken. Kimberly hatte zunächst irgendwelche erfundenen Geschichten erzählt, bevor sie ein Geständnis abgelegt hatte.

»Und? Hat sie eine andere Stelle genannt, an der wir suchen können?«, fragte Johansson. »Einen Baum, den wir vielleicht hochklettern müssen?«

Barrett ignorierte seinen Sarkasmus und sagte: »Holen Sie bitte Clyde zu mir.«

Clyde Cohen war für das Taucherteam verantwortlich und hatte seit Jackie Pelletiers und Ian Kellys Verschwinden sämtliche Suchaktionen überwacht. Der heutige Einsatz am See hatte der erfolgreiche Abschluss zahlreicher kraftraubender und vergeblicher Anstrengungen werden sollen.

»Was gibt's, Barrett?«, fragte Clyde. Sein Gesicht war schweißgebadet und dort, wo die Moskitos ihn gestochen hatten, mit getrockneten Blutflecken verschmiert. Er hatte den ganzen Tag klaglos seine Arbeit verrichtet, und Barrett wusste, dass er das auch an unzähligen weiteren Tagen tun würde.

»Ich will den See trockenlegen«, sagte Barrett.

Für eine ganze Weile war nur das unerbittliche Summen der Moskitos zu hören.

»Den See trockenlegen?«, sagte Clyde und zog mit seinem Akzent das letzte Wort unnatürlich in die Länge. Aber vielleicht war das auch nicht seinem Akzent, sondern seiner Ungläubigkeit geschuldet.

»Ja.«

Clyde blinzelte ihn an. »Bei allem Respekt, aber wenn die Leichen im Wasser gewesen wären, hätten wir sie inzwischen gefunden. Es ist nicht tief oder dunkel genug.«

»Schon möglich, dass wir keine Leichen finden«, sagte Barrett. »Obwohl ich es immer noch hoffe. Aber nur weil wir sie noch nicht gefunden haben, heißt das nicht, dass dort unten keine Beweise liegen. Ich will den See trockenlegen, damit wir einen Blick auf den Grund der Bucht werfen können.«

»*Warum?*«

»Um herauszufinden, wie man die Leichen fortgeschafft haben könnte.«

Don Johansson schaute in den Himmel, und Clyde Cohen richtete den Blick zu Boden.

»Der See ist nicht besonders groß«, sagte Barrett. »Und der alte Damm ist ziemlich baufällig. Wir könnten ihn problemlos einreißen, und das Wasser würde rasch abfließen. Jedenfalls in der Bucht. Dann können wir alles genau sehen.«

»Wir können nicht einfach den Damm einreißen«, sagte Clyde. »Haben Sie eine Ahnung, wie viele Genehmigungen wir einholen müssen, wenn es um ein Ufergrundstück geht? Heiliger Strohsack, das ist ein einziger Papierkrieg.«

Heiliger Strohsack war so ziemlich der schlimmste Fluch, den Clyde Cohen auf Lager hatte.

»Ich werde Ihnen dabei helfen, sie zu bekommen«, sagte Barrett. »Ich werde ein paar Bundesanwälte mit der Sache betrauen.«

Clyde rieb sich die Augen. »Wir benötigen ein Umweltgutachten, bevor wir hier auch nur einen Spatenstich tun können, geschweige denn mit einem Bagger anrücken.«

»Dann lassen Sie eins erstellen«, sagte Barrett.

In diesem Moment spürte er eine Hand an seinem Arm, und als er nach unten schaute, sah er, dass Don Johansson ihn von Clyde fortzog. Fort vom Ufer. Barrett folgte ihm, und als sie den Hügel so weit emporgestiegen waren, dass man sie nicht mehr hören konnte, blickte Johansson ihm direkt in die Augen.

»Tut mir leid, Barrett«, sagte er. »Ich hatte so sehr gehofft, dass wir richtig liegen. Das wissen Sie. Aber wir lagen falsch. Kimmy hat Ihnen – *uns* – eine weitere Lüge aufgetischt. Vielleicht bekommen Sie irgendwann die Wahrheit aus ihr heraus. Aber es lohnt sich nicht, dieser Geschichte weiter nachzugehen.«

»Sie hat nicht gelogen«, sagte Barrett. »Die Leichen sind im See gewesen. Wenn sie nicht mehr da sind, hat Mathias sie fortgeschafft. Wenn das der Fall ist, hat er dabei wahrscheinlich den Grund aufgewühlt. Vielleicht hat er da unten irgendwas zurückgelassen, das uns weiterbringt, etwas, das die Taucher übersehen haben. Eines der Rohre, ein Stück Plastikplane oder einen Knochensplitter.«

Johansson erwiderte nichts.

»Wir werden den See trockenlegen«, sagte Barrett. »Und wir werden etwas finden. Darauf verwette ich meinen guten Ruf, Don. Meine Karriere.«

»Ich glaube, sonst bleibt Ihnen auch nicht viel übrig«, sagte Johansson leise.

9

Obwohl Barrett mit der Staatsanwältin erst vor vierundzwanzig Stunden vereinbart hatte, dass sie niemanden festnehmen würden, bevor sie die Leichen gefunden hätten, traf er sich nach der Abfahrt vom See erneut mit ihr und erklärte, dass sie Mathias verhaften sollten.

Colleen Davis, die Staatsanwältin, die wie die Polizei wegen der erfolglosen Ermittlungen unter öffentlichem Druck stand, sagte, dass sie Anklage erheben würde – aber wenn sie im See nichts finden würden, könnten sie Mathias nur für kurze Zeit festhalten.

Roxanne Donovan war weniger begeistert.

»Selbst für einen unfähigen Anwalt wäre es ein Kinderspiel, Crepeaux auseinanderzunehmen«, erklärte sie Barrett am Telefon. »Ohne irgendwelche Beweise präsentieren Sie ihm einen Freispruch auf dem Silbertablett.«

»Ich werde die Beweise finden«, sagte er. »Aber nur mit Ihrer Unterstützung.«

Roxanne war eine intelligente, unnachgiebige Frau, die ihre Agenten vor öffentlichem oder politischem Druck in Schutz nahm – vorausgesetzt, sie war von ihrer Arbeit überzeugt.

»Glauben Sie wirklich, dass im See irgendwas ist, das die Taucher nicht finden können?«

»Die Leichen haben dort gelegen«, sagte Barrett. »Und das heißt, dass sie entweder noch da sind oder weggebracht wurden. In der Bucht ist nichts, aber sie ist von einer Art Sumpfgebiet umgeben. Außerdem gibt es eine Strömung. Dort unten liegen irgendwelche Beweise. Und ich werde Ihnen sagen, was noch passiert, wenn wir den See trockenlegen – wir werden Mathias zum Reden bringen. Wenn er im Fernsehzimmer des Knox County Gefängnisses in den Nachrichten sieht, wie der Wasserpegel des Sees immer weiter sinkt, wird ihn das nervös machen.«

Während er die Gründe für seinen Antrag darlegte, begriff er, dass seine unerschrockene Äußerung gegenüber Johansson jetzt Realität wurde – er verwettete tatsächlich seine Karriere auf diesen Fall.

»Ich weiß nicht, ob ich das veranlassen kann«, sagte Roxanne. »Und bevor ich mich der Sache annehme, will ich unbedingt, dass das Taucherteam noch einmal den See absucht. Wir müssen dort auf jeden Fall irgendetwas finden, Barrett.«

»Werde ich sonst gefeuert?«, fragte er halb im Scherz, und Roxanne antwortete ihm auf die gleiche Weise.

»Das FBI feuert nur selten seine Agenten«, sagte sie. »Es beerdigt sie.«

Seit dem Mittag hatte Howard Pelletier insgesamt neunzehnmal angerufen. Aber Barrett hatte die Anrufe ignoriert, während er darauf wartete, dass die Taucher irgendwann unweigerlich auf die Leichen stoßen würden. Als Howard zum zwanzigsten Mal anrief, war Barrett gerade auf dem Weg zu Mathias' Verhaftung, und man hatte die Suche wegen Einbruchs der Dunkelheit inzwischen abgebrochen. Widerwillig hob er diesmal ab.

»Werden Sie ihn verhaften?«, fragte Howard. »Das hat Colleen jedenfalls gesagt.«

»Ja.«

»Dürfen Sie das überhaupt, obwohl sie nichts gefunden haben?«

»Das Geständnis reicht für einen Haftbefehl aus. Und die Beweise, die wir finden werden, tun ein Übriges.«

»Kaufen Sie Kimmy ihre Geschichte immer noch ab?«

»Das Geständnis ist ein wichtiger Schritt, und ich wünschte, wir hätten inzwischen Beweise, die ihre Aussage bestätigen, aber die Staatsanwältin kann jetzt …«

»Danach habe ich nicht gefragt«, sagte Howard. »Nach Ihrem weiteren Vorgehen, der Gesetzeslage oder sonst irgendwas. Ich will wissen, was Sie *glauben.*«

»Ich denke, dass es sinnvoll ist, ihn unter Druck zu setzen. Ich denke, wir …«

»Glauben Sie, dass er meine Tochter getötet hat?«, brüllte Howard mit schmerzverzerrter Stimme.

»Ja«, sagte Barrett. »Ja, ich glaube, dass er Jackie getötet hat, und ich werde keine Ruhe geben, bis ich das bewiesen habe.«

»Aber wenn die Taucher nichts finden, hat Kimmy gelogen. Sie hat bestimmt gelogen.«

»Sie hat nicht gelogen«, sagte Barrett, und er begriff, dass es ein schlimmer Fehler war, sich für den Mangel an Beweisen zu verteidigen. Das war genau die Art von dilettantischer Ermittlungsarbeit, mit der er sich ein Jahrzehnt lang beschäftigt hatte.

»Ich will damit sagen, dass sie zumindest teilweise die Wahrheit gesagt hat«, sagte er, um seine Aussage ein wenig zu relativieren.

»Mathias weiß, was passiert ist«, sagte Howard. Das war gegenüber seinen gestrigen Einwänden ein deutlicher Sinneswandel. Barrett hatte damit gerechnet, dass er sich vielleicht darüber freuen würde, dass der See leer war, weil er dann an seiner verzweifelten Hoffnung festhalten konnte. Stattdessen akzeptierte er, dass Kimberly die Wahrheit gesagt hatte.

Weil er dir vertraut hat. Weil du ihm gesagt hast, dass du ihr glaubst, und weil er dir glaubt. Darum sollte sie verdammt noch mal besser die Wahrheit gesagt haben.

»Wenn Sie Anklage gegen ihn erheben«, sagte Howard Pelletier, »steht dieser Feigling mit dem Rücken zur Wand, und Sie werden den Mistkerl zum Reden bringen. Davon bin ich überzeugt.«

»Ja«, sagte Barrett. »Ja, das werde ich.«

Um neun Uhr abends wurde Mathias Burke festgenommen. Don Johansson nahm die Verhaftung vor, während Barrett ihn vom Hof aus beobachtete. Hinter einer eilig errichteten Absperrung auf der Straße hatte ein Kamerateam Position bezogen. Mathias war ruhig, höflich und zuvorkommend. Er machte zwar ein finsteres Gesicht, wirkte jedoch keineswegs verängstigt. Ein Fernsehreporter aus Portland rief ihm eine Frage zu, als sie über den Hof zu Johanssons Streifenwagen liefen.

»Mathias! Wollen Sie einen Kommentar abgeben?«

Johansson lief mit ihm weiter, doch Mathias drehte sich um und starrte in das grelle Licht der Scheinwerfer. Offensichtlich machte ihm das nichts aus; er blinzelte nicht mal, als sie sein Gesicht erleuchteten. *Urteilslichter* hatte einer von Barretts alten Professoren sie genannt.

»Es tut mir leid, dass die Pelletiers und Kellys das hier durchmachen müssen«, sagte Mathias. »Sie haben das nicht verdient.«

Der Fernsehreporter rief eine weitere Frage, aber Mathias senkte nur den Kopf und lief auf den Streifenwagen zu. Johansson öffnete die Tür, legte Mathias die Hand auf den Hinterkopf, um ihn auf die Rückbank zu drücken, und schloss die Tür. Offensichtlich nahm er die Kameras bewusster wahr als Mathias oder machte sich ihretwegen zumindest mehr Sorgen. Mit eingezogenem Kopf eilte er um den Streifenwagen, und Barrett, der ihn dabei beobachtete, dachte, *Er glaubt nicht, dass wir den Richtigen haben.*

Mathias weigerte sich, irgendeine Frage zu Kimberly Crepeaux' Geständnis zu beantworten, und lehnte es ab, einen Lügendetektortest zu machen. Mit gleichmäßiger, ruhiger Stimme berief er sich mehrfach auf sein Recht, mit einem Anwalt zu sprechen.

»Du wirst deinen Anwalt bekommen«, sagte Barrett. »Aber eins interessiert mich – warum hast du nicht gesagt ›Ich bin unschuldig‹ oder ›Ich war es nicht‹? Du hast kein einziges Mal gesagt ›Ich war es nicht‹.«

»Ich will jetzt meinen Anwalt sprechen«, sagte Mathias.

»Antworte mir. Warum siehst du mir nicht in die Augen und sagst ›Ich war es nicht‹?«

Mathias blickte ihm in die Augen und sagte: »Weil die Beweise das für mich erledigen werden. Du hast der bescheuerten Kimmy Crepeaux tatsächlich geglaubt?« Er schüttelte den Kopf. »Viel Glück, Mann. Dann muss ich mir ja keine Sorgen machen. Du aber schon.«

Damit war Mathias' Gespräch mit der Polizei beendet. Anschließend traf er sich mit einem Anwalt, ohne jedoch eine Aussage zu machen. Gegenüber der Öffentlichkeit hüllte sich der Beschuldigte in Schweigen. Kimberly Crepeaux hingegen gab eine Stellungnahme ab: Sie teilte der Öffentlichkeit mit, dass sie an ihrem Geständnis festhalte, erklärte ihre Bereitschaft, gegen Mathias Burke auszusagen, und entschuldigte sich bei den Familien für ihre Beteiligung an den Morden.

Viele Leute wussten nicht, dass Barrett sich in einer vertrauten Rolle wiederfand – erneut hielt er sich in Port Hope auf, fest davon überzeugt, die Wahrheit zu kennen, ohne jedoch Beweise dafür zu haben. Mit dem einzigen Unterschied, dass diesmal seine Familie nicht in die Sache verwickelt war.

10

Rob Barrett war acht Jahre alt gewesen, als er seine Mutter in seinem Elternhaus tot aufgefunden hatte.

Er stieg aus dem Schulbus und lief ins Haus, verwundert darüber, dass sie ihm die Tür nicht aufhielt. Sein Großvater war übers Wochenende zu Besuch gewesen und am Morgen wieder gefahren, und Rob freute sich darauf, dass nach dessen Abreise wieder Ruhe einkehren würde. Bei jedem seiner Besuche verbreitete Ray Barrett eine angespannte Atmosphäre.

Im Haus herrschte Stille, und Robs Mutter antwortete nicht auf seine Rufe. Besorgt verharrte er hinter der Türschwelle, als er kurz darauf ein Geräusch hörte. Ein langsames, gleichmäßiges Tropfen. Von Wasser auf Steinboden.

Er lief durch die Küche zu der Tür, hinter der sich die Kellertreppe befand, und das Tropfen wurde lauter. Als er die Tür öffnete, sah er, wie seine Mutter mit dem Kopf auf dem rissigen Kalksteinboden dalag, die Beine in seine Richtung ausgestreckt, während aus einem undichten Leitungsrohr über ihr langsam Wasser in die Blutlache unter ihrem Schädel tropfte.

Die Polizei traf noch vor Robs Vater ein, und die ursprüngliche Einschätzung der Lage wurde später offiziell bestätigt: Es handelte sich um einen tragischen Unfall.

Die drei akkurat renovierten Stockwerke des Hauses waren in einem tadellosen Zustand, aber der Keller war seit 1883 unverändert geblieben. Die Treppenstufen waren abgewetzt, es gab dort scharfe Kanten, und alles war nur schwach beleuchtet.

Außerdem gab es dort eine undichte Leitung. Das war das Problem gewesen. Oder der *entscheidende Faktor*, wie es im Abschlussbericht hieß. Wenn sich auf dunklen Steinen eine Wasserlache bildete, drohte Gefahr. Das leuchtete jedem ein.

Außer einer Person, einem Lieutenant der Universitätspolizei, dem die undichte Leitung keine Ruhe ließ.

Nachdem die Beamten wieder verschwunden waren, kehrte er noch einmal zurück. Er wollte weitere Fotos von dem Keller machen, erneut Abmessungen vornehmen und mit leistungsstarken Scheinwerfern das Rohr ausleuchten. Außerdem wollte er ein paar weitere Fragen stellen. Barretts aufgewühlter Vater ließ ihn bereitwillig ins Haus, kochte ihm Kaffee und erzählte ihm alles, was ihm einfiel. Nach dem zweiten Besuch bekam Barretts Großvater Wind von der Sache.

Und es braute sich ein Sturm zusammen.

Statt einfach anzurufen, fuhr er die drei Stunden von Port Hope zu ihnen herunter. Rob versteckte sich in einem der oberen Stockwerke und lauschte, wie sein Großvater seinem Vater wütend Vorhaltungen machte: *Kapierst du nicht, was hier los ist? Dieser Mistkerl glaubt, dass du sie umgebracht hast! Dieser lahmarschige* Möchtegern-*Cop, der wahrscheinlich nie seine Pistole ziehen musste, hat es satt, sich um betrunkene Studenten mit gefälschten Ausweisen zu kümmern, und will wie ein echter Cop einen Fall lösen. Warum begreifst du das nicht? Warum bin ich in dieser beschissenen Familie eigentlich der Einzige, der den Durchblick hat?*

Mit gedämpfter, sanfter Stimme wies Barretts Vater Rays Befürchtungen zurück. Es gebe keinen Grund, sich Sorgen zu machen. Wenn sie es nicht mit einem Verbrechen zu tun hätten und es keinen *Schuldigen* gebe, warum um Himmels willen sollten sie sich dann Sorgen machen?

Ich kapiere nicht, was in deinem Kopf vorgeht, sagte Barretts Großvater immer wieder. *Wie zum Teufel konnte ich nur ein so begriffsstutziges Kind großziehen? Und dabei wirst du fürs Denken* bezahlt*!*

Barretts Großvater blieb bei ihnen und erzählte den Nachbarn und Freunden, dass er sich um seinen Enkel kümmern werde und erst wieder fahre, wenn es dem Jungen besser gehe. Allerdings unternahm er dann kaum etwas mit seinem Enkel. Die meiste Zeit saß er alleine im Haus, trank und wartete.

Als der Lieutenant das nächste Mal vorbeikam, öffnete Barretts Großvater ihm die Tür. Er brüllte ihn jedoch nicht an. Er sprach zunächst in einem leisen Tonfall, und als er die Stimme hob, wurde sie kaum lauter, sondern dröhnte eher in einer anderen Klangfarbe aus seinem breiten Brustkorb. Bis zum heutigen Tag beneidete Rob Barrett ihn darum, wie er den Leuten in einem ruhigen, aber unmissverständlichen Tonfall zu verstehen gab, dass man ihm besser aus dem Weg ging. Und die Leute kamen seiner Aufforderung stets nach.

Auch der Lieutenant. Allerdings erst, nachdem sein Großvater mit einem Anwalt im Schlepptau die Zentrale der Universitätspolizei aufgesucht hatte. Rob und sein Vater blieben währenddessen zu Hause, schauten sich stundenlang Zeichentrickfilme an und spielten eine Partie Dame nach der anderen. Rob würde diesen Tag nie vergessen. Sein Vater redete kaum und lächelte die meiste Zeit nur. Als er überzeugt war, dass Rob dem Fernseher seine ganze Aufmerksamkeit widmete, ging er in die Küche. Dort begann er, die Hinterlassenschaften von Rays letztem Besuch zu beseitigen, ohne mitzubekommen, dass Rob ihn beobachtete. Er zählte leise die Bierdosen, während er sie einsammelte und in einem Müllbeutel entsorgte, dann ging er zur Kellertür, öffnete sie und blickte für eine Ewigkeit die alten Kalksteinstufen hinunter. Ohne das Licht einzuschalten, starrte er in die Dunkelheit, bevor er die Tür wieder schloss, die Bierdosen nach draußen brachte und in die Recyclingtonne warf. Die Tonne, die sich früher im Keller befunden hatte, stand jetzt draußen.

Anschließend ging er in den Keller. Er schloss die Tür, und nach ein paar Minuten Stille erhob sich Rob von seinem Platz und öffnete sie vorsichtig. Sein Vater stand vor der alten Werkbank neben dem unteren Treppenabsatz, der Werkbank, die für seinen Sohn tabu war – alles dort unten war alt und verrostet. Eine Brutstätte für Tetanus, so hatte seine Mutter die Werkbank immer genannt.

Sein Vater ließ ein Werkzeug durch seine Hände gleiten und betrachtete es, als wäre er sich über dessen Zweck nicht ganz im Klaren. Das Werkzeug hatte einen knallroten Griff und sah wie eine Kombination aus Schraubenschlüssel und Schraubstock aus. Rob wollte ihm schon etwas zurufen und danach fragen, als sich das Gesicht seines Vaters in den Schein der nackten Glühbirne über dem Treppenabsatz schob. Den Ausdruck darin hatte Rob nie zuvor gesehen – es war zu einer erbitterten Maske aus Wut und Hass erstarrt.

Leise schloss Rob die Tür. Zehn Minuten später kam sein Vater wieder nach oben. Er lächelte leicht abwesend und sagte mit sanfter, ruhiger Stimme: »Lust auf eine weitere Partie?«

Die beiden spielten immer noch Dame, als Ray Barrett schließlich wieder zurückkehrte. Er ging mit seinem Sohn in die Küche und verkündete, dass sein Treffen mit dem Chef der Universitätspolizei erfolgreich gewesen sei, dass man sie nicht weiter mit irgendwelchem Schwachsinn belästigen würde. Er brüstete sich damit, wie er den Beamten ausgetrickst und bedroht hatte. Mit keinem Wort erwähnte er den Anwalt, als hätte dieser ihn nur begleitet, um seinen Worten zu lauschen – oder von ihm zu lernen.

Glenn Barrett hörte sich diese Geschichte schweigend an. Er saß einfach nur da und betrachtete seinen Vater, als würde er ihn gerade zum ersten Mal sehen. Nachdem Ray den Bericht über seinen Triumph schließlich beendet hatte, betrat er das Wohnzimmer, um sich von seinem kleinen Robby zu verabschieden. Er werde in ein oder zwei Tagen wiederkommen, sagte er, und dann würden sie eine Runde Football spielen.

Es dauerte acht Monate, bis sie ihn das nächste Mal sahen.

Nach diesem Vorfall verbrachten nur noch Vater und Sohn oder Großvater und Enkel Zeit miteinander, aber nie alle drei gemeinsam. Im Sommer wurde Rob wie ein Staffelstab hin und her gereicht.

Rob hatte seinem Vater nie irgendeine Frage über den Keller gestellt. Ein paar Tage nach der Abreise seines Großvaters suchte er nach dem merkwürdigen Werkzeug mit dem roten Griff, aber er konnte es nirgends finden. Drei Monate später zogen sie in ein neueres Haus, das allerdings nichts von dem *originellen Charme* des Kolonialhauses verströmte, wie seine Mutter es ausgedrückt hatte. Dafür gab es dort helle Lampen und keinen Keller.

Eigentlich hatte Rob seinen Vater fragen wollen, warum er die Bierdosen gezählt und dieses merkwürdige Werkzeug begutachtet hatte, ein Werkzeug, bei dem es sich, wie er später herausfand, um einen Rohrschneider gehandelt hatte. Aber das tat er nicht. Jedes Mal schien es, als würde es immer noch einen besseren Moment geben.

Am Morgen seines einundzwanzigsten Geburtstags sprach er dann das letzte Mal mit seinem Vater. Rob hatte einen heftigen Kater. Sein Vater redete leise und knapp am Telefon, stieß sein typisches tiefes Lachen aus und erklärte, dass er ihm eine Karte mit etwas Bargeld geschickt habe, von dem Rob Excedrin-Aktien kaufen solle.

Am nächsten Tag traf die Karte dann ein, und Barrett rief seinen Vater an. Doch er meldete sich nicht, und Barrett vergaß ihn in den folgenden Tagen erneut anzurufen.

Er spielte vor seiner Wohnung gerade Baseball, als sein Großvater dort aufkreuzte, um ihm von dem Herzinfarkt zu erzählen. Es war eines der ersten warmen Frühlingswochenenden, und Glenn Barrett hatte damit begonnen, seinen Schuppen zu entrümpeln, etwas, das er sich seit Jahren vorgenommen hatte. Der Nachbar von nebenan hatte ihn zwischen den alten Tischen, Gartenstühlen und Spielsachen gefunden, als hätte Robs Vater vorgehabt, einen Flohmarkt zu veranstalten und sich selbst ebenfalls zum Verkauf anzubieten.

Der Sperrholzboden hinter ihm war gesaugt, gefegt und gewischt worden; die Bretter waren noch feucht, und in der Luft hing der Duft von Reinigungsmittel. Er hatte bis zum Ende sauber gemacht.

Barrett dachte mehr über die symbolische Bedeutung seiner Todesumstände nach, als ihm guttat.

Er war damals im dritten Studienjahr und hatte als Hauptfächer Psychologie und Geschichte belegt. Er wollte sich für ein Jurastudium bewerben und hatte sich außerdem für das Ausbildungsprogramm der Armee an der Uni eingeschrieben. Er war stets zwischen den konkurrierenden Einflüssen von Ray und Glenn Barrett hin- und hergerissen gewesen. Die vage Aussicht auf einen Kampfeinsatz, die das Ausbildungsprogramm der Armee versprach, beschwichtigte seinen Großvater; die Vorstellung, dass er sein Jurastudium inmitten von Büchern verbringen würde, stellte seinen Vater zufrieden.

Er hatte den beiden nie erzählt, dass er sich für das Psychologiestudium entschieden hatte, weil dies das Hauptfach seiner Mutter gewesen war.

Kurz vor Beginn seines letzten Studienjahrs rief die Universität ein Ausbildungsprogramm für ihre Polizeiabteilung ins Leben, und Barrett schrieb sich sofort dafür ein. Er musste dafür zusätzliche Seminare zum Strafrecht belegen, sodass sich sein

Abschluss verzögerte. Da außerdem eine Schießausbildung erforderlich war, nahm Barretts Großvater die Nachricht von seiner Entscheidung hin. Erst später fand Ray heraus, dass das Programm von dem Lieutenant geleitet wurde, der nach dem tragischen Unfall das Haus der Familie aufgesucht und Fotos von dem Leitungsrohr im Keller gemacht hatte. Er hieß Ed Medlock, und Barrett wählte ihn bewusst als seinen Mentor aus.

Als Barrett ihn schließlich zum Reden gebracht hatte, verriet Ed Medlock ihm seine Theorie, dass Ray, wie so häufig, die Beherrschung verloren und auf seine eigene Schwiegertochter eingeprügelt hatte. Als Ray klar wurde, was er angerichtet hatte, beschädigte er die Leitung über der Treppe. Aufgrund der unebenen Stufen, der schwachen Beleuchtung und der undichten Leitung war es fast unvermeidlich, dass dort irgendwann jemand schwer stürzte.

Ed Medlock war überzeugt, dass der Rohrbruch nicht auf normale Verschleißerscheinungen zurückzuführen war. Dort, wo die Leitung angeblich geborsten war, fanden sich auf dem Kupfer frische, helle Kerben und Kratzer. Eines musste er Ray Barrett allerdings lassen – das kaputte Rohr war mit Klebeband umwickelt und das Klebeband mit Dreck beschmiert, sodass die Beamten, die als Erste vor Ort eintrafen, den Eindruck hatten, als hätten alte Reparaturmaßnahmen nicht länger standgehalten. Medlock jedoch hatte das Klebeband entfernt, um nachzusehen, was sich darunter befand.

Er gab Rob den Rat, die Angelegenheit auf sich beruhen zu lassen. Kein Staatsanwalt würde deswegen Ermittlungen aufnehmen, sagte er. Nicht ohne ein Geständnis.

Diese letzte Bemerkung lenkte Robs berufliche Laufbahn, sein ganzes Leben, in eine andere Richtung. Aber er überstürzte die Sache nicht und vertiefte sich gewissenhaft in die Thematik. Erst als er wusste, wie man ein Verhör führte und sein Gegenüber unter Druck setzte und in Widersprüche verwickelte, kehrte er nach Port Hope zurück, um seinen Großvater zur Rede zu stellen.

Nachdem Ray Barrett ihm zugehört hatte, brach er in Tränen aus. Rob hatte seinen Großvater nie zuvor weinen gesehen, er hatte das nicht mal für möglich gehalten. Ray hockte in seiner Wohnung über der Bar in dem alten Sessel, während ihm Tränen über die Wangen liefen. Rob, der ihm gegenübersaß, beobachtete ihn nur und dachte, *Na also, du Mistkerl.*

Schließlich steckte sich Ray eine seiner filterlosen Camels an und erzählte seine Version der Ereignisse.

Er behauptete, dass Robs Vater ihn an jenem Tag voller Panik angerufen und um Hilfe angefleht habe. Bei seiner Ankunft sei Robs Mutter bereits tot gewesen. Sein Vater habe zugegeben, sie geschlagen zu haben, und dabei sei sie gestürzt und habe sich an der Treppe den Kopf aufgeschlagen. Die beiden hätten sich gestritten, erklärte Ray, wegen einer Affäre, die Glenn mit einer Sekretärin an seiner Fakultät gehabt habe.

»Er hat mich angerufen, damit ich die Sache für ihn in Ordnung bringe«, sagte Ray. »Und das habe ich getan. Deswegen die Sache mit dem Rohr und dem dreckverschmierten Klebeband. Dein Polizeikumpel hat recht. Aber er weiß nicht, wer tatsächlich deine Mutter umgebracht hat. Nun, war es richtig, was ich getan habe? Nein. Aber ich habe nur meinen Sohn geschützt. Und meinen Enkel.«

Inzwischen hatte er aufgehört zu weinen und zeigte einen Anflug seiner üblichen Wut.

»Vergiss nicht, wen dein alter Herr angerufen hat, als er in Schwierigkeiten steckte«, sagte Ray. »Das ist alles, was ich immer für dich wollte. Dass aus dir mal ein Mann wird, den man anruft, wenn man in Schwierigkeiten steckt.«

Rob sprang auf, beschimpfte seinen Großvater als verlogenen

Mistkerl und versicherte ihm, dass man ihn bald verhaften würde. Dann verließ er die Wohnung.

Doch Ray wurde nie verhaftet, da Rob die Polizei nicht anrief. Es gab keine Beweise, die Rays Version der Ereignisse infrage stellten. Rob dachte, dass er ihn irgendwann drankriegen würde, dass der alte Mann schließlich seinen Widerstand aufgeben und die Wahrheit erzählen würde.

Doch an einem Morgen Anfang Dezember klingelte Robs Telefon, und die Polizei teilte ihm mit, dass man seinen Großvater im Wald in seinem Wagen gefunden habe. Er war nachts durch einen Schneesturm gefahren und dabei offensichtlich von der Straße abgekommen, hatte sich überschlagen und war zwischen den Bäumen gelandet. Das Wrack wurde erst Stunden später entdeckt, und inzwischen war er infolge innerer Blutungen und der Kälte gestorben. In seiner Jackentasche steckte eine halbleere Flasche Bourbon, und im Wagen fanden sich die letzten beiden Bierflaschen eines Sixpacks.

Niemand schien zu wissen, warum er mitten in der Nacht während eines Schneesturms in Port Hope aufgebrochen war. Niemand wusste, wo er hinwollte, obwohl einige Leute gesehen hatten, dass er Richtung Hammel College fuhr, an dem sein Enkel eingeschrieben war.

Was auch immer er seinem Enkel erzählen wollte, war zusammen mit ihm gestorben.

11

Barrett war für die Dauer der Ermittlungen in einem Hotel in Port Hope untergebracht, aber er hatte dort nur selten übernachtet. Er ging auch nicht dorthin zurück, nachdem er das Gefängnis im Anschluss an Mathias Burkes Verhaftung verlassen hatte. Stattdessen fuhr er nach Norden, Richtung Camden.

Selbst verglichen mit den anderen Orten an der Mid Coast von Maine war Camden eine ungewöhnlich hübsche Stadt. Mit einem malerischen Hafen, zu dessen Seiten sich an der Küste bewaldete Berge erstreckten, mit abschüssigen Straßen, die von Backsteingebäuden gesäumt wurden, und Gehwegen, die entlang des Megunticook River an terrassenförmigen Wasserfällen vorbeiführten. Sie hatten die Mühlen, und damit die Stadt, früher mit Strom versorgt.

Aber an diesem Abend hatte Barrett kein Auge für die Schönheit des Ortes. Er ließ den Hafen hinter sich und parkte vor der Bücherei im Zentrum der Stadt. Sie befand sich in einem gut erhaltenen, ausgebauten Gebäude, auf einem Grundstück, das die Familie eines wohlhabenden Verlegers vor langer Zeit gestiftet hatte. Barrett blieb im Wagen sitzen und starrte auf ein Segelboot, das in der Bucht vertäut war, während er an Bord nach Lichtern Ausschau hielt. Aber das Boot war dunkel, und er fuhr vom Hafen zurück durch die Stadt, vorbei an der alten Papiermühle, in die nahegelegenen Hügel. Wenn Liz Street nicht an ihrem Boot arbeitete, musste sie zu Hause sein.

Liz war fünfzehn gewesen, als er sie vor fast zwei Jahrzehnten kennengelernt hatte. Die meisten einheimischen Jungen hatten sich nach ihr verzehrt. Rob hatte ihnen gegenüber allerdings zwei entscheidende Vorteile gehabt: Er kam aus einem anderen Ort – er war ein Fremder in einer Kleinstadt –, und er hatte einen Führerschein. Bevor Barrett Liz kennenlernte, hatte er keine Lust, seine Zeit am Wohnort seines Großvaters in Maine zu verbringen, geschweige denn erneut dorthin zurückzukehren, nachdem er seine sommerliche Haftstrafe in der Obhut seines Großvaters abgesessen hatte. Aber als er sich verliebte, kam ihm seine Situation, die er zuvor als unerträglich empfunden hatte, nur noch wie ein kleines Ärgernis vor.

Schließlich kehrte er nach Maine zurück und besuchte zusammen mit Liz das Hammel College, jene kleine liberale Kunsthochschule, an der sein Vater früher unterrichtet hatte.

Maine brachte ihn und Liz zusammen, und in Maine trennten sie sich auch wieder. Als Teenager verstand er zwar, warum sie diesen Ort so sehr liebte, aber er war überzeugt, dass ihre Zuneigung nicht von Dauer sein würde. Sie hatte zwar gesagt, dass sie Maine außer zu ihren ausgedehnten Segeltörns niemals verlassen würde. Aber mit sechzehn war man sich dieser Dinge absolut sicher – *Ich werde später mal an diesem Ort leben, dort arbeiten und dies und jenes tun.* Und dann traf man auf die harte Realität.

In dieser Beziehung hatte er Liz Street unterschätzt und ihnen beiden einen Stich ins Herz versetzt. Zu behaupten, dass er ihr das Herz *gebrochen* habe, wäre anmaßend gewesen – bereits wenige Monate nach ihrer Trennung hatte sie einen neuen Freund, und bevor er die FBI-Akademie in Quantico besuchte, hatte sie geheiratet und war wieder geschieden. Barrett war nur für kurze Zeit verlobt gewesen, denn als man ihm den Standort seiner ersten Außendienststelle mitteilte, war die Beziehung wieder beendet – Little Rock in Arkansas entsprach nicht den Zukunftsvorstellungen seiner Verlobten. Also blieb er allein, und als er um die Versetzung nach Boston bat, redete er sich ein, dass er dies nicht tat, weil es von dort aus nur drei Autostunden bis zu Liz Street waren.

Doch er hatte es nur zwei Wochen lang ausgehalten, bevor er zum ersten Mal Richtung Norden fuhr.

Liz lebte inzwischen wieder in Camden, verdiente ihr Geld als Reporterin für eine kleine Lokalzeitung und gab das meiste davon für die Restaurierung eines wunderschönen alten Holzsegelbootes aus. Die Zukunftspläne, von denen sie ihrem sechzehnjährigen Freund damals erzählt hatte, waren kein Witz gewesen.

Als dieser Freund achtzehn Jahre später wieder zurückkehrte, begegnete sie ihm mit Zurückhaltung. Sie war erst vor Kurzem geschieden worden und wollte keine neue Beziehung anfangen, geschweige denn eine alte Verbindung wiederaufleben lassen.

Ihr Ex-Mann hatte ein wunderschön modernisiertes Restaurant im Zentrum von Camden zurückgelassen, das er nie eröffnet hatte – Liz kam jeden Tag daran vorbei – und war nach Florida gezogen, um dort an der Küste mit Unterstützung einer sehr viel wohlhabenderen Frau seinen Traum von Cocktails und Tapas in die Tat umzusetzen.

Liz und Rob kamen sich unbeholfen wieder näher und schwelgten in alten Erinnerungen, wie Menschen mit einer gemeinsamen Vergangenheit das häufig tun. Nach seinem ersten Besuch versprach Liz, ihn irgendwann mal in Boston zu besuchen. Aber das hatte sie nicht getan. Also kam Rob nach Camden zurück, um, wie er behauptete, eine Wanderung zu unternehmen. Stattdessen suchte er den Hafen auf und sah sich ihr neues Boot an. Sie zeigte ihm die Karten mit der Route eines geplanten sechsmonatigen Segeltörns und den verschiedenen Anlaufhäfen; alles stand bereits fest, bis auf das Abreisedatum. Rob half ihr dabei, die Salzkruste von den Brettern an Deck abzuschleifen. Als die Sonne schließlich hinter dem Mount Battie unterging und über der Bucht ein unglaublich großer, blutroter Mond emporstieg, öffneten sie eine Flasche Wein. In dieser Nacht schliefen die beiden seit fast einem Jahrzehnt wieder miteinander.

Ein letztes Mal um der alten Zeiten willen, sagten sie am nächsten Morgen, als sie statt Wein Kaffee tranken und der Sex im Mondlicht nur noch eine entfernte Erinnerung war. Es schien eine Ewigkeit und nicht erst ein paar Stunden her zu sein, dass sich ihre Körper im Einklang mit dem sanften Schaukeln des Segelbootes hin und her bewegt hatten. Es war eine Wiedervereinigung und kein Neuanfang gewesen. Sie hielten das beide für die richtige Sichtweise, die *einzig* mögliche Sichtweise.

Aber obwohl dies die einzig mögliche, vernünftige und richtige Sichtweise war, setzten sie sich bald schon darüber hinweg. Inzwischen führten sie einen regelrechten Eiertanz auf, denn sie waren zwar seit vier Monaten wieder zusammen, vermieden es aber, über ihre Zukunft zu reden.

Durch Liz hatte Barrett von Jackie Pelletiers und Ian Kellys Verschwinden erfahren, und sie hatte ihm auch von den Gerüchten erzählt, dass man eine junge Frau aus der Gegend, die wegen anderer Anklagepunkte bereits in Haft saß, erfolglos verhört hatte. All das weckte sein Interesse, aber am meisten interessierte ihn der Ursprung dieser Gerüchte: eine Bar namens Harpoon in Port Hope.

Ich verfüge über eine gewisse Vertrautheit mit dem Ort, hatte er zu Roxanne Donovan gesagt.

Barrett war todmüde und ziemlich mitgenommen von den Anstrengungen des Tages, als er Liz' kleines Haus im Megunticook River Valley erreichte, wo sich vor ihm die gewundene Auffahrt wie ein silbernes Band im Mondlicht erstreckte.

Liz saß draußen auf der Veranda.

»Du hattest einen langen Tag«, sagte sie.

»Ja.«

Sie musterte in der Dunkelheit sein Gesicht. »Habt ihr genug Beweise, um ihn weiter festzuhalten?«

»Ich habe ein Geständnis.«

»Von Kimmy. Aber nicht von Mathias.«

Er fuhr ihr mit der Hand über das Gesicht und lehnte sich gegen das Geländer. Aus der Bucht wehte eine frische, kühle Brise den Geruch des Meeres herüber. Der Himmel über ihnen war wolkenlos wie schon den ganzen Tag über, nur die sengende Sonne war inzwischen verschwunden, und das war tröstlich. Die Menschen hatten Verständnis dafür, wenn man viel Zeit brauchte, um in der Dunkelheit etwas zu finden.

»Ich glaube, er wird irgendwann einknicken«, sagte Barrett. »Und ich glaube, dass wir im See etwas finden werden. Bis dahin schmort er ein paar Nächte im Knast, und angesichts der drohenden Anklage wegen Doppelmordes wird er irgendwann reden. Vielleicht wird er Kimberly oder Cass beschuldigen. Er kann alle möglichen Geschichten erzählen.«

»Aber bis jetzt hat er nichts gesagt.«

»Nein. Das hat er nicht. Er hat nur einen Anwalt verlangt.«

»Die Leute hier kaufen Kimmy ihre Geschichte nicht ab«, sagte sie. »Weder die Sache mit den Drogen noch das mit Mathias' Wutanfall, und auch nicht, dass er mit diesen Frauen zusammen war. Sie sagen, das passt nicht zu ihm, das entspricht nicht seiner Persönlichkeit.«

Barrett lehnte sich zurück und betrachtete die Sterne. Der Nachthimmel war so klar, dass er die verwischten Schlieren der Milchstraße erkennen konnte. Er fragte sich, was man wohl von Little Spruce Island aus davon sehen konnte.

»Er meinte zu mir, dass er gerne wüsste, was mein Großvater zu der Sache sagen würde.«

Liz rutschte in der Dunkelheit kaum merklich umher. »Du

darfst dich darauf nicht einlassen, Rob. Du darfst die beiden Sachen nicht miteinander vermischen.«

»Das tue ich nicht. Mein Großvater hat nichts mit meiner Arbeit zu tun.«

Aber ihr war klar, dass das nicht stimmte. Sie war einer der wenigen Menschen, die wussten, wie stark der Einfluss von Robs Großvater auf seinen Job war.

»Für wie glaubwürdig hältst du Kimberly Crepeaux?«, fragte er.

Liz antwortete nicht sofort, und das gefiel ihm, denn das bedeutete, dass sie über seine Frage tatsächlich nachdachte. Allerdings gefiel ihm ihre Antwort nicht.

»Für wenig bis gar nicht.«

»Das ist auch die öffentliche Meinung.«

»Sie erzählt irgendwelche Märchen«, sagte Liz. »Sie ist eine Lügnerin, um es weniger höflich auszudrücken.«

Barrett nickte, während er immer noch den Himmel betrachtete. Dann trat er von der Brüstung fort, ging auf die Tür zu und zog die Schlüssel aus seiner Tasche.

»Du hast recht«, sagte er. »Aber weißt du was? Manchmal sagt auch ein Lügner die Wahrheit.«

»Sicher«, sagte sie. »Zweimal am Tag zeigt auch eine kaputte Uhr die richtige Zeit an. Aber hast du Kimmy zum richtigen Zeitpunkt erwischt, Rob?«

»Ja«, sagte er.

Sie nickte, ohne ihn dabei anzusehen.

»Lass uns reingehen«, sagte sie.

Er folgte ihr ins Innere. Sie hatte bereits zu Abend gegessen, aber auf der Arbeitsfläche in der Küche standen ein sauberer Teller und ein leeres Weinglas, als hätte sie ihn erwartet. Die unausgesprochene Aufforderung, die Liz' Umgang mit ihrer aufgefrischten Beziehung auf den Punkt zu bringen schien, lautete:

Du kannst mir gerne Gesellschaft leisten. Liz sah in dem schwachen Licht wunderschön aus; ihr blondes Haar und ihre hellblauen Augen funkelten, und die anmutigen Konturen ihres sportlichen Körpers sowie ihr gereiftes Selbstvertrauen standen im Gegensatz zu ihrem Gesicht, das immer noch große Ähnlichkeit mit dem jenes Mädchens hatte, das er vor all den Jahren kennengelernt hatte.

Sie goss etwas Cabernet in sein Glas, und er versuchte, nicht auf das Etikett zu schauen: THE PRISONER. Er hatte den Wein immer gemocht, aber er wünschte, sie hätte sich heute Abend für einen anderen entschieden. »Willst du mir von deinem Tag erzählen?« fragte sie.

»Das würde ich ja gerne«, sagte er, und das war die Wahrheit. Er wollte ihr erzählen, wie Amy Kelly sich bei ihm bedankt hatte, und von Howard Pelletiers Handbewegung, als er die emporsteigende Treppe beschrieben hatte, die auf die Ankunft seiner Tochter wartete, davon, wie Kimberlys Hals pulsiert hatte, kurz bevor sie sich übergeben musste. Doch das durfte er nicht, denn sie war eine Reporterin.

»Aber du kannst nicht«, sagte sie. »Das Berufliche bleibt außen vor. Ich werde nicht weiter nachfragen.«

Das Problem an ihrer Beziehung war nicht, dass Liz die Situation nicht verstand, sondern sich ihrer nur allzu bewusst war.

Aufgrund ihrer Fähigkeiten und ihrer Arbeitsmoral war sie für eine Lokalzeitung die perfekte Reporterin. Außerdem kannte sie offensichtlich sämtliche Bewohner jeder Kleinstadt an der Mid Coast von Maine persönlich. Und wenn man die Küste kannte, kannte man auch die Leute in den Städten. Angefangen von den umherziehenden Fischern über die Barkeeper und schwer reichen Jachtbesitzer bis hin zu den Bankern. All diese Menschen hatten irgendeine Verbindung zur Küste, und alle schienen mit ihr zu reden. Denn sie war eine von ihnen, sie stammte von hier. Ihr blendendes Aussehen wurde lediglich vom Aussehen ihrer Hände getrübt, die von der täglichen Arbeit an ihrem Boot meistens verkratzt oder voller blauer Flecken waren. Die Menschen in der Gegend hatten ihren Vater in liebevollem Andenken behalten, und Liz trug zur Erinnerung an seinen Tod – er war im Meer ertrunken – einen tätowierten Schriftzug auf ihrem Schlüsselbein, den man sehen konnte, wenn sie ihr Haar hochgesteckt hatte.

»Ist schon gut«, sagte er. Aber plötzlich hasste er sich dafür, dass er heute Abend hergekommen war. Er sollte mit seiner Freundin nicht Wein trinken, während Howard alleine auf Little Spruce Island hockte und Amy und George Kelly in Virginia trauerten. War er es ihnen nicht schuldig, ihren Schmerz zu teilen oder wenigstens in Gedanken bei ihnen zu sein?

»Vielleicht sollte ich heute in meinem Hotelzimmer übernachten«, sagte er.

»Entspann dich, Rob. Ich werde dich nicht ausfragen.«

Er schüttelte den Kopf. »Das meine ich nicht, Liz. Es ist nur …« Er stellte das Weinglas ab. »Es tut mir leid. Ich muss gehen.«

Er hatte die Tür fast erreicht, als sie ihn festhielt. Ihre Hand umklammerte mit sanftem Druck seinen Bizeps, worauf er unschlüssig stehen blieb; er verspürte das starke Verlangen, mit ihr zu schlafen, gleichzeitig wollte er sich auf den heutigen und morgigen Tag konzentrieren. Während er mit der Hand auf dem Türknauf dastand, schlang sie ihre Arme um seine Brust und flüsterte ihm mit warmem Atem ins Ohr:

»Bleib. Ich werde dich in Ruhe und lassen und dir keine Fragen stellen. Aber bleib. Heute Nacht.«

Heute Nacht war ihr Mantra. Er hatte das beim ersten Mal gesagt, um irgendwelche pragmatischen Überlegungen beiseitezuschieben – damit verpflichteten sie sich nur für die nächsten vierundzwanzig Stunden, mehr nicht, ohne jedes Risiko. Natürlich konnte man *Heute Nacht* auf Monate oder Jahre ausweiten. Man musste niemals den Blick in die Zukunft richten, wenn man es nicht wollte.

»Ich habe heute drei Menschen mitgeteilt, wie ihre Kinder gestorben sind«, sagte er, ohne sich umzudrehen. »Aber ich kann es nicht beweisen. Und jetzt soll ich einfach etwas essen und trinken und abwarten, was als Nächstes passiert?«

Sie ließ ihn los und schob sich um ihn herum, sodass sie einander gegenüberstanden, während sie mit erhobenem Kopf sein Gesicht musterte.

»Du wirst die Beweise finden«, sagte sie.

Er nickte wortlos.

Er schlief nur kurz. Nach zwanzig, vielleicht dreißig Minuten lag er hellwach in der Dunkelheit, neben sich spürte er Liz' warmen Körper. Sie atmete tief und gleichmäßig, und dabei drückte ihre Brust immer wieder gegen seinen Arm.

Dann sah ich zu seinem Kopf hoch … Ich weiß noch, dass die Plastikplane immer wieder nach innen gesaugt wurde und sich blähte. Da wurde mir klar, dass er noch atmete. Oder es zumindest versuchte.

Barrett stieg aus dem Bett und zog sich im Mondlicht an. Liz wälzte sich herum, schlief aber weiter. Er betrachtete sie für einen Moment und fragte sich, wie die Detectives der Mordkommission Nächte wie diese überstanden. Wie brachten sie ihr Leben, ihre menschlichen Bedürfnisse mit der Belastung in Einklang, sich angemessen um die Opfer und Hinterbliebenen zu kümmern?

Diesen Fall zum Abschluss zu bringen, wäre der Erfolg in der realen Welt, den Roxanne Donovan ihm in Aussicht gestellt hatte. Dann hätte Rob Barrett, der Jura-Absolvent mit einem Doktor in Strafrecht und einem Master in Psychologie, den Schritt aus dem Hörsaal in die Wirklichkeit der Polizeiarbeit vollzogen. Ein gelöster Doppelmord. Das hatte er sich gewünscht, sich danach gesehnt.

Aber was zum Teufel sollte man tun, während man darauf wartete, dass die Sonne wieder aufging?

Darüber gab es keine Vorlesungen, keine Doktorarbeit. Da er weder über die nötige Unterweisung noch die entsprechende Erfahrung verfügte, schlich er mitten in der Nacht alleine die Treppe hinunter, öffnete ein Bier und machte sich daran, erneut einen Blick in eine Fallakte zu werfen, die er bereits in- und auswendig kannte.

12

Am Morgen ihres Todestages wussten Jackie Pelletier und Ian Kelly bereits, dass sie sich auf einem Friedhof treffen würden.

Sie waren an dem Ort verabredet, der unter den Einheimischen als Orchard Cemetery bekannt war, weil sie das romantisch fanden. Seit Jahren malte Jackie Bilder von dem alten Friedhof, am liebsten bei Sonnenaufgang. Der Geschäftsführer des Restaurants, in dem sie hinter der Bar arbeitete, hatte eines ihrer Landschaftsbilder aufgehängt, und an einem Juniabend hatte Ian Kelly das Gemälde fasziniert betrachtet. Er absolvierte gerade ein Sommerpraktikum in einer Anwaltskanzlei für Umweltrecht und kam in seiner Pause auf ein Lachs-Sandwich und ein Bier vorbei. Als der Geschäftsführer sah, wie er das Bild bewunderte, stellte er ihm die zierliche junge Frau mit den ungewöhnlich dunklen Augen vor, die es gemalt hatte.

Danach ging alles ganz schnell, wie das für eine Sommerromanze typisch war. Da Ian im September wieder nach Virginia zurückfahren würde und Jackie nicht vorhatte, ihre geliebte Insel zu verlassen, würde es nur bei einer Affäre bleiben.

Doch schon bald spürten die beiden, dass ihre Beziehung über eine oberflächliche Faszination hinausging, und diese Vorstellung jagte Ian Angst ein. In einer Mail an seinen Freund in Charlottesville hatte er geschrieben:

Ich habe meiner Mutter von diesem Mädchen erzählt. Ich habe mit meiner Mutter nie über Mädchen geredet, aber eine Woche nach der Begegnung mit Jackie habe ich meine Mutter im Ausland angerufen, um ihr von Jackie zu erzählen. Jetzt nenn mir mal einen vernünftigen Grund, warum eine Sommerromanze nicht Bestand haben sollte.

Als Barrett in dieser Nacht die Mail erneut las, nachdem er die Suchaktion nach ihren Leichen geleitet hatte, verspürte er jenes unheimliche Kribbeln, wie es einen manchmal plötzlich überkam, wenn man die letzten Worte eines Toten las. Merkwürdigerweise wollten die Lebenden unbedingt daran glauben, dass die Toten das Unheil bereits gespürt hatten, bevor es sie schließlich ereilte. Barrett hielt das für eine beinahe urzeitliche Reaktion, die verzweifelte Hoffnung, dass es so etwas wie Vorahnung gab und sich ein Unglück vermeiden ließ, wenn man nur aufmerksam genug war. Und im Fall von Ian und Jackie musste man nicht lange nach Vorzeichen für eine Tragödie suchen – ihre Beziehung hatte mit dem Bild eines Grabsteins begonnen.

Aus E-Mails, Kurznachrichten und Zeugenaussagen ergab sich der Verlauf von Jackies und Ians Geschichte. Beim Durchsehen der Unterlagen kam Barrett sich stets wie ein Voyeur vor. Fast von Anfang an hatten die beiden sich und anderen Menschen ihre Gefühle anvertraut.

Am 15. Juni hatte Jackie an eine Freundin, die in Florida das College besuchte, geschrieben:

Nach gerade mal zwei Wochen mit ihm zusammen bin ich bereit, das Unvorstellbare auszusprechen – ich habe darüber nachgedacht, für ihn die Insel zu verlassen. Es klingt verrückt, und ich verspreche, dass ich das nicht tun werde … aber ist es nicht ein gutes Zeichen, dass ich das überhaupt in Erwägung ziehe? Die Vorstellung, von hier fortzugehen, ist unerträglich, aber ich finde es vielleicht noch schlimmer, wenn er ohne mich abreist. Ich will beides haben. Ich will alles und jederzeit. Ist das wirklich so egoistisch? Ha-ha-ha.

Am 1. Juni schrieb Ian an seinen Mitbewohner:

Während ich hier draußen auf der Terrasse sitze, auf das Meer hinausschaue und an sie denke, wird mir klar, dass das verdammte Haus die meiste Zeit des Jahres sowieso leer steht. Ich kann das Jura-Studium auch irgendwann später beenden. Was verdammt noch mal ist schon dabei, wenn ich mir ein Jahr frei nehme? Der Gedanke geht mir nicht mehr aus dem Kopf. Aber ich kann Jackie nicht sagen, dass ich das in Erwägung ziehe. Der beste Weg, alles zu ruinieren, ist, einer Frau beim ersten Date zu sagen, dass man sie liebt … oder im ersten Monat vorzuschlagen, für sie das Jura-Studium aufzugeben. Komm nach Maine, und bring mich zur Vernunft. Wir werden feiern und angeln gehen. Versprochen.

Am 12. Juli eine Nachricht von Jackie an ihre Freundin in Florida:

Fünf Freitage, fünf Spaziergänge bei Sonnenaufgang. Wer tut so was schon? Jetzt mal ehrlich, abgesehen von den Figuren in einem Nicholas-Sparks-Roman, welcher Mann *tut* so etwas?

Am 12. Juli schrieb Ian an seinen Mitbewohner:

Hals … über … Kopf. Ich bin verloren.

Im August schmiedeten die beiden gemeinsame Pläne. Ian würde nach Virginia zurückkehren, um das erste Semester seines zweiten Studienjahrs zu beenden. Jackie wollte ihn dann im Oktober und November für längere Zeit besuchen, und im Dezember würde Ian erneut in den Norden reisen und zur University of Maine wechseln.

Sein Mitbewohner war entschieden dagegen, und Ian antwortete ihm mit höflicher Entschlossenheit.

> Ich weiß, dass du recht hast. Die University of Virginia ist immer unter den Top 10, und Maine unter den … Top 200. Danke, dass du mir die Statistik geschickt hast! Ha. Ich könnte allerdings einwenden, dass ich mich auf Umweltrecht spezialisieren will, und Maine hat in diesem Bereich mehr zu bieten, als du denkst. Außerdem könnte ich einwenden, dass die Ranglisten der Jura-Studiengänge meistens totaler Schwachsinn sind. Ich könnte noch einiges dazu sagen, aber ehrlich gesagt, bringe ich nicht die Kraft auf, um mir deswegen Sorgen zu machen. Ich bin hier glücklicher, als ich es in Charlottesville je war. Ich bin an einem Tag mit Jackie glücklicher als in den ganzen zwei Jahren mit Sarah, und ich glaube nicht, dass ich meine Entscheidung von Statistiken, Ranglisten und Analysen abhängig machen sollte. Das Leben ist kurz und wahre Liebe selten, und man verschwendet leicht seine Zeit.

Er hatte diesen Satz genau drei Wochen vor seinem Tod geschrieben.

Das Leben ist kurz und wahre Liebe selten, und man verschwendet leicht seine Zeit.

Während Barrett das las, vermischten sich Ians Worte mit denen von Kimberly Crepeaux.

Dann sah ich zu seinem Kopf hoch … Ich weiß noch, dass die Plastikplane immer wieder nach innen gesaugt wurde und sich blähte. Da wurde mir klar, dass er noch atmete. Oder es zumindest versuchte.

Barrett warf einen Blick auf die Uhr: Es war drei Uhr nachts.

Um drei Uhr nachts am 10. September überquerte Ian Kelly mit seinem Wagen wahrscheinlich gerade die Staatsgrenze und entrichtete in York die Maut. Er war um fünf Uhr abends aufgebrochen, um die Nacht durchzufahren und sich mit Jackie Pelletier bei Sonnenaufgang auf ihrem heiß geliebten Orchard Cemetery zu treffen. Als die Polizei seinen Wagen durchsuchte, fand sie darin einen in Massachusetts ausgestellten Strafzettel wegen zu schnellen Fahrens. Um 2.37 Uhr war Ian bei erlaubten hundert Stundenkilometern mit hundertachtundzwanzig Sachen Richtung Norden gerast. Zweifellos hatte er nach der Verwarnung das Tempo gedrosselt und traf deswegen ein wenig verspätet ein. Die Sonne war über dem Meer bereits aufgegangen, und Jackie lief zwischen den Grabsteinen umher.

Falls Ian sie an diesem Morgen zu Gesicht bekam, war sie laut Kimberly Crepeaux' Schilderung der Ereignisse bereits tot. Die Stelle, an der Jackie angefahren worden war, befand sich unterhalb einer Anhöhe, sodass Ian sie erst sehen konnte, nachdem er den Hügel hinaufgestiegen war.

Er befand sich ein wenig oberhalb von uns, stand dort und starrte herunter. Zwischen uns lag Jackies Körper. Es war wie bei einem Duell.

Falls er im Pick-up das Bewusstsein zurückerlangte, sah er durch die milchige Plastikplane und eine Schicht aus Blut vielleicht Jackie, während der Wagen, mit dem sie beide transportiert wurden, über die Landstraßen ruckelte. Falls er noch in der Lage war, irgendetwas wahrzunehmen, warf er einen letzten Blick auf seine Freundin, als drei Fremde ihre Leiche aus dem

Pick-up hoben und sie zum trüben Wasser eines verlassenen Sees trugen.

Ich hatte gar nicht mitbekommen, wie er das Messer gezückt hatte. Ich sah bloß, wie er sich über ihn beugte und durch die Plastikplane auf die Stelle einstach, wo sein Herz war.

Das Leben war kurz und wahre Liebe selten, und man verschwendete leicht seine Zeit.

Barrett schloss die Akte mit den alten Mails und schüttete sein Bier in die Spüle. Dann kehrte er zum Stuhl zurück, diesmal mit dem digitalen Recorder, auf dem er die Audiodateien von Kimberlys Geständnis und sämtlichen Befragungen gespeichert hatte.

Als er noch davon ausgegangen war, dass er an der Akademie bleiben würde, galt sein Interesse verschiedenen Verhör- und Befragungsmethoden – insbesondere der Analyse falscher Geständnisse. Er hatte sich dafür genau den richtigen Zeitpunkt ausgewählt, denn aufgrund neuer Technologien bei der Polizeiarbeit und im Gerichtssaal waren die Strafverfolgungsbehörden gezwungen, ihre gewohnte Vorgehensweise zu revidieren. Organisationen wie das Innocence Project deckten mit beängstigender Leichtigkeit Fehlurteile auf, und auch wenn häufig DNS-Spuren entscheidend dazu beitrugen, die Fälle zu gewinnen, waren die Unschuldigen oft erst dank eines Geständnisses hinter Gittern gelandet. Von den ersten zweihundertfünfzig Personen, die das Innocence Project mittels DNS-Spuren entlasten konnte, hatten erstaunliche sechzehn Prozent Straftaten gestanden, die sie nicht begangen hatten.

Wenn man jedoch einen Blick auf die Ausbildung der Detectives warf, war diese Zahl nicht mehr ganz so verwunderlich. Jahrzehntelang hatten die Strafverfolgungsbehörden sie in Methoden unterwiesen, die sich eher als Einschüchterungsstrategien und weniger als Verhörtechniken beschreiben ließen und den Schwerpunkt auf die nonverbale Kommunikation während der Befragung der Verdächtigen legten. Sowohl Berufsanfänger als auch erfahrene Detectives wurden in Seminare geschickt, die sie dazu anhielten, sich die Aufnahmen eines Geständnisses ohne Ton anzuschauen, damit sie ihre Fähigkeit schulten, eine Lüge zu erkennen, ohne die Aussage selbst zu hören.

Barrett hatte sich in seiner Doktorarbeit mit den Risiken der Reid-Methode, einer häufig unterrichteten Vernehmungstechnik, beschäftigt. Anschließend veröffentlichte er in Fachzeitschriften mehrere Artikel und sagte als Sachverständiger bei einigen Prozessen aus. Mit seinen Ausführungen stieß er bei der Jury auf offene Ohren, denn die Ermittlungsergebnisse der Polizei standen in vielen Fällen im krassen Gegensatz zur Überzeugung der Öffentlichkeit. Trotz iPhones und Cloud Computing hatten sich die wichtigsten Untersuchungsbehörden des Landes lange geweigert, ihre Verhöre aufzuzeichnen, und von den Gerichten verlangt, auf die handschriftlichen Notizen und das Gedächtnis ihrer Ermittler zu vertrauen. Als jedoch immer mehr Richter diese Praxis kritisierten und immer mehr falsche Geständnisse die Schlagzeilen und Abendnachrichten bestimmten, drängten Staatsanwälte und Richter auf Reformen. Im Jahr 2014 ordnete das Justizministerium schließlich an, dass die Befragungen in Zukunft aufgezeichnet werden müssten. Allerdings gab es gegen diese Entscheidung erbitterten Widerstand.

Barrett vertrat die Ansicht, dass es von entscheidender Bedeutung war, wie eine Aussage zustande kam, und dass die genaue Wortwahl eine große Rolle dabei spielte. Man musste der Schilderung des Verdächtigen mehr Aufmerksamkeit schenken und weniger darauf achten, ob er beim Reden einen Fussel von seinem Hemd entfernte oder den Blick hob und zur Seite richtete. Barretts Bemühungen waren eher akademischer Natur, und er rechnete nicht damit, dass seine Arbeit irgendwann das Interesse des FBI wecken würde. Doch eines Tages erhielt er einen Anruf von einer Agentin namens Roxanne Donovan. Sie arbeitete für eine interne Kontrollkommission und wollte mit ihm seine Ideen erörtern. Die beiden führten ein konstruktives, mitunter auch kontroverses Gespräch. Und als Roxanne ihm erklärte, dass er davon profitieren könne, wenn er mehr Zeit mit den Männern und Frauen verbringen würde, die sich tatsächlich um Geständnisse bemühten, war das wohl kaum eine Ermutigung gewesen, sich an der FBI-Akademie zu bewerben.

Aber ihre Unterhaltung hatte seine Neugier geweckt. Oder weiter angefacht. Barretts Interesse an der Polizeiarbeit reichte lange zurück und hatte eher persönliche Gründe.

Jetzt saß er wie jemand, der sich zu seinem Lieblingslied ein wenig entspannte, mit hochgelegten Füßen und geschlossenen Augen da und spielte erneut die Aufnahme von Kimberly Crepeaux' Geständnis ab.

Lass es die Wahrheit sein, dachte er, während Kimberlys unverkennbarer Akzent ihn auf den blutigen Trip mitnahm. *Bitte lass es die Wahrheit sein.*

13

Barrett saß schlafend auf seinem Stuhl, als das Telefon klingelte. Beim ersten Läuten wurde er sofort wach, konnte aber das Telefon nicht rechtzeitig finden, bevor der Anrufbeantworter ansprang. Das war allerdings kein Grund zur Sorge, denn gleich darauf klingelte es erneut.

Es war Johansson.

Schlaftrunken nahm Barrett ab und registrierte vage, dass Liz aufgestanden war und ihn von der Treppe aus beobachtete.

»Was gibt's, Don?«

»Man hat die Leichen gefunden.«

Selbst nach einer Amphetamin-Spritze hätte Barrett nicht wacher sein können. Er drückte sich vom Stuhl hoch und stand auf.

»Wer hat da draußen nach ihnen gesucht? Clyde?«

»Niemand hat am See nach ihnen gesucht.«

»Wo wurden sie dann …«

»Dreihundertvierzig Kilometer von hier entfernt«, sagte Johansson. »Man hat sie, in Mülltüten gewickelt und in Fässer gestopft, in den Wäldern der Allagash Wilderness vergraben.«

Barrett brauchte einen Moment, bis er seine Sprache wiedergefunden hatte. »Seid ihr sicher, dass es sich um die beiden handelt?«, sagte er schließlich.

»Jackies Ringe und Armbänder. Ians Uhr. Keine Kleidung. Die Leichen sind stark verwest. Außerdem haben sich die Tiere an ihnen zu schaffen gemacht. Sie trugen an ihrem Todestag Kleidung aus Kunstfasern.«

Barrett begriff, was das zu bedeuten hatte – Kunstfasern verwesten langsamer als weiches menschliches Gewebe. Wenn man keine Kleiderspuren gefunden hatte, hieß das, dass man die beiden erst ausgezogen und dann vergraben hatte. Davon hatte Kimberly Crepeaux nichts erzählt.

»Gibt es irgendwelche brauchbaren Beweise?«, fragte er. »Irgendwas?«

»Wir haben Abdrücke von den Fässern genommen«, sagte Johansson. »Bei einem handelt es sich um einen vollständigen Handabdruck, hat man mir gesagt. Außerdem gibt es insgesamt sieben saubere Fingerabdrücke. Wir müssten also bald eine Übereinstimmung haben. Die Autopsie kommt zügig voran. Die Kollegen bemühen sich, rasch die Identität der Leichen zu bestätigen.«

»Er wird Handschuhe getragen haben«, sagte Barrett.

»Wer?«

»Mathias. Wenn er sich schon die Mühe gemacht hat, sie wegzuschaffen, hat er dabei bestimmt Handschuhe getragen.« Barrett hörte, wie Johansson zischend einatmete, schenkte dieser Reaktion jedoch keine Beachtung. »Die Fässer wurden bisher nicht erwähnt, aber was ist mit dem Plastik? Sind das wirklich Müllsäcke, oder könnte es sich auch um Abdeckplanen handeln?«

»Man hat mir erklärt, dass es sich um Müllsäcke handelt«, sage Johansson. »Aber deswegen mache ich mir eigentlich keine Sorgen.«

»Nun, das sollten Sie aber. Wir müssen nachweisen, wie er die Leichen vom See weggebracht hat. Dort haben wir …«

»Sie wurden erschossen«, sagte Johansson.

Barrett sagte keinen Ton. Es schien, als würde der Raum immer größer und leerer werden, als würden die Wände zurückweichen. Liz stand immer noch auf der Treppe und beobachtete ihn. Barrett lief zur Haustür und ging in die kühle Nacht hinaus, dann schloss er die Tür hinter sich, damit Liz ihn nicht hören konnte.

»Erschossen?«

»Ja. Mit zwei verschiedenen Waffen. Jede der Leichen hat auf der Vorderseite des Oberkörpers eine Schusswunde, und im Hinterkopf eine weitere, die von einer kleinkalibrigen Waffe stammt. Wahrscheinlich von einer Handfeuerwaffe, vielleicht von einem Gewehr.«

»Der Gerichtsmediziner soll feststellen, ob man sie ihnen vor oder nach Eintritt des Todes zugefügt hat«, sagte Barrett. »Ob sie an den Schussverletzungen gestorben sind oder ob man sie ihnen zugefügt hat, um die tatsächliche Todesursache zu vertuschen. Außerdem müssen die Kollegen Ians Leiche auf Stichverletzungen überprüfen. Und den Schädel auf Knochenbrüche. Der …«

»Einen Moment, Barrett. Denken Sie nach. Die Leichen waren nackt und steckten in Fässern – sie waren weder bekleidet noch zusammen mit Rohren in Plastikplane gewickelt. Sie lagen nicht auf dem Grund eines Sees, sondern waren im Wald vergraben, mehrere Autostunden und Hunderte Kilometer von dem See entfernt, in dem wir sie vermutet haben. Die Leichen weisen mehrere Schusswunden auf. Kimmy Crepeaux hat in ihrem Geständnis keines dieser Details erwähnt. Kein einziges.«

Barrett lehnte sich an das Geländer der Veranda. Irgendwo am Flussufer stieß ein Seetaucher seinen Ruf aus. Eigentlich mochte Barrett den Klang, aber jetzt kam ihm der traurige Tonfall einfach nur grausam vor.

»Wer hat sie gefunden?«, fragte er.

»Mitarbeiter der Forstbehörde. Nachdem jemand eine Mail

mit den genauen GPS-Koordinaten an ihre Hotline geschickt hatte.«

»*Was?*«

»Soll ich sie Ihnen vorlesen?«

»Ja«, sagte Barrett, obwohl er die Nachricht eigentlich nicht hören wollte.

»Okay. Man hat sie von einem Gmail-Konto verschickt, das offensichtlich gerade erst eingerichtet wurde. Es gibt dazu keine Verlaufsdaten. Die Techniker versuchen gerade, die IP-Adresse zurückzuverfolgen. Wie auch immer, die Nachricht lautet: ›Eigentlich hätte das alles nicht passieren sollen, aber plötzlich ist alles außer Kontrolle geraten. Ich will nicht wieder zurück ins Gefängnis, aber ich kann nicht zulassen, dass an meiner Stelle unschuldige Menschen hinter Gittern landen. Sie finden die Leichen oben in Allagash. Ich werde Ihnen nicht sagen, was passiert ist, aber Sie liegen mit Ihrer Vermutung völlig daneben, und wenn Sie die Leichen finden, werden Sie feststellen, dass Sie sich geirrt haben.‹ Dann folgen die GPS-Koordinaten. Es war kein Problem, die Leichen zu finden.«

Barrett antwortete nicht sofort. Er dachte über die Nachricht nach, die Johansson ihm gerade vorgelesen hatte. Er ging sie im Geiste noch einmal durch und fragte sich, wer sie geschrieben haben könnte.

Ich werde Ihnen nicht sagen, was passiert ist, aber Sie liegen mit Ihrer Vermutung völlig daneben.

»Die E-Mail-Adresse wird uns nicht weiterbringen«, sagte er schließlich.

»Schon möglich. Aber die Mail hat uns zu den Leichen geführt. Und sie wurde verschickt, während Mathias in Haft saß.«

Barrett wusste nicht, was er darauf antworten sollte.

»Gewinnen Sie erst einmal etwas Abstand, und erzählen Sie

mir, was Sie von der ganzen Sache halten, wenn Sie heute reinkommen«, sagte Johansson.

»Wir haben es jetzt mit einer anderen Ermittlung zu tun.«

»Das ist noch untertrieben. Es wird sich jetzt ein anderes Ermittlerteam um den Fall kümmern. Durch den Fund der Leichen hat sich der Tatort verlagert. Wir sind jetzt bestenfalls nur noch Zuschauer. Nachdem wir Kimmy Crepeaux ihre Geschichte abgekauft haben, will wahrscheinlich niemand mehr etwas mit uns zu tun haben. Wir treffen uns morgen früh mit der neuen Chefermittlerin.«

»Wer ist das?«, fragte Barrett.

»Emily Broward. Eine äußerst fähige Polizistin.«

»Von welcher Dienststelle?«

»Sie ist Sheriff bei der State Police und wie ich zuständig für Kapitalverbrechen.« Johansson klang verbittert, aber nicht vorwurfsvoll. Zumindest glaubte Barrett das.

»Tut mir leid«, sagte Barrett aufrichtig.

»Das muss es nicht. Wir sind jetzt einen Schritt weiter. Irgendjemand – vielleicht nicht wir – wird für diese Familien die Wahrheit herausfinden. Und das ist das Einzige, was zählt.«

»Ja«, sagte Barrett und sah vor sich Howard Pelletiers lächelndes Gesicht. *Man steigt empor. Das trifft es genau.*

Man hatte Howards Tochter in Brust und Hinterkopf geschossen, ihre Leiche in ein Fass gestopft und im Wald entsorgt.

»Ja«, wiederholte Barrett. »Das ist das Einzige, was zählt.«

14

Man begann mit der Lagebesprechung, ohne auf Barretts Ankunft zu warten. Obwohl er deutlich zu schnell fuhr, um es rechtzeitig zu schaffen, war die Besprechung bereits im Gange, als er den Raum betrat. Die Hälfte der Gesichter dort war ihm vertraut, die andere Hälfte kannte er nicht. Die Frau am Tischende warf ihm einen Blick zu, als hätte er sich in der Tür geirrt.

»Agent Barrett«, sagte sie. »Danke, dass Sie gekommen sind. Wir werden versuchen, Sie auf den aktuellen Stand zu bringen.«

Ihre Worte waren freundlicher als der Ausdruck in ihren Augen. Barrett nahm zwischen einem der fremden Polizisten und Johansson Platz. Auf eine Leinwand war das Polizeifoto eines Mannes mit ungestümem Blick und struppigem Haar projiziert. Den darunter eingeblendeten Namen – Jeffrey Girard – hatte Barrett bisher noch nicht gehört.

»Wer ist das?«, fragte er.

»Wir haben eine Übereinstimmung mit den Abdrücken«, sagte Emily Broward. »Sie stammen von einem gewissen Jeffrey Girard. Er ist sechsunddreißig Jahre alt, kommt ursprünglich aus Rockland und wohnt jetzt in Mechanic Falls.«

»Kennen Sie den Mann, Don?«, fragte Barrett Johansson, der darauf nickte, als würde ihm die Frage körperliche Schmerzen bereiten.

»Ich weiß, dass er hier in der Gegend schon mal verhaftet wurde.«

»Mehrfach«, sagte Broward. »Drogenbesitz, Einbruch und unerlaubter Waffenbesitz waren nur die schlimmsten Vergehen. Sind Sie im Zuge Ihrer Ermittlungen mal auf seinen Namen gestoßen?«

»Ich glaube nicht. Aber auf viele andere Namen.«

Barrett starrte auf das Foto von Girard. Die Geschwindigkeit, mit der sich die neue Situation ergeben hatte, verwirrte ihn. Er hatte das Gefühl, als würde er sich wie Rip van Winkle plötzlich in einer Welt wiederfinden, die sich ohne sein Wissen verändert hatte.

»Don hat mir erzählt, dass die Fingerabdrücke von den Fässern stammen«, sagte er.

»Das stimmt.«

»Angesichts des Tathergangs kommt mir das äußerst merkwürdig vor. Der Täter verstaut, transportiert und vergräbt die Leichen und vergisst, dabei Handschuhe zu tragen?«

»Die ganze Aktion wurde schlampig und überstürzt durchgeführt. Vielleicht bekam der Täter es mit der Angst, oder er wollte die Fässer nur für den Transport benutzen und die Leichen einfach offen liegen lassen.«

»Warum hätte er das tun sollen?«

»Weil es ziemlich unwahrscheinlich ist, dass in diesem Teil des Allagash irgendein Mensch die Leichen findet, aber sehr wahrscheinlich, dass die Tiere sich daran zu schaffen machen. Infolge der Witterung und Zerstörung durch die Tiere wären wir nicht in der Lage gewesen, die genauen Tatumstände zu rekonstruieren. Wie etwa den Todeszeitpunkt.«

»Oder die Todesursache?«

»Das nicht. Sie wurden erschossen.«

»Wissen wir, ob man vor oder nach Eintritt des Todes auf sie geschossen hat?«

»Ich bin keine Gerichtsmedizinerin«, sagte Broward. »Ich will nicht so tun, als wüsste ich die Antwort bereits. Aber ich bin mir sicher, dass wir es zu gegebener Zeit herausfinden werden. Ein forensischer Anthropologe untersucht gerade die sterblichen Überreste.«

»Allein der Transport der Leichen ist echte Schwerstarbeit«, sagte Barrett und bemerkte Johanssons warnenden Blick. Doch Barrett wollte Broward keineswegs unter Druck setzen. Er hielt das für einen berechtigten Einwand.

»Das passt sehr gut in das Bild, das wir von Jeffrey Girard haben«, sagte sie.

»Inwiefern?«

»Er ist nicht besonders intelligent und ziemlich nervös und schreckhaft. Ich habe mit einem Deputy gesprochen, der ihn kennt, sowie mit seinem Bewährungshelfer. Beide sagen, dass er einen extrem niedrigen IQ hat und kaum in der Lage ist, komplizierte Sachverhalte zu erfassen. Sein Bewährungshelfer hat mir erzählt, dass er sich häufig an Geschichten aus Filmen und Fernsehsendungen orientiert, wenn er verwirrt ist – um sich in der Welt außerhalb seiner eigenen zurechtzufinden.«

»Was ist das für eine Welt?«

Broward breitete auf dem Tisch eine Landkarte des Staates aus und deutete auf eine Gegend im Nordwesten, jenem Teil Maines, in dem es keine Highways und kaum Städte, sondern fast nur dichte Pinienwälder gab.

»Das hier ist seine Welt. Er ist ein Naturbursche. Er kann gut mit dem Gewehr und der Angelrute umgehen, aber mit Menschen hat er Probleme. Er behauptet, er habe Maine nie verlassen, aber dennoch ist er ständig unterwegs. Seine sozialen Kontakte beschränken sich mehr oder weniger auf seine Familie. Er pendelt zwischen seiner Mutter, seinem Bruder und seinen Cousins hin und her.«

Sie tippte auf die Karte. »Nichts deutet darauf hin, dass er sich kürzlich in seinem Wohnwagen in der Nähe von Mechanic Falls aufgehalten hat. Laut seinem Bewährungsoffizier handelt es sich dabei um seine offizielle Adresse.« Sie ließ ihren Finger Richtung Norden wandern. »Man hat uns erzählt, dass die Girards außerhalb von Jackman eine Jagdhütte besitzen und er sich dort häufig für längere Zeit aufhält, wenn er gerade nicht arbeitet. Es gibt keinen Hinweis darauf, dass er einer geregelten Tätigkeit nachgeht, darum treffen wir ihn höchstwahrscheinlich in Jackman an.«

Ihr Finger verharrte auf einer Gegend nahe der kanadischen Grenze im äußersten Westen des Staates.

»Das ist eine lange Fahrt von Port Hope«, sagte Barrett.

»Das stimmt.«

»Ist das nicht merkwürdig? Wir sollen also annehmen, dass der Mann so unvorsichtig und überstürzt gehandelt hat, dass er die Leichen ohne Handschuhe entsorgt hat, aber vier oder fünf Stunden fahren musste, um die Abladestelle zu erreichen?«

»Ich habe noch nicht alle Antworten auf unsere Fragen, aber vergessen Sie nicht, dass wir einen Mann aufgrund der Beweise am Tatort verhaften und nicht aufgrund von Gerüchten.«

Schlagartig veränderte sich das Verhalten der Anwesenden. Während sich die vertrauten Gesichter von Barrett abwandten, drehten sich die neu hinzugekommenen Beamten in seine Richtung.

Emily Broward bemerkte die Veränderung auch und schien es zu bereuen, diese Situation provoziert zu haben. »Allerdings gibt es eine interessante Übereinstimmung mit Kimberly Crepeaux' Geständnis«, sagte sie jetzt in einem nachgiebigeren Tonfall.

»Inwiefern?«

»Auf Girard ist ein Fahrzeug angemeldet«, sagte sie. »Ein grauer 1998er Dodge Dakota Pick-up – ähnlich wie der Wagen, den Kimberly Crepeaux beschrieben hat. Er hat das Kennzeichen Maine 727CRC.«

Barrett wurde schwindelig. Er fühlte sich wie ein angeschlagener Boxer, der den Gong herbeisehnte. Die Angaben zum Pick-up waren also korrekt gewesen, nur der Tatverdächtige war falsch.

»War der Wagen ungewöhnlich lackiert?«

»Falls ja, dann ist das in der Zulassung nicht vermerkt. Ich möchte, dass Sie und Don Girards Cousin befragen, der außerhalb von Biddeford eine Autolackiererei besitzt. Vielleicht weiß er etwas über den Pick-up.«

»Wie heißt der Cousin?«

»Bobby Girard. Es ist keine richtige Werkstatt. Sie schleppen hin und wieder ein paar Fahrzeuge ab, kaufen und verkaufen kaputte Autos. Sie haben unregelmäßige Öffnungszeiten, und die Kunden zahlen in bar. So eine Art von Werkstatt. Ich möchte, dass Sie und Don mit ihm sprechen und ihn konkret nach dem Pick-up fragen.«

»Sie meinten, dass sich Jeffrey Girard wahrscheinlich in Jackman aufhält.«

»Richtig.«

»Dann würde ich Sie gerne dorthin begleiten. Bitte.«

Es entstand ein peinliches, bedrückendes Schweigen, bevor Broward ihm mit entschlossenem Blick in einem scharfen Tonfall schließlich antwortete.

»Bei allem Respekt, ich will die Situation draußen in Port Hope lieber nicht mit unseren Ermittlungen vermischen.«

In diesem Moment öffnete sich die Tür, und ein älterer Mann in Uniform steckte den Kopf ins Zimmer. »Lieutenant? George Kelly ist am Telefon.«

Barrett spürte ein derart heftiges Verlangen, vor Broward aus dem Zimmer zu eilen und den Anruf entgegenzunehmen, dass er auf seinem Stuhl herumrutschte. Als sie das Zimmer verließ, blickte Johansson mit verkrampftem Kiefer in seine Richtung, und Barrett wusste, dass er mit denselben Gefühlen kämpfte.

Nach etwa zehn Minuten kehrte Broward mit einem schmalen Lächeln und entschlossenem Blick wieder zurück.

»Mr. Kelly ist im Besitz einer Quittung, die bestätigt, dass Jeffrey im Juli mit einem Hochdruckreiniger seine Terrassen gesäubert hat.« Sie hielt einen Augenblick inne, dann sagte sie: »Das heißt, er hat sich zur selben Zeit auf dem Grundstück aufgehalten wie Ian und Jackie.«

»Dann hat Mathias Burke ihn engagiert«, sagte Barrett. »Oder vermittelt. George hat sich darauf verlassen, dass er sich bei der Betreuung des Hauses um sämtliche Einzelheiten kümmert.«

»Wir werden das im Hinterkopf behalten. Aber der Scheck wurde auf Jeffrey Girard ausgestellt, und seine Fingerabdrücke wurden am Tatort gefunden.«

Der Unterton in ihrer Stimme verriet, dass sie mit ihrer Geduld am Ende war, und für den Rest der Besprechung meldete Barrett sich nicht mehr zu Wort. Als sie schließlich fertig waren, fuhr Emily Broward mit einem Haftbefehl Richtung Nordwesten, und Barrett machte sich auf den Weg in den Südosten, um mit dem Cousin des Verdächtigen zu reden.

»Es ist Schwachsinn, uns in den Süden zu schicken«, sagte Barrett zu Johansson.

»Ja.«

»Die Tatsache, dass Girard auf Kellys Grundstück gearbeitet hat, bringt ihn mit Burke in Verbindung. Falls er die Leichen weggeschafft hat, brauchte er wahrscheinlich Hilfe. Ich glaube nicht, dass die neuen Informationen Kimberlys Geständnis in Frage stellen. Noch nicht.«

Don antwortete nicht.

»Vielleicht weiß der Cousin irgendwas«, sagte Barrett. »Soll ich fahren?«

»Wir treffen uns einfach dort«, sagte Don. Dann lief er ohne sich noch einmal umzudrehen zu seinem Wagen und ließ Barrett allein auf dem Parkplatz zurück.

15

Barrett war gerade auf der Interstate 95 Richtung Biddeford unterwegs, als Johansson ihn anrief.

»Die Autopsie hat etwas Neues ergeben«, sagte Johansson.

»Die Autopsie wurde schon durchgeführt?«

»Heute Morgen, glaube ich. Keine Ahnung, inwiefern uns das weiterbringt, denn der Verwesungsprozess war bereits weit fortgeschritten, aber … sie haben etwas gefunden.« Er räusperte sich. »Ich, also, ich dachte, Sie sollten es direkt von mir erfahren.«

»Was denn?«

»Jackie war schwanger«, sagte Johansson.

Für eine ganze Weile war nur das Geräusch der Reifen von Barretts Ford Explorer auf dem Asphalt zu hören.

»Schwanger«, sagte er schließlich, als hätte er das Wort noch nie gehört.

»Ja.«

»Wie … Die Schwangerschaft kann aber erst ganz am Anfang gewesen sein.«

»Sie war höchstens im zweiten Monat«, sagte Johansson. »Der Gerichtsmediziner hat … das Fragment eines Beckenknochens gefunden. Offensichtlich ist das der erste Knochen, der sich herausbildet. Wer hätte das gedacht? Ich habe zwar selbst ein Kind, aber das habe ich nicht gewusst.«

Für eine Weile schwiegen die beiden. Dann ertönte eine Hupe, und als Barrett einen Blick in den Rückspiegel warf und sah, dass ein Cadillac direkt an seiner Stoßstange klebte, stellte er fest, dass er unbewusst die Geschwindigkeit von hundert Stundenkilometern auf fünfundsiebzig gedrosselt hatte.

»Wissen die Familien schon davon?«, fragte er, als der Cadillac an ihm vorbeifuhr. »Weiß Howard davon?«

»Ja. Der County Sheriff hat sie bereits angerufen. Ein Fremder. Sie sind dem Mann vorher noch nie begegnet. Er ist Broward zuvorgekommen. Er hielt es für seine Pflicht, sie so schnell wie möglich darüber zu informieren.«

»Verdammte Scheiße«, sagte Barrett mit heiserer Stimme und zugeschnürter Kehle.

»Ja«, sagte Johansson. »Das hab ich auch gedacht.«

Erneut herrschte Schweigen, und Barrett merkte, dass er abermals das Tempo drosselte. Ihm war schwindelig. Er wechselte auf die rechte Fahrspur und hielt nach einem Ausfahrtschild Ausschau. Er wollte die Interstate verlassen. Wollte aus dem Wagen steigen und an die frische Luft. Wollte auf irgendetwas einprügeln. Wollte sich hinlegen und die Augen schließen.

»Wir sehen uns in Biddeford«, sagte Johansson und beendete ohne ein weiteres Wort das Gespräch.

Barrett ließ das Fenster herunter, worauf der Wind in den Wagen wehte, und er war dankbar dafür, dass er in seinen Augen brannte.

16

Bobby Girards Autolackiererei befand sich außerhalb der Stadt, am Ende eines Feldwegs neben einer frisch gemähten Wiese. Gegenüber von drei Fertiggaragen erstreckte sich ein Containergebäude, und auf einem handgeschriebenen Schild am Tor stand lediglich der Name GIRARD, als wüsste jeder, der so weit gefahren war, um was für eine Art von Unternehmen es sich handelte. Diese Vermutung war keineswegs weit hergeholt, denn andere Gebäude gab es hier nicht.

Hinter den Garagen lieferten sich mehrere herrenlose, ausgeschlachtete Autos einen Revierkampf mit der Wiese. Neben einem Abschleppwagen stand ein ramponierter Pick-up mit Schneepflug-Aufsatz. Die Sonne, die hoch am Himmel stand, schimmerte in der Schaufel des Pflugs. Er rief einem ins Gedächtnis, dass man sich vom Sommer in Maine nicht täuschen lassen durfte – bald schon würde es wieder anfangen zu schneien.

Der Zaun, der das Grundstück umgab, war mit einem verriegelten Tor versehen, und von einer Kette baumelte ein verdrecktes Schild mit der Aufschrift ZUTRITT VERBOTEN. Barrett parkte sein Auto und trat in die Staubwolke, die Johanssons mit seinem Streifenwagen aufwirbelte, als er auf das Gelände bog. Es war ein windiger Tag, und eine Brise wehte Barrett den Staub in Mund und Augen. Für einen Moment stieg ihm der Geruch von Lack in die Nase. Dann ließ der Wind wieder nach, und die Luft war nur noch vom Duft des frisch gemähten Heus erfüllt.

Johansson stieg aus dem Wagen und ließ seinen Blick von den Garagen zum Haus wandern. Er trug keinen Hut, und im Sonnenlicht konnte man in seinem kurz geschorenen blonden Haar jede Menge grauer Strähnen erkennen. Seit Beginn der Ermittlungen hatte er ein paar Kilo zugenommen, und der Bund seiner Uniformhose verdiente eine Gefahrenzulage.

Für einen Moment sagte keiner etwas. Barrett wusste, dass sie beide während der ganzen Fahrt über das Ergebnis der Autopsie nachgedacht hatten. Er holte Luft und versuchte einen klaren Kopf zu bekommen, sich auf die anstehende Aufgabe zu konzentrieren und nicht an die Verhaftung in den westlichen Bergen zu denken.

»Was hat Broward noch mal über die Werkstatt gesagt?«, fragte er. »Dass es keine regelmäßigen Öffnungszeiten gibt? Sieht ganz danach aus. Der Laden hat an einem Freitag um eins geschlossen.«

»Vielleicht handeln sie mit Ersatzteilen von gestohlenen Fahrzeugen.« Johansson klang so abwesend und teilnahmslos, wie Barrett sich fühlte, und es schien, als hätte er seit einer Ewigkeit nicht geschlafen. Er trug keine Sonnenbrille und blinzelte in das grelle Licht, als wäre er verwirrt.

Barrett fiel ein, dass sich die Morde ebenfalls an einem Freitag ereignet hatten. An einem heißen, windigen Freitag, ähnlich wie diesem. Das Gras wogte, und der Stacheldraht summte. In Port Hope würden sich jetzt auf dem Wasser in der Bucht Schaumkronen bilden, während sich hinter der alten Obstplantage und dem Friedhof die Pinien oberhalb des Sees hin und her wiegten.

»Barrett?«, sagte Johansson.

»Hm?«

»Ob Sie im Haus nachsehen wollen, habe ich gefragt.«

»Oh. Ja. Sicher.«

Sie überquerten den Weg und klopften an die Haustür. Keine

Reaktion. Die beiden warfen von der Veranda einen Blick zurück auf das Grundstück. Zwischen all den Autos rührte sich nichts, nur ein Star huschte durch den Schatten eines fensterlosen Oldsmobile, das im Unkraut auf Ziegelsteinen stand.

»Haben Sie Howard angerufen?«, fragte Johansson.

»Nein. Noch nicht. Sie?«

Johansson schüttelte den Kopf und starrte geistesabwesend auf die alten Autos.

»Schwanger«, sagte er, und als Barrett nichts erwiderte: »Jackie war ein Einzelkind.«

»Ich weiß.«

Johansson blinzelte und schüttelte den Kopf, als wollte er wieder einen klaren Blick bekommen. »Sollen wir warten oder nach ihm suchen?«

Barrett wollte schon vorschlagen, zu einem der Nachbarn zu fahren, als erneut eine Windböe über den Drahtzaun wehte und Staub vom Feldweg aufwirbelte. Wieder stieg Barrett der Lackgeruch in die Nase.

»Er arbeitet dort drüben. Irgendjemand jedenfalls. Riechen Sie den Lack?«

Johansson neigte den Kopf zur Seite, hielt inne und nickte dann. »Ja.«

Sie überquerten den Weg und liefen an ihren Autos vorbei zu dem Tor. Es war mit einer Kette und einem Vorhängeschloss gesichert. Der Lackgeruch war hier noch intensiver, und aus einer der Garagen drang ein leises, abgehacktes Hämmern. Barrett hielt seine Hände an den Mund und rief ein Hallo. Keine Antwort. Er versuchte es erneut, mit demselben Ergebnis.

»Sollen wir über den Zaun klettern?«, fragte Johansson.

»Warum nicht.« Barrett nahm seine Dienstmarke aus der Tasche und steckte sie an seinen Gürtel, sodass man sie sehen konnte. Dank der Querstange am Tor konnte man mühelos über den Maschendrahtzaun klettern. Barrett zog sich daran empor und ließ sich auf der anderen Seite in den Kies fallen.

In der nächstgelegenen der drei Garagen befand sich ein Büro. Barrett lief zu ihr hinüber und warf einen Blick durch das schmale Fenster. Im Innern war es dunkel. Der unordentliche Raum war mit aufgetürmten Möbeln vollgestopft, und die Schubladen der Aktenschränke hingen heraus, als hätte jemand darin herumgewühlt.

»Sie sind dahinten«, sagte Johansson. »Ich kann sie hören.«

Die beiden liefen den ausgefahrenen Lehmweg hinunter. Kreuz und quer zwischen den Garagen standen ein Dutzend alter Fahrzeuge. Als sich die beiden dem letzten Gebäude näherten, war das Hämmern weiterhin zu hören. Es wurde jetzt von einem leisen Zischen begleitet.

»Was zum Teufel ist das?«, sagte Johansson.

»Ein Drucklufthammer vielleicht«, sagte Barrett. »Man kann damit auch Lack versprühen.«

Der beißende chemische Geruch war hier hinten besonders intensiv. Trotz der grellen Mittagssonne verbreiteten das Zischen und das Pochen des Drucklufthammers inmitten all der leeren und kaputten Autos eine unheilvolle Stimmung.

Barrett musterte die Autos und fragte sich, warum man sie nicht zusammen mit den anderen auf die Wiese gebracht hatte. Vielleicht hatte man sie noch nicht ausgeschlachtet. Die anderen Fahrzeuge wirkten ohne ihre Motorhauben, Türen und Räder wie verwundete Soldaten auf einem Schlachtfeld.

»Vielleicht handeln sie mit Ersatzteilen von gestohlenen Fahrzeugen«, wiederholte Johansson und lief zur Rückseite des Gebäudes. Nach etwa zehn Schritten merkte er, dass Barrett nicht mehr neben ihm war, und drehte sich um. »Was machen Sie da?«

Barrett starrte auf einen Pick-up, der hinter der Garage im Unkraut stand. Die Räder fehlten, und die Karosserie sah aus, als würde sie unter einer Hautkrankheit leiden – ihr graues Fleisch war mit rostigen Wunden übersät. Außerdem war der Kühlergrill aus Chrom verbogen und einer der Frontscheinwerfer gesplittert, aber die Vorderseite war unversehrt, und man konnte das Wort DODGE lesen, das in den Grill eingraviert war.

Von den Dingern wurden Millionen hergestellt, dachte Barrett. Trotzdem ließ er Johansson stehen und lief zu dem Pick-up hinüber. Er hatte dieselbe Farbe wie in Kimberlys Beschreibung. Allerdings war die Motorhaube weder schwarzweiß lackiert noch mit einer Halloween-Katze verziert. Da war nichts, was mit Kimberlys Geschichte übereinstimmte. Allerdings hätte man die Motorhaube überlackieren können. In dem Fall hatte man ganze Arbeit geleistet – es war unglaublich schwer, eine dreißig Jahre alte Lackierung und Rostflecken zu imitieren.

Barrett lief zur Rückseite des Pick-ups und blieb wie angewurzelt stehen. Er hatte das Gefühl, als würde sich das Blut in seinen Adern in Gelee verwandeln.

Auf dem verwitterten Nummernschild stand *Maine 727CRC*.

»Barrett, was zum Teufel machen Sie da?«, rief Johansson mit gedämpfter Stimme.

Wortlos winkte Barrett Johansson zu sich und deutete auf das Nummernschild.

»Dieser Mistkerl«, flüsterte Johansson. »Er ist hier.«

»Oder er ist längst über alle Berge und fährt inzwischen einen anderen Wagen. Aber das Nummernschild stimmt.« Barrett trat vor und warf einen Blick auf die Ladefläche. Darauf lagen Gerümpel, alte Ziegelsteine, Holzreste und eine Kette. Auf der Innenseite der Ladeklappe waren mehrere verstreute Rostflecken zu sehen.

Barretts Puls schnellte in die Höhe, und seine Fingerspitzen wurden langsam warm, als er um den Pick-up herumlief und die Motorhaube betrachtete. Sie war weder ausgetauscht noch neu lackiert worden.

»Das ist unser Wagen«, sagte er. »Aber warum zum Teufel hat sie das mit der Lackierung erzählt?«

»Ich denke, um Kimberly müssen wir uns jetzt erst mal keine Gedanken machen«, flüsterte Johansson. »Wir sollten die anderen darüber informieren.«

Im Innern der Garage war immer noch das leise Pochen zu hören, *dung-dung-dung*, während der Drucklufthammer gegen Metall schlug. Der Wind erfüllte die Luft mit einem intensiven Lackgeruch. Barrett trat an die Beifahrertür, rupfte sein Hemd aus der Hose, wickelte es um seine Finger und zog an dem Griff. Die Tür war unverschlossen. Quietschend öffnete sie sich, und er warf einen Blick auf die lange Sitzbank.

In der Fahrerkabine gab es lediglich eine Sitzbank. Weil ich so klein bin, hocke ich normalerweise immer in der Mitte, wissen Sie? Aber an diesem Abend saß Cass dort. Sie wollte neben Mathias sitzen.

»Das ist unser Wagen«, wiederholte Barrett leise.

Außer dem Zischen der Lackierpistole war nichts zu hören.

»Wir sollten die anderen informieren«, sagte Johansson erneut.

»Ja.« Aber Barrett rührte sich nicht von der Stelle. Er ließ seinen Blick durch das Führerhaus wandern. Über den Boden und die Sitzbank verstreut lagen Quittungen von Fast-Food-Restaurants, Bonbonpapier und *Uncle Henry's*-Anzeigenmagazine.

»Hey!«

Die Stimme war so laut, dass Barrett in die Höhe schnellte und sich den Kopf am Türrahmen stieß. Der Schlag ging ihm durch Mark und Bein, und ihm wurde schwindelig, als er von dem Wagen zurücktrat.

Ein kurz gewachsener, muskulöser Mann mit ungepflegtem Haar und unregelmäßigen Bartstoppeln kam wie ein Schiedsrichter, der über das Baseballfeld eilte, mit flinken, zügigen Schritten auf sie zumarschiert.

»Was zum Teufel machen Sie in meinem …«

Beim Anblick von Johanssons Uniform blieb der Mann plötzlich stehen. Barrett, dessen Gesicht nach dem Zusammenstoß mit der Tür immer noch schmerzverzerrt war, zog seine Dienstmarke vom Gürtel.

»Wir sind von der Polizei«, sagte Johansson. »Beruhigen Sie …«

»Ich weiß, warum Sie hier sind«, sagte der Mann mit hoher, bebender Stimme. Barrett konnte ihn jetzt genau erkennen. Es war Jeffrey Girard.

»Beruhigen Sie sich«, sagte Johansson.

Aber Girard ging rückwärts zur Garagentür, die einen Spalt offen stand.

»Stehen bleiben«, bellte Johansson. »Stehen bleiben!«

»Ich weiß, warum Sie hier sind«, wiederholte Girard, drehte sich um und lief mit seinem merkwürdigen, zügigen Gang auf die Tür zu.

»Sofort stehen bleiben!«, rief Johansson und zückte seine Pistole.

Doch Girard lief mit eingezogenem Kopf durch die Tür und verschwand.

Johansson fluchte und stürzte mit der Waffe im Anschlag los, aber Barrett packte ihn am Arm.

»Immer mit der Ruhe! Wir sollten die Situation nicht eskalieren lassen.«

Johansson stand völlig unter Strom. Seine Muskeln waren angespannt, und er hatte die Augen weit aufgerissen und die Kiefer aufeinandergepresst.

»Er hat gesagt, dass er weiß, warum wir hier sind.«

»Das sollte er auch«, sagte Barrett. »Geben Sie durch, dass wir Girard und den Pick-up haben. Wir dürfen das hier nicht vermasseln.«

Er hatte den Blick immer noch auf die Tür gerichtet, hinter der Girard verschwunden war. Im Gegenlicht der Sonne war nur ein schwarzes Rechteck zu erkennen. Irgendwo dahinter ertönte erneut das Zischen.

Johansson ließ seine Pistole sinken und hielt sie mit der rechten Hand weiter umklammert, während er mit der linken auf die Taste des Funkgeräts drückte, das unterhalb seines Kragens klemmte. Er schaffte es lediglich, »Einheit eins-vierzig-drei« zu sagen, bevor sich hinter der Tür etwas bewegte und Jeffrey Girard mit einer Schrotflinte aus der Dunkelheit ins Tageslicht trat.

»Weg mit der Waffe!«, rief Barrett und sprang zur Seite, um hinter einem der ausgeschlachteten Autos in Deckung zu gehen, während er zum ersten Mal in seiner Laufbahn seine Dienstwaffe, eine Neun-Millimeter-Glock, zückte. Noch bevor er sie aus dem Halfter gezogen hatte, ertönten zwei Schüsse.

Girard hatte die Schrotflinte allerdings nicht auf die beiden Polizisten gerichtet – noch nicht jedenfalls –, sondern hielt sie quer vor der Brust. Plötzlich fiel er nach hinten gegen die Tür, rutschte daran hinunter und hinterließ auf dem weißen Lack einen Blutstreifen.

»*Verdammt, stellen Sie das Feuer ein!*«, brüllte Barrett Johansson zu, der stehen geblieben war und wie ein Amateurschütze auf dem Schießstand mit einer Hand die Pistole vor sich ausgestreckt hatte. Er hatte so plötzlich das Feuer eröffnet, dass er die Waffe nicht mal mit beiden Händen festgehalten hatte. Er hatte sie bloß hochgerissen und abgedrückt.

Und getroffen.

»Ich dachte, er hätte geschossen!«, sagte Johansson, der immer noch in dieser merkwürdigen Haltung dastand, als könnte er das Geschehen anhalten, solange er sich nicht bewegte, und alles wieder zurückspulen. »Ich habe Schüsse gehört!«

»Das war der Drucklufthammer«, sagte Barrett und sah, wie das Blut aus Johanssons Wangen wich.

»Oh, *Scheiße*«, sagte Johansson und nahm endlich die Pistole herunter.

Barrett betrachtete den sich krümmenden, blutenden Mann im Gras vor der Garage. »Geben Sie mir Deckung, und *schießen Sie nur, wenn es nötig ist.*«

Er trat hinter dem Wagen hervor und ging, die Waffe mit beiden Händen umklammert, mit vorsichtigen Schritten auf Girard zu. So wie er es vor nicht allzu langer Zeit auf der Akademie gelernt hatte.

Girard hielt sich mit beiden Händen den Bauch. Die Schrotflinte lag direkt vor ihm. Er ließ seinen Blick von Barrett zu der Waffe und wieder zurück wandern.

»*Keine Bewegung*«, brüllte Barrett. »Bleiben Sie liegen. Wir holen Hilfe. Aber bewegen Sie sich nicht.«

Die Lackdämpfe, die durch die offene Tür waberten, brannten in seinen Augen, und sie fingen an zu tränen, während er weiterlief. Er versuchte, nicht zu blinzeln, aus Angst vor dem, was in diesem kurzen Moment passieren könnte. Jeffrey Girard beobachtete, wie Barrett näher kam, und wollte etwas sagen. Doch er brachte nur einen Laut hervor, der klang, als würde er ein Gähnen unterdrücken, und dann lief aus seinem geöffneten Mund hellrotes Blut an seinem Kinn hinunter. Er sah Barrett traurig an, wie man es nur tat, wenn man wusste, dass man schwer verletzt war und jede Hilfe zu spät kam.

Er streckte die Hand nach der Schrotflinte aus.

Barrett spannte die Finger um den Abzug, aber Girard versuchte nicht, die Schrotflinte aufzuheben oder nach dem Schaft zu greifen. Stattdessen drückte er mit der offenen Handfläche gegen die Waffe und schob sie mit letzter Kraft in Barretts Richtung, als wollte er sie ihm aushändigen.

»Danke«, sagte Barrett, als er begriff, dass Girard sich ergeben hatte. Die Glock weiter auf Girard gerichtet, streckte er seine linke Hand aus und zog die Schrotflinte außer Reichweite. Dann winkte er Johansson zu sich. Sein Kollege, der in sein Funkgerät sprach, eilte zu ihm – zu schnell und zu aufrecht. Er war heute mit allem zu schnell gewesen.

»Der Sheriff und die State Police sowie ein Krankenwagen sind unterwegs«, sagte er.

Barrett wollte Girard gerne helfen, denn er würde bald sterben, wenn man die Blutung nicht stoppte. Aber in der Garage waren weitere Personen, um die sie sich kümmern mussten. Bilder von seiner Ausbildung und aus dem Einsatzsimulator geisterten durch Barretts Kopf, während er versuchte, gleichmäßig zu atmen und seinen Herzschlag zu beruhigen.

»Wir müssen das Gebäude räumen und ihm dann helfen«, sagte er. »Vorher kann ich der Tür nicht den Rücken zuwenden, um ihm zu helfen.«

Johansson nickte. Sein Gesicht war schweißgebadet, und er atmete schnell und stoßweise. Das war nicht unbedingt der Gesichtsausdruck, den man sich von jemandem erhoffte, der einem Deckung geben sollte.

»Die Personen da drin arbeiten wahrscheinlich an einem Wagen, okay?«, sagte Barrett. »Seien Sie wachsam, aber bleiben Sie ruhig. Verstanden?«

Johansson nickte erneut und kam seitlich näher, und als er seine Waffe hob, hätte Barrett ihn am liebsten aufgefordert, sie wieder herunterzunehmen. Barrett holte Luft und sammelte sich, dann trat er durch die Tür und drehte sich in gebückter Haltung und mit gezückter Waffe Richtung Licht.

»FBI! Hände hoch! *Die Hände hoch!*«

Als sich ein kräftiger Mann in einem ausgebeulten Anzug und mit Gesichtsmaske zu ihm umwandte und eine Pistole auf ihn richtete, hätte Barrett beinahe auf ihn geschossen. Bei seinem Anblick dachte er bloß, *Eine Pistole, er hat eine Pistole auf dich gerichtet, schieß auf ihn, töte ihn.* Aber die Pistole sprühte nur blauen Lack in die Luft.

Der Mann trug einen schweren Schutzanzug sowie Gesichtsmaske und Gehörschutz und hatte von dem Chaos draußen nichts mitbekommen. Vor ihm stand ein zur Hälfte lackierter Wagen, dessen Fenster mit durchsichtiger Plastikfolie und Klebeband bedeckt waren. Er starrte Barrett einen Moment lang an und sprühte zwischen ihnen Lack in die Luft. Selbst durch die Maske hindurch konnte Barrett seine weit aufgerissenen Augen und den völlig verwirrten Ausdruck darin erkennen.

In diesem Moment kam Johansson hereingestürzt und brüllte: *»Die Waffe fallen lassen!«*

»Das ist keine Waffe!«, rief Barrett und griff nach Johanssons Arm, während der Mann in dem Anzug die Lackierpistole fallen ließ und mit erhobenen Händen zurücktaumelte.

»Stehen bleiben! Keine Bewegung!« Johanssons Hände zitterten, und Barrett sank gegen die Wand, während er daran dachte, was alles hätte passieren können. Er hatte auf der FBI-Akademie Dutzende von Nahkampf-Simulationen absolviert, aber niemand war je auf die Idee gekommen, ihn mit einer Lackierpistole und dem abgehackten Pochen eines Drucklufthammers zu konfrontieren. Selbst die Programmierer der Simulationen waren nicht so sadistisch.

»Schnappen Sie sich ihn, aber tun Sie ihm nicht weh«, sagte Barrett. Der Mann im Anzug war auf die Knie gesunken und hatte die Hände so weit hochgehoben, dass er sich fast die Schultern auskugelte. Er hatte schreckliche Angst. »Nehmen Sie ihn in Gewahrsam. Ich kümmere mich um Girard.«

Er ging nach draußen ins Tageslicht. Der stechende Kupfergeruch von Blut verband sich mit den chemischen Lackausdünstungen zu einer widerlichen Mischung, und er musste schlucken, als in seiner Kehle Gallenflüssigkeit aufstieg. Jeffrey Girard lag zusammengerollt wie ein kleines Kind auf dem Boden und hielt sich den Bauch. Alles war voller Blut, das in der Sonne rubinrot glänzte.

Barrett steckte seine Pistole ins Halfter zurück, öffnete die Knöpfe seines Hemds und zog es aus, da er nirgends etwas sah, das man auf die Wunde hätte drücken können. In seinem Wagen war ein Erste-Hilfe-Koffer, aber damit ließen sich nur kleine Schnittwunden und keine Schussverletzungen verarzten. Er knüllte das Hemd zusammen und kniete sich neben Girard. In der Ferne waren jetzt Sirenen zu hören.

»Ich helfe Ihnen.«

Aber Girard wollte seine Hände nicht von der Wunde nehmen. Er stieß ein tiefes Stöhnen aus und presste sie noch fester gegen seinen Körper, sodass das Blut zwischen seinen Fingern hervorsprudelte. Mit skeptischem Blick betrachtete er Barretts Hemd. Er wusste, dass er langsam verblutete, und hatte Angst, auch nur für einen Moment den Druck zu verringern. Es war eine instinktive Reaktion – *Ich darf nicht noch mehr von dem Zeug verlieren*. Barrett legte das Hemd auf die verletzten Hände des Mannes. Aber das würde kaum etwas ausrichten. Wenn die Fahrzeuge nicht bald eintrafen, wären seine Bemühungen vergeblich.

Er beugte sich über Girard. »Haben Sie die beiden getötet? Jackie und Ian? Haben Sie sie getötet?«

Girard starrte ihn bloß an. Seine Augen waren glasig und entrückt. Barrett hätte ihm am liebsten eine gescheuert, um seine Aufmerksamkeit zu gewinnen. Aber dafür war es jetzt zu spät. Viel zu spät.

»Haben Sie sie getötet? Oder haben Sie Mathias Burke nur geholfen?«

Keine Reaktion. Selbst durch das Hemd konnte Barrett das warme Blut des Mannes spüren.

»Bitte sagen Sie etwas«, flüsterte Barrett. »Sagen Sie mir bitte, was passiert ist.«

Girards Kopf sank nach vorne, und seine Nackenmuskeln entspannten sich. Sein Mund öffnete sich, und ein dünnes Rinnsal But lief heraus.

»Scheiße«, sagte Barrett in einem ruhigen, nüchternen Tonfall in die Wärme dieses Tages, der einen völlig aberwitzigen Verlauf genommen hatte.

Er stand auf und ging zu der Schrotflinte hinüber. Es handelte sich um eine schwere schwarze Remington Kaliber 12. Er klappte den Lauf herunter und warf einen Blick ins Patronenlager.

Es war leer.

Barrett schloss für einen Moment die Augen. Und holte Luft. Dann ließ er den Lauf einrasten, damit das Gewehr keinen Verdacht erregte, wenn die anderen es im Gras fanden. Er tat das für Johansson. Das Gewehr wirkte gefährlich, wenn man glaubte, dass es geladen war. Ein mutmaßlicher Mörder hatte dieses gefährliche Gewehr in den Händen gehalten, und das Pochen des Drucklufthammers hatte wie eine halbautomatische Waffe geklungen.

Die Situation hier draußen war bedrohlicher gewesen, als die anderen sich das vorstellen konnten.

Barrett kniete sich erneut neben die Leiche, als Johansson nach draußen kam und auf ihn zulief. Die Sirenen waren jetzt lauter, und sie konnten auf dem Hügel die ersten Autos sehen. Zwei Streifenwagen, die in einem Mordstempo angerast kamen.

»Der Mann da drin ist sein Cousin«, sagte Johansson. »Bobby. Ich habe ihm Handschellen angelegt. Nur um … Ich wusste einfach nicht, was ich mit ihm machen sollte.«

Barrett nickte. Er sagte Johansson nicht, dass die Schrotflinte leer war. Es war besser, dass er nichts davon wusste, wenn man ihn zum Ablauf der Ereignisse befragen würde.

»Ich wusste einfach nicht, was ich machen sollte«, wiederholte Johansson in einem fast flehenden Tonfall. »Ich bin noch nie in eine Schießerei verwickelt gewesen.«

»Das waren wir auch heute nicht«, sagte Barrett. Ohne Hemd und blutverschmiert hielt er seine Marke in die Höhe, während er zum Tor lief, um die eintreffenden Beamten in Empfang zu nehmen.

17

Nach seiner Freilassung richtete Mathias Burke auf der Treppe des Gefängnisses das Wort an die Medienvertreter.

Er blickte selbstbewusst in die Kameras und erklärte den Reportern, dass das Mitgefühl der Menschen jetzt den Familien von Jackie Pelletier und Ian Kelly gelten müsse und dass die Ungerechtigkeit, die ihm widerfahren sei, im Vergleich zu dem, was sie gerade durchmachten, bedeutungslos sei.

Was, wenn man die Leichen nicht gefunden hätte?, fragte ein Reporter. Was, wenn es den Hinweis nicht gegeben und man aufgrund von Kimberly Crepeaux' Geständnis Anklage gegen ihn erhoben hätte?

»Diese Entscheidung lag allein in Gottes Hand«, sagte Mathias.

Die Reporter wollten von Mathias wissen, ob er wütend sei.

»Ich bin wütend auf den FBI-Agenten«, sagte er. »Auf Rob Barrett. Er war nicht an der Wahrheit interessiert. Er wollte mich bloß hängen sehen. Er hat mir schreckliche Dinge vorgeworfen, und wahrscheinlich haben ihm eine Menge Leute geglaubt. Aber jetzt kennen sie die Wahrheit. Dafür bin ich dankbar. Für mich natürlich, aber vor allem für die Familien der Opfer. Was die Äußerungen über mich betrifft, die Anschuldigungen, die erhoben wurden … wenn Sie mich fragen, das ist geradezu kriminell.«

Als man ihn fragte, ob er Zivilklage wegen Verleumdung oder übler Nachrede einreichen werde, verneinte Mathias.

»Ich würde den Prozess zwar gewinnen, aber ich will einfach nur in mein altes Leben zurückkehren und all das hier hinter mir lassen. Es war ein einziger Albtraum, aber ich bin jetzt daraus erwacht.«

Kimberly Crepeaux gab keine Pressekonferenz und wurde auch nicht entlassen, da sie wegen der anderen Anklagepunkte weiter in Haft bleiben musste. Stattdessen veröffentlichte sie über ihren Pflichtverteidiger eine schriftliche Stellungnahme, in der sie erklärte, dass sie sich ihre schreckliche Geschichte nur ausgedacht habe, um dem unerbittlichen Druck durch Agent Rob Barrett zu entgehen.

Man hat mich bedrängt, schrieb sie. *Ich habe immer wieder mit ihm gesprochen und ihm die Wahrheit gesagt, aber er wollte die Wahrheit gar nicht hören. Er war an einer ganz bestimmten Geschichte interessiert, und schließlich habe ich ihm erzählt, was er hören wollte, denn ich hatte nicht die Absicht, den Rest meines Lebens im Gefängnis zu verbringen. Er sagte mir, dass man mich freilassen würde, dass ich meine kleine Tochter aufwachsen sehen könne, wenn ich ihm erzählte, was er hören wollte. Wer wäre auf diesen Deal nicht eingegangen*?

Das Einzige, was zur Verteidigung des Toten vorgebracht wurde, war eine fadenscheinige Ausrede seine Cousins.

Bobby Girard behauptete, dass sich ein Mann aus Rockland im Sommer oder Herbst letzten Jahres Jeffreys ramponierten Dodge Dakota geliehen habe, weil sein Wagen in der Werkstatt sei. Dafür gab es keine Beweise, aber selbst wenn es welche gegeben hätte, stellte Bobby Girards Aussage für Mathias Burke keine Gefahr dar. Da er selbst einen Pick-up, einen Pkw und ein Motorrad besaß und auf seine Firma acht weitere Pick-ups und zwei Transporter angemeldet waren, hatte er kaum Bedarf an fremden Fahrzeugen.

Die Tatsache, dass der Pick-up größtenteils mit Kimberlys

Beschreibung übereinstimmte, führte zu der Annahme, dass sie zum Zeitpunkt der Morde bei Girard gewesen war. Sie bestritt das allerdings, und der Tote konnte ihr nicht widersprechen.

Barretts Bitte, erneut mit Kimberly Crepeaux sprechen zu dürfen, wurde von Kimberly, Emily Broward und Colleen Davis abgelehnt. Sobald die Polizei von Maine die Schießerei in der Werkstatt untersucht hatte, wurde er nach Boston zurückbeordert.

»Fahren Sie nicht wieder nach Port Hope zurück«, sagte Roxanne Donovan. Als Barrett daraufhin erklärte, dass er noch seine Sachen aus dem Hotel holen müsse, versprach sie ihm, dass ein Agent aus dem Büro in Augusta sie ihm zuschicken würde.

Boston kam Barrett laut, gedankenlos und gleichgültig vor. Er wollte, dass die Menschen auf der Straße, an denen er vorbeilief, wie in Maine von dem Fall wussten. Er wollte, dass ihm wildfremde Leute erzählten, wie Howard Pelletier Jackie aus kaputten Hummerfallen einen Schaukelstuhl gebaut hatte oder dass sie gesehen hatten, wie Ian und Jackie Händchen haltend den Pier zum Leuchtturm hinunterspaziert waren.

Er wollte, dass die Menschen Anteil nahmen.

Angesichts der öffentlichen Aufmerksamkeit, die ihm wegen seiner Rolle in dem Fall zuteil wurde, hätte er allerdings froh sein müssen, dass sie das nicht taten.

Roxanne Donovan, die Barrett wegen seiner Fachkenntnisse zu Verhörmethoden und Geständnissen nach Boston geholt hatte, wollte, dass er die Unterlagen eines Falls überprüfte, bei dem es um einen Pharmakonzern ging, der von der Arzneimittelbehörde unzählige Vorladungen erhalten und das Interesse des Justizministeriums geweckt hatte. Seine Aufgabe bestand darin, dreiundsiebzigtausend Seiten mit E-Mails zu lesen.

»Lassen Sie sich Zeit«, sagte sie.

Barrett telefonierte ein weiteres Mal mit Amy Kelly, ohne dass George Kelly an dem Gespräch teilnahm. Amy gab ihm fünf Minuten, ohne sich diesmal für seinen Einsatz zu bedanken.

Außerdem rief er mehrmals Howard Pelletier an. Aber der nahm nicht ab und rief auch nicht zurück. Also hinterließ Barrett eine letzte Nachricht.

»Ich habe ihr geglaubt, Howard«, sagte er. »Und es tut mir leid.«

Ihn beschäftigten eine Reihe von Fragen, die er jedoch nicht stellen durfte; vor allem an den Gerichtsmediziner und Emily Broward. Wenn er sich mit ihnen in Verbindung setzte, würde Roxanne Donovan davon erfahren. Also beschloss er, die Sache auf sich beruhen zu lassen und die Befehlskette zu respektieren. Doch an einem seiner ersten Tage in Boston rief er die einzige Person beim FBI an, von der er glaubte, dass sie niemandem von seinem Interesse an dem Fall erzählen würde.

Seth Miller, ein IT-Experte, war der erste Agent gewesen, mit dem Barrett in Little Rock zusammengearbeitet hatte. Er stand kurz vor der Pensionierung, und Barrett hoffte, dass er deswegen etwas kooperativer sein würde. Seth hatte weniger zu verlieren als andere Agenten, wenn er ihm Gehör schenkte.

»Sie schicken dich nach Little Rock zurück?«, sagte Seth und machte damit sofort jede Hoffnung zunichte, dass er von dem Schlamassel in Maine noch nichts wusste.

»Noch nicht.«

»Gut. In sechs Wochen bin hier raus und mache mich auf den Weg in die ewigen Jagdgründe, auch bekannt als Florida. Ohne mich wird das hier kein Spaß.«

»Daran habe ich keinen Zweifel. Hör mal, Seth, ich habe eine Frage an dich, aber das muss unter uns bleiben.«

»O Mann.«

»Wenn du davon nichts wissen willst, kann ich das verstehen.«

»Was sollen sie schon tun? Mich feuern? Lass hören.«

»Wie kann ein Mann, der in Haft sitzt und keinerlei Zugang zu einem Computer oder Handy hat, eine E-Mail verschicken?«

Barrett rechnete damit, dass Seth entweder in Gelächter ausbrechen oder ihm einen Vortrag darüber halten würde, dass seine Bemühungen vergeblich waren. Aber auf seine prompte Antwort war er nicht gefasst gewesen.

»Ganz einfach.«

»Ach ja? Und wie?«

»Es gibt ein halbes Dutzend Möglichkeiten. Aber am effektivsten ist wahrscheinlich eine Totmannschaltung. Dabei gibt man in ein automatisiertes System eine Nachricht und den Empfänger ein und programmiert es so, dass die Nachricht verschickt wird, falls man plötzlich verschwindet. Das System schickt dir einmal am Tag oder alle zwölf Stunden, ganz wie du willst, einen Link. Wenn du den Link bestätigst, weiß das System, dass mit dir alles in Ordnung ist, und die Mail bleibt auf dem Rechner. Solltest du jedoch innerhalb eines bestimmten Zeitraums auf den Link nicht reagieren, wird sie verschickt.«

»Wo bekommt man so ein System?«

»Überall. Ich glaube, eine Seite im Netz heißt sogar deadmanswitch.com oder so ähnlich. Google bietet diesen Dienst umsonst an. Du kannst deine *digitalen Erben* bestimmen, die deine Daten erhalten sollen, oder sie vollständig löschen lassen. Das nennt sich Inactive Account Manager. Der Begriff hat mir immer gefallen. Das klingt so harmlos, obwohl die einzigen Leute, die so etwas benötigen, entweder tot sind oder im Gefängnis sitzen.«

»In dem Fall wüsste ich doch, wer mir die Mail geschickt hat, oder?«

»Sicher. Aber selbst ein Amateur könnte die Nachricht umleiten. Und jemand, der sich mit der Technologie auskennt, würde die Software so umprogrammieren, dass sie mit einem anderen System kommuniziert. Das kann ein SMS- oder E-Mail-Konto oder eine Internetseite sein. Ein Facebook- oder Twitter-Account. Man schreibt ein Programm, das die eigenen Zugriffe auf die Seite überwacht, und wenn für längere Zeit nichts passiert, wird eine Nachricht verschickt. Das kann eine E-Mail an eine bestimmte Person sein oder eine Datei. Man darf davon ausgehen, dass bekannte Hacker wie Snowden so eine Software installiert haben. Das ist eine äußerst wirksame Schutzmaßnahme. *Falls ich verschwinden sollte, erscheinen deine persönlichen Mails auf Facebook*, so in der Art. Dann überlegen es sich die Leute zweimal, ob sie dich umbringen sollen.«

»Klingt ziemlich kompliziert.«

»Das ist nicht so aufwendig wie es sich anhört. Ist dein Verdächtiger da oben ein Technikfreak?«

»Ich glaub nicht. Aber er ist intelligent.«

»Dann wäre er dazu in der Lage gewesen. Wenn ein intelligenter Mensch etwas Zeit auf YouTube verbringt, kann er eine Menge Dinge lernen, die er sich eigentlich nicht zugetraut hätte.«

»Aber die Mail ging kurz nach seiner Verhaftung ein.«

»Hat er damit gerechnet, dass man ihn verhaften wird?«

Hol dir keine nassen Füße.

»Allerdings.«

»Dann hat er vielleicht den Zeitabstand verkürzt, weil er ahnte, was ihn erwartet. Wie gründlich wurde die E-Mail untersucht?«

»Ich weiß nicht. Man hat mich von dem Fall abgezogen.«

»Nun, ich kann dir nur sagen, dass die Antwort auf deine Frage Ja lautet. Es könnte so gewesen sein. Aber es gibt noch eine andere Möglichkeit.«

»Welche denn?«

»Dass jemand außerhalb des Gefängnisses die Mail verschickt hat.«

»Ein Komplize.«

»Schon möglich«, sagte Seth. »Aber darauf will ich nicht hinaus. Ich meine, dass die Person außerhalb des Gefängnisses der Täter ist, Barrett. Ich bin mit dem Fall nicht vertraut, also sag mir: Gibt es Beweise dafür, dass tatsächlich passiert ist, wonach du mich gefragt hast?«

»Nein«, sagte Barrett. »Noch nicht.«

Barrett verbrachte die Woche in Boston, ignorierte den einen oder anderen Anruf und tätigte selbst mehrere Telefonate. Liz hielt ihn über den aktuellen Stand der Ereignisse auf dem Laufenden und erzählte ihm, dass man Jackie Pelletier unter Ausschluss der Medien am Samstag beerdigen würde. Liz wollte danach ein paar Fotos von ihrem Grabstein machen.

Barrett verzichtete darauf, an der Beerdigung teilzunehmen. Stattdessen kaufte er Karten für ein Spiel der Red Sox und versuchte ein paar Kollegen dazu zu überreden, ihn zu begleiten. Aus Mitleid mit ihm oder aus Verbundenheit zur Mannschaft sagten einige von ihnen zu.

An dem Morgen, als Jackie Pelletier neben ihrer Mutter beerdigt werden sollte, stand Barrett nach einer unruhigen Nacht früh auf und ging joggen – sieben statt der üblichen fünf Kilometer –, um all die Gedanken an Port Hope wieder auszuschwitzen. Danach duschte er und stieg in den Wagen, drehte die Klimaanlage voll auf und richtete die Lüftungsschlitze auf sein Gesicht, als könnte er etwas Vernunft und gesunden Menschenverstand in sein Hirn blasen.

Er rief seine Kollegen an und teilte ihnen mit, dass er sich nicht wohlfühle und sich das Baseballspiel nicht anschauen werde, dann legte er einen Gang ein.

Es war ein traumhaftes Sommerwochenende, und die Leute verließen in Scharen die Stadt. Sie packten ihre Koffer und Kinder ein, befestigten Kajaks oder Fahrräder auf dem Dachgepäckträger und machten sich auf den Weg Richtung Norden. Einige fuhren die Küste hinauf, andere in die kühleren Ausläufer der pinienbewachsenen Berge. Auf der Interstate 95 Richtung Norden, nach Maine, stauten sich die Fahrzeuge mit dem Nummernschild des Staates Massachusetts.

Und Barrett fiel mit seinem nicht weiter auf.

18

Der hübsch angelegte Friedhof, auf dem Jackie Pelletier beerdigt wurde, lag zwischen Port Hope und Thomaston und war von Pinienhainen und Rhododendronsträuchern gesäumt. Allerdings hatte man von dort keinen Blick auf ihr geliebtes Meer. Auf dem Parkplatz standen mehrere Polizeiautos, um die Privatsphäre der Familie zu schützen. Dennoch warteten dort ein paar Medienvertreter mit geschulterten Kameras, um einen Blick auf die Trauergäste zu erhaschen. Erleichtert stellte Barrett fest, dass Liz nicht unter ihnen war. Man konnte auch von den Ereignissen berichten, ohne sich wie ein Aasgeier aufzuführen; man konnte den Schmerz des Tages auch ohne ein Foto von Howards Tränen vermitteln.

Barrett fuhr mit unverminderter Geschwindigkeit weiter, bis er vor einem Blumenladen anhielt. Er kaufte einen Strauß und lief zu dem verwaisten Friedhof am Meer, den Jackie Pelletier so sehr geliebt hatte. Er war überwuchert und ungepflegt, und einige Leute bedauerten das. Aber Howard hatte Barrett erzählt, dass Jackie gerade diese Atmosphäre besonders mochte, weil sie die Vorstellung hasste, dass über die Gebeine ihrer Mutter Rasenmäher hinwegschwirrten.

Sie mochte den Orchard Cemetery, wo Howard ihr gezeigt hatte, wie man mit Kohle die Inschriften auf den bröckelnden Oberflächen der verblassten Grabsteine sichtbar machte. Lange bevor sie ihr erstes Landschaftsbild gemalt hatte, war sie an Howards Hand über diesen Friedhof spaziert, hatte die altertümlichen Namen laut vorgelesen und staunend die Bibelverse studiert, die man im Gedenken an die Toten ausgewählt hatte. Bei einem ihrer Besuche entdeckte sie die winzigen identischen Grabsteine eines kleinen Zwillingspaars und musste weinen.

Barrett parkte an der Stelle, wo die Polizei Jackies herrenlosen Subaru gefunden hatte. Er nahm den Blumenstrauß und lief entlang der schiefen, moosbedeckten Steinmauern vorsichtig zwischen den Toten hindurch. Man musste aufpassen, wo man hintrat, denn einige der Grabsteine waren im Erdreich versunken, als wollten sie den Leichen folgen, zu deren Gedenken man sie aufgestellt hatte.

Als Barrett sich daran erinnerte, wie die Polizei Abgüsse der Reifenabdrücke und Blutproben genommen hatte, wollte er nicht länger unten auf dem Friedhof bleiben. Er wollte die Stelle aufsuchen, von der aus man das Meer überblicken konnte, Jackies Lieblingsstelle. Von dort sah man aus dem Augenwinkel zwar immer noch ein paar Grabsteine, aber vor allem schaute man auf das Meer und die Sonne. Darum liebte sie diesen Ort, hatte Howard ihm erzählt. Sie fand, dass hier alles im Gleichgewicht sei.

Barrett lief zu einer Stelle auf einem Hügel, die an einige von Jackie Pelletiers Gemälden erinnerte, und legte den Strauß ins Gras. Aber der frische Wind vom Meer riss ihn auseinander und verstreute die Blumen über den Boden.

Als Barrett sich wieder auf den Weg machte, wollte er eigentlich zu Liz fahren. Er hatte keinesfalls vor, sich nach Süden statt nach Norden, nach Port Hope statt nach Camden, zu begeben.

Aber genau das tat er.

Er bemühte sich, ziellos und staunend wie ein Tourist durch

die Gegend zu fahren, und nicht wie ein Detective, der auf der Suche nach Hinweisen war. Er redete sich ein, dass es lediglich ein unliebsamer Zufall und nicht das Ergebnis seiner Suche wäre, wenn er irgendwo auf Mathias Burkes Pick-up oder seinen Lieferwagen mit der Aufschrift PORT HOPE HAUSMEISTER-SERVICE stieß.

Doch als er auf dem Schotterparkplatz vor der Harpoon Mathias' Pick-up entdeckte, machte er sich nicht länger etwas vor. Er parkte mit seinem Explorer den Wagen zu, stieg aus und lief zu der Bar, in der sein Großvater so viele Jahre Hof gehalten hatte.

In Maine gab es jede Menge Lokale, die alle eine andere Botschaft aussandten. Da waren die am Meer gelegenen Bars mit ihren weitläufigen Terrassen und knallbunten Sonnenschirmen; kleine Brauereien, hinter deren Spiegelglasfenstern Edelstahlbehälter oder alte Holzfässer standen; heruntergekommene Spelunken mit Netzen und Bojen an den Wänden, die eine nostalgische Atmosphäre verströmten; und die Sportbars mit Fernsehern und Chicken-Wing-Menüs. Außerdem gab es meist abseits des Wassers, ohne den entsprechenden Ausblick und trotzdem unweit der Anlegestellen der Fischer, Bars, an denen nicht mal ein Neonschild hing. Bars, die man auch an einer Straßenecke in Cleveland oder einem windgepeitschten Felsen in Wyoming hätte antreffen können. Dort fragte niemand nach einem frischgezapften Bier aus der Gegend, und man konnte das Knallen und Klackern der Billardkugeln hören. Die Botschaft dieser Bars hatte nichts mit Urlaub oder Nostalgie, mit Kunsthandwerk oder Sport zu tun. Ihre Botschaft war einfacher und beständiger: *Hier bekommen Sie für wenig Geld jede Menge Alkohol.*

Und so eine Bar war die Harpoon.

Sie war in Robs Jugend für ein Jahrzehnt lang sein Feriendomizil gewesen. Die Zweizimmerwohnung über der Bar, deren

Boden so dünn war, dass man den Lärm von unten hören konnte, hatte ihm tiefere Einblicke gewährt als jede Universität, die er je besucht hatte.

Als Barrett jetzt die schwere, verbeulte Stahltür aufstieß und aus dem Sonnenlicht in das Halbdunkel der Bar trat, schlug ihm der abgestandene Geruch von verschüttetem Bier, Schweiß und altem Putzwasser entgegen, und es hätte ihn nicht gewundert, wenn er hinter der Bar seinen Großvater erblickt hätte.

Stattdessen stand dort Mark Millinock, ein Fischer, der wegen seiner Drogensucht aus jeder Besatzung geflogen war, der er irgendwann mal angehört hatte. Schließlich hatte er es aufgegeben, zur See zu fahren, und Ray Barrett für eine bescheidene Summe Bargeld die Harpoon abgekauft. Niemand kannte die Herkunft des Geldes, und niemand fragte danach.

Mark Millinock hob teilnahmslos den Blick, als sich die Tür öffnete, bevor er etwas genauer hinschaute und sich aufrichtete. Mathias Burke, der in der Ecke der Bar saß, bemerkte seine Reaktion und drehte sich neugierig um. Mark Millinock verzog hasserfüllt das Gesicht, doch Mathias lächelte.

»Schenk mir noch einen ein, Mark«, sagte er. »Dieser Mann schuldet mir einen Drink.«

Barrett durchquerte den Raum und bemerkte zu seiner Rechten und Linken jeweils zwei Gäste, die ihn neugierig musterten. In der Schankstube waren nur Männer, was für die Harpoon nicht ungewöhnlich war. Frauen, die die Bar aufsuchten, erkannten rasch ihren Irrtum oder waren genau auf die Sorte Ärger aus, die der Laden anzog.

Barrett kannte lediglich einen der anderen Männer im Raum. Ronnie Lord, ein Heroin-Junkie aus Rockland, war einer der Ersten gewesen, die Kimberly Crepeaux' verdächtige Äußerungen zu den Vermissten gemeldet hatten. Er arbeitete als Teilzeitkraft für Mathias Burke und hatte sich über Barretts Frage lustig gemacht, ob es eine mögliche Verbindung zwischen Kimberly und Mathias gebe.

»O Mann, er ist zurückgekommen!«, sagte Ronnie, und seine glänzenden Augen und geweiteten Pupillen verrieten Barrett, dass er high war. »Die Nerven muss man erst mal haben!«

Ohne Ronnie Beachtung zu schenken, setzte sich Barrett auf den Hocker neben ihn, während Mark eine Dose Pabst Blue Ribbon öffnete und neben Mathias abstellte.

»Ich nehm auch eins«, sagte Barrett.

»Das war das letzte«, sagte Mark.

»Dann nehm ich ein Budweiser.«

»Ist auch alle.«

Barrett beugte sich über die Theke und schlug gegen den Zapfhahn, sodass Bier heraussprudelte. Fluchend drückte Millinock den Hahn wieder zu; sein unrasiertes Gesicht war wutverzerrt, und seine kräftigen Unterarme spannten sich, während er seine Hände zu Fäusten ballte.

»Gib mir ein Bier, Mark«, sagte Barrett.

»Leck mich. Es ist nicht dein …«

»Gib ihm was zu trinken«, sagte Mathias ruhig.

Mark warf ihm einen verwunderten Blick zu, und Mathias machte eine ungehaltene Handbewegung. »Na los. Sein Geld stinkt nicht, und er will bezahlen. Nicht wahr, Barrett?«

»Sicher.«

Millinock zapfte Bier in ein Glas und stellte es auf den Tresen. Dann nahm er eine Flasche Glenmorangie aus dem Regal hinter der Bar, schenkte davon großzügig ein, gab Mathias eines der Gläser und behielt das andere. Zwölf Jahre alter Glenmorangie war das Beste, was die Harpoon zu bieten hatte.

»Solange du bezahlst, trinke ich auch was«, sagte er. »Du hast bestimmt nichts dagegen, wenn ich es auf deine Rechnung setze. Ronnie, willst du auch einen?«

»Ich nehme einen Doppelten«, sagte Ronnie Lord. Der dürre Bursche, der aus unerfindlichen Gründen ein Muskelshirt trug, tänzelte mit einem Billardqueue in der Hand hin und her. Er war völlig aufgedreht und high und glaubte, dass das Zeug in seinem Kreislauf ihn in einen harten Burschen verwandelte. Bei seinem Anblick verspürte Barrett das starke Verlangen, ihn mit einem Schlag zu Boden zu strecken.

»Die Runde geht auf uns alle«, sagte Barrett. »Denn ich bekomme mein Gehalt vom Steuerzahler. Haut das Zeug weg, Jungs.« Barrett wandte sich Mathias zu und hielt sein Glas in die Höhe. Sein Puls hämmerte, die Haut an der Unterseite seines Schädels spannte sich, und die Nervenenden kribbelten.

»Auf Jackie Pelletier und Ian Kelly«, sagte er.

Mathias rührte sich nicht und sah Barrett mit seinen dunklen Augen unverwandt an.

»Habt ihr keinen Respekt vor den Toten?«, sagte Barrett.

»Wir haben keinen Respekt vor *dir*. Aber sicher, auf die Toten.« Er stieß mit Barrett an und nahm einen Schluck, ohne dabei den Blick zu senken. »Wie wär's mit einem weiteren Toast? Auf die Wahrheit.«

»Amen.«

Ihre Gläser trafen sich erneut.

»Und noch einer«, sagte Mathias. »Ein letzter. Darauf, dass du sagst: *Es tut mir so leid, Mathias. Ich will mich dafür entschuldigen, dass ich dich wegen der Lügengeschichte einer Cracknutte in die Scheiße geritten habe.*«

»Vorher habe ich noch eine Frage.«

»Die gehen dir wohl nie aus, was, Barrett?«

»Tja, ich war früher mal Dozent.«

»Ich hoffe, du hast keine Vorlesungen über Ermittlungsarbeit gehalten.«

Hinter Barretts Schulter ertönte Ronnie Lords plärrendes Gelächter. Es klang in Barretts Ohren wie das Geräusch von splitterndem Glas. Doch er ignorierte ihn und behielt den Blick weiter auf Mathias gerichtet.

»Es ging um die theoretischen Grundlagen der Ermittlungsarbeit. Dabei gab es eine Regel, die ich meinen Studenten immer wieder eingebläut habe – man muss eine Theorie überprüfen und darf nicht darauf beharren.«

»Na toll.«

»Für meine Theorie, was deine Verwicklung in den Fall betrifft, gibt es zu wenig Beweise.«

»Ein ganz klein wenig.«

»Darum darf ich nicht darauf beharren und mich an eine falsche Annahme klammern. Ich muss in Betracht ziehen, dass ich mich womöglich geirrt habe. Aber …« Er nahm einen Schluck von seinem Bier, das einen schalen Geschmack auf seiner Zunge hinterließ. »Aber trotzdem muss ich die Theorie überprüfen.«

Mathias stellte sein Bier ab und ließ seine Hände auf dem Tresen liegen.

»Wie gut kennst du dich mit Computern aus?«, fragte Barrett. »Ich bin nicht gerade ein Technikfreak. Aber ich habe vor Kurzem ein paar neue Dinge gelernt. Nichts Kompliziertes, doch für mich war das neu. Wie man eine Totmannschaltung programmiert, zum Beispiel. Hast du schon mal davon gehört?«

Mathias blinzelte nicht einmal. »Nein. Ich verbringe nicht viel Zeit in meinem Büro.«

Ronnie Lord kicherte.

»Die Polizei hat meinen Computer beschlagnahmt«, fuhr Mathias fort. »Und mein Telefon. Als man mich fälschlicherweise beschuldigt und verhaftet hat. Kannst du dich noch daran erinnern?«

Barrett nickte. »Ich dachte mir schon, dass du kaum Zeit hast, dich mit deinem Computer zu beschäftigen. So viel, wie du arbeitest. Du hast mir mal erklärt, dass du jeden Cent, den du verdienst, deinem Ruf als fleißiger Unternehmer verdankst. Du hast mir von den Leumundszeugen erzählt, die für dich aussagen würden, und dass ich deine Lebensgrundlage gefährden könnte.«

Mathias wartete.

»George und Amy Kelly waren zwei dieser Zeugen«, sagte Barrett. »Du hast mich gebeten, sie nach ihrer Meinung über dich zu fragen, und mir erzählt, dass du dich um ihre Probleme gekümmert und nur die geleistete Arbeit in Rechnung gestellt hast. Dass du nie versucht hast, sie über den Tisch zu ziehen, und der Inbegriff eines ehrlichen Hausverwalters bist.«

»Das stimmt«, sagte Mark Millinock, doch Barrett und Mathias ignorierten ihn.

»Du hast ein gutes Gedächtnis«, sagte Mathias.

»Ich nehme alles auf Band auf, damit ich es mir noch mal anhören kann. Auf diese Weise verhindere ich, dass ich mich zu sehr von meinem Instinkt leiten lasse.«

»Bei deinem Instinkt könnte das tatsächlich ein Problem sein.«

Erneut stieß Ronnie Lord ein kreischendes Lachen aus. Barrett beugte sich zu Mathias vor, darauf bedacht, ihm weiter in die Augen zu blicken. »Hier ist also meine Frage«, sagte er. »Wie kann es sein, dass ein Mann, der sich so gewissenhaft um die Objekte seiner Kunden kümmert, der stets auf *jedes … einzelne … Detail* achtet, es vergisst, eine Terrasse zu säubern und zu versiegeln?«

Mathias antwortete nicht. Hinter ihnen ließ Ronnie Lord den Queue von einer Hand in die andere wandern, und einer der fremden Männer trat einen Schritt näher an die Bar. Mark Millinock hatte nach einem Flaschenöffner gegriffen, ein großes, gusseisernes Ding in Form einer Meerjungfrau, das Barrett noch aus seiner Kindheit kannte und das im Laufe der Jahre eine Menge Gläser und einige Nasen zertrümmert hatte.

»Besitzt du nicht einen Hochdruckreiniger?«, fragte Barrett.

»Es sind insgesamt zehn.«

»Aber deine Firma hat vergessen, für einen langjährigen Kunden die Terrassen zu reinigen? Und du hast auch nicht Jeffrey Girard dafür engagiert?«

»Das ist doch Schwachsinn«, sagte Mark Millinock. Er klopfte mit dem schweren Flaschenöffner in seiner verkrampften Hand auf den Tresen. »Sieh zu, dass du von hier …«

»Eigentlich hast du keine Antwort verdient«, sagte Mathias zu Barrett und schnitt Millinock das Wort ab. »Aber du tust mir fast ein bisschen leid. Also werde ich ein letztes Mal eine deiner Fragen beantworten.« Er beugte sich mit funkelnden Augen zu Barrett vor. »*Ian Kelly hat den Scheck ausgestellt*. Er hat Girard engagiert. Ich habe keine Ahnung, woher er diesen nichtsnutzigen Schwachkopf kannte, aber ich weiß Folgendes – ich musste die Sache für ihn wieder in Ordnung bringen. Ach, und, Barrett? Ich habe die Arbeit nicht in Rechnung gestellt. Warum? Weil ich meine Lebensgrundlage meinem guten Ruf zu verdanken habe.«

Er stand auf und ließ das halbleere Bierglas und den Whiskey stehen. »Ich habe keine Ahnung, was du beweisen willst, indem du weiter Kimmys schwachsinniger Geschichte nachgehst, aber dreh dich ruhig weiter im Kreis. Damit schadest du dir nur selbst, und nicht mir.«

Er wandte sich Mark Millinock zu. »Lass dir von ihm ein ordentliches Trinkgeld geben.« Dann verließ er die Bar. Millinock trommelte immer noch mit dem albernen, aber gefährlichen Flaschenöffner auf den Tresen, und Ronnie Lord und einer der fremden Männer liefen hinter Barrett mit ihren Billardqueues in der Hand auf und ab.

Barrett nahm einen Schluck von seinem Bier und betrachtete den staubigen Spiegel hinter der Theke. Er starrte in eine der Ecken, wo sein Großvater zwischen Glas und Rahmen früher ein Familienfoto angebracht hatte. Barrett war zum Zeitpunkt der Aufnahme sieben Jahre alt gewesen und hatte zum letzten Mal mit seinem Vater Port Hope besucht und in Begleitung seiner Mutter eine Reise unternommen. Sie war damals vierunddreißig Jahre alt gewesen – so alt wie er jetzt –, gesund und wunderschön, und hatte stets ein Strahlen in den Augen gehabt. Auf dem Foto verströmte sie die grenzenlose Zuversicht der Jugend.

Fünf Monate nachdem man es aufgenommen hatte, war sie tot.

Barrett meinte immer noch die Umrisse des Kreppbands zu erkennen, mit dem es am Glas befestigt gewesen war. Während er sie betrachtete, öffnete sich erneut die Tür, und Mathias kehrte zurück. Ohne sich umzudrehen, beobachtete Barrett ihn im Spiegel.

»Hast du mich etwa zugeparkt? Was zum Teufel ist mit dir los? Was soll das?«

Barrett antwortete nicht.

»Fahr deinen Wagen weg«, sagte Mathias mit einem Anflug von Wut. Er brodelte innerlich, und seine Selbstbeherrschung bekam erste Risse.

»Lass mich noch das Bier austrinken«, sagte Barrett. Es gefiel ihm nicht, wie vertraut ihm das hier alles vorkam, dieser Raum und sein Gesicht im Spiegel, sein albernes Gerede und Verhalten. Er benahm sich wie ein Dummkopf, der einen Streit anzetteln wollte. Vor allem gefiel ihm nicht, wie sehr er das alles genoss. Er war in Rage geraten und hatte deswegen kein schlechtes Gewissen.

Mathias Burke lachte ungläubig und schüttelte den Kopf. »Du bist ein Idiot«, sagte er. »Du denkst, du kannst mich unter

Druck setzen, bis du meinen wunden Punkt gefunden hast, nicht wahr? Aber du bringst dich nur selbst in Gefahr. Mach ruhig weiter.«

Barrett antwortete nicht und nippte nur an seinem Bier.

»Steh auf, Arschloch«, sagte Mark Millinock und kam um den Tresen herumgelaufen. Barrett drehte sich zu ihm um und verspürte ein merkwürdiges Gefühl der Erleichterung, als hätte er diese Situation die ganze Zeit herbeigesehnt.

»Lass ihn in Ruhe, Mark«, sagte Mathias Burke, aber Mark Millinock war nicht derjenige, der auf Barrett losging. Stattdessen packte Ronnie Lord ihn am Hemd.

»Scher dich hier raus«, sagte er. »Du hast hier nichts mehr verloren.«

Barrett stand einen Moment lang reglos da und schaute zunächst auf Ronnies Hand, die sein Hemd festhielt, und dann in dessen Gesicht, als dieses asoziale Subjekt ihn packte und aufforderte, die Bar zu verlassen.

»Ronnie, lass ihn verdammt noch mal los«, brüllte Mathias und trat einen Schritt vor, doch es war zu spät.

Als Barrett zuschlug, nahm er alles nur undeutlich und gedämpft wahr.

Alles schien weit entfernt.

Er schleuderte seine rechte Faust gegen Ronnie Lords Brustbein und sah, wie dessen grüne Augen sich vor Schmerz weiteten und weiß wurden. Dann stieß er ihn gegen den Tresen. Ein Glas fiel herunter und zerbrach. Mark Millinock kam auf die beiden zugstürzt, als Barrett Ronnie seinen Ellbogen in den Hals rammte, sodass er keine Luft mehr bekam. Dann schubste er ihn in Millinocks Richtung.

Die beiden stürzten gegen den Tresen, Millinock fluchte, und Ronnie stieß ein ersticktes Keuchen hervor, während er nach Luft rang. Barrett hob die Fäuste und spürte, wie sich sein Mund beim Anblick von Mark Millinock, der nach einem Queue griff, zu einem Lächeln verzog.

Nur zu. Schnapp dir eine Waffe, oder auch zwei. Das ist mir egal. Es macht mir nichts aus, wenn man mich heute verprügelt …

Mathias Burke packte den Queue, bevor Mark damit auf Barretts Brust einprügeln konnte.

»Niemand rührt ihn an, verdammt noch mal!«

»Was zum Teufel ist mit dir los?«, brüllte Mark. »Dieser Scheißkerl schlägt meine Kunden zusammen, und ich …«

»Geh wieder hinter den Tresen, und ruf die Polizei.«

Mark starrte ihn entgeistert an. »Ich soll die *Polizei* rufen? Ich werde diesen Kerl an die frische Luft befördern. Es ist mir scheißegal, ob er ein FBI-Agent oder der Papst ist, das hier ist meine Bar, und ich will, dass er verschwindet!«

»Dann wollen wir doch mal sehen, wie du mich vor die Tür setzt«, sagte Barrett, der immer noch auf eine Schlägerei aus war; die körperliche Auseinandersetzung wirkte auf ihn wie eine Droge. Er schaute zu Ronnie Lord hinunter, der gekrümmt auf dem Boden hockte und sich mit einer Hand den Bauch und mit der anderen den Hals hielt, während er mit schmerzverzerrtem Gesicht immer noch nach Luft rang. Sein Anblick holte Barrett wieder in die Gegenwart zurück, zurück durch das verrammelte Fenster und die geschlossene Tür, und konfrontierten ihn mit der hässlichen Realität.

Was tust du da? Was verdammt noch mal tust du da?

»Ruf die Polizei«, wiederholte Mathias mit tiefer, ruhiger Stimme. »Das ist ein Fall von Ruhestörung, meinst du nicht auch? Darum muss sich die Polizei kümmern.«

Auf Mark Millinocks Gesicht machte sich ein dämliches Grinsen breit. »Sicher.«

»Dann ruf die Polizei an.«

Mark ging hinter den Tresen und nahm den Telefonhörer ab, während Mathias Burke den Blick auf Barrett richtete und die Arme ausbreitete.

»Darauf hattest du es wohl angelegt.«

»Ich schätze schon«, sagte Barrett und ging nach draußen, um dort auf die Polizei zu warten.

19

Als der eingetroffene Beamte mit Mark Millinock und Ronnie Lord sprach, erwähnte er, dass er Gerüchte über ihre Drogensucht gehört habe, und man einigte sich rasch darauf, keine Anzeige zu erstatten. Der Officer verließ die Bar wieder und musterte Barrett mit einer Mischung aus Fassungslosigkeit und Abscheu. Er forderte ihn auf, schleunigst zu verschwinden, bevor er noch die ganze Polizei in Verruf bringe.

Als Barrett wegfuhr, sah er im Rückspiegel eine kleine Schar Schaulustiger, und an ihren Gesichtern konnte er erkennen, dass sie ihn für einen Idioten hielten. Er wusste, dass sie recht hatten. Inzwischen kam er sich albern vor, und die Sache war ihm peinlich. Er begriff selbst nicht, wie er sich zu dieser Dummheit hatte hinreißen lassen können.

Der Typ bringt mich in Rage. Dieser Scheißkerl Mathias bringt mich echt in Rage.

Die Stimme in seinem Kopf war nicht seine eigene. Es war die Stimme seines Großvaters. Warum konnte er sie jetzt hören? Wie war sie in seinen Kopf eingedrungen, um wie ein Tumor die Kontrolle zu übernehmen?

Du hast dich geirrt. Kimberly hat dich angelogen. Du hast dich geirrt und willst es nicht zugeben. Stattdessen führst du dich wie ein Idiot auf.

Barrett war etwa fünf Minuten lang gefahren, als Liz ihn anrief.

»Bitte, sag mir, dass das nicht stimmt«, sagte sie.

»Wo bist du?«

»Zu Hause. Rob? Komm her und halt unterwegs nicht an.«

Er war heute zwar nicht in der Lage gewesen, seinen eigenen Rat zu befolgen, aber er konnte immer noch auf Liz hören.

Liz saß auf der Eingangstreppe und kraulte den Kater, den sie auf den Namen Dummerchen getauft hatte. Sie hatte das streunende Tier am Straßenrand aufgelesen. Obwohl er kastriert worden war, hatte der Tierarzt offensichtlich vergessen, den Kater über den Eingriff zu informieren, denn Dummerchen war immer noch streitlustig und ungestüm und traute niemandem außer Liz. Bei Barretts Anblick legte er fauchend die Ohren an und verschwand unter der Veranda, um ihn im Schutz des Schattens mit seinen funkelnden grünen Augen zu beobachten.

»Wie goldig.«

»Er spürt, wenn es Ärger gibt. Morgen steht was über dich in der Zeitung.«

»Hast du etwa über den Vorfall geschrieben? Obwohl es keine Anzeige, keine Verhaftung gab?«

»Nein. Ich darf über dich nicht schreiben.« Sie warf ihm ein trockenes Lächeln zu. »Wegen moralischer Bedenken. Ich habe meinem Herausgeber von meiner Beziehung zu dir erzählt.«

»Tut mir leid«, sagte er.

»Es wäre kein Vergnügen gewesen, darüber zu schreiben. Was zum Teufel hast du dir nur dabei gedacht, Rob?«

»Keine Ahnung. Gar nichts. Ich wollte … ich wollte ihn bloß sehen. Ich wollte ihm direkt ins Gesicht schauen und …« Er schüttelte den Kopf. »Die Wahrheit erfahren.«

»Und wie ist es für dich gelaufen?«

Er setzte sich neben sie auf die Stufen. Liz rutschte nicht zu ihm rüber und schaute ihn auch nicht an. Er wollte, dass sie, wie sie das häufig tat, ihre Hand auf sein Bein legte oder ihren Kopf gegen seine Schulter lehnte. Stattdessen fuhr sie sich mit den Handflächen über die Oberschenkel, als wollte sie die Falten in ihrer Jeans glattstreichen. Ihre Hose war voller Farbe und Staub, und Barrett war klar, dass sie an ihrem Boot gearbeitet hatte, als sie von seiner Beinaheverhaftung in der Harpoon erfahren hatte.

Ohne ihn anzusehen, sagte sie: »Man hat dich belogen. Und du hast es geglaubt. So etwas passiert jedem von uns mal. Du darfst dich nicht selbst sabotieren, weil es dir peinlich ist, dass dir so etwas passiert ist.«

Er antwortete nicht. Während er dort neben ihr saß, schaute er auf die Pinien hinaus und auf die Silhouette des Mount Battie dahinter. Von seinem Gipfel aus hatte man einen atemberaubenden Blick auf die Penobscot Bay mit ihren Inseln, Halbinseln und Leuchttürmen. Im Alter von siebzehn Jahren war er zum ersten Mal im Winter hierher gefahren, um Liz zu besuchen. Mit einem Schlafsack und einer Flasche Wein, die sie aus dem Boot ihres Vaters geklaut hatten, waren sie zum Gipfel gestiegen und hatten im Schnee miteinander geschlafen. Dabei hatte Liz' Atem in der Luft über ihm kleine Wölkchen gebildet, und ihr Haar war voller Schneeflocken gewesen. Da ihnen der Wein nicht schmeckte, schüttete er ihn in der Form eines Herzens in den Schnee. Inzwischen war der Sturm stärker geworden, sodass die Inseln im Nebel verschwanden, und kurz darauf wurde der Rotwein von einer Schneeschicht bedeckt.

Dies war eine seiner lebhaftesten Jugenderinnerungen. Es gab lediglich ein anderes Bild, das ihm noch stärker im Gedächtnis geblieben war, eine äußerst unliebsame Erinnerung, die sich ebenfalls um einen blutroten Fleck drehte.

»Er ist nicht dein Großvater«, sagte Liz.

»Was?«

»Du wirfst die beiden in einen Topf. Dein Großvater hat Nate

Burke vertraut und mochte Mathias, aber du hast deinen Großvater gehasst, und jetzt …«

»Mein Großvater hat meine Mutter getötet, Liz. Das hat nichts mit persönlicher Abneigung zu tun. Er hat sie getötet und ist ungestraft davongekommen.«

»Bist du dir da sicher?«

»Ja«, sagte er und wandte den Blick ab. Er war sich absolut sicher. Er hatte es nur nicht beweisen können.

»An einem anderen Ort als der Harpoon wäre der Mist heute nicht passiert«, sagte sie. »Wenn du Mathias irgendwo anders getroffen hättest, hättest du dich nicht so saublöd verhalten.«

Er gab ihr recht. Doch aus irgendeinem Grund konnte er sich nicht vorstellen, dass er ihn irgendwo anders hätte treffen können. Als hätte Mathias gewusst, dass er in der Stadt war, hatte er den Ort aufgesucht, an dem Barrett am verletzlichsten war, um dort auf ihn zu warten.

Liz beugte sich vor, und ihr Haar fiel ihr ins Gesicht, sodass er ihre Augen nicht sehen konnte. »Es gibt keine Beweise, Rob. In keinem der beiden Fälle.«

Dem konnte er nicht widersprechen. Vielleicht warf er die beiden tatsächlich in einen Topf. Jedenfalls vermischte er einiges miteinander; heute Nachmittag war es ihm nicht gelungen, sich dem Familienvermächtnis zu widersetzen, im Gegenteil, er hatte es fortgeführt. Er hatte wutentbrannt die Harpoon betreten und eine Schlägerei angezettelt. Mathias hingegen hatte Ruhe bewahrt und den Streit sogar geschlichtet.

»Roxanne hält mich von Maine fern«, sagte er.

»Ich kann es ihr nicht verdenken.«

»Aber man hat mich nach Boston versetzt. Das ist nicht so weit von dir entfernt.«

»Nein«, sagte sie und kratzte mit dem Daumennagel die Farbe von ihrer Jeans.

»Aber du müsstest ein Stück fahren«, sagte er.

Sie nickte wortlos.

»Es ist keine lange Strecke«, fuhr er fort. »Ist es trotzdem zu weit?«

»*Willst* du denn, dass ich dich dort besuche?«

»Ja. Natürlich.«

»Dann werde ich das tun.« Sie sah ihn immer noch nicht an.

»Das ist genau die Begeisterung, die ich mir erhofft hatte.«

Schließlich warf sie ihm einen traurigen Blick zu, und er musste sich zwingen, nicht wegzuschauen.

»Weißt du noch, was du mir auf dem College gesagt hast, als ich dir erzählt habe, dass ich Maine nicht verlassen würde? Du hast gesagt, dass man aus einem von zwei Gründen in seine kleine Heimatstadt zurückkehrt – wegen der Familie oder weil man gescheitert ist.«

»Komm schon, Liz, das war auf dem College!«

»Und was denkst du jetzt? Welche Gründe gibt es noch dafür?«

Er breitete verärgert die Hände aus. »Der Job, eine Beziehung, neue Möglichkeiten, das Wetter, die schöne Landschaft, die Lebenshaltungskosten, keine Ahnung. Irgendeine Mischung davon. Es gibt unzählige Gründe.«

Sie blickte ihm in die Augen. »Weißt du, was du nie erwähnst? Dass die Heimatstadt für jemanden schlicht und einfach der *richtige Ort* ist. Dass man das Gefühl hat, dort hinzugehören.«

»Trifft darauf nicht eine der Kombination von Gründen zu, die ich gerade aufgezählt habe? Warum zum Teufel erwähnst du irgendein Gespräch, das wir geführt haben, als wir noch Kinder waren? Habe ich dich etwa gebeten umzuziehen? Das hatte ich nicht vor, und das werde ich auch nicht tun. Boston ist nur vier Stunden entfernt. Ich frage dich lediglich, ob du es überhaupt mit mir versuchen willst, mehr nicht.«

»Darum geht es mir nicht«, sagte sie. »Ich dachte nur … Als du mir damals gesagt hast, dass du aus Maine weggehen musst, dachte ich, *Er versteht mich nicht.*«

»Zu Recht. Das habe ich auch nicht. Aber das versuche ich jetzt.«

Sie legte ihre Hand auf sein Bein, aber anders, als er gehofft hatte, fühlte es sich keineswegs angenehm an. Es fühlte sich eher an wie eine Abschiedsgeste.

»Ich lag damals falsch«, sagte sie. »Ich war zu sehr mit mir selbst beschäftigt. Als du mir das damals gesagt hast, dachte ich, dass du mich nicht verstehst. Aber ich habe deine Gefühle außer Acht gelassen. Und die Möglichkeit, dass du dich selbst sehr gut kennst.«

»Was soll das heißen, Liz?«

»Dieser Ort ist nicht gut für dich«, sagte sie. »Ich glaube, das ist dir schon von langer Zeit bewusst geworden.«

Er wollte ihr widersprechen, als sein Telefon klingelte. Es war Roxanne Donovan.

»Mist. Das hat nichts Gutes zu bedeuten.«

»Geh schon dran«, sagte Liz und nahm ihre Hand von seinem Bein.

Barrett stand auf, ging in den Vorgarten und nahm ab. Er rechnete damit, dass Roxanne ihm die Hölle heiß machen würde, in jenem schneidenden Tonfall, den sie immer anschlug, wenn sie gereizt war. Doch sie war ruhig und kurz angebunden.

»Offensichtlich hatten Sie einen schlechten Tag, Barrett.«

»Ja.«

»Meiner Erfahrung nach sind schlechte Tage das Ergebnis schlechter Entscheidungen. Mal sehen, ob ich mit meiner Vermutung richtig liege. Erzählen Sie mir, was passiert ist.«

Und das tat er. Sie unterbrach ihn nicht einmal, und als er fertig war, folgte immer noch nicht die erwartete Standpauke.

Stattdessen forderte sie ihn auf, nach Boston zurückzukehren und einen schriftlichen Bericht zu dem Zwischenfall mit Mathias Burke zu verfassen.

»Sicher«, sagte er. »Tut mir leid. Es war ein Fehler, und es wird nicht wieder vorkommen.«

»Machen Sie sich deswegen keine Gedanken«, sagte sie. »Die Sache hat sich für Sie als durchaus nützlich erwiesen.«

»Wie bitte?«

»Sie wurden befördert.«

Während er dort stand, starrte er auf den dunklen Hang des Mount Battie und versuchte zu verstehen, was sie gerade gesagt hatte.

»Können Sie das erläutern?«

»Man hat Ihnen die Leitung des Büros in Butte übertragen.«

Obwohl das FBI-Büro in Butte bereits in den Achtzigerjahren geschlossen worden war, kursierte beim FBI immer noch der Witz aus der Hoover-Ära, dass man nach Butte geschickt wurde, wenn man sich den Zorn des Direktors zuzog.

»Das soll wohl ein schlechter Witz sein, Roxanne«, sagte er.

»Ich wünschte, es wäre so. Man hat Sie befördert und ins Büro in Bozeman, Montana, versetzt. Die Kollegen aus Washington haben mir gesagt, dass der neue Special Agent in Charge vor Ort etwas Unterstützung gebrauchen könnte, um dort Fuß zu fassen. Offensichtlich, und ich zitiere, ›stellt Rob Barrett aufgrund seiner kürzlichen Tätigkeit als Sachverständiger für die regionalen Sondereinheiten eine Bereicherung dar.‹«

»Sie wollen mich auf den Arm nehmen. Weil ich in einer Bar mit irgendeinem Idioten einen Streit hatte, schickt man mich nach *Bozeman*?«

Er sah aus dem Augenwinkel, wie Liz sich erhob und ihn anstarrte.

»Die Entscheidung wurde nicht aufgrund des Streits getroffen. Wie unüberlegt das auch gewesen sein mag«, sagte Roxanne. »Ich habe bereits heute Morgen davon erfahren, bevor Sie sich über meine Anweisungen hinweggesetzt haben und in Maine aufgekreuzt sind.« Sie machte eine Pause und fuhr dann in einem nachgiebigeren Tonfall fort. »Falls es Ihnen irgendwie weiterhilft, mein Einspruch gegen die Entscheidung wurde komplett ignoriert. Aber eigentlich sollte ich Ihnen das gar nicht erzählen.«

»Bozeman«, sagte er wie betäubt. Ihm fiel ihre Bemerkung ein, die sie während der Suchaktion am See gemacht hatte – das FBI feuert seine Agenten nicht, es beerdigt sie.

»Mit etwas Glück ist das nur vorübergehend. Fahren Sie nach Bozeman, seien Sie fleißig, verhalten Sie sich unauffällig, und lassen Sie die Zeit für sich arbeiten.«

»Inwiefern?«

»Die Zeit heilt alle Wunden, sagt man. Ich weiß, dass das Schwachsinn ist. Aber irgendwann beruhigt sich die Lage wieder. Und sobald Gras über die Sache gewachsen ist, hole ich sie zurück.«

Benommen legte er auf, steckte das Telefon in die Tasche und drehte sich zu Liz um. Sie stand auf der obersten Stufe der Veranda. Offensichtlich war sie auf ihn zugegangen und dann stehen geblieben.

»War das tatsächlich kein Witz oder eine Drohung?«, sagte sie. »War das wirklich ernst gemeint? Bozeman?«

»Ja«, sagte er. »Bozeman. Das war ernst gemeint.«

TEIL ZWEI
GESCHICHTENERZÄHLER

Now every day is numbered
And so are the words.
– Matthew Ryan,
»Hustle Up Starlings«

20

Barrett war inzwischen seit sechs Monaten in Montana, als Kimberly Crepeaux ohne großes Aufsehen aus dem Knox County Jail entlassen wurde. Liz schrieb einen Artikel darüber und über ihre Rolle im Zusammenhang mit den beiden Morden, aber inzwischen stand die Meinung der Polizei und der Öffentlichkeit fest: Da die Blutproben, die man auf der Ladefläche von Jeffrey Girards Pick-up genommen hatte, mit Jackie Pelletiers und Ian Kellys DNS übereinstimmten, hielt man Kimberly zwar für eine Lügnerin, aber nicht für eine Mörderin. Im Fokus der landesweiten Aufmerksamkeit, die der Fall erregte, stand jedoch Rob Barrett. Aber er las die Artikel nicht. Die Schlagzeilen reichten ihm schon.

Falsches Geständnis beunruhigt die Bewohner von Port Hope

FBI-Experte für Geständnisse bezichtigte Unschuldige des Mordes

Familien leiden nach falschem Geständnis

Die gute Nachricht war, dass seine Kollegen in Montana von dem Fall nichts wussten oder sich dafür nicht interessierten. Sie waren für ein Gebiet von mehreren Tausend Quadratkilometern zuständig und konnten sich über einen Mangel an Straftaten nicht beklagen – sie hatten es mit Immobilienbetrug, Korruption und allen möglichen Formen von Unterschlagung zu tun; außerdem mit landesweit operierenden Drogendealern, Motorradgangs und Bürgermilizen. Der Wilde Westen war immer noch nicht ganz gebändigt worden. Barrett versuchte sich in die Arbeit zu stürzen. Er gab sich größte Mühe, die Zeit für sich arbeiten zu lassen, wie Roxanne Donovan es ausgedrückt hatte.

Fünf Wochen nach ihrer Entlassung rief Kimberly Crepeaux dann plötzlich bei ihm an.

Barrett fuhr gerade durch die Ebene zwischen Billings und den Beartooth Mountains, um einen Highschool-Schüler zu verhören, der gegen das Büro des Sheriffs mehrfach Bombendrohungen ausgesprochen hatte. Interessanterweise war der Sheriff sein Onkel. Irgendwann klingelte dann Barretts Telefon, und er sah die Vorwahl des Staates Maine aufleuchten. Plötzlich war er mit seinen Gedanken nicht mehr in den Bergen, sondern wieder an der Küste.

Er ließ die Mailbox den Anruf entgegennehmen und spielte dann die Nachricht ab.

»Barrett, hier ist Kimberly Crepeaux. Ich wollte Sie etwas fragen. Sie sind dafür zwar nicht der richtige Ansprechpartner, aber ich werde noch herausfinden, an wen ich mich wenden muss.« Ihre Stimme zitterte, und sie sprach undeutlich. Offensichtlich hatte sie getrunken und war verängstigt.

»Niemand glaubt mir, niemand interessiert sich für mich«, sagte sie. »Rufen Sie mich bitte zurück.«

Aber das tat er nicht. Kimberly hatte ihr übles Spielchen mit ihm gespielt, und er war nicht so dumm, ihr noch einmal Gelegenheit dazu zu geben.

Zwei Wochen später rief sie erneut an. Abermals nahm er den Anruf nicht entgegen und hörte die Nachricht anschließend ab.

Diesmal war sie nüchtern und ihr Anliegen konkreter. Sie forderte Schadensersatz dafür, dass das FBI – insbesondere Barrett – sie bedrängt, eingeschüchtert und unter Druck gesetzt hatte. Auf diese Weise könne er einem »mordsmäßigen Prozess« aus dem Weg gehen.

Sie wolle nichts weiter als ein schönes Haus und einen anständigen Job in einer warmen Gegend. Oh, und am besten sollte das Haus einen Zaun haben. Denn sie würde gerne ihre Hunde mitnehmen, Sparky und Bama bräuchten etwas Auslauf.

Auch diesmal rief Barrett nicht zurück.

Im März fegte ein Schneesturm von Kanada drei Tage lang in Folge über Bozeman hinweg; der heulende, unerbittliche Wind schien fest entschlossen, die Häuser aus ihren Fundamenten zu reißen. Als der Sturm am schlimmsten wütete, rief Howard Pelletier bei Barrett an. Seine Nummer wurde nicht angezeigt, und Barrett erhielt seine Nachricht erst, als er wieder ein Signal hatte.

Howard glaubte, dass die Leute sich in Girard geirrt hatten und Barrett vielleicht die ganze Zeit auf der richtigen Spur gewesen war.

Für einen Moment erschien das wie eine schwache Bestätigung für die Theorie, die Barrett immer noch beschäftigte. Dann erläuterte Howard ihm seine Überlegungen.

Er habe einen Traum gehabt, erklärte er. Darin befand sich Jackie unter Wasser, und es war weder ein Müllbeutel noch ein Fass zu sehen. Das Wasser war ruhig, nicht wie im Meer, sondern wie in einem See. Sie trieb am Grund zwischen den Wasserpflanzen, und nicht einmal die oberen Enden der Pflanzen bewegten sich. Darum wusste Howard, dass es sich um ein ruhiges Binnengewässer handelte. Ein Fisch mit weißem Bauch und dunklem Rücken flitzte vorbei, und Howard war sich sicher, dass es sich um einen Schwarzbarsch und nicht um einen Salzwasserfisch handelte. Jackies Augen waren weit aufgerissen und wachsam. Kurz bevor Howard aufwachte, öffnete sie den Mund, um etwas zu sagen, aber es kamen nur Luftblasen heraus.

»Vielleicht haben Sie von Anfang an richtig gelegen«, sagte

Howard. »Vielleicht war sie dort unten, und dann hat er sie weggebracht.«

An diesem Abend suchte Barrett eine Bar auf und betrank sich mit Bourbon und Bier, bis der Boden unter seinen Füßen zu schwanken begann. Dann stolperte er durch das Schneegestöber nach Hause und schlief, bekleidet mit Stiefeln und Jacke, auf dem Wohnzimmerboden ein. Am nächsten Morgen musste er sich übergeben, und nachdem er eine Kopfschmerztablette eingeworfen hatte, machte er sich auf den Weg zur Arbeit.

Er rief Howard Pelletier nicht zurück.

Als der Schnee geschmolzen war und der Frühlingsregen von der immer stärker werdenden Sonne vertrieben wurde, hörte Barrett erneut etwas aus Maine.

Zunächst von Kimberly.

»Barrett, ich kann es Ihnen nicht verübeln, dass Sie nicht mit mir reden wollen, aber … er hat es auf mich abgesehen. Er ist sauer auf mich, weil ich die Wahrheit gesagt habe, und er wird mich deswegen töten.« Sie weinte, und ihre Stimme war leise und tränenerstickt. »Wenn Sie nur … wenn mir nur jemand helfen könnte. Ich brauche dringend Hilfe.«

Barrett rief nicht zurück, aber diesmal machte er eine Kopie von der Nachricht, damit sie nicht verloren ging.

Drei Tage nach Kimberlys Anruf spielte er abends ihre Nachricht erneut ab, und während er ihrer verängstigten Stimme lauschte, fragte er sich, ob sie einen triftigen Grund für ihre Vermutung hatte. Aber dann verfluchte er sich dafür, dass er so dumm war, sich von ihrer Nachricht erneut in den Fall hineinziehen zu lassen.

Am vierten Abend hörte er sich die Aufnahmen der frühen Befragungen an; für das Geständnis, ihre *erzwungene* Aussage, war er noch nicht bereit.

Dann, am fünften Abend, rief Liz bei ihm an.

»Man hat Kimmy Crepeaux gestern verhaftet«, sagte sie. »Oben in Bangor. Sie hat versucht, von einem Polizeiinformanten Heroin zu kaufen.«

Er war auf merkwürdige Weise froh, das zu hören. Denn wenn Kimberly wieder Heroin nahm, konnte er ihre Paranoia dem Drogenkonsum zuschreiben.

»Ich würde gerne behaupten, dass mich das überrascht«, sagte er. »Aber inzwischen weiß ich es besser.«

Liz schwieg einen Moment. Obwohl er damit gerechnet hatte, dass sie ihm zustimmen würde, machte sie eine bedeutungsschwangere Pause.

»Was ist denn?«, sagte er.

»Sie wurde auf Kaution wieder freigelassen.«

»Natürlich. Die Kaution wird ihre Großmutter in den Ruin treiben. Wahrscheinlich hat sie auf ihr Haus einen Kredit aufgenommen, oder sie verfügt über einen hochverzinsten Dispokredit bei einem Kautionsvermittler.«

»Ihre Großmutter hat die Kaution nicht gestellt«, sagte Liz. »Darum rufe ich an. Ich dachte, du möchtest vielleicht wissen, wer das Geld bezahlt hat.«

»Wer denn?«

»Howard Pelletier.«

21

Am ersten Maiwochenende kehrte Barrett nach Maine zurück.

Als er kurz nach Mitternacht die Port Hope Road erreichte, wehte ein kalter Wind, und der Mond war hinter dichten Wolken verborgen. Als Junge hatte er sich bei der Suche nach dem richtigen Weg über den Straßennamen amüsiert, bis er feststellte, dass jede Hauptverkehrsstraße, die zu einem der Dörfchen in der Gegend führte, stets dessen Namen trug. Es war typisch für Maine, dass die Straßen dieselben Namen wie die Orte trugen – das war praktisch und unspektakulär, denn es war nicht nötig, sich kreativ auszutoben, wenn die Landschaft schon so kreativ war.

Die Port Hope Road begann oder endete in Port Hope, je nachdem, von wo man kam.

An diesem Abend fuhr Barrett entlang der Halbinsel Richtung Nordwesten; an einigen Stellen kam zwischen den dunklen Pinienwäldern immer wieder die Bucht zum Vorschein. Drei Kilometer außerhalb der Stadt, wo man das Wasser nicht mehr sehen konnte, aber die Luft immer noch vom Meeresgeruch erfüllt war, standen ein Haus mit Holzschindeln und daneben eine frei stehende Garage. Vor der Garage parkte ein Anhänger mit offener Ladefläche, auf dem sich die Hummerfallen drei Meter in die Höhe türmten. Die Fallen waren grün, und die Bojen, die sich daneben stapelten, waren knallgelb. Sie reflektierten das Licht von Barretts Scheinwerfern, als er auf das Grundstück bog. Er schaltete den Motor aus, doch es schien, als würden die Bojen immer noch leuchten, als wären sie von einer Aura umgeben.

Die Garagentür öffnete sich, und eine Silhouette trat zu ihm in die Dunkelheit.

»Gehen Sie zurück zu Ihrem Wagen«, sagte Howard Pelletier.

Barrett blieb stehen. »Wie bitte?«

»Fahren Sie ihn in die Garage, damit ich die Tür schließen kann. Es kommen nachts um diese Zeit zwar kaum Leute vorbei, aber die wenigen Personen werden Ihren Wagen erkennen und sich daran erinnern.«

Barrett lief zu seinem Fahrzeug zurück, startete den Motor, ohne die Scheinwerfer einzuschalten, und wartete, bis sich eines der Rolltore gehoben hatte. Dann fuhr er in Howards Garage, und als er aus dem Wagen stieg, schloss sich das Tor hinter ihm wieder.

»Hat Sie irgendjemand gesehen?«, fragte Howard.

»Noch nicht. Aber das wird sich nicht vermeiden lassen.«

»Und dann wird es Gerede geben.«

In der Garage mit drei Stellplätzen standen eine große Werkbank, ein Holzofen und ein selbst gezimmertes Reißbrett, an dem Howard die Entwürfe für das Atelier seiner Tochter auf Little Spruce Island gezeichnet hatte.

Howard setzte sich auf einen Hocker neben einem Stapel ramponierter Hummerfallen. Er hatte sie mit Drähten ausgebessert und die gerissenen Leinen ersetzt, sodass sie wieder einsatzbereit waren. Er würde sie erneut dem Meer anvertrauen, wo sie nach und nach erneut Schaden nehmen würden. Dann würde er sie wieder in die Garage zurückbringen. Es war der ewige Kreislauf eines Hummerfischers: Fischen und flicken, fischen und flicken.

Barrett setzte sich auf eine niedrige Holzbank und wandte sich von dem Reißbrett ab. Er wollte nicht daran denken, wie Howard ihm stolz die verschiedenen Entwürfe gezeigt und gefragt hatte, was Jackie bei ihrer Rückkehr wohl von dem Atelier halten würde.

Er hatte Howard vom Flughafen Portland aus angerufen, um ihm mitzuteilen, dass er unterwegs sei. Mehr hatte er nicht gesagt. Alles andere wollte er persönlich mit ihm besprechen. Er wollte ihn sehen und nicht nur hören. Barrett hatte sich zwei Wochen freigenommen, um sich, wie er seinem Vorgesetzten erklärt hatte, um eine Familienangelegenheit zu kümmern. Die einzige Person, die wusste, dass er nach Maine geflogen war, saß jetzt vor ihm.

»Erzählen Sie mir, warum Sie für Kimberly die Kaution gestellt haben«, sagte Barrett.

Howard nickte ihm zu und schien keineswegs überrascht, dass Barrett davon wusste. Er hatte seit ihrer letzten Begegnung vielleicht acht Kilo abgenommen. Seine Haare wurden zwar von einer Kappe bedeckt, aber sein Bart war grauer, als Barrett ihn in Erinnerung hatte. Außerdem war er jetzt dichter und struppiger.

»Sicher, darum sind Sie hier«, sagte er. »Ich wusste nicht, ob Sie das Geschehen hier verfolgen. Aber ich dachte, falls ja, dann würde das Ihre Aufmerksamkeit erregen. Offensichtlich lag ich mit meiner Vermutung richtig.«

»Warum haben Sie die Kaution für sie gestellt, Howard?«

»Weil sie die Wahrheit gesagt hat.« Howard hatte die Kiefer zusammengepresst und sah ihn unverwandt an.

»Was ist mit Girard?«, sagte Barrett. »Mit dem Pick-up, mit den Blutspuren und der Verbindung zwischen Girard, Ian und Jackie, mit der …«

»Das heißt nicht, dass nicht noch etwas anderes dahintersteckt!«, unterbrach Howard ihn. »Aber für die Leute ist die Sache erledigt. Ich soll einfach glauben, dass man die Wahrheit herausgefunden hat. Für eine Weile habe ich es geschafft, damit zu leben und mir einzureden, dass der richtige Mann tot ist.

Aber dann …« Er verlagerte das Gewicht und saugte zwischen den Zähnen Luft ein. »Dann ist sie zu mir gekommen.«

»Kimberly?«

»Ja. Eines Abends klopft es an meine Tür, und als ich sie öffne, steht sie dort draußen und fängt an zu weinen, bevor sie überhaupt einen Ton herausbringt. Ich dachte, sie wollte sich dafür entschuldigen, dass sie gelogen hat. Ich dachte, ihre Großmutter hätte sie dazu überredet, aber sie sagte …«

Seine Stimme wurde heiser, und er musste sich räuspern.

»Sie sagte, *Sie sollen wissen, dass sie bereits tot war, bevor ich sie überhaupt angerührt habe, Mr. Pelletier.*«

Er wischte sich mit seinem dicken, knorrigen Daumen über die Augen. »Falls ich irgendwas zu ihr gesagt habe, kann ich mich nicht mehr daran erinnern. Ich glaube, ich stand einfach nur da. Dann erzählte sie mir, dass sie … dass sie nur auf Ian eingestochen habe, nicht auf Jackie. *Wir haben mit dem Messer nur auf Ian eingestochen.* Das waren ihre Worte. Sie hat dabei alle drei erwähnt, wie im Geständnis.

Plötzlich wurde ich wütend. Ich meine, da steht diese herzlose, kleine Lügnerin vor meiner Tür und fängt von dieser Geschichte an, die ich eigentlich vergessen wollte. Ich brüllte und fluchte, und sie stand einfach nur da und ließ das alles über sich ergehen. Sie hat zwar die ganze Zeit geweint, aber sie hat es hingenommen. Obwohl sie so zierlich ist, zuckt sie nicht mal zusammen, wenn man sie beschimpft.«

Diesmal wischte Howard sich mit der ganzen Hand über die Augen, und es dauerte ein paar Sekunden, bis sich sein Atem wieder beruhigt hatte.

»Ich war fix und fertig, und sie sagte, *Ich habe Barrett die Wahrheit gesagt. Ich dachte, die Sache wäre vorbei, weil ich ihm die Wahrheit gesagt habe.* Und aus irgendeinem Grund habe ich … habe ich sie hereingebeten. Ich ließ Kimmy Crepeaux, die ausgesagt hatte, dass sie mein kleines Mädchen in eine Plastikplane gewickelt in einem See versenkt hat, in mein Haus.« Er schüttelte den Kopf, als könnte er immer noch nicht begreifen, warum er das getan hatte. »Ich sagte, *Erzählen Sie mir, was passiert ist. Schluss mit den Lügen, sagen Sie mir ausnahmsweise einfach die Wahrheit, sagen Sie endlich die verdammte Wahrheit!*«

Er stieß die letzten Wörter laut hervor, dann sammelte er sich wieder, schaute zu Barrett hoch und fuhr mit ruhiger Stimme fort.

»Sie hat mir dieselbe Geschichte wie Ihnen erzählt. Falls sie davon abgewichen ist, weiß ich es nicht. Sie saß an meinem Küchentisch und erzählte, dass sie dabei gewesen sei, als man meine Tochter getötet habe, und dass sie geholfen habe, die Leiche zu verstecken. Dass sie auf Ian eingestochen und gelogen habe. Und ich … ich glaubte ihr.«

Barrett beugte sich vor, stützte sich mit den Ellbogen auf den Knien ab und ließ sich nicht aus der Ruhe bringen, als Howard ihn beschwörend anschaute.

»Sie glauben ihr auch«, sagte Howard.

»Das habe ich. Aber die Beweise …«

»Sie sollen der Beste Ihres Fachs sein. Das hat mir Colleen Davies erzählt. Und Don Johansson ebenfalls. Alle sagen das. Man hat Sie hierher geschickt, weil Sie wissen, wann jemand lügt und wann er die Wahrheit sagt.«

Ja, deshalb hatte man ihn hierher geschickt.

»Ich weiß noch, wie Sie auf die Insel gekommen sind und mir die ganze Geschichte erzählt haben«, sagte Howard. »Ich wollte Ihnen an diesem Tag nicht glauben. Aber schließlich tat ich es. Danach ging alles zur Hölle, und ich versuchte diese neue Geschichte zu glauben. Aber dann tauchte Kimmy hier auf …« Er schüttelte den Kopf. »Agent Barrett? Ich *glaube ihr.*«

»Ich auch«, hörte Barrett sich sagen. Ungewollt kamen ihm

die Worte über die Lippen, als hätte eine Kraft, die sich seiner Kontrolle entzog, sie ihm abgenötigt.

»Ich wusste es«, sagte Howard triumphierend. »Ich wusste, dass Sie ihr immer noch glauben. Ich hasse Kimmy inzwischen nicht mehr, ich hasse nur das, was sie getan hat, und dass sie so lange geschwiegen hat. Aber sie hatte Angst. Das ist doch offensichtlich. Schließlich hat sie das Richtige getan und die Wahrheit erzählt, aber das hat ihr nichts genützt. Im Gegenteil, das machte für sie alles nur noch schlimmer. Aber warum sollte sie jetzt lügen? Niemand hier wird ihr noch einen Job geben, außerdem muss sie ihre Tochter versorgen. Sie braucht Geld, und ich habe noch Jackies Lebensversicherung – glauben Sie etwa, ich würde das Geld anrühren? Nicht ums Verrecken. Was soll ich mir davon schon kaufen? Das Einzige, was ich mir wünsche, kann ich nicht zurückbekommen. Aber für die Wahrheit würde ich eine Menge Geld zahlen.«

»Sie kann für Sie nicht die Wahrheit herausfinden, Howard.«

»Dann helfen Sie ihr. Ich bezahle Sie dafür.«

»Ich werde Ihr Geld nicht annehmen.«

»Sie braucht Hilfe«, sagte Howard Pelletier traurig. »Die Polizei hier glaubt ihr nicht. Aber wenn ihr jemand Gehör schenken würde, kann sie vielleicht beweisen, was er getan hat. Was sie getan hat.«

»Haben Sie die Polizei gebeten, noch mal mit ihr zu reden? Johansson oder Broward?«

»Die wollen davon nichts wissen! Für sie ist der Fall erledigt, und Kimmy … sie wird wie eine Aussätzige behandelt. Wenn die Leute ihr auf dem Gehweg begegnen, wechseln sie die Straßenseite. Sie fangen an zu tuscheln, aber niemand spricht mit ihr, und wenn sie es täten, würden sie ihr nicht glauben.«

Er beugte sich vor und packte Barrett so fest an der Schulter, dass seine Sehnen hervortraten.

»Ich sehe Mathias Burke jede Woche. Das hier ist ein kleiner Ort, es ist unmöglich, ihm aus dem Weg zu gehen. Ich sehe ihn, wenn er Lebensmittel einkauft oder in die Harpoon geht, ich sehe ihn am Kai oder beim Holzhändler oder begegne ihm auf der Straße. Ich sehe, wie die Leute ihm die Hand schütteln, und höre, wie sie ihm ihr verdammtes *Mitgefühl* aussprechen, weil er so viel durchgemacht hat, und ich … ich denke, dass er es vielleicht gewesen ist. Agent Barrett? Ich weiß nicht, wie lange ich das noch aushalte. Sein Anblick ist kaum zu ertragen, während ich mich frage, was passiert ist.«

Obwohl es in der Garage kühl war, hatten sich in Howards Stirnfalten Schweißtropfen gebildet, und seine Augen leuchteten fiebrig.

»Können Sie sie nicht wenigstens anhören?«, fragte er. »Wenigstens das?«

»Das habe ich bereits, Howard.« Die Worte kamen Barrett nur schwer über die Lippen, denn er hatte das Gefühl, als würden Howards stechender Blick und seine Umklammerung ihn wie ein Anker tief in die aufgewühlte See hinabziehen. »Wenn ich sie anhöre, kommt mich das teuer zu stehen.«

»Nur noch dieses eine Mal«, sagte Howard. »Was kann das schon schaden?«

Das konnte Barrett in ernsthafte Schwierigkeiten bringen. Aber statt ihm zu widersprechen, ertappte er sich dabei, wie er nickte.

»Nur dieses eine Mal«, wiederholte Barrett, und seine Stimme war kaum mehr als ein Flüstern. »Ich werde noch dieses eine Mal mit ihr reden.«

Howard ließ seine Schulter los und stieß aus tiefster Seele einen Seufzer aus.

»Danke. Ich kann Sie morgen zu ihr rausfahren.«

»Ich muss mit ihr alleine sein. Wenn ich sie noch mal aufsuche, um mit ihr zu reden, darf mich niemand begleiten. Das ist meine Bedingung, Howard.«

»In Ordnung. Können Sie ein Boot steuern?«

Barrett neigte den Kopf zur Seite. »Ja, aber warum? Wo ist sie jetzt?«

»Auf der Insel.«

Plötzlich schien die Temperatur in der Garage um weitere drei Grad zu sinken, und Barrett starrte Howard in die Augen. »Sie ist in Jackies Atelier? Sie haben sie ...«

»Nein!«, brüllte Howard. »Sie ist in der Hütte. Das Atelier ist abgeschlossen. Und das wird es auch bleiben. Aber sie musste raus aus Port Hope. Also habe ich sie auf die Insel gebracht und dort einquartiert. Ich habe ihr gesagt, dass sie ... dass sie sich für eine Weile dort verstecken soll. Bis wir jemanden gefunden haben, der ihr zuhört. Bis ich Sie davon überzeugt habe, dass Sie ihr zuhören.«

Zwei Erkenntnisse trafen Barrett wie eine Flutwelle: Howard Pelletier war so verzweifelt, dass er die geheiligte Hütte seiner Tochter jener Frau zur Verfügung stellte, die gestanden hatte, ihren blutenden und geschundenen Körper entsorgt zu haben. Und er war fest davon überzeugt, dass sie die Wahrheit sagte.

»Ich werde sie morgen früh aufsuchen«, sagte Barrett.

»Gut. Ich werde mein Ruderboot an der öffentlichen Anlegestelle vertäuen. Es ist nicht groß, aber damit schaffen Sie es bei ruhiger See bis zur Insel.«

Barrett nickte und stand auf. Er war am Mittag in Bozeman abgeflogen, und eigentlich hätte er müde sein und unter dem Jetlag leiden müssen. Aber stattdessen spürte er, wie durch sein Blut eine frische, belebende Energie strömte und seine Nerven wie eine Stromleitung Funken sprühten.

Das ist ein Fehler, dachte er, *ein schrecklicher Fehler*. Doch Howard Pelletier packte seine Hand und sagte: »Ich bin froh, dass

Sie zurückgekommen sind.« Und als Barrett darauf erwiderte, »Ich auch«, wurde ihm klar, dass er noch nie so ehrlich gewesen war.

22

Statt in einem Motel abzusteigen, fuhr Barrett den Rest der Nacht durch die Gegend. Nachdem er die halbe Strecke zu Liz' Haus zurückgelegt hatte, machte er kehrt und fuhr an der Küste wieder zurück. Er folgte im Mondlicht den Nebenstraßen, und bei Tagesanbruch suchte er in Rockland einen Dunkin' Donuts auf und trank einen Kaffee, während er mit dem Gedanken spielte, Liz, Roxanne Donovan oder Don Johansson anzurufen. Er wusste, dass er jemanden über seine Rückkehr informieren musste – und über das, was Howard Pelletier ihm gerade erzählt hatte.

Doch er rief niemanden an.

Ich werde zunächst mit Kimberly reden, sagte er sich. *Und dann werde ich die anderen informieren.*

Es konnte ihn seinen Job kosten. Eigentlich hätte ihm diese Vorstellung Angst einjagen müssen, aber nach all den Monaten, die er in Bozeman verbracht hatte, war das nicht der Fall. Die Laufbahn, die er sich beim FBI erhofft hatte, lag in Trümmern, und er sah seine Zukunft deutlich vor sich: Man würde ihn von einer Nebenstelle in die nächste abschieben, bis er in einem Staat wie Iowa oder Indiana das Pensionsalter erreicht hatte.

Allerdings standen ihm noch andere Möglichkeiten offen. Die Ereignisse, die seine Zukunftsaussichten als Agent zunichtegemacht hatten, würde seinem Ruf als Dozent nichts anhaben.

Aber er wollte echte Polizeiarbeit verrichten und keine Artikel darüber schreiben oder Vorlesungen halten.

Er wollte Fälle abschließen.

Die meisten Menschen schliefen noch, als er den Kai von Port Hope erreichte. Dort herrschte bereits reger Betrieb – nur die Fischer, die höchstens ein oder zwei Jahre durchhalten würden, waren noch nicht ausgelaufen. Howard Pelletiers Boot – die *Jackie II*, deren Name ihn daran erinnerte, warum er bei Wind und Wetter aufs Meer hinausfuhr – hatte die Anlegestelle bereits verlassen, aber das Ruderboot lag noch da. Es handelte sich um ein fünf Meter langes Aluminiumboot mit einem kleinen Außenbordmotor, das sich kaum von dem unterschied, das Barretts Großvater besessen hatte.

Aber die See hier war anders. Selbst an einem ruhigen Tag in einer geschützten Bucht, selbst auf der kurzen Strecke von Port Hope nach Little Spruce konnte einem der Nordatlantik ins Gedächtnis rufen, was sich unter seiner hübschen Oberfläche tatsächlich verbarg.

Als Barrett vom Kai in Port Hope ablegte und durch die Bucht auf das offene Meer zusteuerte, setzte sich die Morgensonne gegen den Nebel durch, und eine frische Brise kam ihr zu Hilfe und fegte die Dunstschleier fort. Mit jedem Windstoß konnte man etwas mehr von der Küste erkennen – die hohen, üppigen Pinien, die an den dichtesten Stellen dunkel schimmerten, und die grauen, von der Witterung zerklüfteten Klippen. Das unablässige Plätschern des Meeres erinnerte einen daran, welche Macht es besaß. Es war wunderschön und gleichzeitig von brutaler Ehrlichkeit. In der Gegend gab es nur einige wenige Sandstrände und jede Menge schorfiger Felsen. Es schien, als wollte das Meer mitteilen, dass man es noch nicht bezwungen und sich nur mit ihm arrangiert hatte. Wer das Gegenteil behauptete, war noch nie bei schlechtem Wetter von Bar Harbour oder Belfast aus in See gestochen.

Als Barrett nach zwanzig Minuten schließlich Little Spruce erreichte, war ihm kalt. Er trug lediglich eine Jeans, ein Chambray-Hemd und Turnschuhe. Die saloppe Freizeitkleidung, die er auf dem Flug getragen hatte, war hier draußen völlig unangemessen. Als hinge ein Schild um seinen Hals, das ihn als Landratte auswies. Glücklicherweise waren die Einheimischen bereits vor ihm ausgelaufen, sodass ihn niemand schräg angeschaut hatte, weil er ihn für einen Touristen hielt, der das Boot eines Fischers stahl.

Bei seiner Ankunft auf Little Spruce war der Steg verlassen. Auf der Insel befanden sich lediglich ein paar Sommerhäuschen und die wenigen Hütten einiger Unbeirrter wie Jackie Pelletier. Sie war zu klein, um wie Vinalhaven, Islesboro und Monhegan mit ihren Fischerdörfern und Fähren das ganze Jahr über Besucher anzuziehen. Little Spruce bestach allein durch seine Schönheit, und davon hatte die Insel reichlich zu bieten.

Das letzte Mal war Barrett auf der Insel gewesen, um Howard Pelletier von Kimberly Crepeaux' Geständnis zu unterrichten. Jetzt vertäute er das Boot, kletterte die Leiter zum verwitterten Pier hoch und lief den Hang hinauf, um sich mit eben dieser Frau zu treffen und ihr zu sagen, dass er ihr erneut Gehör schenken würde – noch dieses eine Mal.

Nur noch einmal.

Abgesehen von zwei glänzenden Vorhängeschlössern sah das Atelier noch genauso aus, wie er es in Erinnerung hatte. Die alte, aber stabile Hütte daneben war ebenfalls unverändert. Als Barrett an die Tür klopfte, war im Innern nichts zu hören. Für einen Moment glaubte er, dass Kimberly sich aus dem Staub gemacht hatte oder nie hier gewesen war, dass es sich bei der ganzen Sache um einen grausamen Streich handelte, mit dem Howard

Pelletier sich dafür revanchieren wollte, dass Barrett ihm so übel mitgespielt hatte. Doch dann öffnete sich die Tür, und er stand Kimberly Crepeaux zum ersten Mal wieder gegenüber, seit er sie an dem Tag, als die Taucher den leeren See abgesucht hatten, im Gefängnis besucht hatte.

Im Gegensatz zu Howard, der in den vergangenen Monaten um Jahre gealtert zu sein schien, wirkte die kurz gewachsene, schlanke Frau mit dem zerbrechlichen, vogelartigen Knochenbau unverändert. Bei einem Sturm würde sie wahrscheinlich davonfliegen. Andererseits war sie auch die einzige Person, die Barrett jemals gestanden hatte, dass sie einem verwundeten Mann ein Messer in den Bauch gerammt hatte, um ihn anschließend zu ertränken.

»Sie sind zurückgekommen«, sagte sie nüchtern. Da sie keineswegs überrascht war, wurde Barrett plötzlich etwas klar.

»Wie hat Howard mit Ihnen Kontakt aufgenommen? Hier draußen gibt es keinen Handyempfang.«

»Er hat mir eine Art Funkgerät gegeben. Er hat es Ship-to-Shore-Telefon oder so genannt. Auf diese Weise kann ich mit ihm und meiner Kleinen reden, verstehen Sie?«

So ein Telefon war nicht billig. Howard hatte eine Menge Geld in Kimberly Crepeaux investiert.

»*Ihm* schenken Sie offensichtlich Gehör«, sagte sie leicht gereizt. »Mich haben Sie kein einziges Mal zurückgerufen, als ich Hilfe brauchte.«

Ihre Borniertheit war erstaunlich.

»Haben Sie eine Vorstellung«, sagte Barrett, »welche Konsequenzen Ihre Aussage und der Widerruf Ihres Geständnisses für andere Menschen hatten? Haben Sie je darüber nachgedacht, Kimberly? Nur ein einziges Mal?«

Ihre hellgrünen Augen blinzelten ihn verwirrt an. »Natürlich. Darum habe ich ihn aufgesucht. Um die Sache wieder in Ordnung zu bringen.«

»Um die Sache wieder in Ordnung zu bringen.«

Sie nickte. Ihre Pupillen waren klein wie Stecknadelköpfe, und Barrett fragte sich, ob sie wieder Drogen nahm.

»Ich dachte, meine einzige Chance ist, so zu tun, als ob ich gelogen hätte. Was sollte ich sonst machen, sobald klar war, dass Sie die Leichen nicht finden würden?«

Es klang wie ein Vorwurf, als wäre es Barretts Schuld, dass sie in Schwierigkeiten steckte.

»Ich habe die Leichen nicht gefunden«, sagte er, »weil sie nicht an der Stelle waren, die Sie mir genannt haben. Und jetzt soll ich glauben, dass Ihre ursprüngliche Geschichte die Wahrheit war. Trotz gegenteiliger Beweise, trotz der Fingerabdrücke und der DNS, die Jeffrey Girard mit den Morden in Verbindung bringen.«

»Ah, jetzt verstehe ich.« Sie lehnte sich gegen den Türrahmen und musterte ihn voller Stolz. »Vielleicht hat er dabei geholfen, sie wegzuschaffen. Wissen Sie, ich habe eine Menge Sachen gehört, von denen Sie nichts wissen.«

»Wo haben Sie das alles gehört?«

»Das meiste davon im Gefängnis.«

Barrett nickte und ließ seinen Blick von ihr zum glitzernden Meer hinauswandern, während sich das Adrenalin in seinem Körper verflüchtigte und er von Erschöpfung überwältigt wurde. *Jetzt geht das schon wieder los. Kimberly und ihre Knastgeschichten. Wie blöd muss man sein, um hier rauszufahren und sich noch mehr davon anzuhören?*

»Mathias wird mich umbringen«, sagte sie. »Oder jemanden damit beauftragen. Nur weil er ungestraft davongekommen ist, heißt das nicht, dass er die Sache auf sich beruhen lässt. Man wird mich dafür umbringen, dass ich Ihnen erzählt habe, was passiert ist.« Sie rieb sich den Arm und zitterte im Wind, der vom Meer herüberwehte. »Können wir reingehen? Mir ist kalt.«

»Nein.«

»Was?«

»Holen Sie eine Jacke, wenn Sie eine brauchen. Wir werden einen kleinen Ausflug machen, während wir uns unterhalten, Kimberly.«

Diese Aussicht machte ihr offensichtlich mehr Angst als die Vorstellung, dass Mathias Burke sie töten wollte.

»Wovon reden Sie? Ich will nicht mit anderen Cops reden. Niemand hört mir zu, und sie werden bloß …«

»Wir werden keine Cops treffen. Wir fahren zum See.«

Sie hörte auf, sich die Arme zu reiben. »Ich will da nicht noch mal hin. Nie wieder.«

»Genau deshalb fahren wir dorthin«, sagte er. »Das hätte ich schon bei unserem ersten Treffen tun sollen.«

Barrett hatte sich einen Namen als Dozent gemacht, weil er die Polizei dafür kritisiert hatte, dass sie zu großen Wert auf die körperliche Reaktion eines Tatverdächtigen legte. Er war überzeugt, dass allein die Aussage entscheidend war. Aber aufgrund seiner praktischen Erfahrungen war er sich da nicht mehr so sicher. Kimberly war eine begnadete Geschichtenerzählerin, aber er hielt sie für keine besonders gute Schauspielerin. Falls der See irgendeine Bedeutung für sie hatte, würde man ihr das anmerken.

»Ich werde da nicht hinfahren«, sagte sie und reckte ihr Kinn wie ein trotziges Kind in die Höhe. Ihre Augen jedoch waren weit aufgerissen und von Angst erfüllt.

»Dann reise ich wieder ab.«

Sie biss sich auf die Unterlippe und starrte an ihm vorbei zum Festland. Der Wind frischte auf und zerzauste ihr Haar. Sie hob die Hand und strich es sich aus dem Gesicht. Dabei rutschte ihr Hemdsärmel nach oben, und Barrett suchte nach Einstichlöchern, konnte aber keine entdecken. Doch das hatte nichts zu bedeuten. Sie konnte das Zeug auch schnupfen oder rauchen.

»Okay«, sagte sie schließlich mit leiser, aber entschlossener Stimme. »Ich sehe hier draußen schon überall Jackies Geist. Wenn ich es hier ausgehalten habe, werde ich es auch am See aushalten.«

23

Auf dem Boot sprachen sie kaum. Barrett merkte, dass Kimberly immer nervöser wurde, während sie sich der Anlegestelle von Port Hope näherten. Mit gesenktem Kopf ging sie von Bord und ließ ihre Augen hektisch umherwandern. Außer einer Frau, die vor dem Gemischtwarenladen eine Zigarette rauchte, erkannte Barrett hier niemanden. Sie wusste, wer er war, und bestimmt kannte sie auch Kimberly. Die Frau wandte sich ab, als hätte sie die beiden nicht bemerkt. Aber Barrett wusste, dass das nicht stimmte und dass sie den anderen Bewohnern von ihrer Beobachtung erzählen würde.

Barrett fuhr mit seinem Wagen vom Kai den Hügel hinauf und bog dann nach rechts auf die Port Hope Road. Kimberly kramte eine Zigarette hervor und steckte sie sich an. Unruhig zappelte sie mit dem linken Bein und ließ das Handy beiläufig durch ihre Hand wandern, ohne dabei auf das Display zu tippen. Als sie auf die Archer's Miller Road bogen, wurden ihre nervösen Gesten hektischer, und ihr Bein bewegte sich wie ein Motorkolben auf und ab. Barrett musterte sie aufmerksam, während sie am Orchard Cemetery vorbeifuhren. Kimberly hatte das Gesicht von dem Friedhof abgewandt, und im fahlen Licht der Morgensonne wirkte sie so blass wie eines der Grabmale aus Kalkstein.

Als sie die unbefestigte Straße erreichten, die zu der Hütte oberhalb der Bucht führte, fuhr Barrett an den Rand und parkte im Gras. Kimberlys Bein bewegte sich jetzt nicht mehr, aber sie hatte den Kopf immer noch Richtung Fenster gewandt, sodass er ihr Gesicht nicht sehen konnte.

»Gut«, sagte er. »Schauen wir uns mal um.«

Sie legte ihr Handy auf die Mittelkonsole, stopfte ihre Zigaretten in die Tasche und stieß mit einem Ausdruck grimmiger Akzeptanz die Tür auf.

Als sie aus dem Wagen stiegen und den Weg hinunterliefen, merkte Barrett, wie sein Herz klopfte. Er war gespannt, ob der Ort bei Kimberly eine unverfälschte emotionale Reaktion auslösen würde, aber er hatte nicht damit gerechnet, dass das auch auf ihn zutreffen könnte.

Der Weg verlief in einer Kurve um den riesigen Felsbrocken, der fast genauso groß wie die Hütte daneben war, und dann standen sie vor der Bucht.

Nichts deutete darauf hin, dass die friedliche Atmosphäre an diesem Ort je gestört worden war. Es herrschte die vertraute Stille, der Himmel war wolkenlos und die Luft vom Duft der Piniennadeln erfüllt. Auf der glatten, unbewegten dunklen Wasseroberfläche spiegelten sich die Bäume und der Himmel, und man konnte nicht sehen, was sich auf dem Grund des Sees befand.

Das Floß war nicht mehr da, und die Fenster der Hütte waren verbarrikadiert. Aber das war nicht weiter verwunderlich – so weit im Norden nahmen die meisten Leute ihre Ferienanlagen erst nach dem Memorial Day in Beschlag. Doch Barrett wusste noch, an welcher Stelle sich das Floß befunden hatte. Anhand einiger Orientierungspunkte konnte er mühelos die Position bestimmen, und er wollte sie Kimberly gerade zeigen, als sie sich von ihm wegbewegte.

Sie lief zum Rand des Wassers, wo Rohrkolben wuchsen, und Barrett sah, dass ihre schmalen Schultern zu zittern begannen. Er ging zu einem der Felsbrocken, damit er ihr Gesicht sehen konnte.

Sie weinte, ohne einen Laut von sich zu geben. Sie weinte und zitterte und starrte auf das Wasser, als könnte jeden Moment etwas daraus auftauchen und sie an der Gurgel packen.

Sie ist eine bessere Schauspielerin, als ich dachte.

Aber er glaubte selbst nicht, dass sie ihm etwas vormachte.

»Also … also hier hat er geparkt«, sagte sie und wischte sich mit ihrer zitternden Hand die Tränen aus den Augen. »Beim ersten Mal zeigte das Führerhaus Richtung See. Denn es war dunkel, wissen Sie, und ohne das Scheinwerferlicht hätte er nichts gesehen. Beim zweiten Mal fuhr er rückwärts ans Wasser.«

Schweigend betrachtete Barrett sie.

»Wenn die Reifen noch tiefer eingesunken wären, wäre er vielleicht stecken geblieben«, sagte sie und starrte auf den Schlamm unter den Rohrkolben. »Aber das ist nicht passiert. Er parkte den Wagen so, dass er die Ladeklappe öffnen und wir sie abladen …«

Kimberly brach erneut in Tränen aus. Sie zitterte noch heftiger und rang hektisch keuchend nach Luft. Barrett starrte sie gebannt an, als sie plötzlich einen weiteren Schritt vorwärts machte und ins Wasser trat.

Zunächst war er zu überrascht, um etwas zu sagen. Sie lief einfach vom Ufer in den kalten See, sodass das Wasser ihre Sandalen und ihre Jeans durchnässte.

»Kimberly«, brachte er schließlich hervor, »kommen Sie da raus.«

Es ließ sich nicht sagen, ob sie ihn gehört hatte. Sie hatte ihr blasses Gesicht der Nordseite der Bucht zugewandt – dorthin, wo das Floß vertäut gewesen war. Weinend und zitternd, ohne auf das kalte Wasser zu reagieren, lief sie direkt auf die Stelle zu.

Während Barrett sie beobachtete, fiel ihm ein, was sie ihm erzählt hatte.

Anschließend brachten wir ihn ins Wasser. Auf demselben Weg, zur selben Stelle. Das Wasser reichte mir bis zum Hals, ich bin ja nur 1,55 Meter groß. Mathias schwamm mit ihm noch etwa drei Meter weiter. Die beiden Leichen liegen zwischen dem Floß und dem Steg auf dem Grund. Mehr Richtung Floß. Dort werden Sie sie finden. Ich weiß nicht, wie tief das Wasser an der Stelle ist. Nicht besonders tief. Das Wasser ist nur dunkel und der See verlassen.

Sie werden sie problemlos finden.

»Sie waren genau hier«, sagte sie. »Es kommt mir so vor, als könnte ich sie noch sehen. Noch *spüren*, wie schwer sie waren, als wir sie ins Wasser getragen haben, und wie leicht sie wurden, je tiefer es wurde.«

Sie machte zwei weitere Schritte, und plötzlich reichte ihr das Wasser bis zu den Schultern. Es wurde jetzt schnell tiefer.

»Kimberly, kommen Sie verdammt noch mal da raus!«, brüllte Barrett mit der Stimme seines Großvaters, die sonst nur in seinem Kopf existierte. Aber sie hatte ihn gehört. Wie eine mythische Gestalt, als wäre sie ein Teil des Sees, stieg sie aus dem Wasser. Sie zitterte, und ihr dünnes Sweatshirt klebte an ihren kleinen Brüsten. Während sie auf ihn zukam, brach sie erneut in Tränen aus.

»Sie waren hier«, sagte sie. »Ich schwöre Ihnen, sie waren hier.«

Eigentlich wollte Barrett sie nicht umarmen, sich nicht von der Stelle bewegen. Aber er hatte nie zuvor einen derart verzweifelten Menschen gesehen. Also lief er den Felsen hinunter und nahm sie in die Arme, während ihr zierlicher Körper bebte und zitterte. Er fuhr mit den Händen über den nassen Stoff, der an ihrem Rücken klebte, und sagte, ohne einen Gedanken an die Tragweite seiner Worte zu verschwenden: »Ich glaube Ihnen. Ich glaube Ihnen.«

Kimberly hob ihr Gesicht zu ihm empor, dieses blasse Gesicht mit der Stupsnase und den Sommersprossen, mit dem sie immer wie ein Mädchen aussah, zumindest solange sie kein Messer in der Hand hielt. »Schwachsinn, Barrett. Niemand glaubt mir.«

»Das war dumm von Ihnen«, sagte er. »Das Wasser ist viel zu kalt, um einfach so da reinzugehen.«

»Das wollten Sie doch, oder? Dass alles wieder hochkommt.«

»Nein! Ich wollte nur …«

»Was?«, sagte sie. »Was wollten Sie dann?«

»Ich wollte sehen, wie Sie auf diesen Ort reagieren.«

Sie drückte ihren zitternden Körper gegen ihn, und ihre Haare, die unten nass waren, hingen auf seinen Arm herab. In ihrer feuchten Kleidung wirkte ihr zierlicher, straffer Körper noch kleiner.

»Und?«, sagte sie. »Habe ich richtig *reagiert*?« Sie unterdrückte ihre Tränen. »Seine Augen waren offen, Barrett. Seine Augen waren offen, und er versuchte zu atmen. Ich kann nicht mehr auf die Insel zurück. Ich spüre dort draußen überall Jackies Gegenwart. Ich kann das nicht länger ertragen, nicht, nachdem ich hier war.«

Sie zitterte jetzt noch stärker, wegen der Erinnerung oder des kalten Wassers, oder wegen beidem. Barrett legte ihr die Hand auf die Schulter, um sie zu beruhigen, als er hinter ihr Liz bemerkte.

24

Sie stand, bekleidet mit einer Jeans und einem dünnen Pullover, auf halber Höhe der Zufahrt im Schatten der Pinien und hielt eine Kamera in der Hand. Für einen Moment starrten sie und Barrett einander schweigend an, dann folgte Kimberly Crepeaux, die sie noch nicht bemerkt hatte, seinem Blick. Als sie Liz sah, wich sie rasch von ihm zurück.

»Was hat sie hier zu suchen?«, blaffte sie und schaute Barrett vorwurfsvoll an. »Sie ist Reporterin!«

»Ich habe sie nicht angerufen«, sagte er.

»Nein«, sagte Liz zu Barrett und trat auf die beiden zu. »Das hat er bestimmt nicht.«

Sie ließ ihre Bemerkung einen Moment lang in der Luft hängen, bevor sie sich wieder Kimberly zuwandte.

»Ich habe heute Morgen einen Anruf von jemandem erhalten, der mir erzählt hat, dass ihr beiden am Kai von Port Hope gewesen seid. Ich sagte nur, *das kann nicht sein.*«

»Ich wollte dich heute anrufen«, begann Barrett, und Liz hob die Hand, um ihn zum Schweigen zu bringen.

»Sicher doch.«

»Nein, ehrlich. Ich bin gestern Abend gegen Mitternacht hier eingetroffen.«

Kimberly ließ ihren Blick von einem zum anderen wandern, und Barrett bemerkte ein Flackern in ihren Augen, als sie die Situation verstand.

»Das ist meine Schuld«, sagte sie zu Liz. »Ich habe ihn immer wieder angerufen.«

Liz würdigte sie keines Blickes. »Was machst du hier, Rob? Was um alles in der Welt hast du hier verloren?«

»Ich höre mir an, was sie zu sagen hat. Würdest du das bitte auch tun?« Er starrte sie eindringlich an und versuchte, ihr durch bloßen Augenkontakt all ihre gemeinsamen Jahre ins Gedächtnis zu rufen. »Liz? Hör dir bitte an, was sie zu sagen hat. Bitte.«

Für eine Weile war nur das Rascheln der Pinien im Wind zu hören, während Barrett und Liz mit der zitternden Kimberly Crepeaux dort standen.

»Sie braucht was Trockenes zum Anziehen«, sagte Liz schließlich. »Meine Sachen werden ihr passen. Sie sind ihr zwar etwas zu groß, aber sie werden ihr passen.«

»Ich muss selbst die schmalen Jeans enger nähen lassen«, erklärte Kimberly. »Können Sie sich das vorstellen?«

Liz starrte sie an, als versuchte sie, eine neue Spezies zu ergründen. Dann richtete sie den Blick wieder auf Barrett.

»Ich bin mir sicher, dass ich nicht die Einzige bin, die einen Anruf erhalten hat. Bald wird jemand anders dem Hinweis nachgehen.«

»Wir werden dir alles erklären. Das heißt, sie wird das tun.« Barrett versetzte Kimberly einen Stupser. »Okay?«

»Ich denke schon«, sagte Kimberly leise. »Ich schätze, ich werde wieder mit den Leuten reden. Allerdings war das beim letzten Mal nicht besonders hilfreich, oder?«

Darauf erhielt sie keine Antwort.

25

Kimberly Crepeaux erzählte den beiden ihre neueste Geschichte, während sie an Liz' Küchentisch saß und eine Tasse Kaffee in der Hand hielt, ohne davon zu trinken. Sie trug eine von Liz' Jeans, die an ihren Füßen schlabbrig herunterhing, als wäre Kimberly ein Kind, das die Kleidung seiner Mutter anprobiert hatte. Außerdem trug sie einen Pulli, der ihr etwas besser passte; er war zwar zu lang, lag aber eng an.

Seit ihrer Entlassung aus dem Gefängnis sei sie von verschiedenen Fahrzeugen verfolgt worden, sagte Kimberly. Manchmal von einem Pkw, manchmal von einem Pick-up oder einem Lieferwagen. Sechs Tage nach ihrer Entlassung sei im Haus ihrer Großmutter – sie benutzte das frankokanadische Wort für »Großmutter« *mémère* – ein Fenster zerschossen worden. Und in der Nacht sei dort jemand aufgetaucht und habe mit einer Taschenlampe hineingeleuchtet. Das habe ihrer Großmutter einen gehörigen Schreck eingejagt, und ihre Tochter habe geweint. Da habe sie gewusst, dass sie das Haus verlassen müsse.

»Die beiden hatten nichts Böses getan«, sagte sie. »Ava ist noch ein kleines Mädchen. Und Mémère wollte nur, dass ich mein Leben wieder auf die Reihe kriege. Das hatten die beiden nicht verdient. Ich meine, Mathias verhindert sogar, dass ich einen Job finde!«

Barrett und Liz tauschten Blicke aus – das war die Kimberly, die alle kannten, mit ihren rührseligen Geschichten, Ausreden und Lügenmärchen.

Kimberly klopfte eine Zigarette aus einer durchweichten Packung und griff nach dem Feuerzeug.

»Bitte rauchen Sie nicht hier drin«, sagte Liz.

Kimberly seufzte und warf die feuchte Zigarette auf den Tisch.

»Wie hat er verhindert, dass Sie einen Job finden?«, fragte Barrett, um das Gespräch in Gang zu halten.

Kimberly erzählte, dass sie sich überall an der Küste um verschiedene Jobs bei Arbeitgebern beworben hatte, die schon seit Längerem mit der Bewährungshilfe zusammenarbeiteten. Einige von ihnen bekundeten ihr Interesse, doch am nächsten Tag war die Stelle dann vergeben. Kimberly führte das auf Mathias Burkes enormen Einfluss zurück. Die Dorfbewohner hätten von Mathias ein ganz anderes Bild als die Gefängnisinsassen, erklärte Kimberly. Draußen mochten und respektierten ihn die Menschen, oder sie kannten ihn nicht. Aber die Leute im Gefängnis? »Er jagt ihnen eine Scheißangst ein«, sagte sie. »Männer, die sich vor niemandem fürchten, überlegen es sich zweimal, bevor sie seinen Namen aussprechen. Er hat zwar nie gesessen, aber er jagt den Leuten Angst ein.«

Das war die Kimberly aus der Zeit vor dem Geständnis, ein sprudelnder Quell von Gerüchten, die sich nicht überprüfen ließen, und Barrett wusste, dass Liz mit ihrer Geduld fast am Ende war.

»Erzählen Sie mir irgendwas Neues, Kimberly«, sagte er. »Ich kann Ihnen nicht helfen, wenn Sie die alten Geschichten wieder aufwärmen.«

Sie reckte das Kinn in die Höhe, wie sie sich das als Einzelkind angewöhnt hatte. »Jeff Girard hat mit Drogen gedealt. Er hat sie nicht nur genommen. Er und sein Cousin haben sie auch verkauft.«

»Okay. Was hat das mit den Morden zu tun?«

Kimberly zuckte mit den Achseln.

»Erzählen Sie mir etwas Neues«, sagte er, darum bemüht, sich seinen Verdruss nicht anhören zu lassen, »das *in Verbindung mit den Morden steht.*«

»Äh … also, das ist nicht ganz so einfach. Halt, warten Sie – wissen Sie von den Partys, die Ian veranstaltet hat? Unten am Privatstrand vor seinem Haus?«

Barrett nickte. Ian spielte gerne den Gastgeber, vor allem für die Einheimischen, um sich als Mann des Volkes statt als privilegierter Außenseiter zu präsentieren.

»Mit den Lagerfeuern?«

»Ja! Genau. Also, am Lagerfeuer wurden Drogen genommen. Dieses Mädchen, das etwas früher im Sommer ertrunken war, Molly Quickery – ich habe gehört, dass sie vielleicht gar nicht ertrunken ist. Dass sie bereits tot war, bevor sie im Wasser landete, weil sie sich auf einer dieser Partys eine Überdosis verpasst hat. Das hätte mich jedenfalls *nicht* überrascht. Molly Qickery war total fertig. Ich meine, im Vergleich zu ihr hatte Cass Odom echt *Stil.* Die Typen standen wegen ihrer Titten auf sie, aber sie war eine Schlampe. Molly Quickie haben die Typen sie genannt. Ich habe so viele Geschichten über sie gehört, ihr könnt es euch nicht vorstellen. Ich habe gehört, dass sie zwei Typen einen Blow …«

»Das stand in der Zeitung«, stieß Liz wütend hervor.

Kimberly zog eine Augenbraue hoch. »Die Zeitung hat darüber berichtet, dass sie auf derselben Party zwei Typen einen geblasen hat?«

Liz legte ihre Hände an die Schläfen. »Nein. Es stand ein Artikel über ihre Todesursache in der Zeitung. Sie war bereits tot, bevor sie im Wasser lag. Ich weiß das, weil ich darüber berichtet habe, und jeder, der lesen kann, weiß das auch. Tun wir also nicht so, als wären das irgendwelche Insiderinformationen.«

Liz war kurz davor, die Beherrschung zu verlieren, und Barrett ging es genauso. Sie sahen dabei zu, wie Kimberlys Hirn auf Hochtouren arbeitete und nach etwas Handfestem suchte. Doch sie hatte keine neuen Informationen.

»Was hat das alles mit Ian zu tun?«, fragte Barrett.

»Na ja, er hat die Partys veranstaltet. Vielleicht hat er auch die Drogen verkauft.«

Das war unwahrscheinlich – Ian Kelly war nie verhaftet worden und brauchte kein Geld. Er wäre wohl kaum das Risiko eingegangen, sich als Drogendealer etwas dazuzuverdienen.

»Sie haben mir erklärt, dass Ian gestorben ist, weil er Zeuge einer Fahrerflucht wurde«, sagte Barrett. »Und Sie bestehen immer noch darauf, dass das die Wahrheit ist.«

»Ja. Das ist die Wahrheit.«

»Warum sollte uns dann interessieren, ob er Drogen genommen oder verkauft hat? Was hat das damit zu tun, dass ihr drei ihn nach dem Unfall zum See gebracht und auf ihn eingestochen habt?«

»Ich behaupte nicht, dass die beiden Fälle etwas miteinander zu tun haben, aber, also, immerhin versuche ich, Licht in die Sache zu bringen, oder? Ich bin die Einzige, die versucht, die Leute für die Wahrheit zu interessieren.«

Am liebsten hätte er ihr eine gescheuert. Das Mitleid, das er bei ihrem Anblick im Wasser empfunden hatte, war inzwischen verflogen; sie war jetzt wieder ganz die Alte.

»Die Beweise deuteten alle auf Girard hin«, sagte er. »Das ist ein Problem, Kimberly.«

Sie zuckte mit den Schultern.

»Warum haben Sie mir diese Geschichte überhaupt erzählt?«, fragte Barrett. »Warum haben Sie beschlossen, mir die Wahrheit zu sagen, nachdem Sie mich zwei Wochen lang angelogen haben?«

Sie starrte auf den Tisch. »Wegen der Karte«, sagte sie. »Wegen dieser blöden alten Karte. Ich weiß nicht, warum Jackie sie aufgehoben hat. Ich weiß nicht mal … Ich meine, es war keine besonders hübsche Karte. Sie sollte nur wissen, dass sie sich glücklich schätzen konnte, wissen Sie? Im Gegensatz zu mir hatte sie eine Mutter, die sich für eine Weile liebevoll um sie gekümmert hat. Und sie hatte immer noch ihren Vater, der sich ebenfalls liebevoll um sie kümmerte. Jackie hat wirklich Glück gehabt.«

Sie sprach jetzt mit schwacher Stimme und hob ihre Hand, als wolle sie eine Träne fortwischen, doch stattdessen kratzte sie sich an der Wange. »Ich weiß noch, wie Howard Jackie angesehen hat«, sagte sie leise. »Wie er ihre Hand fest umklammert hielt, als sie wieder in die Schule zurückkam, und wie er sie angesehen hat, als er sie schließlich losließ … man konnte spüren, wie viel *Angst* er um sie hatte. Weil er sie so sehr liebte. Und wir haben sie ihm genommen. Wir haben seine schlimmsten Ängste Wirklichkeit werden lassen.«

Sie schaute wieder auf, und ihre Augen glänzten. »Es tut mir leid, dass ich mit dem Geständnis so lange gewartet habe, aber jetzt *versuche* ich wenigstens, Licht in die Sache zu bringen. Alle wollen nur *Beweise, Beweise, Beweise*. Doch ich habe keine Ahnung, wie man die beschaffen soll! Ich weiß nur, dass ich dabei war, als Mathias Jackie angefahren und Ian mit dem Rohr den Schädel eingeschlagen hat, und dann hielt ich die Leichen *in den Händen und stand im Wasser*!« Sie sprach jetzt mit hoher, schriller Stimme. »Ich versichere Ihnen, dass ich mit einem Messer durch die Plastikplane auf ihn *eingestochen* habe, während er nach Luft schnappte und mir in die Augen sah, aber das wollen Sie nicht hören! Weil ich eine Lügnerin bin, weil Kimmy Crepeaux nichts weiter tut, als Drogen zu nehmen und zu lügen! Das ist das Bild, das die Leute von mir haben. Aber ich habe die Leichen mit meinen eigenen Händen in den See getragen, und das ist die Wahrheit! Also finden *Sie* verdammt noch mal Beweise dafür!«

Sie betonte jedes einzelne Wort des letzten Satzes, indem sie mit der Hand auf die Glasplatte von Liz' Tisch schlug.

Für einen Moment sagte keiner etwas. Dann sammelte sich Liz wieder und sagte: »Sie wurden letzte Woche verhaftet, als Sie versucht haben, Heroin zu kaufen. Das trägt nicht gerade zu Ihrer Glaubwürdigkeit bei.«

»Lecken Sie mich doch.«

Liz' Augen weiteten sich ein wenig. »Und das in meinem Haus, in meinen Klamotten«, sagte sie. »Wie reizend.«

»Ihr starrt mich die ganze Zeit an, als wäre ich der letzte Dreck. Ja, ich habe versucht, Drogen zu kaufen. Wollt ihr auch wissen, warum? Weil ich *Angst* habe.« Sie griff nach der feuchten Zigarette und ließ sie durch ihre Finger gleiten. »Und weil ich weiß, was ich gesehen habe! Was ich getan habe. Ich weiß, was ich getan habe.« Die Zigarette zerbrach, und der feuchte Tabak rieselte auf die Tischplatte. »Er atmete noch«, sagte sie mit verzweifelter, beschwörender Stimme. »Er atmete noch, und seine Augen waren geöffnet. Er hat mich direkt angesehen.«

Sie schob die zerbrochene Zigarette zur Seite und starrte Liz ins Gesicht. »Denken Sie darüber nach, und dann sagen Sie mir, dass Sie keine Drogen nehmen würden, um die Erinnerung daran zu vertreiben.«

Sie war faszinierend, dachte Barrett. Falls sie log, wirkte sie äußerst überzeugend.

»Was ist mit dem Pick-up?«, sagte Kimberly. »Das spricht doch für mich, oder? Abgesehen von der Lackierung war meine Beschreibung des Pick-ups zutreffend. Finden Sie das nicht auch seltsam? Dass ich mit dem Pick-up recht hatte, wenn ich mir die ganze Geschichte nur ausgedacht habe?«

»*Abgesehen von der Lackierung* ist ein großes Problem«, sagte Barrett, obwohl sie einen wunden Punkt getroffen hatte. Ihm fiel wieder ein, wie er in der Autolackiererei die Tür des alten Dakota geöffnet und beim Anblick der Sitzbank gedacht hatte, dass ihre Beschreibung zutraf. »Ich habe verschiedene Leute dazu befragt – die Motorhaube wurde nicht umlackiert. Sie war alt, rostig und grau. Das war nicht die Motorhaube, die Sie angeblich gesehen haben.«

Sie blinzelte, und ihre Augen füllten sich plötzlich mit Tränen.

»Ich weiß«, flüsterte sie. »Ich hatte Angst, als Sie die Leichen nicht gefunden haben, aber dann dachte ich, na ja, bestimmt hat Mathias sie nur weggebracht. Aber die Lackierung …« Sie schluckte. »Wegen der Sache mit der Lackierung denke ich, ich bin verrückt. Aber ich *weiß*, dass das, was ich Ihnen erzähle, tatsächlich passiert ist, okay? Ich war dort. Ich habe es selbst gesehen. Ich habe das alles *getan*. Aber die Polizei hat mir Bilder von dem Pick-up gezeigt und irgendeine schwachsinnige wissenschaftliche Erklärung dafür geliefert, warum es nicht möglich ist, mit einer frischen Lackierung Roststellen zu imitieren oder so. Ich wusste nicht, was ich darauf antworten sollte. Die Motorhaube war strahlend weiß, viel zu hell, und darauf war eine schwarze Katze mit roten Augen zu sehen. Wer denkt sich so was denn aus? Aber sie haben mir erklärt, dass das nicht sein kann, dass sie Bilder und Lackproben hätten, und Rostproben und …«

Kimberly war völlig außer Atem. Sie griff nach der durchgebrochenen Zigarette, und ihre Hand beruhigte sich.

»Vielleicht haben sie recht«, sagte sie. »Aber in dem Fall bin ich verrückt und keine Lügnerin. Denn ich weiß, was in dieser Nacht passiert ist.« Sie hob den Kopf und starrte zunächst Liz und dann Barrett an. »Ich weiß, wen ich umgebracht habe.«

26

Nachdem Kimberly zwei Bier getrunken hatte, schlief sie auf Liz' Sofa schließlich ein. Barrett und Liz blieben wie ein Elternpaar, das sein Kind beobachtete, vor ihr stehen, bis sie überzeugt waren, dass sie tatsächlich schlief. Dann gingen sie in die Küche.

»Sie kann nicht hierbleiben«, sagte Liz.

»Ich weiß. Ich werde sie in einem Hotel unterbringen.«

»Willst du unbedingt, dass man dich feuert?«

»Ich weiß nicht, was ich sonst mit ihr anstellen soll. Sie wird nicht wieder nach Hause gehen, und sie wird auch nicht wieder zurück nach …«

Liz runzelte die Stirn. »Wohin?«

Barrett stieß einen langgezogenen Seufzer aus und warf einen Blick in das Zimmer, wo Kimberly schlafend auf dem Sofa lag. »Sie war auf Little Spruce. In Howards Hütte.«

»Kimmy Crepeaux war an Jackie Pelletiers früherem Wohnort untergebracht?«

»Psst!« Er hob die Hand, damit sie ihre Stimme senkte, und Liz hob ihre eigene, um die aufsteigende Wut zu unterdrücken. Dann wandte sie sich von ihm ab, presste ihre Finger gegen die Schläfen und schüttelte langsam den Kopf.

»Das Atelier ist abgeschlossen«, sagte Barrett.

»Als ob das einen Unterschied machen würde!«

»Für Howard schon, das kann ich dir versichern.«

Er erzählte ihr von den Anrufen, und davon, wie er mitten in der Nacht zu Howard gefahren war.

»Howard glaubt ihr?«, fragte sie und starrte auf Kimberly Crepeauxs zierliche Gestalt, die zusammengerollt auf dem Sofa lag. Sie schnarchte leise.

»Ja«, sagte Barrett. »Howard glaubt ihr. Und jetzt hast du ihre Geschichte mit eigenen Ohren gehört. Also sag mir: Was hältst du davon?«

Liz lehnte sich in der Küche gegen die Kochinsel und schaute ihn an, bevor sie den Blick von ihm abwandte. »Das will ich dir lieber nicht sagen.«

Wenn Barrett sie nicht so gut gekannt hätte, hätte er ihr Verhalten und ihre Äußerung vielleicht falsch gedeutet. Aber er erinnerte sich an ihre Reaktion, als er ihr von den Lügengeschichten seines Großvaters erzählt hatte. An jenem Tag hatte sie den Blick von ihm abgewandt, weil sie ihm nicht hatte widersprechen wollen. Und aus demselben Grund tat sie das auch jetzt. In beiden Fällen glaubte sie, dass ihm Gefahr drohte. Sie verstanden einander blind, darum war er sich dessen ganz sicher.

»Liz?«, sagte er. »Ich muss es wissen.«

Sie drehte sich zu ihm um, und ihre Haare strichen über ihre Wange.

»Ich verstehe jetzt, warum du ihr geglaubt hast.«

»Aber du glaubst ihr immer noch nicht?«

Sie neigte den Kopf zur Seite, sodass er den oberen Rand des tätowierten Schriftzugs sehen konnte, der direkt unterhalb ihres Schlüsselbeins verlief. »Vor zwei Stunden hätte ich gesagt, auf keinen Fall. Als ich den ersten Anruf erhielt und man mir mitteilte, dass du in Port Hope bist, war ich entsetzt, dass du zurückgekehrt bist, um dir *das*, um *sie* anzuhören. Aber …«

Liz lief durch die Küche in den kleinen Wintergarten, der als

Esszimmer diente. Sie setzte sich und starrte erschöpft auf die Pinien hinaus.

»Nach allem, was sie erzählt hat, steht für mich jedenfalls fest, dass die Sache mit dem Pick-up das größte Problem ist. Sie hat zwar fälschlicherweise behauptet, dass die Leichen in dem See liegen, und man hat auf sie auch nicht eingestochen, sondern geschossen. Aber wir können annehmen, dass das erst später passiert ist, nicht wahr? Dass Girard Mathias geholfen hat, die Leichen wegzubringen. Die Sache mit dem Pick-up ist da allerdings schon kniffliger. Ihr habt einen weißen Pick-up mit einer schwarzen Katze auf der Motorhaube zur Fahndung ausgeschrieben. Aber der Wagen mit dem Blut der Leichen, den ihr bei Girard gefunden habt, sah völlig anders aus.«

»Ja«, sagte er. »Das ist das Problem.«

»Es gibt hier eine Menge Leute, die glauben, dass sie wenigstens zum Teil die Wahrheit gesagt hat«, sagte Liz.

»Welchen Teil meinst du?«

»Dass sie an den Morden beteiligt war und in dem Dodge Dakota saß, als es passierte. Alles andere – wer bei ihr war, wie Jackie und Ian umgebracht wurden und was mit ihnen geschehen ist – ist fraglich.«

Barrett nickte. Er hatte viel Zeit gehabt, über die verschiedenen Möglichkeiten nachzudenken und sich zu fragen, ob er zwar die richtige Frau verhört, aber die falschen Antworten von ihr bekommen hatte.

»Sie glaubt, was sie sagt«, fuhr Liz fort. »Ich habe so etwas noch nie erlebt, ich kenne das nur aus deinen Erzählungen. Aber sie *glaubt* ihre Geschichte.«

»Ja, das tut sie.« Er lehnte sich gegen die Kochinsel, und die beiden sahen einander im schwächer werdenden Licht prüfend an. »Also bin ich wieder am Ausgangspunkt.«

»Du musst beweisen, dass ihre Geschichte wahr ist?«

»Genau.« Er warf einen Blick Richtung Sofa. »Und ich muss mir überlegen, wo ich sie hinbringen soll.«

»Eine Nacht«, sagte Liz. »Sie kann für eine Nacht hierbleiben.«

»Du musst das nicht tun. Ich habe dich nicht darum gebeten, und das werde ich auch nicht tun.«

»Wenn du mich darum gebeten hättest, hätte ich Nein gesagt«, erklärte sie und warf ihm das für sie typische ironische Lächeln zu, indem sie einen ihrer Mundwinkel nach oben zog. »Wann hast du das letzte Mal geschlafen, Rob?«

»Das ist schon ein paar Stunden her.«

»Du siehst beschissen aus. Ruh dich ein wenig aus. Ich bleibe hier unten und behalte dein Mädchen im Auge. Wahrscheinlich sollte ich besser die Messer verstecken.«

»Das ist nicht witzig.«

»Wer sagt, dass das ein Witz war?«

Barrett trat in den Wintergarten und ging vor Liz in die Knie, legte seine Hände auf ihre Oberschenkel und schaute zu ihr hoch. »Du weißt, warum ich das hier tue. Ich brauche Gewissheit. Für Howard, für Amy und für George.«

Liz beugte sich herunter und berührte mit den Lippen sanft seine Stirn, dann drückte sie ihr Gesicht gegen seines.

»Ich weiß, warum du das tust«, sagte sie. »Und du kannst dir gerne weiter einreden, dass das der Grund dafür ist. In der Zwischenzeit, Rob, sei vorsichtig, was ihre Geschichte angeht. Ob sie nun wahr ist oder nicht, diese Geschichte kann dein Leben zerstören.«

27

Um vier Uhr morgens weckte Liz ihn, um ihm mitzuteilen, dass Kimberly verschwunden war.

»Was soll das heißen, verschwunden?«

»Sie ist mit meinen Klamotten aus meinem Haus spaziert, das meine ich.«

Barrett setzte sich auf und wollte die Decke zurückschlagen, aber er griff ins Leere. Er trug immer noch seine Kleidung und hatte nur die Schuhe ausgezogen, bevor er sich aufs Bett gelegt hatte und in einen tiefen, unruhigen Schlaf versunken war.

»Ich habe gehört, wie sie durch die Seitentür verschwunden ist, und als ich ihr gefolgt bin, um ihr hinterherzurufen, habe ich gesehen, wie sie die Auffahrt hochgerannt ist«, sagte Liz.

Barrett zog seine Schuhe an, lief die Treppe hinunter und ging nach draußen. Außer Bäumen und Schatten konnte er nichts erkennen. Die Auffahrt war ein langer Weg, der sich durch die Bäume schlängelte und zu einer zweispurigen Landstraße führte, die zwischen Camden und Augusta verlief. Sie war nur spärlich befahren, und zu dieser frühen Morgenstunde war sie vollkommen verlassen.

Barrett stieg in seinen Wagen und fuhr die Zufahrt hinunter. Er musste auf gut Glück Richtung Osten oder Westen fahren. Er vermutete, dass sie nach Osten, zurück zur Küste, gelaufen war. Als er um eine Kurve bog, tauchte sie im Scheinwerferlicht vor ihm auf. Sie stand am Ende der Zufahrt und versuchte sich eine

Zigarette anzuzünden, während sie auf ihr Handy starrte. Das Display tauchte ihr Gesicht in ein gespenstisches blaues Licht. Als Barrett aus dem Wagen stieg, schaute sie ihn an und wischte sich mit der Hand, in der sie die Zigarette hielt, frische Tränen aus den Augen.

»Was machen Sie hier?«

»Ich lasse mich abholen. Ich weiß, dass sie mich nicht in ihrem Haus haben will, und ich will dort sowieso nicht bleiben. Ich kann da nicht schlafen, und draußen auf Little Spruce auch nicht. Ich muss mich dringend ausruhen, Barrett. Das ist alles.«

»Wo wollen Sie hin?«

Sie machte eine wegwerfende Handbewegung. »Ein Freund holt mich ab.«

»Wer?«

»Das geht Sie einen Dreck an.«

Barrett griff durch das geöffnete Fenster und schaltete den Motor aus.

»Ich werden hier mit Ihnen warten.«

»Das müssen Sie nicht. Legen Sie sich wieder hin.« Sie schaute nervös die Straße hinauf. »Ich rufe Sie morgen an und sage Ihnen, wo ich bin.«

»Nein. Sie haben mich in Montana angerufen, damit ich hierherkomme. Schon vergessen? Es ist besser, wenn ich Ihren Aufenthaltsort kenne. Ich will meine Zeit nicht mehr damit verschwenden, nach Ihnen zu suchen.«

Die beiden wurden unterbrochen, als sich auf der Straße ein Scheinwerferpaar zu ihnen emporschlängelte. Keiner der beiden sagte etwas, während der Wagen – ein alter Saturn, der sich wie eine Dampflok anhörte – näher kam. Schließlich hielt er neben ihnen an, das Fenster wurde heruntergelassen, und eine Stimme im Innern sagte: »Hey, Kimmy, wer ist dein Freund da?«

Im Auto saß ein junger, weißer Bursche, dessen Kinn ein spärlicher Bart zierte. Der Großteil seines Gesichts wurde von einer Red-Sox-Kappe verdeckt, aber Barrett kannte den Wagen. Das letzte Mal hatte der Fahrer auf dem Boden der Harpoon um Atem gerungen.

Barrett beugte sich herunter, damit Ronnie Lord sein Gesicht sehen konnte.

»Ach du Scheiße«, sagte Ronnie. »Was tust du mir bloß an, Kimmy?«

»Wo fährst du mit ihr hin, Ronnie?«, sagte Barrett.

»Ich fahre nirgendwo mit ihr hin. Was soll der Scheiß? Sie haben mich in eine Falle gelockt. Sie haben sie gezwungen, mir eine SMS zu schicken – das ist illegal. Das ist … nichts, was Sie bei mir finden werden, ist vor Gericht verwendbar.« Er stellte die Automatik in die Parkposition und machte sich auf die unvermeidliche Durchsuchung gefasst.

»Heute ist dein Glückstag, Ronnie. Wenn du mir die Wahrheit sagst, kannst du wieder fahren, ohne dass ich dich durchsuche. Wo wolltest du mit ihr hin?«

»Nirgendwohin. Ehrlich. Ich wollte nur …« Er befeuchtete seine Lippen, musterte Barrett und kam zu dem Schluss, dass ihm am wenigsten Gefahr drohte, wenn er die Wahrheit sagte. »Ich bringe ihr nur was vorbei, Mann. Sie hat mir diese Adresse angegeben, und ich bringe ihr, was sie haben will. Ich habe keine Ahnung, warum Sie mich fragen, wo ich sie hinfahre. Ich bin kein verdammter Taxifahrer.«

»Natürlich nicht. Denn es ist legal, ein Taxi zu fahren.« Barrett trat vom Fenster fort und schlug gegen die Tür des Saturn. »Sieh zu, dass du von hier verschwindest. Was auch immer du dabeihast, ich würde es lieber entsorgen. Die Cops können dich hören, wenn du von Belfast nach Bangor fährst. Und, Ronnie? Sollte ich erfahren, dass du jemandem erzählst, wo du heute Nacht gewesen bist …«

»Nee, nee, nee.« Er hob unschuldig die Hände in die Höhe. »Ich weiß von gar nichts.«

»Fahr nach Hause, Ronnie.«

Ronnie Lord schaltete in die Fahrposition, der Auspuff rappelte wie eine Sägemühle, dann fuhr er davon. Barrett beobachtete, wie seine Rücklichter verschwanden, und als er sich zu Kimberly umdrehte, sah er hinter ihr Liz in der Auffahrt stehen.

»War das Ronnie Lord?«, sagte sie. »Vor meinem Haus, mitten in der Nacht?«

»Ja«, sagte Barrett und spürte, einem entfernten Donnergrollen gleich, Wut in sich aufsteigen. »Kimberly brauchte etwas Stoff. Komisch, dabei hat sie mir erzählt, dass sie clean ist.«

»Ich *war* clean! Aber dann sind Sie mit mir zum See gefahren und haben mir das alles wieder ins Gedächtnis gerufen, und jetzt sehe ich nur noch ihre Leichen! Wenn ich die Augen schließe, sehe ich, wie das Blut unter der Plastikplane hervorquillt und er es einsaugt, während er um Luft ringt! Ich brauchte nur etwas, um diese Bilder wieder loszuwerden.«

»Wir fahren jetzt«, sagte Barrett. Er hatte zwar gehört, was Kimberly gesagt hatte, aber er musste an Liz' Worte denken – ein Drogendealer hatte mitten in der Nacht in ihrer Auffahrt gehalten, und letztlich war Barrett dafür verantwortlich. »Sagen Sie mir, wo Sie hinwollen, Kimberly. Zu irgendeiner Bushaltestelle, zu Ronnies Keller, es ist mir scheißegal. Aber Sie werden jetzt von hier verschwinden.«

»Bringen Sie mich zu Mémère.«

»In Ordnung.«

»Ich weiß nicht mal, ob sie mir überhaupt aufmacht.«

»Das werden wir herausfinden«, sagte Barrett plötzlich erschöpft. Er lief um den Wagen herum, öffnete die Beifahrertür und wartete. Schließlich kam Kimberly herüber. Bevor sie einstieg, blieb sie noch einmal stehen und schaute zu Liz.

»Miss Street? Es tut mir leid. Ich … ich wollte nur, dass das alles für eine Weile aufhört, mehr nicht. Wenn Sie gesehen hätten, was ich gesehen habe, würden Sie das verstehen.«

Ohne eine Antwort abzuwarten, stieg sie mit eingezogenem Kopf in den Wagen.

28

Während der Fahrt sagte keiner der beiden etwas, und Kimberly hatte das Gesicht von Barrett abgewandt. Erst als sie Port Hope erreichten und sich dem Haus ihrer Großmutter näherten, ergriff sie das Wort.

»Ich war clean, Barrett. Ich habe es ernsthaft versucht.«

»Sie wollten diese Woche mindestens zweimal Stoff kaufen.«

»Das heißt nicht, dass ich es nicht ernsthaft versucht habe!«

Barrett hatte genug Süchtige gesehen, um zu wissen, dass das nicht gelogen war.

»Wir werden Hilfe für Sie organisieren«, sagte er. »Es gibt gute Entzugsprogramme.«

Ihr Gesicht verriet ihm, dass sein Vorschlag eine Schnapsidee war, trotzdem nickte sie. »Ich brauche nur etwas Ruhe. Und ich muss meine Kleine sehen. Sie zaubert mir stets ein Lächeln ins Gesicht, wissen Sie?« Tatsächlich hellte sich ihr Ausdruck bei dem Gedanken ein wenig auf. »Wenn ich sie sehe und mich etwas ausruhe, kriege ich mich wieder auf die Reihe.«

Als sie zwei Blocks vom Haus ihrer Großmutter entfernt waren, sagte sie: »Halten Sie hier. Mémère ist nicht gerade ein Fan von Ihnen. Ich bekomme schon genug Ärger, ohne dass sie Sie zu Gesicht bekommt.«

Wortlos fuhr Barrett rechts ran und sah dabei zu, wie Kimberly, immer noch mit Liz' zu langer Jeans bekleidet, ausstieg. Sie hatte sie hochgekrempelt, bevor sie zur Straße gelaufen war, um von Ronnie Lord den Stoff entgegenzunehmen. Jetzt sah sie wie ein kleines Mädchen aus, das durchs Wasser gewatet war.

»Wenn ich Sie anrufe, müssen Sie auch drangehen«, sagte er. »Versprechen Sie mir das, Kimberly.«

»Das werde ich. Und dasselbe gilt für Sie.«

»Ja.«

Sie zögerte einen Moment, bevor sie die Tür schloss. »Wo fahren Sie jetzt hin, Barrett?«

Er betrachtete den rosafarbenen Lichtstreifen, der am östlichen Horizont langsam emporwanderte. »Ich werde zu Bobby Girard fahren. Ich muss mir den Pick-up noch mal genauer ansehen.«

»Nehmen Sie sich vor ihm in Acht«, sagte sie. »Er ist vielleicht nicht so schlimm wie Mathias, aber ich habe über die Girards nichts Gutes gehört.«

»Ich werde vorsichtig sein«, sagte Barrett. »Und Sie bleiben so lange clean. Abgemacht?«

»Abgemacht.« Sie trat vom Wagen zurück und schloss die Tür. Barrett beobachtete, wie sie an den alten Häusern aus der Kolonialzeit und vereinzelten Wohnwagen entlanglief, die die weniger malerischen Seitenstraßen von Port Hope säumten. Ein verlorenes Kind, das auf dem Weg zu seinem eigenen Kind war. Barrett musste an Ronnie Lord denken, der mitten in der Nacht mit einem Tütchen Heroin oder Koks zu ihnen rausgefahren war, und wünschte, er hätte ihn aus seinem Wagen gezerrt und ihm erneut den Arsch versohlt.

Gerat jetzt nicht in Rage.

Er war nicht hier, um irgendwelche Kleindealer hochzunehmen, sondern um Mathias Burke für einen Doppelmord hinter Gitter zu bringen.

Er fuhr vom Bordstein fort und machte sich auf den Weg zu dem Schrottplatz in Biddeford, auf dem er neun Monate zuvor die Kontrolle über sein Leben verloren hatte. Als er an Kimberly vorbeikam, drehte sie sich um und winkte ihm zu. Es war eine so seltsame, vergnügliche Geste – als würde sich ein Freund nach einer langen, feuchtfröhlichen Nacht von ihm verabschieden –, dass er darauf nicht reagierte. Er starrte Kimberly bloß an, bevor sie sich wieder dem Haus ihrer Großmutter zuwandte, und fuhr davon.

Es schien, als würden die Autolackiererei der Girards und der Schrottplatz zusehends verwahrlosen. Das Unkraut war inzwischen noch länger, es standen weniger Autos herum, und die Garagen wirkten noch schmutziger und vermoderter. Die Nachricht, dass man Bobbys Cousin als Mehrfachmörder überführt hatte, war dem Geschäft nicht gerade zuträglich gewesen.

Aber Bobby befand sich auf dem Gelände und ging seiner Arbeit nach. Als Barrett aus seinem Wagen stieg, hörte er das schrille Kreischen einer Säge, die sich durch Metall fräste. Er musste an das abgehackte Pochen des Drucklufthammers denken und zuckte zusammen.

Das Tor war unverschlossen, also musste er diesmal nicht über den Zaun klettern. Dennoch hatte er das ungute Gefühl, dies alles schon einmal erlebt zu haben. Obwohl er wusste, dass der Dodge beschlagnahmt worden war, warf er einen Blick auf die Stelle, wo er gestanden hatte.

Anders als bei seinem ersten Besuch waren die Garagentore diesmal oben, und er konnte sehen, wie sich ein Mann um ein Auto herumbewegte, das an ein Arbeitsgestell gekettet war. Er fragte sich, ob die Sache damals anders gelaufen wäre, wenn das Tor offen gewesen und der Drucklufthammer nicht im Einsatz gewesen wäre. Was wäre passiert? Und was hätte Jeffrey Girard ihm vielleicht erzählen können?

Bobby trug eine Schutzbrille und schnitt eine verbeulte Motorhaube von einem uralten Cadillac, sodass Funken sprühten. Er stand mit dem Gesicht zum Garageneingang, und als er sah, wie Barrett sich näherte, schaltete er die Säge aus und schob die Brille nach oben. Er machte einen entspannten, sogar freundlichen Eindruck – bis Barrett die Garage fast betreten hatte und Bobby ihn wiedererkannte.

»Verschwinden Sie von meinem Grundstück.«

»Ich kann Ihre Reaktion gut verstehen«, sagte Barrett. »Aber ich glaube, es interessiert Sie, was ich zu sagen habe.«

»Am liebsten würde ich mit dieser Säge Ihren Rücken bearbeiten.«

»*Ich* habe nicht auf ihn geschossen, Bobby.«

»Das ist mir scheißegal. Denn Sie waren hier, als es passierte.«

Barrett schaute nach links, dorthin, wo er neben Jeffrey Girard gekniet hatte, als dieser verzweifelt mit dem Tod gerungen hatte. Dort war das Gras lang und leuchtend grün.

»Ich glaube ebenfalls nicht, dass Jeffrey die beiden umgebracht hat«, sagte Barrett. »Und ich bin gekommen, um das zu beweisen.«

»Schwachsinn.«

»Ich möchte Sie etwas fragen, Bobby – wie ist die ganze Sache für mich ausgegangen?«

»Sehr viel besser als für Jeff. Oder für meine Familie.«

»Das schon, sicher. Aber ich habe wegen dieses Falls meinen Job verloren«, sagte Barrett, und das war nicht ganz gelogen, denn die Versetzung nach Bozeman war ihm wie eine Entlassung vorgekommen. »Ich bin hier, um Ihnen zu sagen, dass ich die Sache wieder in Ordnung bringen will. Sind Sie sicher, dass Sie nicht hören wollen, was ich zu erzählen habe?«

Bobby Girard stand hinter dem ramponierten Wagen und blickte Barrett finster an, während die Brille, die an die Augen eines Insekts erinnerte, auf seinem Kopf klemmte.

»Ich glaube, dass Jeff uns das Gewehr aushändigen wollte«, sagte Barrett.

Bobby blinzelte ihn an. »Was haben Sie gesagt?«

»Er hielt es vor seinem Körper und hatte es nicht auf uns gerichtet.«

»Das habt ihr Arschlöcher verschwiegen, damit man euch nichts anhaben kann!«

»*Ich* habe das nie bestritten. Er kam aus der Garage und hat es so festgehalten …« Barrett imitierte die Position der Schrotflinte. »Und nachdem er angeschossen worden war, hat er versucht, das Gewehr in meine Richtung zu schieben. Er konnte nicht mehr reden und hat versucht, sich mit Gesten verständlich zu machen. Ich glaube, er wollte mir mitteilen, dass er uns das Gewehr aushändigen wollte.«

Als Barrett beschrieb, wie Jeffrey sterbend auf dem Boden gelegen hatte, presste Bobby Girard die Kiefer zusammen und wandte den Blick ab. »Er hatte früher schon mal deswegen im Knast gesessen«, sagte er. »Unerlaubter Waffenbesitz. Ja, er wollte Ihnen das Gewehr bestimmt geben. Er dachte garantiert, dass Sie deswegen hier waren. Er hatte es in einem kaputten Wagen gefunden und wollte es verkaufen. Wahrscheinlich wollte er euch das erzählen, bevor ihr auf ihn geschossen habt.«

Ich habe nicht auf ihn geschossen, wollte Barrett sagen, aber wozu sollte das gut sein? »Vielleicht wollte er mir auch von dem Heroin erzählen«, sagte Barrett. »Ich habe gehört, dass er damit gedealt hat.

»Wenn Sie mit mir über Drogen reden wollen, besorgen Sie sich einen Haftbefehl.«

»Die Drogen sind mir scheißegal, aber wenn es sein muss, benutze ich sie gerne als Druckmittel. Ich will nur dafür sorgen, Bobby, dass der richtige Mann für die Morde in den Knast wandert. Wir können jetzt darüber reden, oder ich lege Ihnen die

Daumenschrauben an. Vielleicht sind Sie ja gesprächiger, wenn Anklage gegen Sie erhoben wird.«

»Ich rede nicht mit Cops«, sagte Girard.

»Doch, das tun Sie. Sie haben ihnen erzählt, dass Jeff jemandem aus Rockland seinen Pick-up geliehen hat.«

»Das stimmt.«

»Aber Sie wissen nicht, wem?«

Bobby schüttelte den Kopf. »Es ging ihm in dem Sommer, den er dort verbracht hat, nicht besonders gut. Er hatte ein schlechtes Gewissen, weil er zusammen mit einem Freund in Schwierigkeiten geraten war, und ich habe ihm deswegen nicht viele Fragen gestellt. Aber das bedeutet nicht, dass ich gelogen habe. Ich weiß schlicht und einfach nicht, worum es bei der Sache ging. Ich weiß nur, dass ich Jeff einen Ersatzwagen zur Verfügung stellen musste, weil er jemandem für ein paar Tage seinen Pick-up vermietet hatte. Nur damit das klar ist: Er hat ihn nicht verliehen, er wurde dafür bezahlt.«

»Nicht viele Leute hätten diesen Wagen gemietet«, sagte Barrett.

»Das habe ich ihm auch gesagt. Aber er hatte das Geld, und sein Pick-up war weg.«

Barrett trat in die Garage, und Bobby machte keine Anstalten, ihn aufzuhalten. Am Betonboden lagen Werkzeuge verstreut, auf den Werkbänken türmten sich Bauteile, und die Ketten des Arbeitsgestells waren mir einer dicken, zähen Schicht Schmierfett überzogen. Es war das reinste Chaos, aber Barrett war sicher, dass Bobby Girard genau wusste, wo jeder einzelne Schraubenschlüssel lag und in welcher der alten Kaffeedosen sich welche Schrauben befanden.

»Es gibt eine Menge Beweise, die nicht mit dem Pick-up in Verbindung stehen. Fingerabdrücke auf den Müllbeuteln und Fässern.«

»Keine Ahnung, Mann. Vielleicht wurde das Zeug gestohlen.«

»Mathias muss einen Komplizen gehabt haben«, sagte Barrett. »Als der Fundort der Leichen bekannt gegeben wurde, saß er in Haft. Jemand von außerhalb hat ihm geholfen. Und diese Person wusste ebenfalls, wo sich die Leichen befanden. Kann es sein, dass Jeff ihm mit den Leichen geholfen hat? Nehmen wir mal an, dass Jeff die beiden nicht getötet hat und auch nicht dabei war, als es passierte. Schön. Kann es trotzdem sein, dass man ihn überredet hat, die Leichen wegzuschaffen oder die E-Mail zu verschicken? Vielleicht hat Mathias ihn bezahlt oder ihm Drogen gegeben, oder er hat ihm gedroht. Hätte er dann geholfen, die Leichen zu verstecken?«

Bobby nahm eine der Ketten von dem Arbeitsgerüst in die Hand und drückte sie zusammen, und es schien, als würde die Spannung seinen Körper erzittern lassen.

»Ich will es mir lieber nicht vorstellen, aber das wäre durchaus möglich. Wenn er auf Droge war. Ja, schon möglich. Er hatte ein furchtbar schlechtes Gewissen wegen der Sache mit dem Typ in Rockland … keine Ahnung. Jeff war ein anständiger Bursche, Mann. Wenn er keine Drogen nahm, hätte er sein letztes Hemd für Sie hergegeben. Und so haben ihn die meisten Leute auch behandelt, denn er war schwer von Begriff. Seit wir Kinder waren, haben sie auf ihm rumgehackt. Er hat nie gelernt, sich dagegen zu schützen. Jeff vertraute allen und jedem. Vom Tag seiner Geburt an bis zu seinem Tod. Er konnte sich nicht vorstellen, dass irgendjemand, den er traf, böse Absichten hatte.«

Bobby verstummte und starrte traurig in die Ferne.

»Glauben Sie wirklich, dass er Ihnen das Gewehr geben wollte?«, fragte er. »Ich habe von der ganzen Sache nichts mitbekommen, wissen Sie? Ich habe nur gesehen, wie jemand in die Garage kam, und hätte mir vor Angst fast in die Hose gemacht.

Trotzdem fragt mich meine Familie ständig, was passiert ist. Aber ich habe keine Ahnung.«

»Ich denke, das werden wir nie mit Sicherheit erfahren«, sagte Barrett. »Aber ich weiß – und das ist *alles*, was ich weiß –, dass ich gesehen habe, wie er mich angeschaut und versucht hat, das Gewehr in meine Richtung zu schieben. Ich glaube, er wollte mir etwas mitteilen, ein Missverständnis ausräumen.«

»Das hört sich nach Jeff an. Er brauchte immer ein paar Anläufe, um sich verständlich zu machen.«

Barrett lehnte sich gegen die Karosserie des alten Cadillacs. »Er hat die Motorhaube des Pick-ups nie umlackiert?«

»Jeff hat die Motorhaube nicht angerührt. Die Beschreibung davon kann nicht stimmen.«

»Kimberly hat erzählt, dass die Motorhaube sehr hell war«, sagte Barrett. »Sie hat sich ganz konkret zur Beschaffenheit der *Lackierung* geäußert. Sie fand, dass sie merkwürdig aussah. Zu hell. Das waren ihre Worte. Vielleicht handelte es sich um eine Art Aufkleber, um ein Vinyllogo, ähnlich wie die Firmenschriftzüge auf den Pick-ups und Lieferwagen von Mathias Burke.«

Bobby Girard streckte die Hand aus und berührte die Motorhaube des alten Cadillacs, als würde er sich vorstellen, was Barrett gerade beschrieben hatte.

»Das ist zwar möglich, aber es wäre ziemlich schwierig, so etwas auf der ganzen Motorhaube ordentlich anzubringen.« Er fuhr mit der Hand über die Metallfläche und runzelte die Stirn. »Aber wenn Sie tatsächlich glauben, dass sie die Wahrheit gesagt hat, wurde es wahrscheinlich auf diese Weise angebracht.« Er schaute auf, und seine Augen funkelten verwundert. »Sie glauben ihr die Geschichte, nicht wahr?«

»Ja«, sagte Barrett. »Das tue ich. Aber der Pick-up ist ein Problem.«

Schweigend standen die beiden neben dem ausgeschlachteten

Cadillac, während drei Meter hinter ihnen, dort, wo Jeffrey Girard gestorben war, der Wind durch das Gras wehte. An diesem Ort würde es keine Antworten geben. Dort lauerten nur Erinnerungen und Fragen.

Schließlich durchbrach Barrett das Schweigen. »Was war das für eine Sache in Rockland, wegen der er ein schlechtes Gewissen hatte?«

»Hm?«

»Sie haben gesagt, dass es dort oben mit einem Freund Probleme gab.«

Bobby holte tief Luft und sagte dann: »Er hat schlechten Stoff verkauft. Es war nicht seine Schuld, aber die Sache ging ihm nicht mehr aus dem Kopf.«

»Heroin?«

»Ja. Es war mit Fentanyl versetzt. Jeff wusste nichts davon. Er hatte mehr Glück als Verstand. Meistens hat er den Stoff selbst gespritzt, aber diesmal hat er ihn an einen Kumpel oben in Rockland verkauft, und am nächsten Morgen war der Typ tot. Wenn Jeff nicht von seinen Schuldgefühlen redete, erzählte er, was für ein Glück er gehabt hatte. Das müssen Sie sich mal vorstellen. Ein paar Monate bevor zwei Cops hier aufkreuzen und ihn töten. Noch vor der Beerdigung hängt man ihm zwei Morde an, und er redet von Glück.«

»Ist der Mann in Rockland vor oder nach Jackies und Ians Verschwinden gestorben?«

»Ungefähr zur selben Zeit.«

»Kennen Sie seinen Namen?«

»Es waren zwei Initialen. J. R. oder J. D. vielleicht.«

Barrett nickte und merkte es sich. »Wie oft hat Jeff Stoff verkauft?«

»Nicht oft. Aber ich bin mir sicher, dass die Leute Ihnen irgendwelche Geschichten erzählen werden, so wie sie das immer tun, sobald jemand tot ist. Doch Jeff war kein richtiger Dealer. Er hat den Stoff meistens getauscht.«

»Mit wem?«

Bobby neigte wie ein angeschlagener Boxer den Kopf zur Seite, schloss die Augen und griff erneut nach der Kette auf dem Arbeitsgerüst, als würde ihm der Stahl zusätzliche Kraft verleihen. »Ich weiß die Namen nicht, nur, wo sie sich getroffen haben. Aber wenn Sie den Ort kennen, werden Sie ihn für schuldig halten. Eine Kneipe in Port Hope. Ich weiß, dass die beiden dort in der Nähe verschwunden sind, aber ich glaube immer noch nicht …«

»Welche Kneipe?«

Barretts nachdrücklicher Tonfall ließ Bobby aufhorchen. Er schien überrascht. »Die Harpoon, glaube ich.«

Für einen Moment verschlug es Barrett die Sprache. Offensichtlich deutete Bobby sein Schweigen als Verwirrung, denn er sagte: »Vielleicht heißt sie auch anders, aber es war so was in der Art.«

»Doch«, sagte Barrett schließlich. »So heißt sie.«

»Kennen Sie den Laden?«

»Allerdings.«

29

Falls das FBI es jemals ernsthaft in Erwägung ziehen sollte, seine Leistungsfähigkeit zu verbessern, sollte es Bibliothekare einstellen.

Nicht mal fünfzehn Minuten nachdem Barrett die hübsche Bücherei von Camden neben dem Hafen betreten hatte, fand die Frau hinter dem Tresen die Informationen, nach denen er suchte.

»Im August 2016 gab es in Maine mindestens zweiundvierzig Tote durch Überdosis, aber in Knox County nur vier«, sagte sie und tippte auf ihrer Tastatur, während neben ihr der Drucker summte.

»Zweiundvierzig?«, sagte Barrett.

»Genau. Es war ein schrecklicher Sommer. In dem Jahr lag die Zahl der Drogentoten bei etwa einem pro Tag, aber im Sommer war sie sogar noch höher.«

Es war, als würde in diesem Sommer irgendein tödliches Fieber umgehen, hatte Kimberly Crepeaux gesagt.

Im Jahr ihres Todes machten Jackie Pelletier und Ian Kelly zehn Prozent der Mordrate in Maine aus; es handelte sich um zwei von insgesamt zwanzig Morden. Im selben Jahr waren dreihundertachtundsechzig Einwohner von Maine an einer Überdosis gestorben.

Für Dealer war der Staat ein lukratives Pflaster. In Queens oder Newark bekam man für ein Zehntelgramm vielleicht fünf Dollar, aber in den ländlichen Regionen von Maine konnte man damit fünfzig Dollar verdienen. Angebot und Nachfrage regelten seit jeher den Preis, und in den undurchdringlichen Wäldern sowie entlang der verlassenen Küsten war das Angebot knapp und die Nachfrage groß. In Gebieten, in denen die Polizei überlastet war und es keine Suchttherapien gab, waren Drogen allgegenwärtig. Eines der unliebsamen Probleme war der Drogenmissbrauch unter Maines berühmten Hummerfischern, die für die Wirtschaft und Identität des Staates eine wesentliche Rolle spielten. Die Hummerfischer galten als hartgesottene, unermüdliche Burschen, als Cowboys des Meeres, die bereits vor Tagesanbruch bei jedem Wetter aufs Meer hinausfuhren und mit wilder Entschlossenheit ihre Fallen einholten. All das traf zwar zu. Aber viele der Männer standen unter Drogen, während sie ihrer Tätigkeit nachgingen. In einer Branche, in der man unter harten Bedingungen Schwerstarbeit verrichten musste, waren verschreibungspflichtige Schmerzmittel äußerst hilfreich, und wenn billigere, leicht zu beschaffende Alternativen verfügbar waren, fanden sich dafür bereitwillige Abnehmer.

Die Drogen hatten mittlerweile mehr Hummerfischer auf dem Gewissen als das Meer.

»Ein Fischer mit den Initialen J. R. ist letztes Jahr im Juli in seinem Haus in Tenants Harbor gestorben«, sagte die Bibliothekarin zu Barrett. »Sein vollständiger Name lautete Julian Richard Millinock.«

Der Stoß, den Bobby Girard ihm mit der Erwähnung der Harpoon versetzt hatte, fühlte sich jetzt wie ein Faustschlag an – die Bibliothekarin hatte Barrett gerade einen rechten Cross verpasst und war dahinter in Deckung gegangen.

»Millinock«, wiederholte Barrett. »Ich kenne den Namen. Aber der Mann heißt Mark. Ich kenne niemanden, der Julian oder J. R. heißt.«

Die Bibliothekarin warf erneut einen Blick auf die Angaben.

»Hier wird ein Mark erwähnt. Ein Onkel. Außerdem steht hier, dass Julian der geliebte Sohn von Adrian und Lucille war, der Bruder von Mary und der Neffe von Mark.«

Barrett konnte sich nur vage an Adrian Millinock erinnern – er war Fischer gewesen und hatte zu seinem Bruder kaum Kontakt gehabt.

»Ich denke, dass ich Mark mal einen Besuch abstatten werde«, sagte Barrett, und seine Magengrube fühlte sich an, als läge ein kalter Stein darin. Eigentlich hatte er nicht vorgehabt, zur Harpoon zurückzukehren.

Die Bibliothekarin gab ihm einen Ausdruck der Todesanzeige. Sie zeigte das Bild eines muskulösen, bärtigen Mannes, der über das ganze Gesicht strahlte. Es handelte sich um Julian Richard Millinock, der im Alter von sechsundzwanzig Jahren gestorben war.

Barrett bezahlte die Kopien und verließ mit gesenktem Kopf lesend die Bücherei, als die Bibliothekarin sagte: »Noch einen schönen Nachmittag, Agent Barrett.«

Er drehte sich verwundert um, und sie musterte ihn unvoreingenommen.

»Ich weiß, wer Sie sind«, sagte sie.

»Okay«, sagte er, weil er nicht wusste, wie er auf ihre Äußerung reagieren sollte.

»Darf ich Ihnen eine Frage stellen?«

Er wartete.

»Glauben Sie, dass die Polizei recht hat? Ich will damit nicht sagen, dass Sie sich geirrt haben. Aber die Leute reden immer noch viel über die beiden, wissen Sie? Die Sache mit Jackie und Ian hat uns alle schwer getroffen. Die Leute machen sich immer noch so ihre Gedanken.«

»Ich habe mich nicht geirrt«, sagte Barrett und verschwand, bevor sie weitere Fragen stellen konnte.

Als die Harpoon noch im Besitz von Ray Barrett gewesen war, hatte die Bar nur unregelmäßige Öffnungszeiten gehabt. Je nach Laune oder Alkoholpegel gewährte er seinen Gästen Einlass oder nicht. Doch Mark Millinock öffnete jeden Tag um vier Uhr und machte erst Feierabend, wenn der Letzte seinen Drink bezahlt hatte.

Es war kurz nach drei, als Barrett dort ankam. Der Parkplatz war leer, und niemand öffnete auf sein Klopfen. Da Marks ramponierter Jeep Wrangler auf seinem Stellplatz hinter dem Gebäude stand, konnte er jedoch nicht weit sein.

Die Harpoon lag zwar nicht direkt am Meer, aber bis zum Wasser war es nicht weit. Das galt für jeden Ort in Port Hope. Die öffentliche Anlegestelle mit ihren Touristenbars, dem pittoresken Gemischtwarenladen und der Eisdiele befand sich nur anderthalb Kilometer von der Werft entfernt, die unterhalb des steilen Hügels hinter der Harpoon lag. Dennoch schien die Entfernung sehr viel größer. Die Werft hatte den Besuchern von außerhalb nichts zu bieten – sie war zweckdienlich und ohne jeden ästhetischen Reiz. Den Leuten, die sie benutzten, war es egal, dass die Müllcontainer den Blick aufs Wasser verstellten, denn wenn sie an einem eisigen Februarmorgen ihren Müll durch die Gegend schleppten, hielten sie bestimmt nicht Ausschau nach einem Fotomotiv.

Barrett hatte die Werft stets gemocht. Als Kind hatte er Stunden damit verbracht, auf dem kurzen Pier mit Makrelenködern zu angeln und sich mit den Männern, die vorbeikamen, zu unterhalten. Einige von ihnen begegneten ihm mit besonderer Anteilnahme, denn sie kannten seinen Großvater und wussten, dass es kein Vergnügen war, Rays Enkel zu sein.

Heute war auf der Werft nicht viel los, und Mark Millinock war der Einzige auf dem Pier. Er saß in einem Gartenstuhl am Ende des Stegs, hatte die Füße auf einen Pfeiler gelegt und rauchte eine Zigarette. Als er auf den Brettern des Stegs Schritte hörte, drehte er sich gelangweilt um. Schließlich erkannte er Barrett, nahm die Füße herunter und richtete sich auf.

»Sieh mal an, wen wir da haben«, sagte er. »Ich dachte, man hätte Sie nach Missouri oder irgendwo anders hingeschickt.«

»Nach Montana.«

»Wie war's?«

»Kalt.«

Mark lachte. Anders als Barrett erwartet hatte, zeigte er nicht das geringste Anzeichen von Feindseligkeit. Aber das war nicht weiter verwunderlich – offensichtlich war er völlig zugedröhnt.

»Hat man Sie etwa nach Maine zurückgeschickt, damit Sie sich ein wenig aufwärmen?«, sagte er. »Das ergibt nicht besonders viel Sinn.«

Barrett stützte sich auf den Pfeiler und beobachtete, wie sich die in der Bucht vertäuten Boote auf dem Wasser, das wie zerbrochenes Glas glitzerte, sanft hoben und senkten.

»Man hat mich nicht zurückgeschickt«, sagte er.

»Haben Sie beim FBI gekündigt?«

»Nicht direkt.«

»Hat man Sie etwa gefeuert?«, fragte Mark begeistert.

»Nein.«

»Ah, es war eine Trennung im beiderseitigen Einvernehmen. Ja, das habe ich auch jedesmal behauptet.«

»Ich möchte Ihnen ein paar Fragen stellen«, sagte Barrett, »aber Sie müssen wissen, dass ich hier keine offiziellen Ermittlungen leite. Ich bin im Urlaub, okay?«

»Urlaub. Das gefällt mir. Besuchen Sie alte Freunde?«

»Sicher.«

»Dann haben die Fragen bestimmt nichts mit Mathias zu tun, denn Sie sind nicht mit ihm befreundet. Wenn ich es recht bedenke …« Mark tat so, als würde er an seinen Fingern Barretts

Freunde abzählen, bevor er seine Hände zu Fäusten ballte. »Mir fällt niemand ein, mit dem Sie hier noch befreundet sind.«

»Kann schon sein«, sagte Barrett. »Aber ich habe immer noch meine Fragen.«

»Das wird irgendwann mal auf Ihrem Grabstein stehen«, sagte Mark. »Hier liegt Rob Barrett – er hat immer noch seine Fragen.«

Mark stieß ein übertrieben lautes, hysterisches Lachen aus. Die Substanz, die durch seinen Kreislauf strömte, versetzte ihn offensichtlich in schrecklich gute Laune. Barrett fragte sich, wie er sich wohl verhalten würde, wenn die Wirkung wieder nachließ und ihm das Lachen allmählich verging.

»Die Sache ist die«, sagte er. »Egal, was Sie erzählen, ich kann Ihnen nichts anhaben. Kapiert? Ich bin nur auf der Durchreise. Sie könnten mir jetzt zum Beispiel erzählen, was Sie genommen haben, und ich würde Sie nicht verhaften oder mich auch nur dafür interessieren.«

Barrett rechnete damit, dass Mark bestreiten würde, etwas genommen zu haben. Stattdessen sagte er prustend: »Scheiße, Sie hören sich an wie Ihr Partner. Heißt das, Sie wollen von mir dasselbe wie er?«

Barrett neigte den Kopf zur Seite. »Mein Partner? Meinen Sie Johansson? Hat er Sie aufgesucht?«

Mark nickte. Er schien überrascht, dass Barrett nichts davon wusste, und bedauerte es offensichtlich, dass er die Sache erwähnt hatte. »Ihr könnt den Fall einfach nicht auf sich beruhen lassen, was? Ihr glaubt wohl, dass es vorher noch nie einen Mord gegeben hat.«

Barrett wurde von einer merkwürdigen Empfindung des Stolzes und der Kameradschaft erfasst, und seine Überraschung wich einem Gefühl der Bewunderung. Er hatte gedacht, dass Don von dem Fall nichts mehr wissen wollte. Plötzlich verspürte er einen Anflug von Neid – hatte Johansson etwa herausgefunden, was er noch nicht wusste?

»Hat er Sie nach Ihrem Neffen gefragt?«

Millinocks belustigtes Gesicht wurde abweisend und finster.

»Sie reden von meinem Neffen, Arschloch? J. R. war ein guter Junge, und er hatte einen Scheißdreck mit den Morden zu tun.«

»Das weiß ich. Zum Zeitpunkt der Morde war er bereits tot.«

Die beiden starrten einander an, bis Marks unruhige Augen Barretts Blick nicht länger standhalten konnten. Er drehte sich um und spuckte wütend ins Wasser.

»Sie sollten jetzt gehen. Ich habe zwar keine Ahnung, warum Sie so dumm sind, sich erneut mit einem Fall zu beschäftigen, an dem Sie sich die Finger verbrannt haben, aber ich will nichts damit zu tun haben.«

»Wollen Sie wissen, wer ihm den schlechten Stoff verkauft hat?«, sagte Barrett.

Mark steckte sich eine weitere Zigarette an und blies den Rauch Richtung Wasser.

»Ist das für mich irgendwie von Bedeutung?«, fragte er schließlich.

»Vielleicht. Er hatte den Stoff von Jeff Girard.«

Mark Millinock drehte sich um und starrte ihn durch den umherwehenden Rauch hindurch an.

»Ist das Ihr Ernst?«

Barrett nickte.

Mark nahm einen tiefen Zug von der Zigarette und stieß einen Schwall Rauch aus. Sein Gesicht zeichnete sich geisterhaft dahinter ab.

»Das wussten Sie noch nicht«, sagte Barrett.

»Nein. Falls Sie keinen Scheiß erzählen.«

»Das ist kein Scheiß. Ich komme von Bobby Girard unten in Biddeford. Er hat gesagt, dass Jeff Ihren Neffen gut kannte. Er hat ihm den schlechten Stoff verkauft und hatte deswegen ein verdammt schlechtes Gewissen. Hört sich das glaubwürdig an?«

Mark, der plötzlich müde wirkte, beugte sich vor und stützte sich mit seinen Ellbogen auf den Knien ab.

»Er hat ein paar Gramm von dem DC gekauft, keine Frage. Das war, bevor die Leute angefangen haben, darüber zu reden. Und irgendwann mal habe ich auch Girard gesehen. Er hat sich in dem Sommer in Rockland und draußen in T-Harbour rumgetrieben. Ich vermute, dass er wegen der Drogen hier war. Im beschissenen Jackman, oder wo er herkam, war es schwer, eine verlässliche Quelle aufzutun. Solange die Elche kein Heroin herstellen, muss man immer noch die Wälder verlassen, um welches zu bekommen. Ich wusste nicht, dass Girard es verkauft, aber Scheiße, das würde doch jeder, wenn der Preis stimmt. Mein Neffe …«

Er hielt inne, schüttelte den Kopf und zog heftig an seiner Zigarette. »Mein Neffe war ein guter Junge, solange er nichts genommen hatte. Mein Bruder hat ihm auf Brian Wickendens Boot einen Job als Steuermann beschafft, und Brian hat dafür gesorgt, dass er von den Pillen auf Alkohol umstieg. Das war ein Fortschritt, glauben Sie mir. Aber das Heroin … es ist schwer, davon loszukommen.«

Barrett schaute zu den Booten und Bojen hinaus und dachte über Kimberly Crepeaux' Bemerkung über die tödliche Droge nach, die sich an der Küste wie ein Fieber ausgebreitet und eine Spur von Toten hinterlassen hatte. Der Wind frischte auf, und das Wasser begann zu glitzern. Und dort, wo das Licht nicht hinreichte, quietschte das alte Tauwerk wie Schritte auf den Stufen eines verwunschenen Hauses.

»Kommt Mathias immer noch in die Bar?«

»Ich habe gesagt, dass Sie mir keine Fragen zu Mathias stellen sollen.«

»Was muss ich tun, damit Sie sie mir doch beantworten?«

Mark spuckte erneut in Wasser. »Sie kapieren's immer noch nicht.«

»Was meinen Sie?«

»Was für ein Mensch er ist. Oder wie es ist, hier zu leben. Sie erinnern sich daran, wie Sie als Kind bei schönem Wetter hier oben waren, und glauben, das hätte was mit der Wirklichkeit zu tun. Aber das hat es nicht. Sie haben nicht die geringste Ahnung, wie es hier wirklich ist. Wenn wir hier minus fünf Grad haben und aus dem Nordosten der Wind herüberweht, wenn die Fahrer der Schneepflüge mittags in meiner Bar hocken und draußen auf der Straße keine Menschenseele unterwegs ist, die sie vermissen würde. Aber das ist okay, Mann. Niemand hier beneidet euch Sommergäste um euer Geld. Wie sind darauf angewiesen. Aber tut nicht so, als würdet ihr uns verstehen.«

»Erst haben Sie von Mathias erzählt, und jetzt reden Sie über *uns*. Aber ich habe Sie nur nach ihm gefragt. Warum ist es so wichtig, wo ich als Kind gewesen bin?«

»Weil Sie glauben, dass Sie irgendwas verstehen. Aber das tun Sie nicht. Sie dachten, Sie hätten den Fall gelöst, doch Sie haben sich geirrt. Die Suchaktion im See hat das bewiesen. Warum lassen Sie es nicht einfach gut sein?«

»Weil Kimberly die Wahrheit gesagt hat.«

Erschöpft blies Mark eine Rauchwolke aus und senkte verzweifelt den Kopf. »Es wäre klug, den Leuten, die mit Ihnen reden wollen, kein Gehör zu schenken. Und das Schweigen derjenigen zu beachten, die nicht mit Ihnen reden wollen. Das ist sehr viel aufschlussreicher.«

Mark schnippte die Zigarette fort, und in hohem Bogen wirbelten Funken durch die Luft, bevor sie mit einem leisen Zischen im Wasser landete.

»Woher wissen Sie, dass die Drogen aus Washington kamen?«, fragte Barrett.

»Was?« Aufrichtig verwirrt warf Mark ihm einen finsteren Blick zu.

»Der Stoff, der Ihren Neffen getötet hat. Sie sagten, dass er aus DC stammte.«

»Das habe ich nicht.«

»Ich habe es selbst gehört.«

»Dann haben Sie mich falsch verstanden. Ich habe nicht gesagt, wo der Stoff herkommt. Mit DC war kein Ort gemeint, Mann. Das steht für *Devil's Cut* oder *Devil's Calling.*«

Barrett hatte schon eine Menge Spitznamen oder Szeneausdrücke für Drogen gehört, aber dieser war ihm neu.

»Wer hat angefangen, es so zu nennen?«

»Die Hinterbliebenen. Sie haben es so genannt. Denn die Leute, die das Zeug *genommen* hatten, waren dazu nicht mehr in der Lage.«

»Kimberly dachte, es käme aus Washington.«

»Das ist ein gutes Beispiel dafür, was ich sage – Ihre zuverlässige Informationsquelle hat nicht die leiseste Ahnung, wovon sie redet. Was sie sich nicht ausdenkt, hat sie falsch verstanden.«

»Hinter Ihrem Tresen bekommen Sie eine Menge mit. Die Sache ist jetzt fast ein Jahr her. Glauben Ihre Gäste tatsächlich, dass Girard die beiden getötet hat?«

Erneut zerriss Marks schrilles Lachen die Luft. »Mann, Sie wollen es wirklich wissen, was? Als ich Sie gesehen habe, dachte ich, *Er ist bestimmt nur hier, um Liz Street an die Wäsche zu gehen …*«

»Immer schön sachte …«

»Lecken Sie mich doch. Ich sage, was ich will. Ich hatte aufrichtig gehofft, dass Sie ihretwegen hier sind. Dass Ray Barretts Enkel nicht so dumm ist, noch mehr Fragen über diese schwachsinnige Angelegenheit zu stellen. Der See … war … leer. Kimmy hat gelogen. Was gibt's da noch zu sagen?«

»Sie könnten mir von Girard erzählen. Sie haben von ihm gesprochen, weil Sie Ihren Neffen mochten. Warum erzählen Sie mir nicht noch etwas mehr?«

Mark sah ihn mit einem Lächeln an. »Ich wünschte, Sie hätten sich selbst sehen können, als Sie hier waren, um nach Mathias zu suchen. Mann, Ihr Gesicht … an diesem Tag hatten Sie so große Ähnlichkeit mit Ihrem Großvater. Sie haben sich völlig zum Affen gemacht.«

Mark lachte noch etwas lauter, und Barrett verspürte eine Hitze, die sein Blut in Wallung brachte und seinen Puls schneller schlagen ließ.

»Hat Girard die Bar oft besucht?«

Mark lachte noch eine Minute lang weiter, bis er schließlich innehielt und sich über die Augen wischte. »Tut mir leid, Mann. Ich will Sie wirklich nicht auslachen, aber ich muss daran denken, dass Sie Mathias aufgrund von Kimmys Aussage *verhaftet* haben und dass der See leer war. Ich meine … man kann einen Fall gründlich vermasseln, oder man macht es so wie ihr.«

Barretts größte Stärke bei einer Befragung war seine Geduld. Die Fähigkeit, jede Seite im Buch seiner Wut zu betrachten und es dann zuzuklappen. Aber aus irgendeinem Grund, fiel ihm das jetzt schwer.

»An Ihrer Stelle würde ich nicht so laut lachen. Ich kenne hier immer noch einige Cops, die Ihrer Bar gerne mal einen Besuch abstatten würden.«

»Sicher. Wie zum Beispiel Ihr ehemaliger Partner?« Mark begann erneut zu lachen, zog eine Packung Zigaretten hervor und klopfte eine heraus. »Rufen Sie ihn ruhig an.«

Barrett neigte den Kopf zur Seite. »Was sollen diese Sticheleien wegen Johansson? Was ist mit ihm?«

»Das ist eine Privatangelegenheit«, sagte Mark. »Eine Sache zwischen mir und einem Mann, der hier in Maine und nicht in

Montana zuständig ist.« Mark hatte sein Gesicht nach oben gerichtet. Er lächelte und hielt die Zigarette ein Stück von den Lippen entfernt. »Können Sie sich an diese Art Mann noch erinnern?«

»Ich erinnere mich.« Das Hämmern seines Pulses war inzwischen in seine Schläfen gewandert. »Würden Sie jetzt meine Frage beantworten?«

»Was macht das für einen Unterschied? Ich könnte Ihnen die Wahrheit erzählen oder Sie anlügen, denn Sie wissen nicht, wem Sie noch glauben sollen, selbst wenn alle anderen Einwohner in diesem verdammten Ort …«

Barrett schlug Mark Millinock mit dem Handrücken die Zigarette in den Mund. Für einen Moment war Mark zu überrascht, um zu reagieren, sodass die Zigarette seitlich zwischen seinen blutenden Lippen hervorragte. Dann sprang er vom Stuhl und zielte mit einer kräftigen, weit ausholenden Bewegung auf Barretts Kopf. Doch seine Hand sauste ins Leere, weil Barrett ihm seine linke Faust ins Auge rammte und mit der rechten Handfläche seitlich gegen den Schädel schlug, sodass er auf dem Stuhl landete, der umkippte und ihn auf den Steg beförderte.

Mark stemmte sich auf alle viere und betrachtete ungläubig das Blut, das auf die Bretter des Stegs tropfe, bevor er zu Barrett hochschaute. Wie vor einigen Monaten, als Barrett Ronnie Lord in der Bar verprügelt hatte, nahm er seinen eigenen Gewaltausbruch auch diesmal nur mit einer merkwürdigen Distanz wahr. Seine Hände schienen sich eigenständig zu bewegen, seine Gedanken traten in den Hintergrund, und ein dunkler Teil seiner Persönlichkeit empfand Befriedigung.

Es war ein beängstigendes Gefühl, denn es war keineswegs unangenehm.

»Sie sollten sich davor hüten, andere Leute zu verspotten«, sagte er. »So etwas bringt mich in Rage.«

Barrett mochte den Klang seiner eigenen Stimme nicht. Er trat einen Schritt zurück und lief mit erhobenen Händen im Kreis, weil er damit rechnete, dass Mark erneut auf ihn losgehen würde. Fast wünschte er es sich. Für einen Moment schien es, als würde Mark es tatsächlich in Betracht ziehen. Doch er rührte sich nicht von der Stelle und spuckte Blut, ohne dabei den Blick von Barrett abzuwenden.

»Ich habe Ihnen eine Frage gestellt«, sagte Barrett. »Was unternimmt Johansson in dem Fall?«

»Sie sind verrückt«, sagte Mark Millinock und leckte sich das Blut von den Lippen.

»Das ist nicht die Antwort, die ich ...«

»Er unternimmt gar nichts in *diesem Fall*, Sie blöder Scheißkerl!«, brüllte Mark. »Es gibt keinen *Fall*! Es ist vorbei!«

Erneut wurde Barrett von einer Hitzewelle erfasst, und seine Hände ballten sich zu Fäusten.

»Sie haben gesagt, dass wir beide uns ähnlich sind, dass wir die Sache nicht auf sich beruhen lassen können. Was wollte er also wissen?«

»Nichts.«

Barrett packte ihn an den Schultern, hob ihn hoch und stieß ihn rückwärts gegen die Brüstung des Kais, sodass der Scheinwerfer über ihnen schepperte. Barrett wollte ihm gerade einen weiteren Schlag verpassen – oder viele Schläge, denn er hatte das Gefühl, er würde jeden Moment die Kontrolle verlieren –, als Mark ihn anbrüllte.

»Er brauchte nur etwas *Stoff*!«

Barrett ließ ihn los und trat zurück, und Mark beugte sich keuchend und zuckend über die Brüstung.

»Ist das die Wahrheit?«, fragte Barrett.

»Ja, das ist die Wahrheit, Sie Arschloch. Ihr beide seid euch so ähnlich, weil ihr nicht die Finger von dieser verdammten Angelegenheit lassen könnt. Ihr dreht deswegen völlig am Rad und könnt nicht akzeptieren, dass ihr euch *geirrt* habt.«

»Was hat er gekauft?«

»Irgendwelche Pillen.« Mark spuckte Blut ins Wasser und warf Barrett einen hasserfüllten Blick zu. »Oxy, Percocet, Vocodin, was weiß ich. Er hat gesagt, er hätte Schmerzen. Einen kaputten Rücken. Aber er ist genau wie Sie. Er verkraftet es nicht, dass ihr euch geirrt habt.«

30

Barrett ließ Port Hope hinter sich, während Mark Millinocks Blut an seiner Hand langsam trocknete.

So was bringt mich in Rage, hatte er gesagt. Dieser Satz, der sich ihm tief ins Gedächtnis eingebrannt hatte, war ihm mühelos über die Lippen gekommen, als er mit pochendem Herzen und angespannten Muskeln den Schmerz wahrgenommen hatte, den er einem anderen Menschen zugefügt hatte.

So was bringt mich in Rage.

An einem Dunkin' Donuts in Thomaston legte er einen Zwischenstopp ein, wusch in der Toilette das Blut von seinen Händen und betrachtete sich im Spiegel. Als wollte er seine Verletzungen begutachten, obwohl Mark ihn kein einziges Mal getroffen hatte.

Was zum Teufel hatte er sich nur dabei gedacht? Mark war ein Junkie und Taugenichts, der sein Mitgefühl und nicht seine Wut verdient hatte. Außerdem hatte Barrett ihm schmerzliche Neuigkeiten zum Tod seines Neffen überbracht. Aber bei der ersten Provokation hatte Barrett auf ihn eingeprügelt. Was zum Teufel war nur passiert?

Mark hatte ihn an Mathias erinnert, das war das Problem. Er hatte Barrett sein Versagen vorgehalten und ihn ausgelacht.

Hol dir bloß keine nassen Füße.

Barrett drehte den Wasserhahn zu und tupfte sich mit den feuchten Händen das Gesicht ab, als wollte er auf diese Weise die Hitze in seinem Innern vertreiben. Seit zwei Tagen hatte er nicht mehr richtig geschlafen. Es war besser, sich in einem anonymen Hotel irgendeiner landesweiten Kette ein Zimmer zu nehmen. Dort könnte er bei runtergelassenen Jalousien den ganzen Tag durchschlafen, bis er ausgeruht war und die Kontrolle über seinen Verstand und seine Fäuste zurückerlangt hatte.

Doch stattdessen kaufte er sich einen großen Kaffee, ging zu seinem Wagen zurück und rief Don Johansson an.

Er ist genau wie Sie, hatte Mark Millinock gesagt. *Er verkraftet es nicht, dass ihr euch geirrt habt.*

»Hey, Barrett. Wie ist es in Montana?«

»Weiß nicht. Ich bin gerade in Maine.«

Es entstand eine lange Pause. Dann sagte Johansson: »Warum?«

»Das würde ich Ihnen gerne persönlich sagen. Bei einem Bier vielleicht.«

»Wenn es um Kimmy geht, verzichte ich auf das Bier. Andernfalls gebe ich einen aus.«

»Was, wenn beides zutrifft?«

Johansson stieß wie ein Trauernder während der Totenwache ein leises, sorgenvolles Seufzen aus.

»Barrett, ich kann den Fall nicht noch mal aufrollen. Eigentlich sollten Sie es besser wissen. Sie sollten …«

»Ich habe mich heute mit Mark Millinock getroffen«, sagte Barrett. »Er hat Ihren Namen erwähnt.«

Es entstand ein Schweigen, das sich wie ein unbekannter Highway immer weiter in die Länge zog.

»Kommen Sie zu mir nach Hause«, sagte Johansson schließlich und legte auf.

Johansson lebte in einem malerischen Farmhaus, unter dessen Fenstern Blumenkästen aus Zedernholz hingen. Die Kästen, die sonst vor prächtigen Farben überquollen, waren jetzt leer; die Überreste des letzten Sommers waren inzwischen verwelkt.

Johansson öffnete die Tür, bevor Barrett überhaupt angeklopft hatte. Sein fülliges Gesicht war jetzt ausgemergelt, und sein Doppelkinn lief spitz zu, als hätte ein aggressiver Schönheitschirurg daran herumgeschnippelt. Sein runder Bauch war nach innen gewölbt, und sein Gürtel, der sich früher gespannt hatte, konnte jetzt kaum verhindern, dass die Hose herunterrutschte.

»Wie geht's, Barrett?«

Barrett musterte ihn eingehend. »Ich wollte eigentlich fragen, ob das, was Mark Millinock über Sie erzählt hat, gelogen war. Aber ich glaube, das ist nicht nötig.«

»Er ist ein verkrachter Fischer und miserabler Barkeeper. Außerdem ist er tablettensüchtig«, blaffte Johansson. »Wenn Sie tatsächlich irgendwas von dem glauben, was er erzählt hat, sind Sie naiver, als ich dachte.«

Barrett antwortete darauf nicht.

»Als ich diesen Junkie die letzten paar Male gesehen habe, war er bis zur Halskrause zugedröhnt. Und jetzt wollen Sie mir erzählen, dass man ihm glauben kann? Ich bitte Sie.«

Barrett sagte immer noch nichts. Er sah Johansson nur an und wartete ab.

»Was hat er Ihnen erzählt?«, sagte Johansson schließlich.

»Dass Sie einen kaputten Rücken haben.«

»Das stimmt. Ich habe mir den Rücken verletzt.«

Für einen Moment starrten die beiden einander an; Johansson mit herausforderndem und Barrett mit geduldigem Blick. Dann ging Johansson von der Tür fort und sagte: »Ach, drauf geschissen. Kommen Sie rein.«

Barrett trat ein und war überrascht von dem Anblick, der sich ihm bot. Das Innere erinnerte mehr an eine Studentenbude als an das Zuhause einer Familie. Die einzigen Möbel hier waren ein altes Sofa und ein Couchtisch vor einem Fernseher. Auf dem Boden standen zwei leere Bierdosen, und dort, wo frühere Mitglieder ihres Bataillons verwundet umgefallen waren, war der Teppich mit Flecken übersät. Anstelle der Fotos und Kinderzeichnungen ragten Nägel und Haken aus den kahlen Wänden.

»Lassen Sie uns was trinken«, sagte Johansson und ging in die Küche, die einen fauligen, säuerlichen Gestank verströmte. Während Barrett seinen Blick umherwandern ließ, musste er an seinen letzten Besuch denken. Das war auf einer Grillparty gewesen. Dons Frau Mega hatte jede Menge Köstlichkeiten aufgefahren, während Don und sein Sohn am Grill gestanden und die ahnungslosen Gäste mit Wasserpistolen bespritzt hatten.

Johansson kehrte ins Wohnzimmer zurück und reichte Barrett eine Dose Budweiser. Er hatte seine bereits geöffnet und prostete Barrett zu.

»Zum Wohl.«

Er setzte sich aufs Sofa. Da Barrett es albern gefunden hätte, sich neben ihn zu setzen und auf den toten Fernseher am Boden zu starren, blieb er stehen und lehnte sich gegen die Wand.

»Wo sind Megan und David?«

»In Florida. Sie lassen es sich gut gehen und genießen die Sonne. Aber Sie müssen mich deswegen nicht bemitleiden – es hört sich schlimmer an, als es ist.« Er ließ seinen Blick durch das Haus wandern. »Oder aussieht.«

»Ach ja?«

»Ja. Ich werde mich auch bald auf den Weg dahin machen. Die beiden sind schon mal runtergeflogen, das ist alles.«

Offensichtlich sind sie überstürzt abgereist, dachte Barrett und sagte: »Quittieren Sie den Polizeidienst?«

»Ich hänge den Job an den Nagel, ja.«

»In fünf Jahren haben Sie das Pensionsalter erreicht, Don.«

»Ich werde da unten problemlos Arbeit finden. Aber ich gehe in Florida bestimmt nicht zur Polizei. Die Sicherheitsleute in den bewachten Wohnanlagen verdienen mehr als ich. Es ist Zeit für eine Veränderung.«

»Wie viele Leuten wissen von der Sache mit den Pillen?«, fragte Barrett.

Johansson sah aus, als wollte er alles abstreiten, doch dann nippte er an seinem Bier und sagte: »Einige wenige Leute. Aber wahrscheinlich weiß kaum einer, dass ich die Pillen ... von außerhalb beziehe. Wenn irgendjemand im Büro davon erfährt, wird man mich feuern.«

»Haben Sie versucht, damit aufzuhören? Eine Klinik aufzusuchen oder einen Suchtberater, oder ...«

Johansson machte eine wegwerfende Handbewegung. »Ja, ja, ja. Ich arbeite daran, Barrett. Scheiße, Sie müssen hier nicht vor meiner Tür aufkreuzen und mich bekehren. Sparen Sie sich Ihre Vorträge, und verschwinden Sie, wenn Sie nur deswegen gekommen sind.«

»Deswegen bin ich nicht hier, aber ich würde Ihnen gern helfen. Ehrlich.«

»Schön. Was haben Sie noch auf dem Herzen, alter Knabe? Lassen Sie mich raten – Sie haben endlich herausgefunden, wie Mathias die Leichen weggeschafft hat.«

»Noch nicht.«

Johansson kniff die Augen zusammen. »Aber Sie arbeiten dran? Sind Sie *deswegen* zurückgekommen?« Johansson kicherte und schüttelte den Kopf. »Sie sind wirklich hartnäckig.« Er hob die Bierdose an den Mund, und als er merkte, dass sie leer war, stellte er sie neben einen der Flecken auf den Teppich.

»Wir haben den falschen Fall vermasselt«, sagte er. »Das öffentliche Interesse daran war einfach zu groß. Und dann die Sache mit Girard ...« Er schüttelte den Kopf. »Da habe ich mir einen ganz schönen Bock geleistet, was? Sein Gewehr war nicht mal geladen. Ich habe den Hauptverdächtigen im spektakulärsten Mordfall seit Jahren getötet, bevor man ihm den Prozess machen konnte, und dieser Mistkerl war *unbewaffnet.*«

»Das wussten Sie nicht.«

»Nein. Aber ich kann Ihnen genau sagen, was die Leute gedacht haben. Fragen Sie Howard Pelletier bei Gelegenheit danach, dann werden Sie erfahren, was er gedacht hat. Fragen Sie Amy und George Kelly.«

Barrett leerte sein Bier und behielt die Dose in der Hand, weil er sie nicht wie Johansson auf dem Boden abstellen wollte.

»Wussten Sie, dass die Drogen, die Mark Millinocks Neffen umgebracht haben, von Girard stammten?«

Johanssons Gesicht verriet mehr Interesse, als er offensichtlich preisgeben wollte, denn ohne aufzuschauen, sagte er bloß: »Was Sie nicht sagen?«

»Ja. Und Mark hat etwas Interessantes erwähnt. Er nannte die Droge, die seinen Neffen getötet hat, DC. Kimberly hat genau denselben Ausdruck benutzt. Aber sie dachte, das bezieht sich auf die Stadt, sie dachte, der Stoff stammt aus Washington. Mark hat mir erklärt, dass es sich um einen Spitznamen handelt. Eine Abkürzung für Devil's Cut oder Devil's Calling. Haben Sie schon mal davon gehört?«

Johansson schloss die Augen und schüttelte langsam aber energisch den Kopf.

»Haben Sie etwas Geduld mit mir«, sagte Barrett.

»Haben Sie etwas Geduld mit mir«, wiederholte Johansson spöttisch, als würde er mit einer anderen Person im Raum reden. »›Haben Sie etwas Geduld, während wir den See absuchen. Hey, lasst uns den See trockenlegen!‹ Wenn Girard nicht so heftige Schuldgefühle gehabt hätte, hätte ich mit Ihnen zusammen den Staudamm eingerissen und wäre mit meinen Hüftstiefeln durch die Gegend marschiert, in alten Bierdosen herumgewühlt und die Relevanz irgendwelcher Beweisstücke diskutiert. Ich hätte diesen Mistkerl nicht erschießen sollen – immerhin hat er mir eine Menge Unannehmlichkeiten erspart.«

»Sind Sie sicher, dass er derjenige war, der die Mail mit dem Fundort der Leichen verschickt hat?«

»Ja.«

»Meiner Meinung nach war er überrascht, uns zu sehen. Aber wenn er den Fundort verraten hat, hätte er wissen müssen, wie schnell die Ermittlungen vorankommen. Es wurden keine Handschuhe benutzt, der Pick-up mit dem Blut der Leichen stand noch da, und ihm fiel nichts Besseres ein, als die Polizei zu den Leichen zu führen? Warum? Hatte er Schuldgefühle, weil Mathias für ihn den Kopf hinhalten musste? Falls ja, warum hat er sich dann nicht sofort gestellt? Er wusste, dass es nicht lange dauern würde, bis man ihn schnappt.«

»Der Bursche war nicht gerade ein Rhodes-Stipendiat. Vielleicht dachte er, dass die Beweise am Fundort, die ihn mit der Sache in Verbindung bringen könnten, durch die Witterung zerstört worden waren. Dass er auf diese Weise Mathias freibekommen könnte, ohne zur Rechenschaft gezogen zu werden.«

Barrett konnte sich immer noch nicht mit diesem Gedanken anfreunden.

»Ich würde gerne einen Blick auf den forensischen Bericht zum Ablageort der Leichen werfen«, sagte Barrett und ignorierte Johanssons Bemerkung. »Ich hatte keinen Zugriff darauf. Wenn ich beweisen kann …«

»Sie können beweisen, dass alles, was diese asoziale Herumtreiberin Ihnen erzählt hat, gelogen war!«, brüllte Johansson. »Das haben wir bereits bewiesen, Barrett!«

Barrett schwieg einen Moment, dann sagte er: »Ich bin nicht hier rausgefahren, um Sie erneut in die Sache hineinzuziehen.«

»Hört sich aber ganz so an.«

»Ich bin gekommen, um Ihnen zu sagen, dass es Gerede geben

wird, jetzt, wo ich wieder hier bin. Vielleicht auch von Mark Millinock. Können Sie mir folgen?«

Johansson antwortete nicht.

»Ich will nicht, dass Sie meinetwegen Ärger kriegen«, sagte Barrett. »Deshalb warne ich Sie – seien Sie darauf gefasst, dass man Sie im Auge behalten wird, okay?«

»Ich komme schon zurecht«, sagte Johansson.

»Das tun Sie nicht, und Mark ist nicht der Einzige, der das weiß.«

»Soll er ruhig reden. Mich hält hier sowieso nichts mehr. Ich sage nur Florida, Kollege. Sobald ich hier weg bin, werde ich nicht so dumm sein wie Sie und noch mal zurückkehren.«

Barrett durchquerte das Zimmer und stellte die leere Bierdose zu den anderen auf den fleckigen Teppich.

»Falls Sie mich brauchen, rufen Sie an.«

Johansson antwortete nicht.

Barrett ließ ihn allein zurück.

31

Nachdem er Johanssons Haus verlassen hatte, fuhr er nach Port Hope. Er fühlte sich mies, weil Johansson in kürzester Zeit so tief gesunken war, und versuchte, sich deswegen keine Vorwürfe zu machen. Aber das war leichter gesagt als getan – Johansson hatte anschaulich geschildert, wie die Dinge möglicherweise gelaufen wären, wenn sie den See trockengelegt hätten. Und wahrscheinlich hatte er recht.

Doch Barrett durfte sich durch Johanssons Sucht nicht von seinem eigentlichen Plan abbringen lassen. Er hatte heute eine Menge erfahren, und aufgrund dieser neuen Informationen musste er erneut mit Kimberly sprechen. Aber bevor er das tun würde, wollte er sich ihre alte Geschichte, das ursprüngliche Geständnis, noch einmal anhören. Vor allem ihre Aussage zu den Drogen aus DC.

Er griff ins Handschuhfach, schob seine Pistole zur Seite und nahm den schmalen Digitalrecorder heraus, auf dem sämtliche Audiodateien mit den Befragungen von Kimberly Crepeaux gespeichert waren. Er verband den Recorder mit dem Bluetooth-Empfänger des Wagens, worauf die blecherne, verrauschte Aufnahme aus den Lautsprechern drang und Kimberlys trockene Stimme mit ihrem starken Akzent den Wagen erfüllte.

Soll ich seinen vollständigen Namen sagen? Wir kennen ihn doch sowieso alle. Mathias Burke. Wissen Sie, was komisch ist? Jedesmal, wenn Sie seinen vollständigen Namen hören, kneifen Sie die Augen zusammen. Jedesmal, wenn ich ihn ausspreche, verkrampft sich Ihr Körper. Als würden Sie sich auf einen Faustschlag gefasst machen. Oder als würden Sie gleich zuschlagen. Was denn nun? Hey, Sie haben doch gesagt, dass ich alles mit meinen eigenen Worten erzählen soll, oder? Das haben Sie jetzt davon, Barrett.

Barrett kam an eine Kreuzung mit Stoppschild, und als der Fahrer hinter ihm auf die Hupe drückte, merkte er, dass er angehalten hatte, obwohl die Straße frei war. Er überquerte die Kreuzung, aber auf der anderen Seite fiel ihm ein, dass er nach rechts abbiegen musste, um auf die Route 17 zu gelangen, die sich Richtung Küste schlängelte.

Er meinte sich zu erinnern, dass es hier eine neue Straße gab, und die Karte auf dem Navigationssystem des Mietwagens zeigte an, dass sie parallel zur Route 17 verlief. Man durfte darauf zwar nicht so schnell fahren, aber sie führte in dieselbe Richtung. Das war in Ordnung für Barrett. Er brauchte nichts weiter als eine ruhige Straße und seinen unvoreingenommenen Verstand.

Und Kimberly Crepeaux' Stimme.

Also, ich habe den ganzen Sommer über eigentlich nur getrunken. Und vielleicht etwas Gras geraucht, mehr nicht. Na ja, und ein paar Pillen eingeworfen. Aber ich habe keine harten Sachen genommen, denn letzten Sommer sind eine Menge Leute gestorben, auch schon vor Cass. Es kam überall in den Nachrichten. Irgendjemand hatte aus DC schlechtes Heroin mitgebracht. Ein Schwarzer, glaube ich. Vielleicht war er auch Mexikaner. Jedenfalls weiß ich, dass der Stoff aus DC kam, denn die Leute haben ihn so genannt. Es war, als würde in diesem Sommer irgendein tödliches Fieber umgehen. Die Leute starben, ohne sich eine Überdosis zu verpassen, weil der Stoff mit irgendeiner Substanz verschnitten war. Keine Ahnung, was das für Zeug war.

Aufgrund dieser Substanz, über die sie nichts wusste, bekamen die Notaufnahmen – und Friedhöfe – zwischen Maine und

New Mexico großen Zulauf: synthetisches Heroin, das mit Fentanyl verschnitten war. Im richtigen Verhältnis ergänzte sich Fentanyl wunderbar mit Heroin – wie zwei eingespielte Tanzpartner verstärkten sich die beiden Substanzen gegenseitig in ihrer Wirkung. Im Szenejargon nannte man diese reizende Mischung China White.

Wenn das Verhältnis allerdings nicht genau stimmte, wurde daraus im Handumdrehen ein äußerst tödlicher Tanz. Für die jüngste Variante, die die Todeszahlen landesweit in die Höhe schnellen ließ, gab es andere Spitznamen – Theraflu, Bud Ice oder Lohnsteuer. Vielleicht wurde sie auch Devil's Cut oder Devil's Calling genannt.

Im falschen Verhältnis starben die Konsumenten, bevor sie überhaupt merkten, dass etwas nicht stimmte. Um sich mit reinem Heroin eine tödliche Überdosis zu verpassen, benötigte man normalerweise etwa dreißig Milligramm, aber von Fentanyl reichten meist schon drei. Wenn man nicht wusste, dass das Heroin gestreckt war, hieß es gute Nacht und viel Glück.

Und auf Nimmerwiedersehen, sagten viele Leute, denn sie sahen nichts weiter als einen toten Junkie, und was war das schon für ein Verlust? Aber dann fand das Zeug den Weg in ihr Viertel, in ihre Straße oder in ihr eigenes Haus, und plötzlich veränderte sich ihre Sichtweise.

Während Barrett Kimberlys Worten lauschte und über Mark Millinock nachdachte, folgte er einer Kurve um einen bewaldeten Berghang, und zu seiner Linken tauchte eine Wasserfläche auf, ein Sumpfgebiet, das von hohen Rohrkolben und dunklem Moos umgeben war. Sein Großvater hätte diese Stelle als Moskitofarm bezeichnet. Er ging in solchen Gegenden gerne angeln, um zu sehen, wie lange sein Enkel die grauenvollen summenden Insektenschwärme ertragen konnte. Jedes Mal, wenn Barrett ein Fisch entwischte, weil er auf die Insekten einschlug, erzählte ihm sein Großvater, wie verweichlicht er war und wie wenig er von den wahren Problemen wusste.

Der Wagen nahm die ganze Straße ein, sagte Kimberlys Stimme. *Je heftiger die Kurven waren, desto schneller fuhr er …*

Ich erinnere mich vor allem noch daran, wie ich während der Fahrt auf die Katze gestarrt habe. Sie kam mir jetzt noch verrückter vor.

Für eine erfundene Geschichte war ihre Schilderung eigentlich zu anschaulich. Aber das bedeutete nicht, dass es die Wahrheit war; manche Menschen erzählten gerne wohldurchdachte Lügengeschichten. Allerdings glaubte Barrett nicht, dass das auf Kimberly Crepeaux zutraf. Normalerweise tat sie so, als wäre sie verwirrt, oder sie wies jede Schuld von sich, indem sie behauptete, sie hätte die Geschichte von jemand anders gehört – und in der Regel konnte sie sich nicht mehr an den Namen der Person erinnern. Sie hielt sich stets eine Hintertür auf, falls man sie bei einer Lüge ertappte.

Aber für diese Geschichte übernahm sie die volle Verantwortung, und ihre Schilderung war detaillierter als irgendeines der Märchen, die sie Barrett bei früheren Befragungen erzählt hatte.

Barrett spulte zurück und fummelte an dem Recorder herum, während er hin und wieder aufschaute, um sich zu vergewissern, dass die Straße vor ihm leer war. Es war genauso gefährlich wie während der Fahrt eine SMS zu schreiben. Man konnte dabei draufgehen. Er wusste, dass er eigentlich rechts ranfahren sollte, aber es gab hier keinen Seitenstreifen, denn die Straße wurde auf beiden Seiten von einem Sumpfgebiet gesäumt. Also drosselte er lediglich das Tempo, während er weiter auf den Recorder blickte.

Zu seiner großen Überraschung hörte er plötzlich das Dröhnen eines beschleunigenden Motors.

Er hatte seine Aufmerksamkeit abwechselnd auf den Recorder und die Straße gerichtet, denn von dort drohte mögliche Gefahr.

Aber er hatte nicht in den Spiegel gesehen. Darin tauchte nun ein schwarzer Pick-up mit Kühlerschutz auf, wie ihn auch die Viehzüchter in Montana fuhren. Der Wagen bretterte in einem selbstmörderischen Tempo die Straße herauf. Darum versuchte Barrett auch nicht zu beschleunigen und riss stattdessen das Steuer nach rechts, um diesem Idioten auszuweichen.

Doch der Pick-up scherte ebenfalls aus.

Dann krachte er in seinen Wagen.

Er streifte ihn nicht nur, sondern rammte ihn mit voller Wucht; Glas splitterte, die Kopfstütze knallte gegen Barretts Hinterkopf, und die Vorderräder wurden vom Asphalt in den Schlamm befördert. Der Mietwagen rutschte weiter die Böschung hinunter, während Barrett auf die Bremse trat. Schließlich brachte er ihn benommen und wütend kurz vor dem Wasser zum Stehen.

»Mistkerl!«, brüllte er und tastete nach der Gurtschnalle. Im Rückspiegel war lediglich das Spinnwebenmuster der zerstörten Heckscheibe zu erkennen. Barrett warf einen Blick in den Seitenspiegel und sah den Pick-up, der mit seinem Kühlerschutz an ein wildes Tier erinnerte, das die Zähne fletschte. Als der Fahrer zurücksetzte und das Lenkrad herumriss, war Barretts erster Gedanke, *Dieses Arschloch macht sich aus dem Staub*. Doch dann richteten sich die Räder wieder aus, und der Kühlerschutz zeigte in seine Richtung. Mit plötzlicher, unmissverständlicher Klarheit begriff Barrett, dass der erste Zusammenstoß kein Unfall gewesen war und dass ein zweiter folgen würde.

Doch Barrett konnte nicht schnell genug zurücksetzen, um den Aufprall zu verhindern, und wenn er vorwärts fuhr, landete er im Wasser. Also löste er den Sicherheitsgurt, zog die Handbremse an und griff nach dem Handschuhfach, um seine Pistole herauszuholen. Hinter ihm heulte der Motor des schwarzen Pick-ups auf. Barrett hatte gerade das Handschuhfach geöffnet und umklammerte mit den Fingern den Griff der Glock, als er erneut gerammt wurde.

Es war eine fatale Entscheidung gewesen, die Handbremse anzuziehen. Ohne die Bremse hätte die Wucht des Aufpralls den Mietwagen den Hügel hinunter ins Wasser befördert. Aber mit angezogener Bremse rutschte das Fahrzeug nicht einfach vorwärts, sodass Barrett sich umdrehen und das Feuer eröffnen konnte, sondern kämpfte gegen die Gesetze der Physik an und verlor. Statt einfach vorwärts zu rutschen, überschlug es sich.

Während sich um Barrett herum alles drehte, fiel die Pistole aus seiner Hand. Er wurde mit dem Körper seitlich gegen das Armaturenbrett geschleudert und sah eine große, dunkle Pinie, die plötzlich auf dem Kopf stand. Das war das Einzige, was er von dem Überschlag deutlich wahrnahm. Er sah, dass mit dem langen Baum etwas ganz und gar nicht stimmte. Sonst waren da nur Chaos, Schmerz und Lärm.

Schließlich knallte Barrett mit dem Kopf gegen etwas Hartes – das Dach, das Armaturenbrett oder die Windschutzscheibe –, und er spürte den Geschmack von warmem Blut und den Schock durch das kalte Wasser, während es langsam dunkel wurde.

32

Ehrlich gesagt kam mir der Gedanke an Sie und Ihre Kollegen damals überhaupt nicht in den Sinn. Ich konnte an nichts anderes als dieses kurze Stück Weg denken. Das war alles, was in diesem Moment existierte. Es gab nur noch diesen Weg, den Pick-up und Mathias. Mehr nicht.

Die Leute werden das nicht verstehen.

Kimberly Crepeaux hockte auf der Rückbank des Wagens, und die Beine ihrer orangefarbenen Gefängnishose waren durchnässt. Falls ihr das Wasser etwas ausmachte, ließ sie es sich nicht anmerken. Barrett sah sie an und wollte ihr sagen, dass sie sich irrte, dass er sie *verstand*. Aber er brachte keinen Ton heraus, und dann fiel ihm ein, dass das genau der Punkt war, dass er einfach nur zuhören sollte. *Denk nicht nach und rede nicht, hör einfach nur zu.* Das war sein Job.

Wir hätten sie nur zum Meer runterschleppen müssen, und die Strömung hätte den Rest erledigt.

Stattdessen sind wir zum See zurückgefahren. Wir wateten ins Wasser, bis es mir bis zum Hals reichte, und dann schwamm Mathias mit Jackie noch ein Stück weiter Richtung Floß. Dort ließ er sie los, und sie ging ziemlich schnell unter. Ich kann mich noch an das Blut im Wasser erinnern, aber kurz darauf war davon nichts mehr zu sehen.

Barrett versuchte sich zu konzentrieren, aber er konnte ihren Ausführungen kaum folgen. Was sie sagte, ergab keinen Sinn.

Genauso wenig wie ihre Sitzposition – der Boden des Wagens befand sich über ihrem Kopf. Es war verwirrend.

Er wusste, dass ihr kalt sein musste, aber sie ließ es sich nicht anmerken. Sie zeigte nicht mal eine Reaktion, als das steigende Wasser die ausgebeulte orangefarbene Gefängnishose bedeckte, die an ihren Beinen kleben blieb. Das trübe Wasser war voller Matsch und Schlamm. Ein abgebrochener Rohrkolben und eine leere Bierdose trieben an ihr vorbei, doch Kimberly würdigte sie keines Blickes. Sie sah Barrett direkt in die Augen, selbst als das Wasser weiter anstieg und die schlabbrige Gefängniskluft flach gegen ihren Körper drückte, sodass sich ihre Umrisse darunter abzeichneten, wie ein Foto, das langsam entwickelt wurde.

An mehr kann ich mich nicht erinnern. Ich habe keine Ahnung, was er anschließend getan hat und was mit dem Pick-up passiert ist. Ich kann Ihnen dazu nichts sagen, wie sehr Sie sich auch bemühen.

Barrett begriff nicht, wie sie es schaffte, trotz der Kälte weiterzureden. Ihr zierlicher Kiefer zitterte nicht mal dabei. Das Wasser stieg höher, und unter dem feuchten Stoff zeichneten sich, klein und prall wie zwei Fäuste, ihre Brüste ab. Schließlich erreichte das Wasser die Unterseite ihres Halses, und ihre schmalen, roten Lippen öffneten sich zu einem Lächeln. Abgesehen von den Sommersprossen auf ihrer Nase und den Wangen, die wie Rostflecken aussahen, waren die roten Lippen die einzige Farbschattierung in ihrem blassen Gesicht.

Barrett mochte ihr Lächeln nicht.

So ist es passiert, sagte Kimberly. *Können wir jetzt Schluss machen?*

Barrett wollte ihr sagen, dass sie aufhören sollte zu lächeln. Warum lächelte sie?

Ohne die Muskeln anzuspannen, bewegte sie sich plötzlich auf ihn zu. Mit einem silbern funkelnden Gegenstand in der

Hand stürzte sie sich im Wasser blitzartig auf seinen Bauch. Er spürte einen stechenden Schmerz, als sich das Messer in seinen Körper bohrte. Einen Moment lang sah er sich Kimberly von Angesicht zu Angesicht gegenüber; ihre lächelnden Lippen waren seinen jetzt so nah, dass er ihren Atem an seinem Mund spüren konnte. Dann schaute er nach unten und sah den Griff des Messers.

Sie hatte ihm die lange, glänzende Klinge direkt in die Brust gerammt. Er wusste, dass er bald sterben würde, und öffnete den Mund zu einem Schrei. Doch bevor er einen Ton herausbrachte, füllte er sich mit dem kalten, modrigen Wasser.

33

Hustend und würgend kam Barrett wieder zu Bewusstsein. Seine Beine lagen auf der Rückbank, und sein Oberkörper war über der Mittelkonsole zwischen den Vordersitzen eingeklemmt. Der Wagen war zu drei Vierteln im Wasser versunken, das von allen Seiten hereinströmte. Es reichte ihm inzwischen bis zum Mund. Kimberly war wieder verschwunden – natürlich –, aber er hörte immer noch das unheimliche Säuseln ihrer Stimme. Als Barrett den Kopf hob, rutschte der Recorder unter ihm weg. Er war mit dem Kopf auf dem Gerät gelandet, und während sich der Wagen mit Wasser füllte, flüsterte Kimberly ihm direkt ins Ohr.

Der Recorder glitt an seinem Körper hinunter ins Wasser, und ihre Stimme verstummte. Benommen und fasziniert sah er dabei zu, wie das Gerät versank. Neben seinen Füßen, die auf der Kopfstütze der Rückbank lagen, blieb es schließlich liegen. Er empfand nichts weiter als Schmerz und Verwirrung und wäre gerne wie der Recorder anmutig in die friedliche Stille des dunklen Wassers hinabgetaucht.

Als ein Teil des Daches knackend nachgab und ein Schwall kalten Wassers über seinen Nacken strömte, schwanden erneut seine Kräfte. Er blinzelte und hustete und kämpfte gegen den Schmerz und seine Benommenheit an.

Ich muss hier raus. Und zwar schnell.

Aber er wusste nicht, wie er das anstellen sollte. Unter sich konnte er das Schiebedach erkennen, das gegen den schwarzen

Schlamm und die Wasserpflanzen drückte, und die Türen oberhalb davon waren verbogen. Keine Chance.

Schau nach oben. Noch höher.

Als er den Kopf drehte, wurden die Schmerzen stärker und schwollen zu einem lauten Chor an. Vom Armaturenbrett tropfte Blut in das Wasser neben ihm und verteilte sich, bis es seine Farbe verlor. Er fragte sich, wo er blutete und wie schlimm er verletzt war.

Das spielt jetzt keine Rolle. Und wenn du es hier nicht rausschaffst, wird es auch nie wieder eine Rolle spielen.

Er drehte erneut den Kopf, und für einen Moment wurde er von Schmerzen überwältigt, doch als er wieder etwas erkennen konnte, sah er durch das Fahrerfenster den Himmel. Die Scheibe war gesplittert und der Metallrahmen verbogen, aber dahinter erstreckte sich der Himmel.

Ich schaffe das nicht. Nicht bis nach ganz oben, und nicht allein. Ich brauche Hilfe von da oben. Jemand muss mir …

Was? Ein Netz zuwerfen? Niemand würde ihn aus dem Wasser fischen. Zumindest musste er schon seinen eigenen Teil dazu beitragen.

Er griff nach oben und umschloss mit der Hand das Lenkrad. Sein rechter Arm tat zwar weh, aber er konnte ihn noch bewegen. Er umklammerte fest das Steuer und zog sich wie bei einem Klimmzug daran nach vorne, um seine Beine von der Rückbank zu befreien und näher an das einzige Fenster zu gelangen, hinter dem der Himmel zu sehen war.

Als er auf den Vordersitz plumpste, setzte sich das Fahrzeug in Bewegung, und für eine Schrecksekunde glaubte Barrett, es würde sich nach unten neigen und ihn unter Wasser ziehen, sodass ihm keine Zeit mehr blieb. Aber der Wagen blieb im Gleichgewicht. Er versank nur etwas tiefer in den Schlamm am Grund des Sumpfes, wie ein alter Mann, der in seinem Lehnstuhl hin und her rutschte, um es sich bequem zu machen. Das Wasser stieg zwar weiter, füllte das Innere jedoch nicht vollständig. Der Bereich hinter den Vordersitzen war ganz vom Wasser bedeckt, aber Barrett, der auf dem Fahrersitz wie auf der obersten Sprosse einer Leiter hockte, bekam immer noch Luft. Zumindest solange sich der Wagen nicht nach unten neigte. Der Sumpf war flach, und dieser Tatsache verdankte er es, dass er überhaupt noch am Leben war.

Barrett beugte sich herüber, um es am Türgriff zu versuchen. Dabei schob er sein Gesicht näher an das Fahrerfenster und sah einen Mann mit schwarzer Maske.

Er stand auf der Böschung unterhalb der Straße, nah am Ufer, und hielt auf Höhe seines Gürtels eine Schrotflinte in der Hand, deren Lauf auf Barrett gerichtet war. Er war nicht mehr als drei Meter entfernt. Der Mann mit der schwarzen Maske hatte den Finger am Abzug, und wenn er abdrückte, würde er Barrett nicht verfehlen. Barrett fiel die Pistole ein, die er hatte ziehen wollen, bevor er im Wasser gelandet war. Aber er wusste, dass es zwecklos war, jetzt danach zu suchen. Er saß in der Falle und konnte nichts unternehmen. Also schaute er den Mann bloß an und wartete ab. Zwischen ihnen stand eine Reihe Rohrkolben, die sich wie eine Menschenmenge hin und her bewegten, die versuchte, einen Blick auf das Geschehen zu erhaschen.

Der Mann mit der schwarzen Maske schaute zur Straße hinauf und dann wieder zu Barrett. Er hob den Gewehrgriff ein wenig an und senkte den Lauf, um einen besseren Schusswinkel zu haben.

Dann nahm er den Finger, der in einem Handschuh steckte, vom Abzug.

Er ließ das Gewehr sinken und hatte den Blick immer noch auf Barrett gerichtet, der das Blut aus seinen Augen blinzeln musste, um ihn zu sehen. Der Mann nahm die Schrotflinte in die linke Hand, drehte sich um und stieg die Böschung hinauf, bis er aus Barretts Sichtfeld verschwunden war.

Ein paar Sekunden später heulte ein Motor auf, und das Geräusch entfernte sich.

Dann herrschte Stille. Barrett hob die rechte Hand ans Gesicht, um seine Augen zu säubern, und als er sie wieder herunternahm, war seine Handfläche voller Blut. Er zog am Türgriff, doch die Tür gab nicht nach.

Beim Anblick des verbogenen Metalls und der gesplitterten Scheibe konnte er sich kaum vorstellen, dass sich die Tür je wieder bewegen lassen würde. Er wusste, dass sich das Fenster ohne Hilfe nicht öffnen ließ. Ihm lief Blut über die Augen, und er wischte es mit der Handfläche fort, während er daran dachte, mit der Faust das Fenster einzuschlagen. Er musste es irgendwie aus dem Wagen schaffen, und das war die beste Möglichkeit, die ihm einfiel. Allerdings musste er mit voller Wucht zuschlagen, und jede ruckartige Bewegung könnte den Wagen zum Kippen bringen.

Wenn er seine Pistole finden würde, könnte er auf das Fenster schießen. Sein Verstand sagte ihm, dass die Waffe unter ihm liegen musste, dass die Schwerkraft sie ins Heck des Wagens befördert hatte, das voller Wasser war. Er könnte dort hingelangen, aber er wusste nicht, ob er es wieder zurück nach oben schaffte. Jedenfalls nicht besonders schnell und ohne den Wagen aus dem Gleichgewicht zu bringen. Als er plötzlich eine Stimme sagen hörte, *Nicht bewegen, Kollege*, dachte er, sie käme aus seinem Kopf. Vielleicht war es die Stimme seines Großvaters oder Vaters. Doch als sie erneut ertönte, begriff er, dass jemand oben auf der Straße stand. Barrett hörte ein Plätschern, und dann erschien ein grauhaariger Mann in Jeans und einem kurzärmeligen Hemd am Fenster. Sein Gesicht war angsterfüllt. Er tastete nach dem Türgriff, und Barrett flüsterte: »Vorsichtig.«

Es war das erste Wort, das er seit dem Zusammenstoß gesprochen hatte, und dabei lief Blut über seine Lippen. Aber es war deutlich zu verstehen, und der grauhaarige Mann nickte und zog seine Hand zurück.

»Ich will nicht, dass sich der Wagen neigt«, sagte er.

»Nein«, sagte Barrett und leckte sich das Blut von den Lippen. »Ich auch nicht.«

Der grauhaarige Mann sah ihn an. »Können Sie noch aushalten? Nur eine Minute?«

»Ja«, sagte Barrett, obwohl er nicht sicher war. Sein Kopf hämmerte, und ihm lief immer wieder Blut in die Augen.

»Ich hole Hilfe«, sagte der grauhaarige Mann. »Es dauert nicht lange, Kollege, versprochen. Halten Sie durch. Wenn Sie weiter ruhig bleiben, wird Ihnen nichts passieren.«

»Ja«, sagte Barrett, denn er hielt es für ratsam, ihm zuzustimmen. Der grauhaarige Mann war ziemlich nervös, und Barrett wollte nicht, dass jemand, der so nervös war, sich in der Nähe des Wagens aufhielt.

»Ich bin gleich zurück, Ihnen wird nichts passieren«, sagte der Mann, und dann war er verschwunden. Als Barrett erneut Blut in die Augen lief, schloss er sie einfach und machte sich nicht die Mühe, es fortzuwischen.

Mit geschlossenen Lidern nahm er nur noch den Geruch des Wassers und Blutes sowie die Geräusche in der Dunkelheit wahr. Er vernahm eine leise Stimme und meinte weiter entfernt eine Sirene zu hören, aber er war sich nicht sicher. Außerdem hörte er Grillenzirpen und versuchte, die einzelnen Laute zu zählen. Er fand es hilfreich, sich auf etwas zu konzentrieren, um wach und aufmerksam zu bleiben. Sein Großvater hatte ihm mal erzählt, dass man die Temperatur ermitteln kann, indem man zählt, wie oft eine Grille pro Minute zirpt. Oder waren es dreißig Sekunden? Er konnte sich nicht mehr erinnern. Jedenfalls hatte sein

Großvater behauptet, dass mit steigender Temperatur das Zirpen immer schneller werde. Aber Barrett wusste nicht, ob das stimmte.

Als die Sirene lauter wurde und er das Zirpen nicht mehr hören konnte, dachte er, dass er wegen der Sache mit den Grillen mal jemanden fragen sollte. Während er im rot schimmernden Wasser erneut das Bewusstsein verlor, wollte er unbedingt wissen, ob die Geschichte stimmte.

34

Als Barrett wieder zu Bewusstsein kam, hatte er das Gefühl, dass er irgendetwas Wichtiges vergessen hatte, an das er sich unbedingt wieder erinnern musste.

Aber es wollte ihm nicht einfallen, und während er allmählich seine Umgebung registrierte, erschien es ihm nicht mehr so wichtig. Er sah ein Krankenhauszimmer und spürte seinen trockenen Mund, und die Tatsache, dass sein Verstand Mühe hatte, eine Verbindung zwischen seinen Eindrücken herzustellen, verriet ihm, dass man ihm ein Medikament verabreicht hatte – und zwar ein verdammt gutes. Er spürte keinerlei Schmerzen, obwohl er sich sicher war, dass er eigentlich welche hätte haben müssen.

Er inspizierte seinen Körper so gut er konnte und begutachtete seinen Zustand. Dabei verlor er jedoch ein paarmal den Überblick, sodass er wieder von vorne beginnen musste. In seinem rechten Arm steckten mehrere Schläuche, die zu Infusionsbeuteln voller Flüssigkeiten führten. Seine Beine waren verbunden, ließen sich jedoch bewegen. Er konnte mit den Zehen wackeln und die Knie krümmen. Alles in Ordnung. Aber eine Sache, die er sich nicht erklären konnte, war seltsam. Er spürte ein merkwürdiges Gefühl am Kopf, das nicht von dem Schmerzmittel kam, das durch seinen Kreislauf zirkulierte. Er fuhr sich mit der rechten Hand vorsichtig über den Schädel und fühlte nichts weiter als Stoppeln.

Während er darüber nachgrübelte, betrat der Arzt das Zimmer. Es handelte sich um einen groß gewachsenen, schlanken Mann mit ziemlich dunkler schwarzer Haut, und seine Stimme verriet den Anflug eines britischen Akzents, als er sich als Dr. Abeo vorstellte und Barrett fragte, wie er sich fühle.

»Kahl«, sagte Barrett. »Und durstig.«

Dr. Abeo lächelte, reichte ihm etwas Wasser und entschuldigte sich dafür, dass man Barrett den Kopf rasiert hatte.

»Es ging ein wenig hektisch zu«, sagte er, während Barrett am Wasser nippte. »Wir haben die Haut auf Ihrem Kopf mit siebenunddreißig Stichen genäht und sie an fünf Stellen geklammert und geklebt. Das geht kaum, ohne die Haare zu rasieren.«

Barrett stimmte ihm zu und erklärte, dass er wegen der schrecklichen Frisur niemandem einen Vorwurf machen werde. Der Arzt betrachtete ihn mit einem mitleidigen, fragenden Blick, und Barrett hatte das Gefühl, dass er sich nicht so verständlich ausgedrückt hatte, wie er glaubte.

»Sie haben mir Medikamente gegeben«, sagte er bedächtig. »Richtig?«

»Ja, sie bekommen Medikamente.«

»Ah, darum.«

Dr. Abeo nickte geduldig. »Bald sind Sie wieder wie neu. Es gibt keinen Grund zur Beunruhigung. Bei Ihrer Einlieferung war ich allerdings besorgt wegen des Zustands Ihrer Leber.«

Barrett fand das ziemlich unhöflich. Sicher, er trank etwas mehr, als er sollte, aber wie sehr konnte das seiner Leber schon geschadet haben? Als er versuchte nachzufragen, brauchte er mehrere Anläufe, bis er schließlich das Wort *Whiskey* herausbrachte. Der Arzt brach in ein herzliches, schallendes Lachen aus, das Barrett ein Lächeln ins Gesicht zauberte. Alles halb so wild. Mit diesen Medikamenten und diesem Lachen, wer brauchte da noch Haare?

»Sie haben eine gesunde Leber«, erklärte Dr. Abeo. »Das mit dem Whiskey hätte ich gar nicht vermutet. Aber ich dachte, wir hätten es mit einer Lazeration der Leber zu tun. Verstehen Sie?«

Barrett sagte, dass er wisse, was das bedeute. Darauf erklärte ihm Dr. Abeo, dass mit ihm alles in Ordnung sei. Seiner Leber gehe es gut, und man habe ihn nicht operieren müssen. Er habe eine Bluttransfusion erhalten, und anschließend hätten sie die Wunden an seinem Kopf verarztet. Barrett war müde, und er mochte den Klang von Dr. Abeos Stimme, besonders sein Lachen. Der Arzt setzte seine Ausführungen fort, begann erneut zu lachen und drehte an dem Rädchen eines Monitors.

Dann wurde um Barrett herum wieder alles schwarz.

Als er diesmal zu sich kam, nahm er seine Umgebung zusammenhängender wahr. Der Arzt hielt das für gute Neuigkeiten, denn die Polizei wollte mit ihm reden.

»Der Beamte ist ziemlich ungeduldig«, sagte Dr. Abeo.

»Ich kenne diese Sorte.«

Barrett hatte mit dem Cop bisher nicht zusammengearbeitet. Es handelte sich um einen kurz gewachsenen Latino mit kahl rasiertem Schädel und stechenden, intelligenten Augen. Er stellte sich als Nick Vizquel vor, ohne den Namen seiner Abteilung oder seinen Titel zu nennen.

»Sind Sie von der State Police?«, fragte Barrett.

»Nein. Von der DEA.«

»MDEA?« Maine hatte seine eigene Drogenbehörde.

»Von der Bundesbehörde.«

»Würden Sie mir sagen, warum der Angriff auf mich von der DEA untersucht wird?«

»Reden wir doch über den Angriff. Momentan ist die ganze Sache für mich noch ein wenig undurchsichtig.«

Vizquel zog einen Stuhl ans Bett und erklärte, dass die Geschichte, die Barrett im Rettungswagen erzählt habe, bevor er infolge des Blutverlustes und der Medikamente das Bewusstsein verloren habe, nicht besonders aufschlussreich gewesen sei; er habe lediglich einen maskierten Mann und einen Pick-up mit Zähnen erwähnt.

»Vielleicht können Sie noch mal versuchen, den Pick-up zu beschreiben«, sagte Vizquel mit einem schwachen Lächeln.

Barrett erzählte ihm alles, woran er sich erinnern konnte. Aber das war nicht viel. Er erklärte, dass der Pick-up keineswegs Zähne gehabt habe, sondern einen Kühlerschutz, und dass er schwarz gewesen sei. Wie die Maske und das Gewehr. Er konnte sich jedoch nur bruchstückhaft erinnern, was angesichts seiner Gehirnerschütterung und des Blutverlustes nur logisch war.

»Und Sie sind nach Maine zurückgekehrt, weil …«, sagte Vizquel.

Barrett zuckte mit den Schultern, und Vizquel nickte, als hätte er diese Reaktion erwartet.

»Sicher. Sie waren nur auf der Durchreise, um in der Autolackiererei Bobby Girards Aussage aufzunehmen.«

»Würden Sie mir mal erklären, warum *Sie* hier sind?«, sagte Barrett. »Oder soll ich etwa annehmen, dass die örtlichen Behörden überlastet sind und Sie sich freiwillig gemeldet haben?«

»Ich möchte, dass Sie für mich mit Crepeaux reden.«

»Die DEA will mit Kimberly reden? Worüber?«

»Über den Tod von Cass Odom«, sagte Vizquel, und jetzt war Barrett noch verwirrter als in dem Moment, als er das Bewusstsein zurückerlangt hatte.

»Warum interessieren Sie sich für Cass?«

»Vielleicht will ich wissen, wo sie die Drogen gekauft hat.« Vizquel beugte sich vor und musterte Barrett. »Sie ermitteln tatsächlich immer noch wegen der Morde? Sind Sie ehrlich deswegen zurückgekehrt? Wenn Sie mich anlügen, werde ich das rausfinden, und dann haben Sie ein ernsthaftes Problem.«

»Ich lüge nicht, und ich mag es nicht, wenn man mich bedroht, während ich in einem Krankenhausbett liege.«

»Na schön. Sie sind auf jeden Fall aus einem anderen Grund in Port Hope als ich. Ich interessiere mich nicht für Jackie Pelletier oder Ian Kelly oder irgendwelche Geschichten über die beiden.«

»Wie mitfühlend.«

»Nennen Sie es, wie Sie wollen. Der Tod zweier Menschen raubt Ihnen also den Schlaf. Bei mir sind es über zweihundertsiebenundfünfzig, und es werden immer mehr.«

Barrett starrte ihn an. »Können Sie die Zahl noch mal wiederholen?«

»Sie haben sie gehört.«

»Erklären Sie mir das, bitte«, sagte Barrett.

Vizquel tat ihm den Gefallen. Er kam ursprünglich aus Miami und war über Dayton nach New Hampshire gereist, als er erfuhr, dass Rob Barrett nach Maine zurückgekehrt war. Er hatte diese verschiedenen Orte aufgesucht, weil er der Spur einer tödlichen Charge Heroin gefolgt war, dem über zweihundertfünfzig Menschen zum Opfer gefallen waren.

»Fentanyl?«, fragte Barrett.

»Eigentlich Carfentanyl. Schon mal gehört?«

»Nein.«

»Das ist ein Betäubungsmittel für Elefanten. Kein Witz. Es kommt mit Heroin gemischt aus Laboren in Mexiko und China in die USA. Es überwindet problemlos die Blut-Hirn-Schranke und erzeugt ein unglaubliches Gefühl der Euphorie – kurz bevor es einen umbringt. Fentanyl wirkt bereits in winzigen Dosen tödlich. Zwei Milligramm davon reichen aus. Das sind buchstäblich nur ein paar Sandkörner. Bedenken Sie das. Und jetzt bedenken Sie, dass Carfentanyl ungefähr hundertmal wirksamer ist.«

»Devil's Cut?«, sagte Barrett.

Vizquel zog eine Augenbraue hoch. »Wie bitte?«

»Wird es so genannt? Oder Devil's Calling? Ich habe diese beiden Namen gehört.«

»Das ist mir neu. Aber die Bezeichnungen für Drogen wechseln oft und sind von Region zu Region unterschiedlich.« Er holte sein iPhone hervor und machte sich eine kurze Notiz. »Wer hat Ihnen das erzählt?«

Barrett antwortete nicht, und Vizquel seufzte. »Kommen Sie«, sagte er. »Arbeiten Sie mit mir zusammen, Agent Barrett.«

»Gerne, wenn Sie das auch tun. Aber was hat das alles mit Kimberly Crepeaux und Mathias Burke zu tun?«

»Nichts.« Vizquel hob seine Hand, bevor Barrett etwas einwenden konnte. »Überhaupt nichts. Ich habe die Fallakten gelesen. Ich glaube, dass Sie ein falsches Geständnis bekommen haben, und das ist mir, offen gesagt, egal. Es interessiert mich nicht. Mich interessiert diese Droge. Ich folge ihren Vertriebswegen. Das heißt, ich versuche mir ein Bild davon zu machen. In einigen Gegenden sind die Vorgänge nachvollziehbar. In Port Hope jedoch nicht. Normalerweise kommt es durch die Droge zu einem plötzlichen Anstieg der Todeszahlen. Ich werde mich bald mit einem Gerichtsmediziner treffen, der innerhalb von zwei Wochen ein Dutzend Tote auf dem Tisch hatte. In Ohio gab es in einem einzigen Bezirk insgesamt fünfzig Todesopfer. Das ist hier oben nicht der Fall. Dennoch sind laut den toxikologischen Berichten einige Menschen hier der Droge zum Opfer gefallen, unter anderem Cass Odom. Das sind allerdings nur Einzelfälle, und es ist unklar, von wo aus der Vertrieb organisiert wird. Genau das will ich in Erfahrung bringen. Während die Zahl der Toten immer weiter ansteigt, folge ich diesem Krebsgeschwür durch das ganze Land und spreche mit Gerichtsmedizinern und Cops, um herauszufinden, wo der Stoff ins Land kommt. Dabei hat Maine mein Interesse geweckt.«

»Warum?«

»Weil es in Maine zahlreiche Hafenstädte gibt und ich herausfinden muss, wo die Droge angeliefert wird. In Dayton und Indianapolis, zentral gelegenen Städten mit einem weitläufigen Fernstraßennetz, ist eine Menge von dem Zeug aufgetaucht. Normalerweise steht Maine am Ende der Vertriebskette und ist kein Umschlagplatz. Außerdem sterben hier oben kaum Menschen durch die Droge. Es ergibt keinen Sinn, dass in den kleinen Küstenstädten nur einige wenige Menschen diesem Zeug zum Opfer gefallen sind. Darum frage ich mich … ob es hier angeliefert wurde und ein geschäftstüchtiger Mensch etwas davon abgezweigt hat, bevor der Rest des Landes damit versorgt wurde?«

»Interessante Frage«, sagte Barrett. »Aber dazu kann ich Ihnen nichts sagen. Außerdem haben Sie immer noch nicht meine Frage beantwortet. Jemand hat versucht, mich umzubringen, und obwohl Sie offensichtlich mehr über die Sache wissen als ich, wollen Sie mir nichts darüber erzählen.«

»Wer steckt Ihrer Meinung nach dahinter?«

»Ich bin mir nicht sicher, aber zweifellos will jemand verhindern, dass ich Fragen zu einem Mordfall stelle, der zu früh abgeschlossen wurde.«

»Ich glaube, dass Sie auf einem guten Weg sind, aber Sie denken in die falsche Richtung.«

»Was?«

»Man will Sie zwar davon abhalten, weiter Ihre Fragen zu stellen, aber der Grund dafür ist, dass sich Ihr Augenmerk verlagert hat. Sie stellen keine Fragen mehr zu den Morden, sondern zu den Drogen.«

»Woher wissen Sie das?«

Vizquel lächelte und schüttelte den Kopf. Barrett fragte sich, wer sein Informant war. Millinock? Girard? Johansson?

»Wie sind Ihre Beziehungen zur State Police hier oben?«, fragte er.

»Bestens«, sagte Vizquel, »aber Sie denken immer noch in die falsche Richtung.«

»Dann klären Sie mich auf, und hören Sie auf, irgendwelche vagen Andeutungen zu machen. Ich werde daraus nicht schlau, und darum kann ich Ihnen auch nicht helfen. Wer ist Ihre Informationsquelle, Vizquel?«

Vizquel schenkte ihm ein schwaches ironisches Lächeln. »Es gibt keine Informationsquellen. Ach, übrigens – am Fahrgestell Ihres Wagens war ein GPS-Peilsender angebracht. Darum bin ich hier. Cass Odom fällt dieser Droge zum Opfer, und Rob Barrett wird in einem Mietwagen mit Peilsender fast getötet – darum ist Nick Vizquel nach Maine geeilt, um an Ihrem Bett mit Ihnen zu reden, verstehen Sie?«

Barrett starrte ihn an und versuchte sich einen Reim auf seine Worte zu machen. »Wurden die Daten auf dem Peilsender gelöscht, oder glauben Sie, dass Sie an die Informationen noch rankommen können?«

»Wir versuchen es natürlich, aber falls der Täter nicht nachlässig gehandelt hat, wurden die Daten gelöscht. Sie haben wirklich keine Ahnung, wer den Sender an Ihrem Wagen angebracht haben könnte?«

»Nein. Als Erstes kommt mir Mathias Burke in den Sinn, denn er ist der …«

»Vergessen Sie den Mordfall. Das ist Kinderkram.«

Barrett deutete auf Nick Vizquel und zerrte dabei die Schläuche der Infusionsbeutel über seinen Körper.

»Erzählen Sie das mal Howard Pelletier, Arschloch. Erzählen Sie ihm, dass der Mord an seiner Tochter nur Kinderkram ist.«

Vizquel seufzte. »Ich hatte gehofft, Sie würden kapieren, worum es hier geht. Sie sind ein Bundesbeamter und kein Cop aus der Gegend.«

»Tut mir leid, dass ich Sie enttäusche.«

»Das tun Sie allerdings. Ich könnte Ihre Hilfe brauchen, und Sie reden immer noch von Hausverwaltern, Drogensüchtigen und alten Mordfällen. Vergessen Sie das. Denken Sie an das Geld. Irgendwo macht jemand mit den Drogen einen Haufen Kohle.«

»Da bin ich mir sicher. Aber nicht Kimberly Crepeaux.«

Vizquel wirkte genervt. »Das stimmt. Hören Sie, ich lasse Ihnen meine Karte und meine Handynummer da. Sollte Ihnen irgendwas Nützliches einfallen, sagen Sie mir Bescheid, ja? Sie haben jemandem eine Heidenangst eingejagt, weil Sie nach Maine zurückgekehrt sind. Und ich möchte wissen, wer das war.«

»Ja«, sagte Barrett. »Das wollen wir beide.«

Vizquel legte seine Karte auf den Nachttisch und stand auf. »Sie haben wirklich Glück gehabt.«

Barrett deutete auf den Ständer mit den Infusionsbeuteln neben dem Bett. »Tatsächlich?«

»Ja. Sie sind in den Boxring gestiegen, ohne zu wissen, in welcher Gewichtsklasse Sie kämpfen. Meistens landen Leute wie Sie nicht in einem Krankenhausbett, sondern in der Leichenhalle.«

35

Kurz darauf betrat Dr. Abeo das Zimmer, und nachdem er Barrett von Kopf bis Fuß durchgecheckt hatte, erklärte er ihm, dass er das Krankhaus wieder verlassen dürfe – allerdings verordnete er ihm Bettruhe.

»Sie dürfen nichts heben, das schwerer als eine Bratpfanne ist. Wenn Sie sich an die Bettruhe halten, egal, wie langweilig und öde das ist, werden Sie wieder gesund.«

Barrett nickte und versprach dem Arzt, das Bett zu hüten. Als er ihm erklärte, dass er ein Taxi rufen müsse, um nach Hause zu kommen, wirkte Abeo überrascht.

»Sie werden bereits erwartet«, sagte er.

»Von wem?«

»Da sind zwei Damen.« Abeo lächelte. »Offensichtlich können sie sich nicht ausstehen.«

Barrett wunderte sich über diese Äußerung – bis er in seinem blauen Krankenhauskittel das Wartezimmer betrat und Liz Street und Roxanne Donovan erblickte. Sie saßen in entgegensetzten Ecken des Raums und waren mit ihren Handys beschäftigt, während sie so taten, als würden sie einander nicht bemerken. Liz schaute kurz zu ihm herüber und dann wieder auf ihr Telefon. Bevor sie den Blick abwandte, registrierte Barrett in ihren Augen eine Mischung aus Erleichterung und Verärgerung. Roxanne kam zu ihm herüber und musterte ihn von oben bis unten, dann schüttelte sie missmutig den Kopf.

»Sie haben schon mal besser ausgesehen, Barrett.«

»Ich habe mich auch schon besser gefühlt.«

»Man hat mir gesagt, dass Sie nicht fahren dürfen. Ich dachte, ich könnte Sie zum Flughafen bringen.«

Liz räusperte sich. »Ich dachte, du willst vielleicht zurück Richtung Norden.«

Amüsiert verfolgte Dr. Abeo das Gespräch und zwinkerte Barrett zu. »Ich sehe Sie dann nächste Woche, ja? Und halten Sie sich an die Bettruhe. Norden oder Süden, hüten Sie das Bett.«

Roxanne verdrehte die Augen. »Niemand hier streitet sich um den Mann mit den Klammern am Kopf, Doktor. In Wirklichkeit ist die Außenseite seines Schädels ansprechender als sein Innenleben.«

»Sie haben mir auch gefehlt, Roxanne«, sagte Barrett.

»Ich weiß. Und bevor Sie auf Ihre innere Stimme hören und erneut eine falsche Entscheidung treffen, möchte ich mich mit Ihnen unterhalten.« Sie warf Liz einen Blick zu. »Allein.«

Roxanne lief auf die Tür zu, und Barrett folgte ihr. Als sie im Freien standen und alleine waren, schlug sie einen versöhnlicheren Tonfall an und legte ihm beide Hände auf die Schultern.

»Was … haben … Sie … nur … getan?«

»Ich habe meiner Karriere den Todesstoß versetzt.«

»Die gute Nachricht ist: Da Sie krankgeschrieben sind, haben Sie etwas Zeit gewonnen. Es wäre schlechter Stil, einen Agenten zu feuern, der beinahe getötet worden wäre. Aber jetzt mal ehrlich, Barrett, was haben Sie sich dabei gedacht?«

Er erzählte ihr von Howards und Kimberlys Anrufen und davon, wie er nach Portland geflogen war, um die beiden persönlich zu treffen.

»Und das hier« – er zeigte auf seinen verletzten Kopf – »deutet darauf hin, dass ich nicht verrückt bin. Vor diesem Zwischenfall bin ich nur meinem Instinkt gefolgt. Ich hatte nicht den geringsten Beweis. Aber jetzt hat irgendjemand versucht, mich umzubringen, weil man nicht will, dass ich erneut dieselben lästigen Fragen stelle.«

»Die DEA behauptet, dass es bei der Sache um etwas anderes geht«, sagte sie.

»Haben Sie mit etwa mit meinem Freund Vizquel gesprochen?«

»Ja. Er hat mir von dem Peilsender erzählt und mich gefragt, ob er vielleicht von uns stammt. Denn er wusste, dass Sie ›bei uns in Ungnade gefallen sind‹, um ihn zu zitieren.«

»Interessant. Er hat mir gegenüber nicht angedeutet, dass das heiß geliebte FBI dahinterstecken könnte, für das ich so unermüdlich im Einsatz bin. Wahrscheinlich hätte ich selbst darauf kommen müssen.«

»Glauben Sie etwa, wir wussten, dass Sie hierher zurückgekehrt sind? Ich bitte Sie. Dann hätten wir Sie am Flughafen abgefangen und in die nächste Maschine nach Hause gesetzt. Und Sie sollten sich jetzt auch auf den Weg dorthin machen. Mit der Behinderung der DEA-Ermittlungen, ob absichtlich oder nicht, haben Sie eine Grenze überschritten.«

Er antwortete nicht.

Roxanne musterte ihn traurig. »Aus Ihnen hätte ein großartiger Agent werden können, Barrett. Inzwischen bereue ich es, dass ich Sie hierher geschickt habe. Ich dachte, sie wären der richtige Mann für den Fall und könnten dabei Ihre Ortskenntnisse nutzen. Ich hatte nicht damit gerechnet, dass Sie sich in einer Lüge verstricken. Sie wirkten nicht wie jemand, dem das passieren könnte.«

»Ich habe Ihnen nur was vorgespielt«, sagte er.

Doch Roxanne lächelte nicht. »Sollte einer meiner Vorgesetzten Sie in den nächsten Tagen anrufen, müssen Sie genau wissen, worüber wir beide gesprochen haben: über Ihre Verletzungen und meine Sorge um Ihren Gesundheitszustand. Mehr nicht. Verstanden?«

»Sicher.«

Sie setzte ihre Sonnenbrille auf, damit er nichts an ihren Augen ablesen konnte, als sie sagte: »Hat man Ihnen mitgeteilt, dass unabhängig von Ihrem hilfreichen Vorstoß die Ermittlungen immer noch laufen?«

»Die Ermittlungen wegen der Drogen oder der Morde?«

»Letzteres. Offensichtlich in beiden Fällen, aber ich meine Letzteres. Die State Police in Maine hält den Fall noch nicht für abgeschlossen, egal, was sie der Öffentlichkeit mitgeteilt hat.«

»Wenn die Ermittlungen noch laufen, warum haben sie das dann nicht den Familien gesagt? Howard Pelletier hockt da oben in Port Hope und verliert langsam den Verstand. Das ist nicht in Ordnung, das ist grausam.«

»Wenn sie ihn nicht davon unterrichten, gibt es dafür wahrscheinlich einen Grund.«

»Was soll das heißen?«

Sie breitete die Hände aus. »Keine Ahnung. Ich habe Ihnen alles gesagt, was ich über die Sache weiß. Eigentlich hätte ich Ihnen das gar nicht erzählen dürfen, aber mehr weiß ich nicht. Okay?«

»Okay. Danke.«

»Treffen Sie ab jetzt die richtigen Entscheidungen, Barrett«, sagte sie. »Ich weiß, dass das ungewohnt für Sie ist, aber es gibt keinen besseren Zeitpunkt als jetzt, um damit zu beginnen.«

Mit diesen Worten drehte sie sich um und lief zu ihrem Wagen.

36

Als Barrett wieder ins Gebäude zurückkehrte, erhob sich Liz von ihrem Platz, um ihn zu begrüßen. Allerdings gab sie ihm nicht die Hand. Selbst Roxanne hatte ihn angefasst. Liz hielt jedoch Abstand.

»Deine ehemalige Chefin mag keine Reporterinnen«, sagte sie.

»Darum kündige ich vielleicht.«

Sie hob eine Hand in die Höhe. »Verschon mich damit.« Ihr Blick wanderte von seinen Augen nach oben, und als sich ihr Gesicht verfinsterte, wusste er, dass sie die böse Wunde an seinem Schädel betrachtete. »Wie fühlst du dich?«

»Ziemlich auffällig«, sagte er. »Ich hätte gerne eine Mütze.«

»Wie wär's mit einer Mitfahrgelegenheit?«

»Gerne beides.«

»Dann bist du bei mir richtig.«

Sie verließen das Krankenhaus und liefen zu dem ramponierten Ford Mustang. Etwas Schlimmeres als dieser Wagen, mit seinem Hinterradantrieb und der hohen Drehzahl, war für einen Einwohner von Maine eigentlich nicht vorstellbar. Natürlich fuhr Liz seit Jahren damit unbeirrt durch die Gegend.

»Du hast ein paar Klamotten in meinem Haus. Bis wir dort sind, kann ich dir mit einer Mütze aushelfen.«

Die Rückbank des Wagens sah aus wie eine Mischung aus mobilem Büro und verwaistem Lagerraum, und Liz musste ein paar

Minuten herumwühlen, bis sie eine Kappe der New England Patriots gefunden hatte.

»Bitte sehr.«

Barrett starrte auf die Kappe und schüttelte den Kopf. »Du weißt, dass ich die nicht tragen kann.«

Seit seiner Geburt war er ein Giants-Fan.

»Du siehst aus wie jemand aus *The Walking Dead* und willst trotzdem die Mütze nicht aufsetzen?«

»Genau.«

Sie seufzte, warf die Kappe auf den Rücksitz und kramte eine andere hervor.

»Dann hätte ich noch diese im Angebot.« Sie hielt ihm die Mütze hin – darauf prangten ein Cartoon-Elch in Yogahaltung sowie der Schriftzug NAMOOSTE. »Welche ist dir weniger peinlich?«

Er nahm die Mütze mit dem Elch.

Nachdem die beiden den Wagen bestiegen hatten, startete Liz den Motor – das Rumpeln passte eher zu einer Werft als zu einem Parkplatz – und wandte sich in seine Richtung. »Kimmy ist verschwunden.«

»Was?«

»Howard Pelletier hat es mir erzählt. Nachdem die Nachricht über den Angriff auf dich die Runde gemacht hatte, sind die Medien bei ihr aufgekreuzt, und sie ist abgehauen. Sie hat sich den Wagen ihrer Großmutter geschnappt und damit aus dem Staub gemacht.«

»Mist.«

»Die Medien machen ihr Angst.«

»Mag schon sein. Aber deshalb ist sie nicht abgehauen. Sie hat Angst vor Mathias.«

»Er hat mir ein Interview gegeben und gesagt, dass die Polizei den Vorfall nach deinem Besuch bei Bobby Girard unbedingt untersuchen muss.«

Barrett schloss die Augen und holte Luft. »Und Howard?«

»Ich soll dir alles Gute wünschen«, sagte sie. »Er wollte sich nicht offiziell zu der Sache äußern.«

»Gut.«

»Was glaubst du, wer hat es auf dich abgesehen?«

»Keine Ahnung.« Er musste die ganze Zeit in den Seitenspiegel starren und fragte sich, wie es ihm ergehen würde, wenn er das nächste Mal selbst hinter dem Steuer saß. Ob er in der Lage wäre, den Blick vom Spiegel abzuwenden und nicht an den schwarzen Pick-up zu denken, dessen Kühlerschutz ihn an gefletschte Zähne erinnert hatte.

»Die State Police hat sich nicht mal die Mühe gemacht, mit mir zu reden«, sagte er, »aber ein Agent der DEA hat mich aufgesucht. Weil man an meinem Wagen offensichtlich einen Peilsender gefunden hat.«

Liz drehte sich mit weit aufgerissenen Augen in seine Richtung.

»Behalt die Straße im Auge«, sagte er. »Ich habe von meinem letzten Unfall erst mal genug.«

Sie wandte sich von ihm ab. »Die DEA.«

»Ja. Man hat mich aufgefordert, den Fall in einem größeren Zusammenhang zu betrachten und Kinderkram wie die Morde an Jackie Pelletier und Ian Kelly zu ignorieren. In einem größeren Zusammenhang bedeutet für die DEA Drogen und Geld. Der Agent hat Sex und Rock 'n' Roll zwar nicht erwähnt, aber ich schätze, darum geht es ebenfalls.«

»Mathias hatte bisher nichts mit Drogen zu tun. Girard schon.«

»Ich weiß«, sagte er, und als er merkte, dass er sich wie ein totales Arschloch anhörte, fügte er hinzu: »Tut mir leid. Ich versuche nur zu verstehen, was los ist. Als du Kimberlys Geschichte gehört hast, dachtest du dasselbe wie ich: Sie lügt nicht. Jedenfalls nicht in allen Punkten.«

»Nein.«

»Aber …«

»Aber ihre Geschichte passt nicht zum Rest.«

»Genau.« Er hielt inne. Dunkel und düster zeichnete sich vor ihnen die Landschaft ab, während Gewitterwolken aufzogen und auf die dünnen Nebelschwaden trafen, die von der Küste herüberwehten. Mit seinem undurchdringlichen Nebel und den tiefen Wäldern, mit seinen Schneemassen und dem tiefen Ozean konnte der Staat Maine eine Menge verbergen, wenn er wollte. Barrett dachte über das nach, was Roxanne und Nick Vizquel ihm erzählt hatten, und verspürte erneut ein vertrautes Gefühl der Angst.

»Vielleicht hat Kimberly doch gelogen«, sagte er leise. »Vielleicht hat sie mir nur erzählt, was ich hören wollte, und darum habe ich ihr geglaubt. Wie jeder Cop das tun würde, dem eine Verurteilung wichtiger als die Wahrheit ist.«

»Aber du hast weiter deine Fragen gestellt«, sagte Liz. »Wenn du ein schlechter Cop wärst, Rob, hättest du das nicht getan.«

»Aber laut Nick Vizquel stelle ich die falschen Fragen.«

»Und du bist deswegen fast gestorben. Ich sage das nur ungern, aber … nicht alle deine Fragen können falsch gewesen sein.«

Barrett betrachtete die vorüberziehende Straße und überlegte, welche Frage richtig gewesen war. Ein paar Regentropfen, groß wie Fünf-Cent-Stücke, klatschten auf die Windschutzscheibe. Liz schaltete die Scheibenwischer ein, während sie weiter Richtung Norden fuhren und der Himmel um sie herum immer dunkler wurde.

»Ich habe schon eine Weile nicht mehr an Cass Odom gedacht«, sagte er. »Ich habe ihr kaum Beachtung geschenkt, da sie bei meiner Ankunft bereits tot war. Vielleicht war das falsch.«

Liz warf ihm einen Blick zu. »Ich kann dir nicht folgen.«

»Ich weiß selbst nicht, ob ich das kann«, sagte er. »Aber die DEA glaubt, dass ich Kimberly nur eine einzige Frage stellen muss, und zwar zu Cass.«

Die vereinzelten Regentropfen waren nur Vorboten gewesen, und im Norden wurden die beiden von strömendem Regen begrüßt. Liz drosselte das Tempo und stellte die Scheibenwischer auf die höchste Stufe.

»Du verfügst doch über Informanten in der Gerichtsmedizin, oder? Ich kann mich noch an deine Artikel erinnern.«

Liz hatte einen Preis für eine Artikelserie über die starke Belastung gewonnen, der Gerichtsmediziner und Leichenbeschauer durch Drogentote ausgesetzt waren. »Ich kenne dort ein paar Leute, die mit mir reden werden«, sagte sie mit einem Anflug von Bedenken. »Was soll ich sie fragen?«

»Ich brauche den gerichtsmedizinischen Bericht zu Cass Odom und J. R. Millinock. Sein voller erster Vorname lautet Julian.«

»Warum?«, fragte Liz.

»Weil Vizquel sich für die Droge interessiert, die Cass getötet hat, und herausfinden will, woher sie kommt. Ich weiß bereits, wer den Stoff verkauft hat, der Julian Millinock getötet hat – Jeff Girard. Falls die beiden Fälle eine Übereinstimmung aufweisen … würde das vielleicht Vizquels Frage beantworten. Oder zumindest ein paar offene Punkte klären.«

»Ist das aus den toxikologischen Berichten ersichtlich?«

»Keine Ahnung. Darum muss ich ja einen Blick darauf werfen. Meinst du, du kriegst das für mich hin?«

»Ich kann's versuchen.«

»Weißt du noch, was Kimberly gesagt hat über … Mist, wie war noch mal ihr Name?« Die Schmerzmittel hatten sein Erinnerungsvermögen getrübt. »Ich weiß den Namen nicht mehr. Kimberly hat uns etwas von einer Frau erzählt, die ertrunken war, aber dann stellte sich heraus, dass sie doch nicht ertrunken war … so was in der Art. Du hast gesagt, du hättest darüber berichtet.«

»Molly Quickery. Ihre Leiche wurde draußen bei Owls Head an den Strand gespült. Und nicht vor dem Haus der Kellys, so wie Kimberly es uns erzählt hat.«

»Aber sie war Teil der Szene.«

»Welcher Szene?«

»Der Drogenszene.«

»Ja.«

»Meinst du, du kannst die Unterlagen zu ihr ebenfalls besorgen?«

»Ich weiß nicht, ob bei ihr eine vollständige toxikologische Untersuchung durchgeführt wurde. Ich weiß nur, dass der Leichenbeschauer gesagt hat, Molly sei bereits bewusstlos gewesen, bevor sie im Wasser war. Es gebe keine Beweise dafür, dass sie ertrunken sei. Da war er sich sicher.«

Barrett hatte weitere Fragen. Aber die Pillen, die er genommen hatte, verbreiteten in seinem Gehirn ein wohliges Gefühl der Benommenheit, als würde ihm eine Stimme leise zuflüstern, dass er nicht länger in diesem Moment verweilen und sich keine Sorgen machen müsse. Er brauche nur die Augen zu schließen, und die Medikamente würden sich um den Rest kümmern. Er kämpfte dagegen an, aber das Flüstern klang äußerst verlockend.

Der Regen prasselte in einem unablässigen Staccato auf den Wagen, und Liz hatte den Blick auf die Straße gerichtet. Also schloss er für einen Moment die Augen. Nur ganz kurz, sagte er sich, denn er musste sich erneut jene Erinnerung ins Gedächtnis rufen, die sich ihm nach dem Aufwachen im Krankenhaus entzogen hatte. Es war die Erinnerung an einen vagen, diffusen Gedanken, der ihm durch den Kopf gegangen war, während er sich unter Wasser befunden hatte, während an seinem Gesicht Blut heruntergelaufen war und er nach Hilfe Ausschau gehalten hatte. Aber er bekam ihn nicht zu fassen. Los, denk nach. Konzentrier dich.

Er wusste nicht mehr, wann er eingeschlafen war, und kam erst kurz bevor Liz den Wagen anhielt wieder zu sich. Die Sonne würde bald untergehen, und sie bogen gerade in ihre Auffahrt.

»Tut mir leid«, sagte er. »Ich bin wohl weggedöst, was?«

»Nur kurz.«

Sie stieg aus dem Wagen, und er folgte ihr. Seine Bewegungen waren unbeholfen, und jeder einzelne Muskel schien zu schmerzen. Liz schloss die Tür auf und führte ihn durch die kleine, helle Küche in einen Raum mit einer breiten Fensterfront, die von dem nachlassenden Sonnenlicht beschienen wurde.

»Soviel ich weiß, wurde dein Handy beschlagnahmt«, sagte sie.

»Das nehme ich an. Aber das macht nichts, es ist sowieso direkt als Erstes im Wasser gelandet. Allerdings wird Kimberly versuchen, mich unter meiner Nummer zu erreichen. Ich muss sie finden. Außerdem muss ich mit Howard reden.«

Liz berührte ihn jetzt zum ersten Mal, seit sie ihn im Krankenhaus abgeholt hatte; sie trat dicht an ihn heran und faltete hinter seinem Hals ihre Hände.

»Du hättest dabei draufgehen können«, sagte sie. »Ist dir das überhaupt klar?«

Er nickte und dachte daran, wie er im Wagen gelegen hatte, während das Wasser immer weiter angestiegen und Blut an ihm heruntergelaufen war. »Ich habe mit diesem Gedanken Bekanntschaft gemacht.«

Sie drückte ihr Gesicht gegen seins, und die beiden standen wie ein Tanzpaar, Wange an Wange, da. Liz sagte nichts. Barrett legte seine Hände um ihre geschmeidigen Hüften und schloss die Augen. Dabei verspürte er ein Gefühl der Geborgenheit, wie er es seit Monaten nicht mehr empfunden hatte. Es schnürte ihm den Hals zu, und seine Kehle begann zu kribbeln. Obwohl er Liz seit fast zwanzig Jahren kannte, hatte sie manchmal immer noch diese Wirkung auf ihn. Verdammt, es reichte schon, wenn er nur an sie dachte, ganz zu schweigen davon, wenn er sie tatsächlich in den Armen hielt.

»Man hat dir Bettruhe verordnet«, sagte sie. »Ich habe den Arzt selbst gehört.«

Sie reckte sich empor und gab ihm einen Kuss. Bei der Berührung ihrer Lippen kam ihm die Vorstellung, dass er gerade in ihrer Gegenwart geschlafen hatte oder es je wieder tun würde, lächerlich vor – sämtliche seiner Nervenenden waren jetzt von fiebriger Erregung erfüllt. Er zog sie dichter zu sich heran, doch sie wich von ihm zurück und schüttelte den Kopf. Für einen Schreckmoment dachte er, sie würde ihm sagen, dass sie nicht noch einmal den Fehler machen werde, mit ihm eine Beziehung einzugehen.

Doch dann sagte sie: »Tut mir leid, aber du musst diese bescheuerte Mütze abnehmen.«

Barrett fing an zu lachen und setzte die Baseballkappe mit dem Elch-Logo ab. Ihr zärtlicher Blick wanderte zu seinem Kopf und der bösen Wunde.

»Du sollst dich schonen«, sagte sie und griff nach seiner Hand. »Ich muss also vorsichtig sein.«

Und das war sie. Überaus behutsam vollführte sie ihre anmutigen, sinnlichen Bewegungen, während sie ihn aufforderte, still zu liegen, still zu liegen, still zu liegen – er hielt sich, solange er konnte, an ihre Anweisungen, und als er sich schließlich darüber hinwegsetzte, hatte sie nichts dagegen einzuwenden. Als sie fertig waren, lag Liz mit ihrem Kopf auf seiner Brust, und ihre Körper waren schweißgebadet. »Du musst an deiner Ausdauer arbeiten«, sagte sie.

»Das werde ich, versprochen. Wie wär's mit einer zweiten Chance?«

»Das ist nur gerecht.«

37

Als Barrett aufwachte, verspürte er eine Mischung aus Lust und Schmerz. Liz hatte sich zusammengerollt an ihn geschmiegt, und die Rundung ihrer Hüfte drückte gegen seinen Körper. Es war ein herrliches Gefühl. Doch der Schmerz in Hals und Schulter schwoll zu einem kreischenden Crescendo an. Es fühlte sich an, als würde er aus der Bewusstlosigkeit und Dunkelheit emporsteigen, als der Raum um ihn herum undeutlich Gestalt annahm und seine Sinne und sein Gedächtnis eine Verbindung zu seiner Umgebung herstellten.

Erst als Liz aufstöhnte und sich bewegte, begriff er, was ihn geweckt hatte – das Vibrieren ihres Handys, das verkehrt herum auf dem Nachttisch lag. Sie griff danach, warf blinzelnd einen Blick auf das Display und nahm den Anruf entgegen.

»Hallo? Ja, ihm geht's gut. Er ist jedenfalls noch am Leben.« Nach einer Pause sagte sie: »Ich weiß das, weil er bei mir ist.« Eine erneute Pause. »Warum sagen Sie es nicht mir?« Eine Pause. »Okay. Warten Sie.«

Sie drehte sich zu Barrett um. Dabei rutschte die Decke von ihren Brüsten, und eine Hälfte ihres Gesichts wurde vom blauen Schein des Handys erleuchtet. »Howard Pelletier will mit dir reden.«

Barrett nahm das Telefon und hielt es ans Ohr. »Hallo, Howard.«

»Barrett, ich wäre ja ins Krankenhaus gekommen, wenn nicht … diese ganze Aufmerksamkeit.«

»Ich weiß.«

»Geht es Ihnen gut? Werden Sie wieder gesund?«

»Mir geht's gut.«

»Ich hatte es gehofft. Es tut mir leid.«

»Haben Sie versucht, mich umzubringen?«

»Was? Nein!«

»Dann müssen Sie sich auch nicht entschuldigen.«

»Aber Sie wissen, was das zu bedeuten hat. Sie haben einen wunden Punkt getroffen, weil Sie recht hatten. Wir beide hatten recht. Kimmy hat nicht gelogen. Und jetzt ist sie verschwunden. Ich mache mir Sorgen um sie, Barrett. Ich kann sie nirgends erreichen, und sie ruft nicht zurück. Sie hat sonst immer zurückgerufen. Ich glaube, dass sie abgehauen ist, als sie das mit Ihnen erfahren hat.«

»Haben Sie eine Idee, wo sie stecken könnte?« Barrett setzte sich auf und zog seine Hose an, und jeder seiner Rückenmuskeln spannte sich dabei wie eine Klaviersaite.

»Keine Ahnung. Die Leute reden mit mir nicht über sie, wissen Sie? Sie sind … wie erstarrt, wenn ich nur ihren Namen erwähne.«

Als Barrett sich erhob, breiteten sich die Schmerzen in seinem Körper weiter aus, als würden sie sich über die Gelegenheit freuen, weitere Druckpunkte aufzuspüren. Er verließ das Schlafzimmer und ging nach unten, wo er die Flasche mit den Schmerztabletten abgestellt hatte. Er spülte mit einem Glas Wasser zwei Tabletten herunter, während er dabei zuhörte, wie Howard Kimberlys mögliche Aufenthaltsorte aufzählte und wieder verwarf. Doch Barrett war mit seinen Gedanken woanders. Beim Aufwachen hatte er sich wieder an das erinnert, was ihm im Krankenhaus nicht eingefallen war. Die Erinnerung war in dem Gefühl verborgen gewesen, von irgendwo weit unten, von einem dunklen, einsamen Ort, in die Höhe zu steigen. Ihm war wieder eingefallen, wie er sich im Wasser seine Rettung vorgestellt hatte, als ihm klar geworden war, dass er es nicht alleine schaffen würde.

»Ich werde Kimberly finden«, sagte er. »Versprochen, Howard. Aber können Sie die Sache mal für einen Moment vergessen? Ich habe eine technische Frage an Sie.«

»Was denn?«

Barrett war froh, dass er Howards Augen nicht sehen musste, als er sagte: »Ich habe mich gefragt, ob man ein Netz benutzt hat.«

»Ein Netz?«

»Ein Wurfnetz. Don Johansson und Clyde Cohen hatten recht, als sie meinten, dass es für einen Mann – oder selbst zwei – ziemlich schwer gewesen wäre, die versenkten Leichen wieder ans Ufer zu transportieren. Darum habe ich mich gefragt, ob es sein kann, dass man ein Netz ins Wasser geworfen und … es wieder herausgezogen hat. Dann hätte man nicht nach ihnen tauchen und die schweren Leichen umständlich ans Ufer schleppen müssen.«

Barrett lauschte Howard Pelletiers Atem, während er sich vorstellte, wie jemand ein Netz ins Wasser warf und Jackies geschundenen Körper herauszog.

»Das hätte nicht funktioniert«, sagte Howard schließlich, und in diesen vier Worten kam zum Ausdruck, wie sehr ihm das Gedankenspiel zusetzte. Sein Schmerz schnürte ihm die Kehle zu.

»Nein?«

»Ein Wurfnetz hätte sich über sie gelegt.« Howard räusperte sich und fuhr mühsam fort. »Diese Netze sind mit Gewichten beschwert, damit sie zu Boden sinken, und man holt nur das, was sich über ihnen befindet, nach oben. Verstehen Sie? Wenn man etwas vom Grund nach oben befördern will, zieht man nur Pflanzen und vielleicht ein paar Fische heraus. Das Netz würde über das, was am Grund liegt, hinweggleiten.«

Das klang für Barrett vollkommen logisch. Er schämte sich, dass er Howard gedrängt hatte, es ihm zu erklären, und noch schlimmer, es sich vorzustellen.

»Tut mir leid, Howard. Ich bin ein wenig neben der Spur. Als ich im Wasser lag, da dachte ich … da hoffte ich … Vergessen Sie's. Das war eine blöde Frage, und es tut mir leid.«

»Sie sollten mal etwas Zeit auf einem Fischerboot verbringen«, sagte Howard und versuchte die Sache mit Humor zu nehmen. »Sind Sie sicher, dass es Ihnen gut geht?«

»Mir geht's gut.«

»Und Sie werden Kimberly finden?«

»Das werde ich«, sagte Barrett.

Nachdem er Howard versprochen hatte, dass er sich bei ihm melden werde, sobald er Neuigkeiten habe, legte er auf. Kurz darauf ertappte er sich dabei, wie er mit schmerzerfülltem Zucken nachdenklich die Flaschen mit den Pillen betrachtete. Er hasste das Bedürfnis, das er danach verspürte, und die emotionale und mentale Erleichterung, die er empfand, bevor die körperliche Wirkung überhaupt eingesetzt haben konnte; sein Gehirn verlangte nach dieser neuen chemischen Substanz, an die es sich so schnell und mühelos gewöhnt hatte. Er dachte an Don Johanssons hohlwangiges Gesicht und seine rotgeränderten Augen. *Ich habe mir den* Rücken *verletzt.* Vielleicht hatte er das tatsächlich irgendwann mal. So fing es bei vielen Leuten an. Und schließlich hockte man alleine in seinem Haus, während sich auf dem Boden des Wohnzimmers die Bierdosen ansammelten.

Doch Barrett hatte tatsächlich Schmerzen, und wenn er heute Abend eine weitere Pille nahm, bedeutete das nicht zwangsläufig, dass er morgen eine weitere nehmen würde. Solange er aufpasste und die Kontrolle behielt.

Er griff nach einer der Flaschen, als Liz sich von der anderen Seite des Raums zu Wort meldete.

»Ein Wurfnetz?«

Seine Hand verharrte über der Flasche, und er drehte sich zu ihr um. Sie lehnte mit Shorts und einem T-Shirt bekleidet im Türrahmen und musterte ihn.

»War eine Schnapsidee«, sagte er. »Aber als ich da unten im Wasser lag und überlegt habe, wie ich an die Oberfläche komme, hoffte ich, dass mir jemand von oben ein Netz herunterwirft. Keine Ahnung, warum ich mir das vorgestellt habe. Ich hatte mehr oder weniger aufgegeben und wollte sicher sein, dass da oben irgendjemand war, der mir hilft. Oder zumindest von mir wusste. Mehr nicht. Einfach nur von mir wusste. Ich dachte, ich würde sterben, und ich wollte glauben, dass jemand in meiner Nähe war, wenn ich mich von dieser Welt verabschiedete.« Er zuckte mit den Achseln. »Wie gesagt, war nur eine Schnapsidee.«

Liz sagte nichts. Sie hatte die Arme unter den Brüsten verschränkt und blickte zu Boden.

»Ein guter Freund meines Vaters ist auf einem Boot gestorben, das die beiden zusammen gebaut haben«, sagte sie schließlich. »Während des Sturms, in dem auch die *Andrea Gail* gekentert ist, das Schiff, über das sie diesen Film gedreht haben. Weißt du noch, wie wir ihn uns zusammen angesehen haben?«

»Ja.« Er konnte sich noch lebhaft daran erinnern. Damals hatte er sie zum ersten Mal weinen gesehen, und er war überrascht gewesen, dass der Grund dafür ein George-Clooney-Film über die Besatzung eines Fischerboots war. Als später dann ihr Vater ertrank, erinnerte er sich voller Unbehagen an diesen Moment – als hätte sie damals eine Vorahnung gehabt.

»Die Sache hat meinen Vater natürlich schwer mitgenommen«, sagte sie. »Nicht nur, weil er einen Freund verloren hatte, sondern auch, weil er das Boot selbst gebaut hatte. Als ob das Boot es durch den Sturm geschafft hätte, wenn man die Achterleine anders angebracht oder mehr Zeit auf eine der Verbindungsstellen verwandt hätte. Wenn es ihm besonders schlecht ging, stellte er sich vor, wie es sich angefühlt hatte, dort alleine im Wasser zu treiben. Er hat sich immer wieder gefragt, wie man den Himmel wohl wahrnahm. Ob man glaubte, dass er sich mit dem Wasser gegen einen verschworen hatte, oder ob er … keine Ahnung, einem wohlgesonnen war.«

Sie fuhr sich mit dem Daumen unter dem linken Auge entlang. Wer sie nicht kannte, hätte das für eine bedeutungslose Geste gehalten.

»Tu das alles nicht nur für Kimmy«, sagte sie. »Oder für deinen Großvater oder deinen Vater.«

»Was soll ich nicht tun?«

»Hör auf, mir Fragen zu stellen, als wüsstest du nicht, was ich meine!«, brüllte sie. Barrett war überrascht, denn Liz hatte nicht die Angewohnheit zu brüllen oder auszurasten. Sie war stets beherrscht, stets zurückhaltend.

»Du wärst gestern beinahe gestorben«, sagte sie, darum bemüht, die Stimme zu senken. »Ich will, dass du mir erklärst, warum es das alles wert ist.«

»Weil ich es wissen muss«, sagte er.

»Was, Rob?«

»Die Wahrheit.«

»Natürlich. Aber warum ist es das wert?«

Es war ihm peinlich, dass er einen Moment darüber nachdenken musste, dass er keine Antwort parat hatte, die er ihr mit voller Überzeugung entgegenschleudern konnte. Er dachte darüber nach und sagte dann: »Es ist besser, als die Ungewissheit zu ertragen, Liz. Glaub mir. Wenn ich Howard, Amy und George ihre Ungewissheit nehmen kann, ist es das wert.«

Sie nickte entnervt. »Du machst dich also auf den Weg, um Kimmy zu suchen. Habe ich das richtig verstanden?«

»Ich muss sie finden, ja.«

Sie hielt ihm ihre schmale Hand hin, den Blick immer noch zu Boden gerichtet. »Kann das bis morgen warten?«

»Ja«, sagte er. »Das kann es.«

Die beiden schliefen nicht noch einmal miteinander und unterhielten sich auch nicht mehr. Schließlich schlummerte Liz zusammengerollt und eng an seinen Körper geschmiegt ein. Vage konnte er sich erinnern, dass sie das auch früher schon mal getan hatte.

Nach einer ganzen Weile schlief er ebenfalls ein. Sein letzter bewusster Gedanke war, dass sie ihn davon abgehalten hatte, erneut nach der Flasche mit den Pillen zu greifen, und dafür war er dankbar. Denn er hatte jetzt keine Schmerzen mehr.

38

Liz stand unter der Dusche, als Barrett wieder aufwachte. Die Sonne war bereits aufgegangen. Er stieg aus dem Bett und versuchte vergeblich, seinen lädierten Körper zu strecken und zu lockern. Dann setzte er sich mit dem Rücken an der Wand auf den Boden und betrachtete sich in dem Ganzkörperspiegel, der an der Badezimmertür angebracht war. Er hatte lachen müssen, als Liz ihn daran befestigt hatte, bevor sie die Tür eingehängt hatte. Denn sie hatte ihn nicht, wie beabsichtigt, an der Innenseite, sondern an der Außenseite montiert. Doch statt ihn wieder abzunehmen oder die Türscharniere umgekehrt anzuschrauben, hatte sie nur mit den Achseln gezuckt und einfach weitergemacht. Der Spiegel war ein wunderbares Symbol für Liz' Haltung. Entweder verbrachte man Zeit damit, etwas zu reparieren, oder man akzeptierte die Dinge, wie sie waren. Liz bevorzugte Letzteres.

Heute brachte ihn der Spiegel jedoch nicht zum Lachen. Sein Oberkörper war mit Blutergüssen und oberflächlichen Schnittwunden übersät, und die Prellung oberhalb seiner Leber war so dunkel, dass sie eher wie ein Muttermal aussah. Die lange Wunde auf seinem frisch rasierten Schädel, die von den Stichen unterteilt wurde, erinnerte an einen Regenwurm. Ohne Haare auf dem Kopf wirkten seine blauen Augen heller als sonst. Und kälter.

Mit grimmiger Neugier betastete er die Wunde. Jemand hatte versucht, ihn umzubringen. Und hätte es beinahe geschafft.

Liz öffnete die Tür. Sein Spiegelbild schwang zur Seite und verflüchtigte sich, als das Glas von Dampf bedeckt wurde.

»Begutachtest du deine Verletzungen?«, fragte Liz. Sie hatte ein Handtuch oberhalb der Brüste lose zusammengeknotet und fuhr sich mit einer Bürste durchs Haar. Der tätowierte Schriftzug entlang ihres Schlüsselbeins war jetzt vollständig zu sehen: *Immer einen Handbreit Wasser unterm Kiel.* Der alte Seefahrergruß – der Wunsch, dass einem das Meer mit seinen Strömungen und Gezeiten wohlgesonnen war.

Der Spruch stand auch auf dem Grabstein ihres Vaters. Allerdings war das Grab leer. Als sein gekentertes Boot von der Küstenwache vor der Küste von Halifax geborgen wurde, war niemand an Bord. Liz war damals achtzehn Jahre alt gewesen. Sowohl sie als auch Rob hatten das College besucht, als sie beide ihre Väter verloren hatten. Eine Zeit lang glaubte er, dass die gemeinsame Trauer sie einander näherbrachte und ihnen ungewollt eine größere Reife verlieh. Später fragte er sich, ob sie beide fürchteten, dass sie einen schädlichen Einfluss aufeinander hatten und öfter vom Pech heimgesucht wurden, wenn sie zusammen waren.

»Im Spiegel lässt sich kaum was erkennen«, sagte er. »Aber die Aussicht, die sich mir jetzt gerade bietet …«

»Betrachte dich mal genau im Spiegel, mein Freund. Die Sache ist eine Nummer zu groß für dich. Das war sie von Anfang an, aber da hattest du wenigstens noch Haare.«

Er lächelte und nickte. »Mir ist eingefallen, dass es ein paar Probleme gibt. Keine unlösbaren Aufgaben, aber wir müssen uns darum kümmern.«

»O je.«

»Ich habe keinen Wagen. Du hingegen hast zwei Autos, die zusammen fast ein funktionierendes Fahrzeug ergeben.«

»Allein für diese Bemerkung bekommst du den Mustang.«

»Komm schon.« Sie besaß einen Jeep, der zwar mindestens so alt wie der Mustang war, aber längst nicht so laut.

»Ich dachte immer, dass du einen Wagen mit Handschaltung nicht fahren kannst«, sagte sie. »Beweis mir das Gegenteil.«

Sie gingen nach unten, und Liz gab ihm die Schlüssel für den Mustang. Dann runzelte sie die Stirn. »Du hast auch kein Telefon. Das gefällt mir nicht.«

»Ich werde mir ein Wegwerfhandy besorgen und dich anrufen.«

»Okay. Geh zu U. S. Cellular. Die sind offensichtlich in der Lage, mittels Hummerfallen ein Handysignal zu übertragen. Du findest hier keinen besseren Netzbetreiber.«

Für einen Moment standen beide verlegen da, denn sie wollten sich nicht trennen. Dann legte Liz Barrett ihre Hand auf die Brust. »Rob? Pass auf dich auf.«

»Keine Sorge. Ich werde diesmal die Spiegel beachten.«

Er stand auf dem Hof, während Liz mit dem alten Jeep aus der Garage zurücksetzte und davonfuhr. Dann startete er den Mustang und machte sich, eingehüllt in eine Abgaswolke, auf den Weg, um nach Kimberly Crepeaux zu suchen.

Kimberlys Großmutter wohnte in einem kleinen, gepflegten Haus unweit des Betonwerks, in dem ihr Mann dreißig Jahre lang gearbeitet hatte. Er starb sechs Monate nach seiner Pensionierung an einem Herzinfarkt, nur wenige Stunden nachdem er seine achtzehnjährige Enkeltochter zum dritten Mal gegen Kaution aus dem Gefängnis geholt hatte.

Jeanette Crepeaux öffnete die Tür, musterte Barrett und verpasste ihm mit der offenen Hand eine Ohrfeige. Er trat einen Schritt zurück und rieb sich den Kiefer. »Hallo, Mrs. Crepeaux.«

»Glauben Sie etwa, dass Sie das nicht verdient haben?«, sagte sie. Sie war ungefähr so groß wie ihre Enkelin und hatte sich auf die Zehenspitzen stellen müssen, um ihn zu schlagen. Ihr ungestümer Gesichtsausdruck verriet, dass sie bereit war, es erneut zu tun.

»Ich bin mir da nicht sicher, aber ich habe nicht vor, das mit Ihnen zu diskutieren. Ist Kimberly da?«

Hinter der alten Frau rührte sich etwas. Doch es war nicht Kimberly, sondern deren Tochter. Das Mädchen war vier Jahre alt und hatte die Augen und Sommersprossen seiner Mutter.

Jeanette trat nach draußen und zog die Tür zu.

»Kimmy wird nie wieder auf die Beine kommen. Sie haben ihr jede Chance darauf genommen, weil Sie sie zu diesem Geständnis überredet haben. Glauben Sie etwa, dass die Kleine davon nichts mitbekommen wird? Glauben Sie etwa, dass ein Kind nicht darunter leidet? Und dann kreuzen Sie hier wieder auf? Wahrscheinlich haben Sie beim ersten Mal noch nicht genug Schaden angerichtet. Oder Sie dachten vielleicht, Sie müssten die Sache zu Ende bringen.«

Barrett ließ sie weiterreden.

»Und falls Sie glauben, dass mich die frische Wunde auf Ihrem Kopf auch nur im Geringsten interessiert, verwechseln Sie mich mit jemand anders.«

»Wussten Sie, dass sie in Kontakt zu Howard Pelletier stand?«, fragte er.

Sie nickte, und ihre Lippen bildeten eine schmale, feste Linie.

»Dann wissen Sie auch, warum ich zurückgekommen bin«, sagte er. »Wir können hier weiter rumstehen und uns darüber unterhalten, dass ich sie zu ihrer Aussage gezwungen habe. Oder wir stellen uns der Tatsache, dass sie nun mal diese Aussage gemacht hat. Und jetzt ist sie verschwunden, und sie hat Angst. Ich denke, ich kann ihr helfen.«

»*Sie* wollen ihr helfen!« Sie lachte verbittert.

»Das will ich, ja.«

Jeanette Crepeaux presste ihre Hände aneinander und funkelte ihn zornig an. Sie hatte Angst, aber sie verbarg dieses Gefühl hinter ihrer Wut. Barretts Großvater war genauso gewesen. Es hatte Jahre gedauert, bis Barrett begriffen hatte, dass ein aufbrausendes Temperament nicht die Folge eines ausgeprägten Selbstbewusstseins war. Im Gegenteil.

»Wo könnte sie hingefahren sein?«, fragte er.

»Keine Ahnung. Sie war hier im Haus, als die Berichte über Sie kamen. Wir sahen gerade fern, und jemand rief an, um ihr zu sagen, dass sie auf einen anderen Kanal schalten soll. Dort waren Aufnahmen Ihres Wagens zu sehen.«

»Wer hat sie angerufen?«

»Das hat sie nicht gesagt. Aber sie war völlig verängstigt. Sie redete lauter dummes Zeug. Dass sie uns in meinen Wagen verfrachten und nach Florida fahren würde. Ich … ich habe mich mit ihr gestritten, und Ava fing an zu weinen. Ich habe die Kleine dann in ihr Zimmer gebracht, und währenddessen hat Kimberly die Schlüssel aus meiner Handtasche genommen und ist mit meinem Wagen weggefahren.«

Ihre Wut war jetzt großer Sorge gewichen, und ihre schmalen Lippen zitterten. »Manchmal haut sie einfach ab, wissen Sie, aber … meistens nicht für längere Zeit.«

»Worüber haben Sie sich gestritten?«

»Das geht Sie nichts an.«

Barrett musterte sie. »Bevor ich sie hierher gebracht habe, hat sie einen Burschen aus Rockland angerufen, um Drogen zu kaufen. Aber sie hat keine bekommen.«

Jeanette Crepeaux schloss die Augen. »Sie wollte ein paar von meinen Schmerztabletten haben. Doch ich habe sie ihr nicht gegeben.«

»Also hat sie sich woanders umgesehen.«

Jeanette nickte, sammelte sich wieder und öffnete die Augen.

»Ich vermute, dass sie deswegen weggefahren ist. Normalerweise hätte sie inzwischen allerdings angerufen. Und sei es nur, um mir irgendwelche Beschimpfungen an den Kopf zu werfen, die man von seiner Enkeltochter eigentlich nicht hören sollte.«

Sie schaute wutentbrannt zu ihm auf. »Es ist *Ihre* Schuld, dass sie jetzt unterwegs ist, um Pillen oder Heroin zu kaufen, ist Ihnen das klar? Sie versucht das alles zu vergessen. Sich vor der Welt zu verstecken. Nur weil Sie sie gezwungen haben …«

»Ich hab's kapiert«, sagte Barrett. »Wo könnte sie jetzt sein, Jeanette?«

Sie zögerte. Er wusste, dass sie ihn am liebsten vom Grundstück gejagt hätte. Aber gleichzeitig machte sie sich Sorgen um ihre Enkeltochter und glaubte immer noch, dass er ihr vielleicht helfen konnte. Schließlich gab sie sich einen Ruck.

»Wenn sie nicht bei ihrem Vater ist, dann ist sie wahrscheinlich in Cass Odoms Wohnwagen. Sie hält sich jetzt öfter dort auf, denn sie hat immer noch die Schlüssel, und nach Cass' Tod ist da niemand eingezogen. Das haben Sie aus ihr gemacht – eine Frau, die sich im Wohnwagen einer Toten versteckt.«

»Falls sie nach Hause zurückkehrt oder anruft, sorgen Sie dafür, dass sie bleibt wo sie ist, bis ich sie aufgesucht habe«, sagte er. »Lassen Sie Kimberly nicht ohne mich gehen.«

»Ich wüsste nicht, warum ich das tun sollte.«

»Doch, das wissen Sie«, sagte er und verschwand.

39

Nachdem Barrett in Cass Odoms Wohnwagen niemanden angetroffen hatte, fuhr er mit heruntergelassenen Fenstern die Küste entlang, um Steve Crepeaux aufzusuchen. In der Nacht hatte es aufgehört zu regnen. Es war ein herrlicher Tag. Die Temperaturen lagen bei fünfundzwanzig Grad, und der Himmel und das Meer machten sich mit ihrem tiefen Blau gegenseitig Konkurrenz. Vom Wasser wehte eine schwache Brise herüber, und die trockene Luft war vom Geruch des Meeres und der Pinien erfüllt. Ein typischer Tag in Maine, allerdings eher für den Juli als für Mai.

Wenn man nicht gerade auf der Suche nach einer drogensüchtigen Frau war, die sich selbst des Mordes bezichtigt hatte, hätte man den Tag genießen können.

Kimberlys Mutter lebte in Lowell, Massachusetts, und hatte kaum Kontakt zu ihrer Tochter. Kimberly war von ihrer Großmutter väterlicherseits großgezogen worden, sodass sie wenigstens sporadisch Kontakt zu ihrem Vater, Steve Crepeaux, hatte. Er hatte nie geheiratet, aber vier Kinder von vier verschiedenen Frauen. Keines der Kinder und keine der Mütter hatten lange mit ihm zusammengelebt. Trotzdem – oder gerade deswegen – hatte er zu allen ein gutes Verhältnis. Er war einer dieser liebenswerten Versager, die ihren Freunden und Familien nichts als Ärger bereiteten, aber dennoch stets mit offenen Armen empfangen wurden. Er erinnerte an einen Hund, der loszog, um Jagd auf

Katzen zu machen oder läufigen Hündinnen nachzustellen, und humpelnd und voller Flöhe zurückkehrte, während er mit einem treuen Blick zu verstehen gab, dass er nichts weiter als eine anständige Mahlzeit benötige, um seine Gewohnheiten zu ändern. *Typisch Steve*, hörte man die Bewohner überall auf der Halbinsel sagen.

Er wohnte zwischen Port Hope und Cushing, auf einem überwucherten, etwa einen Hektar großen Grundstück mit mehreren eingestürzten Nebengebäuden und einem Haus, das eine bizarre Mischung aus einem alten Wohncontainer und einem Anbau aus Holz darstellte. Die Treppe, die zur Veranda hinaufführte, bestand aus unbearbeiteten Bodendielen, und die Veranda selbst war dunkelrot gebeizt. Direkt neben der Eingangstür, durch ein Loch in der Veranda, verlief ein Regenrohr. Diese Kombination bot zwar einen hässlichen Anblick, war aber solide Handwerksarbeit, sodass die Stufen weder nachgaben noch knarrten, als Barrett sie jetzt hinaufstieg. Da in der Auffahrt keine Autos standen, war Kimberly wahrscheinlich nicht hier. Dennoch konnte es nicht schaden, kurz vorbeizuschauen.

Die Eingangstür befand sich in dem alten Wohncontainer. Barrett klopfte an, doch niemand öffnete. Durch das Fenster hatte er einen ungehinderten Blick in die Küche. Dort war niemand zu sehen. In der Spüle stapelte sich das Geschirr, und auf einem Tisch, neben ein paar leeren Bierdosen, lag eine offene Tüte Barbecue-Chips.

Außerdem konnte Barrett einen Löffel und ein Feuerzeug entdecken. Er schirmte mit den Händen sein Gesicht ab und beugte sich vor, um einen genaueren Blick darauf zu werfen. An dem Löffel klebten die Reste einer braunen Masse.

Steve Crepeaux hatte zwar jede Menge Fehler und Laster, aber Drogen gehörten nicht dazu. Er hatte Barrett sogar anvertraut, dass er vor harten Drogen panische Angst habe. Während dieser

Unterhaltung hatte er zwar bereits um zehn Uhr morgens eine Literflasche Bier geleert, aber er hatte ihm die Wahrheit gesagt.

»Kimberly?«, rief Barrett und hämmerte erneut gegen die Tür. Keine Reaktion.

Er lief von der Veranda um den Anbau aus Holz herum und warf einen Blick ins Wohnzimmer. Darin standen ein Sofa und zwei Liegesessel sowie ein Holzofen und ein Fernseher. Das Gerät war eingeschaltet, aber das Zimmer war leer.

Barrett trat von dem Fenster fort und lief durch das Unkraut zum nächsten Fenster auf der gegenüberliegenden Seite der Behausung. Er konnte hören, wie leise Musik nach draußen drang.

An dieser Stelle war der Boden abschüssig, sodass Barrett sich dicht an die Wand stellen und einen langen Hals machen musste, um einen Blick ins Innere zu werfen. Bei dem Raum handelte es sich um ein kleines Schlafzimmer. Da Barrett auf dieser Seite der Behausung von dem grellen Sonnenlicht geblendet wurde, das sich in der Scheibe spiegelte, schirmte er erneut seine Augen ab. Zunächst fiel ihm auf, dass das Fußende des winzigen Bettes aus einem alten Steuerrad bestand. Es handelte sich um Kinderbett. Allerdings wusste er nichts von einem Kind, das hier aufgewachsen war. Der Rest des Zimmers war unaufgeräumt und mit Gegenständen vollgestopft, aber abgesehen von der Musik gab es keinerlei Lebenszeichen. Der Song, der auf Endlosschleife lief, war wunderschön und traurig zugleich; eine hinreißende Frauenstimme sang, begleitet von einem eindringlichen Gitarrenriff, etwas von sprühenden Funken. Als Barrett sich umschaute, um zu sehen, wo die Musik herkam, entdeckte er Kimberly schließlich.

Er hatte beim ersten Mal direkt über sie hinweggesehen. Sie war so zierlich, dass man ihren Körper zwischen den zerwühlten Decken kaum bemerkte. Zunächst sah er ihre Füße – aus der hellblauen Decke ragten ihre knallroten Flipflops hervor. Sie lag auf dem Rücken, und ihre Haare waren über das Kissen ausgebreitet. Es schien, als würde sie schlafen.

»Kimberly!« Er hämmerte gegen das Fenster. Die Scheibe war unglaublich dünn, und er hatte Glück, dass er sie nicht zertrümmerte. Kimberly zeigte keine Reaktion.

Barrett entfernte sich vom Fenster und rannte zur Eingangstür. Wie die meisten Türen hier draußen in der Gegend war sie nicht abgeschlossen. Auf der Halbinsel gab es kaum Kriminalität, und die Bewohner kannten ihre Nachbarn. Doch Kimberly Crepeaux hätte die Türen abgeschlossen – nachdem sie bei ihrer Großmutter in Panik ausgebrochen war.

Barrett betrat den kleinen, muffigen Raum dahinter und rief erneut ihren Namen, aber es war nur eine leise Stimme aus dem Fernseher zu hören. Der Geruch nach abgestandenem Bier und altem Zigarettenqualm in der Wohnung erinnerte eher an eine Kneipe, die vor langer Zeit dichtgemacht hatte. Barrett durchquerte das Wohnzimmer und wandte sich nach links dem Schlafzimmer zu. Kimberly lag noch immer unverändert da. Sie trug eine kurze Hose, ein Trägerhemd und ihre roten Flipflops, und wirkte unglaublich klein.

Er griff nach ihren Schultern. Ihre Haut war kalt.

»Kimberly.«

Keine Reaktion. Barrett rollte sie in seine Richtung, und ihr Kopf baumelte leblos herunter. Neben ihrer Wange lag ein Handy. Daraus drang leise Musik, diese klare, wunderschöne Stimme: *A disaster, dignified … sparks fly.*

Barrett wusste, dass jede Hilfe zu spät kam, aber das wollte er sich nicht eingestehen. Also tastete er unter der zerwühlten Bettdecke nach ihrem Handgelenk, um den Puls zu fühlen. Dabei hätte er sich um ein Haar an der Spritze gestochen, die neben ihr lag.

Er zog ruckartig die Hand fort, als hätte er gerade eine zusammengerollte Klapperschlange berührt. Die Stahlspritze schimmerte kalt und bedrohlich auf dem hellen Laken.

Float on my back, watch the purple sky, tönte die Frauenstimme aus dem Handy, als würde sie Kimberly ein Ständchen bringen. *I know you don't recognize me. But I'm a live wire, finally. Sparks fly …*

Barrett wischte sich den Schweiß vom Gesicht und sagte: »Verdammt noch mal, Kimberly.« So als würde er mit der Toten schimpfen. Doch dann versagte seine Stimme, und er verstummte. Er brauchte einen Moment, um sich wieder zu sammeln, dann griff er vorsichtig nach Kimberlys rechtem Arm. Er war so schmal, dass er mit seiner Hand ihren Unterarm umfassen konnte. Er drückte seinen Zeigefinger gegen ihr Handgelenk.

Kein Puls.

Er legte seine Finger unter ihr Kinn und drehte ihren Kopf behutsam in seine Richtung. Die Sommersprossen auf Wangen und Nase wirkten in ihrem totenbleichen Gesicht rot wie Blut. Ihre grünen Augen starrten ihn direkt an, und obwohl er wusste, dass er sich den vorwurfsvollen Ausdruck in ihrem leeren Blick nur einbildete, fühlte es sich nicht weniger real an.

Als er ihr Kinn wieder losließ, rollte ihr Kopf zur Seite, als würde sie sich von ihm abwenden.

Er nahm das Telefon und drückte auf den Home-Knopf, worauf im Display der Name der Band erschien, zu der diese eindringliche Stimme gehörte: Waxahatchee. Der Song hieß »Sparks Fly«, und Kimberly war gestorben, während er auf Endlosschleife lief. Sonst wurden keine weiteren Informationen angezeigt, keine Anrufe in Abwesenheit oder Kurzmitteilungen. Das Handy war gesperrt und forderte ihn auf, den PIN-Code einzugeben. Es war ein billiges Smartphone, und weder die Marke noch das Modell sagten ihm etwas. Aber es sah aus wie ein iPhone, und es gab zwei Möglichkeiten, sein iPhone zu entsperren: mit einem PIN-Code oder dem Daumenabdruck.

Er betrachtete Kimberlys Hand. Er hatte keine Ahnung, ob es klappen würde. Das Blut war schon vor einer Weile aus ihren Händen gewichen. Aber vielleicht …

Als er ihre kalte Hand nahm, fühlte sie sich wie eine rohe Jakobsmuschel an. Er musste den Blick abwenden und heftig schlucken. Schließlich hob er ihren kalten Daumen an den Home-Knopf und drückte das weiche Fleisch gegen das Handy.

Das Display wurde dunkel, und für einen Moment glaubte Barrett, es hätte funktioniert. Doch dann leuchtete es wieder auf und forderte ihn erneut auf, den PIN-Code einzugeben. Offensichtlich verfügte das Billigtelefon über keinen Fingerabdrucksensor.

Barrett wischte seine Fingerabdrücke vom Telefon und dachte daran, den Ton auszuschalten, überlegte es sich dann aber anders. Kimberly hatte diesen Song ausgewählt, um zu sterben, und er sollte so lange wie möglich für sie laufen.

Während die Sängerin *I take it back, I was never alone* sang, legte er das Handy wieder neben ihre Wange. Dann zog er die Decke über ihren Körper, um sie vor der kühlen Luft zu schützen, die sie nie wieder spüren würde.

»Tut mir leid«, sagte er und ging nach draußen. Dort, in der warmen Meeresbrise unter einem atemberaubenden, saphirblauen Himmel, meldete er per Telefon den Fund der Leiche.

40

Der Mann, der einst nach Port Hope gekommen war, um andere Menschen zum Reden zu bringen, weigerte sich jetzt, mit der Polizei zu sprechen.

»Ich tue das nur äußerst ungern«, sagte Barrett zum Lieutenant der State Police, der hergefahren war, weil Barrett es abgelehnt hatte, dem ersten Beamten vor Ort seine Aussage zu Protokoll zu geben. »Aber ich werde nur in Anwesenheit eines Anwalts reden.«

»Warum zum Teufel? Sie sind FBI-Agent! Sie wissen doch, wie das läuft!«

»Damit haben Sie gerade Ihre eigene Frage beantwortet«, sagte Barrett. Er wusste, dass er an einem Leichenfundort Beweise hinterlassen hatte und man sich auch ohne viel Fantasie vorstellen konnte, dass er mit Kimberly Crepeaux eine alte Rechnung hatte begleichen wollen. Auch schon, bevor er von einem Mann mit Schrotflinte von der Straße gedrängt worden war. Außerdem war ihm klar, dass er unter den Gesetzeshütern in Maine wahrscheinlich mehr Feinde als Freunde hatte.

»Offensichtlich handelt es sich nur um eine Überdosis. Sie müssen mir bloß erklären, warum Sie dort waren, und mich durch den Fundort führen«, beschwor ihn der Ermittler.

»Darum wird sich ein Anwalt kümmern«, sagte Barrett. Lange bevor er ein Cop geworden war, hatte er seinen Studenten erklärt, dass eine unschuldige Person, die die Ermittlungen unterstützte, sich ernsthaft in Gefahr brachte. Auch wenn man unbedingt das Gegenteil glauben wollte.

Kimberly Crepeaux hätte das bestätigen können.

Obwohl man Barrett damit drohte, wurde gegen ihn keine Anklage erhoben. Sobald man seine Strafverteidigerin, Laura Zaltsberg aus Boston, bei ihrem ersten Anruf durchgestellt hatte, wurde Barrett umgehend aus der Polizeiwache eskortiert. Das war nicht ungewöhnlich für Lauras Klienten.

»Wir sehen uns wieder«, versprach ihm der Beamte der State Police. »Mit oder ohne Zaltsberg, wir sehen uns wieder.«

»Ich werde zurückkommen«, sagte Barrett. »Aber nur in ihrer Begleitung.«

Nachdem Barrett sich wieder auf den Weg gemacht hatte, fuhr er ein paar Umwege und behielt dabei den Spiegel im Auge, bis er überzeugt war, dass ihm niemand folgte. Er fuhr rechts ran und stieg aus dem Wagen, dann legte er sich mit dem Rücken auf den Asphalt und tastete mit den Händen das Fahrgestell nach einem weiteren Peilsender ab. Als er sich vergewissert hatte, dass der Wagen sauber war, stieg er wieder ein und fuhr zu Howard Pelletiers Haus.

Ihm war klar, dass die Nachricht von Kimberlys Tod und seiner Anwesenheit am Fundort inzwischen die Runde gemacht hatte. Roxanne würde davon wissen, und auch die unmittelbaren Kollegen und anderen Beamten in Maine, sowie Colleen Davis, die Staatsanwältin, die so viel Vertrauen in ihn gesetzt hatte. Außerdem Jeanette Crepeaux, deren Ohrfeige er immer noch auf der Wange spüren konnte. Alle wüssten inzwischen Bescheid.

Vielleicht hatte der Mann, der in dem schwarzen Pick-up mit dem Kühlerschutz gesessen und aus kürzester Entfernung ein Gewehr auf ihn gerichtet hatte, ebenfalls davon erfahren. Auf eine perverse Weise war Barrett dem Mann sogar dankbar. Seinetwegen hatte man ihn mit Dutzenden Stichen genäht und mit Blutkonserven vollgepumpt, außerdem hatte er sein Handy und seinen Mietwagen verloren. Obwohl ihn der Angriff völlig aus der Bahn geworfen hatte, fand er das inzwischen gar nicht mehr so schlimm. Die Verbindung zwischen ihm und der realen Welt war gekappt worden, und er war froh darüber. Er wollte nicht länger auf die Stimmen der Vernunft hören. Während er neben Kimberly Crepeaux' zierlichem, leblosen Körper gestanden hatte, hatte er gespürt, wie sich die Wirklichkeit immer weiter entfernt und eine dunkle, tröstliche Wut von ihm Besitz ergriffen hatte.

Er wollte dieses Gefühl noch nicht loslassen.

Beim Motorengeräusch des Mustangs trat Howard aus dem Haus und betrachtete den Wagen argwöhnisch. Als Barrett schließlich ausstieg, eilte Howard die Stufen herunter, bis er die Kopfverletzung bemerkte, stehen blieb und sie aufmerksam begutachtete.

»Sind Sie durch die Windschutzscheibe gesegelt?«, fragte er neugierig, aber keineswegs entsetzt. Ein Hummerfischer ließ sich durch eine Wunde nicht so leicht beeindrucken.

»Nein. Ich weiß nicht genau, wie ich zu meinem Kopfschmuck gekommen bin. Vielleicht bin ich gegen das Autodach geknallt. Es ist ziemlich heftig auf dem Boden aufgeschlagen.«

»Haben Sie Kimmy inzwischen gefunden?«, fragte Howard, und bei seiner Frage fühlte sich Barrett plötzlich müde, wie nach einem Aderlass. Howard Pelletier hatte seine Mutter, seine Frau und seine Tochter verloren. Er wirkte wie jemand, der nichts mehr zu verlieren hatte, und trotzdem war Barrett gekommen, um ihm erneut etwas zu nehmen.

»Können wir reingehen, Howard?«

»Sicher doch.«

Statt zum Haus führte er Barrett in die Garage. Dort schien er sich wohler zu fühlen. Howard setzte sich auf den Hocker neben der Werkbank und schob einen weiteren zu Barrett hinüber. Neben der Tür stapelten sich mehrere Hummerfallen, die nach Salzwasser und alten Ködern rochen.

»Sie ist tot, Howard.«

Howard Pelletier blinzelte ihn an, als hätte er sich verhört. »Ja, ich weiß. Aber das bedeutet nicht, dass unsere Bemühungen zwecklos sind. Ich dachte, da wären wir uns einig.«

»Ich meine nicht Jackie. Ich meine Kimberly.«

Barrett hätte nicht gedacht, dass die heutige Begegnung noch bedrückender sein könnte als der Tag, an dem er zur Insel gefahren war, um ihm von Kimberly Crepeaux' Geständnis zu erzählen. Aber Howards Gesichtsausdruck machte den heutigen Besuch noch schlimmer. Damals hatte er ihm widersprochen. Doch diesmal akzeptierte er die Nachricht einfach, und Barrett konnte sich nicht erinnern, je einen derart gebrochenen Mann gesehen zu haben.

»O nein. Scheiße, nein.«

Barrett saß jetzt in der Garage, die nach Salz und Rost roch und etwa fünfzehn Kilometer von dem Atelier entfernt war, das damals nach frischer Grundierfarbe und sauberem Sägemehl gerochen hatte, und sah, wie eine Träne über Howards faltige Wange in seinen Bart lief. Er beweinte den Verlust einer Frau, von der er angenommen hatte, dass sie dabei geholfen hatte, die Leiche seiner Tochter zu entsorgen.

Barrett konnte ihn verstehen. Andere Menschen wären dazu nicht in der Lage gewesen, denn sie wussten nicht, wie es war, mit Fragen nach Unschuld und Schuld zu leben. Und wie viel Hoffnung man in einen Menschen setzen konnte, der einem vielleicht helfen würde, diese Fragen zu beantworten.

»Eigentlich sollte mich das nicht kümmern«, sagte Howard,

als könnte er Barretts Gedanken lesen. »Nach allem, was sie getan hat und ich ihretwegen durchmachen musste, sollte ich froh über ihren Tod sein. Aber offensichtlich wollte sie die Dinge unbedingt wieder in Ordnung bringen. Offensichtlich hat sie es wirklich versucht, und es hat ihr nichts genutzt. Dass sie die Wahrheit gesagt hat, statt einfach zu lügen, hat für sie alles nur noch schlimmer gemacht. Und trotzdem hat sie sich entschieden, die Wahrheit zu sagen.«

Howard schnäuzte sich die Nase mit einem Lappen und schüttelte heftig den Kopf, als müsste er in seinem Innern etwas lockern, als müsste er ein kaputtes, quietschendes Zahnrad zum Verstummen bringen, das einfach nicht aufhörte, sich zu drehen.

»Wie hat Mathias es angestellt?«

»Ich bin mir nicht sicher, ob er es war.«

»Blödsinn! Hören Sie auf mit dem Eiertanz, und sprechen Sie aus, was wir beide wissen. Dieser Mistkerl …«

»Die DEA hat mir erklärt, dass ich in die falsche Richtung ermittle«, sagte Barrett, und Howard verstummte.

»Die DEA?«

Barrett erzählte ihm von dem Krankenhausbesuch des DEA-Agenten Nick Vizquel und von der Frage, bei der Vizquel sich Hilfe von ihm erhofft hatte.

»Kimberly kann sie nicht mehr beantworten«, sagte Barrett. »Aber wenn ihr toxikologischer Bericht Übereinstimmungen mit dem von Odom aufweist, kann sie uns immer noch Antworten liefern.« Ihm war ein wenig schlecht, und plötzlich hielt er sich den Kopf und erzählte Howard Pelletier aus irgendeinem Grund in allen Einzelheiten vom Fundort, bis hin zu dem Kinderbett mit dem Steuerrad und dem Handy neben Kimberlys Wange, das leise diesen wunderschönen Song abgespielt hatte, während sie starb.

»Es ist vollkommen unerheblich, ob sie sich den Schuss selbst gesetzt hat oder jemand anders«, fuhr er fort. »Entweder wurde sie ermordet und man hat es nach einer Überdosis aussehen lassen, oder sie hat sich umgebracht, weil sie ihr Ende selbst bestimmen wollte und glaubte, dass sie nicht mehr lange Gelegenheit dazu hätte. Sagen Sie mir, Howard, spielt das wirklich irgendeine Rolle?«

»Nein.«

Barrett nickte, rieb sich den Kiefer und starrte zu Boden. »Es ist nicht leicht, jemandem einen Schuss zu setzen und es wie einen Unfall aussehen zu lassen«, sagte er. »Wenn sich die Person wehrt, muss man mit ihr kämpfen. Aber was, wenn sie sich nicht wehrt? Wenn sie nicht weiß, was für ein Zeug ihr da gespritzt wird, der Täter aber schon?«

Howard musterte ihn schweigend.

»Ich muss herausfinden, von wem sie den Stoff bekommen hat«, sagte Barrett.

»Inzwischen sind es vier«, sagte Howard.

»Wie bitte?«

»Meine Tochter und Ian. Außerdem die beiden Frauen, die Mathias geholfen haben. Und Sie wären gestern beinahe der fünfte gewesen, nicht wahr?« Howard zupfte sich am Bart. »Jetzt, wo Kimberly tot ist, hat er ein paar Probleme weniger. Ihr Plan, die Angelegenheit zu regeln, ist nicht aufgegangen. Und ich glaube nicht, dass er je funktionieren wird. Aber das heißt nicht, dass es gar keine Möglichkeit gibt, die Sache zu regeln.« Er ließ seinen Bart los und sagte mit müder Stimme: »Ich habe versucht, Ihnen Zeit zu lassen. Mich an das Gesetz zu halten. Aber jetzt, da Kimberly ebenfalls tot ist, habe ich nichts mehr in der Hand. Es gibt niemanden mehr, der vor Gericht die Wahrheit sagen könnte, und die Beweise, die Sie finden, werden Mathias nur *entlasten.*«

»Howard, bevor Sie überhaupt darüber nachdenken, etwas zu unternehmen, müssen Sie mir etwas versprechen.«

»Nein! Ich werde Ihnen nichts mehr versprechen. Ich bin mit meiner Geduld am Ende, und ich will nichts mehr von dem Schwachsinn hören, dass die Sache Zeit braucht. Bitten Sie mich nicht noch einmal darum!«

»Das werde ich nicht. Ich bitte Sie darum, dass Sie sich von mir helfen lassen, wenn Sie die Dinge auf eine andere Art regeln wollen.«

»Sie kapieren nicht, was ich meine.«

»O doch. Falls es darauf hinausläuft, ihn zu töten«, sagte Barrett, »dann tun wir das gemeinsam.«

Howard Pelletier starrte ihn mit offenem Mund an.

»Wir werden ihn vergraben«, sagte Barrett, »und ungeschoren davonkommen. Die Leute werden sich vielleicht Fragen stellen und reden, aber wir werden ungeschoren davonkommen.«

»Sie klingen nicht wie Sie selbst.« Howard schaute ihm mit erwartungsvollem Blick direkt in die Augen. »Aber Sie nehmen mich nicht auf den Arm. Sie wollen das wirklich tun.«

»Ja. Versprechen Sie mir, dass Sie es nicht alleine tun werden? Wenn, dann bringen wir ihn zusammen um.«

Er hatte das nicht sagen wollen. Hatte nicht geglaubt, dass er in der Lage wäre, es auszusprechen. Dennoch fühlte es sich gut an. Natürlicher als alles, was er je gesagt hatte.

»Okay«, flüsterte Howard Pelletier. »Wir werden ihn zusammen umbringen.«

»Ich brauche allerdings Ihre Hilfe. Sie haben doch ein Handy und einen Festnetzanschluss, oder?«

»Ja.«

»Ich muss mir Ihr Handy leihen, wenn das möglich ist.«

»Kein Problem.«

»Und ich brauche eine Pistole.«

Ohne weiter nachzufragen, verließ Howard die Garage und betrat das Haus. Barrett stand neben dem Stapel ramponierter

Hummerfallen und atmete ihren Geruch ein, bis Howard zurückkehrte und ihm ein Handy und eine neun Millimeter Taurus mit einem zusätzlichen Magazin brachte.

»Ist das okay?«

»Ja.«

»Wo wollen Sie jetzt hin?«

»Ich werde einen letzten Versuch unternehmen, die Sache so zu klären, wie ich das ursprünglich vorhatte. Ich rufe Sie heute Abend an. Bleiben Sie in der Nähe des Telefons.«

41

Sein erster Anruf galt Liz, und sie meldete sich: »Hallo, Howard.«

»Ich bin's. Ich habe sein Handy.«

»Rob? Was um alles in der …« Er hörte, wie sie Luft holte, und die Geräusche im Hintergrund verrieten ihm, dass sie sich in der Redaktion befand. Offensichtlich wollte sie nicht, dass man sie belauschte.

»Oh, Rick. Tut mir leid, die Verbindung ist ganz schlecht. Ich habe dich mit jemand verwechselt.«

Es war ein unbeholfenes Täuschungsmanöver, aber Barrett wusste, dass sie nur einen Meter von einem Kollegen entfernt saß, und mit leiser Stimme sagte er: »Ich nehme an, dass du im Wesentlichen weißt, was heute passiert ist?«

»Das schon. Aber ich kenne keine Einzelheiten.«

»Ich habe Kimberly im Haus ihres Vaters gefunden. Sie war da schon eine Weile tot. Neben ihr lag eine Spritze, und ihr Handy spielte einen Song, den ich nicht mehr aus dem Kopf kriege.« Er räusperte sich. »Sie war zwar süchtig, Liz, aber nicht selbstmordgefährdet. Ich glaube nicht, dass sie sich an dem Tag, an dem jemand versucht hat, mich umzubringen, zufällig eine Überdosis verpasst hat.«

Sie schwieg einen Moment lang, und er sagte: »Ich hoffe, du konntest die Berichte des Gerichtsmediziners beschaffen. Ich muss unbedingt einen Blick auf den toxikologischen Befund der Toten werfen, Liz. Unbedingt.«

»Bleib einen Moment dran, ja, Rick? Ich gehe nach draußen. Vielleicht liegt es an meinem Handy und nicht an deinem.«

Schweigend wartete Barrett, während sie die Redaktion verließ und einen ruhigen Ort aufsuchte. Dann redete sie mit gedämpfter Stimme weiter: »Ich habe mit dem Büro des Gerichtsmediziners gesprochen, außerdem habe ich heute Nachmittag einen Anruf erhalten. Für dich.«

»Was? Wer wollte mit mir sprechen?«

Sie holte tief Luft. »Ich sollte dir das eigentlich nicht erzählen, denn das wird dich bestimmt in große Schwierigkeiten bringen, aber es war Bobby Girard.«

»Warum hat er dich angerufen?«

»Weil er gehört hat, dass ich dich vielleicht kenne. Du sollst ihn zurückrufen. Er hat gesagt, es sei wichtig. Worum es geht, hat er nicht gesagt.«

»Hast du seine Nummer?«

»Ja.«

Liz gab sie ihm durch, und er kritzelte sie auf die Rückseite einer Quittung, die im Getränkehalter des Mustangs steckte.

»In weniger als vierundzwanzig Stunden hat man dich von der Notaufnahme auf eine Polizeiwache verfrachtet.«

Für lange Zeit war in der Leitung nur Rauschen zu hören, dann sagte sie: »Schön, das wird dich nicht aufhalten. Solltest du heute verschwinden, werde ich der Polizei sagen, dass du auf dem Weg zu Bobby Girard warst. Verstehe.«

»Mir wird nichts passieren.«

»Sicher.«

Sie legte auf, und er wollte sie zurückrufen, um etwas Geistreicheres zu erwidern, aber ihm fiel nichts ein. Stattdessen rief er Bobby Girard an.

»Hier ist Rob Barrett. Ich habe gehört, dass Sie mit mir reden wollen.«

»Und ich habe gehört, dass man Ihnen beinahe die Lichter ausgeknipst hätte.«

»Was gibt's, Bobby? Ich habe keine Zeit zu verschwenden.«

»Das ist keine Zeitverschwendung. Es gibt etwas, das ich Ihnen zeigen muss.«

»Sie befinden sich zwei Stunden südlich von hier. Sagen Sie mir einfach, was Sie zu sagen haben.«

»Das kann ich nicht. Ich muss es Ihnen zeigen.« Als Barrett nicht sofort antwortete, fügte Bobby hinzu: »Vertrauen Sie mir, die Fahrt lohnt sich.«

»Es gibt kaum etwas, wofür sich die Fahrt nach Biddeford lohnen würde.«

»Ich glaube, ich weiß, wie er es angestellt hat. Lohnt sich dafür die Fahrt nicht vielleicht doch?«

42

Kurz vor Einbruch der Dämmerung traf Barrett in Biddeford ein. Die Tore des Schrottplatzes waren verriegelt, aber Bobby Girard kam mit den Schlüsseln in der Hand schnurstracks aus dem Haus auf der anderen Straßenseite.

»Dafür, dass man Sie fast umgebracht hat, sehen Sie gar nicht so übel aus«, sagte Bobby, während er die Tore aufschloss.

»Mir geht's gut«, sagte Barrett, obwohl sein Schädel pochte und er am Rand seines Blickfelds alles nur als wabernden grauen Ring wahrnahm, was die Fahrt äußerst beschwerlich gemacht hatte. »Allerdings wäre es schön, wenn ich wüsste, worum es überhaupt geht.«

»Warten Sie's ab.«

Bobby war ziemlich aufgekratzt und bewegte sich mit der Behändigkeit und Zuversicht eines siegesgewissen Baseballspielers. Sie liefen zwischen den kaputten Autos hindurch zur Garage auf der Rückseite des Grundstücks. Bobby schloss die Tür auf, und sie traten, eingehüllt in den Geruch von Schmierfett, Lack und abgestandenem Schweiß, in die Dunkelheit. Als Bobby mit einem lauten Knall die schwere Stahltür hinter ihnen zuzog, hatte Barrett das ungute Gefühl, in der Falle zu sitzen. Er musste sich zwingen, nicht Howards Pistole zu ziehen – mit Schusswaffen hatte er auf diesem Grundstück kein Glück gehabt.

»Können Sie Licht machen?«

»Sicher. Gehen Sie weiter in die Werkstatt.«

Barrett tastete sich zwischen den Arbeitsbänken und Werkzeugkisten hindurch, bis er den offenen Bereich der Werkstatt erreichte. Die Neonröhren an der Decke flackerten auf, bis sie hell leuchteten, und Barretts Unbehagen wich Verwunderung.

Vor sich sah er die Motorhaube, die Kimberly Crepeaux beschrieben hatte.

Sie lag auf zwei Sägeböcken aus Aluminium in der Mitte der Garage. Sie funkelte im Neonlicht strahlend weiß, fast unerträglich hell, und darauf waren die Umrisse einer schwarzen Katze zu erkennen. Eine aufgesprühte gezackte Linie auf ihrem gekrümmten Rücken stellte das aufgestellte Fell dar. Ihre Augen leuchteten merkwürdig rot, und eine Schattierung verlieh ihnen eine beunruhigende Tiefe, als würden sie Barrett tatsächlich ansehen.

»Was halten Sie davon?«, sagte Bobby Girard.

»Wo zum Teufel haben Sie die gefunden?«

»Direkt hier.« Bobby grinste stolz. »Ich habe sie selbst angefertigt. Die Haube stammt von einem alten Silverado, nicht von einem Dakota, aber ich dachte, das spielt für den Test keine Rolle.«

Barrett verspürte eine Woge der Enttäuschung. Ein Test. Zunächst hatte er geglaubt, er wäre auf die Motorhaube des Tatfahrzeugs gestoßen.

»Okay«, sagte er, lief um die Arbeitsbühne und betrachtete das grell leuchtende Weiß, wobei er es aus irgendeinem Grund vermied, direkt in die dunkelroten Augen zu blicken. »Sie haben wirklich gute Arbeit geleistet, aber das bringt mich kaum weiter, Bobby. Ich muss herausfinden, was damit passiert ist, und nicht zeigen, wie sie ausgesehen hat.«

»Warten Sie.«

Er durchquerte die Garage und schob aus dem hinteren Bereich des Raums einen Hochdruckreiniger herüber. Er schaltete den Akku an und zog an der Startschnur, bis der kleine Zweitaktmotor ansprang und den Raum mit einem dröhnenden Rattern erfüllte.

»Stoppen Sie die Zeit.«

Barrett warf ihm einen verwunderten Blick zu, doch Bobby schenkte ihm nur ein schmallippiges Lächeln. Also holte Barrett Howards Handy hervor und rief die Stoppuhr-Funktion auf.

Bobby trat vom Hochdruckreiniger fort, zog ein Messer und ließ die Klinge aufschnappen. Er berührte mit der Spitze die Motorhaube und riss sein Handgelenk nach oben. In der Lackschicht erschien ein kleines gezacktes Loch. Er steckte das Messer wieder ein, griff nach der Düse des Hochdruckreinigers, drehte das Wasser auf und stellte einen schmalen Strahl ein, den er auf die Motorhaube richtete.

Als das Wasser auf das winzige Loch traf, wurde es größer, und der Lack daneben wölbte sich, als das Wasser darunter drang, statt sich über die Oberfläche zu verteilen.

Der Lack auf der Motorhaube warf Blasen, blähte sich und platzte.

Bobby schaltete den Hochdruckreiniger aus, und in der Garage kehrte erneut Stille ein. In der weißen Lackschicht hatte sich ein Riss gebildet, und unter den gewölbten Stellen war jetzt rote Farbe zu sehen, als würde Blut darunter hervorquellen.

Barrett wollte etwas sagen, doch Bobby Girard hob seine Hand.

»Schauen Sie einfach zu. Und stoppen Sie weiter die Zeit.«

Er trat vor und griff nach einem der Ränder der weißen Lackschicht. Sie war um den Riss herum zwar zerfetzt, aber der Rest der Motorhaube war noch damit bedeckt. Bobby umklammerte mit beiden Händen die Ränder und zog daran, sodass sich der Lack wie sonnenverbrannte Haut in langen Streifen löste. Er warf sie auf den Boden und packte erneut zu. Mit schnellen Bewegungen riss er den Lack herunter und warf ihn auf den Boden. Wie ein Gemälde, das man mit einem anderen Bild übermalt hatte, kam die rote Motorhaube nach und nach zum Vorschein.

Als der Boden mit weißen Streifen übersät war, bedeckte die ursprüngliche Lackierung nur noch einen schmalen Bereich neben der Windschutzscheibe. Bobby startete erneut den Hochdruckreiniger, richtete die Düse im Fünfundvierzig-Grad-Winkel auf die Motorhaube und spritzte mit einer einzigen, flüssigen Bewegung die restliche weiße Farbe fort. Dann schaltete er den Hochdruckreiniger wieder aus. Die ganze Motorhaube war jetzt rot, und das Wasser tropfte in das Gewirr aus weißen Streifen darunter.

»Wie lange habe ich gebraucht?«, fragte Bobby Girard.

Barrett warf einen Blick auf sein Handy und hielt die Uhr an.

»Viereinhalb Minuten.«

Bobby nickte zufrieden, nahm die Düse des Hochdruckreinigers herunter und drehte sich zu Barrett um.

»Plasti Dip«, sagte er.

»Was ist das?«

Bobby ging zur Werkbank, griff nach einer Dose und warf sie Barrett zu. Sie hatte die Größe und Form einer handelsüblichen Dose Sprühfarbe.

»Ich habe über Ihre Idee mit den Aufklebern nachgedacht. Man benötigt schon eine professionelle Ausrüstung und genügend Fachkenntnisse, um auf der kompletten Motorhaube eine Vinyl-Folie akkurat anzubringen. Aber selbst dann kann ich mir kaum vorstellen, dass jemand eine Klebefolie mit echtem Lack verwechselt. Aber *dieses* Zeug?« Er deutete mit dem Kopf auf die Dose. »Wie sah das für Sie aus?«

»Wie Lack. Wie eine glänzende, einwandfreie Lackschicht.«

»Eben. Es lässt sich wie Lack aufsprühen, aber in Wirklichkeit wird die Oberfläche, wie mit einer neuen Haut, mit einer Gummischicht überzogen. Irgendwann haben die Leute damit angefangen, im Winter ihre schicken Chromräder damit zu besprühen, damit sie nicht vom Salz oder Sand verkratzt werden, und im Frühling haben sie das Zeug mit dem Hochdruckreiniger wieder entfernt. Im Laufe der Zeit wurde es auch für andere Sachen verwendet. Kennen Sie diese aufgemotzten Autos, die wie die Karren in *The Fast and the Furious* aussehen, ganz in Neon, mit all dem albernen Schnickschnack?«

»Ja.«

»So eine Lackierung kostet fünf Riesen, und wenn man auf weitere Details wert legt, vielleicht doppelt so viel. Aber mit Plasti Dip zahlt man etwa achthundert Dollar, und man kann es wieder abspritzen, falls man keine Lust mehr darauf hat oder eine andere Farbe will. Auf diese Weise können die Autofreaks ein bisschen rumspielen. Und es lässt sich *schnell* wieder entfernen.«

Barrett betrachtete die Dose. »Ist das Zeug wetterbeständig?«

»Es hält Regen, Schnee und Hagel stand, und man kann damit sogar durch die Waschanlage fahren, was Sie wollen. Aber ich hatte gehört, dass es sich schnell wieder entfernen lässt, wenn man, wie ich es getan habe, mit einem Hochdruckreiniger darunter spritzt. Sie haben's ja selbst gesehen – viereinhalb Minuten.« Er deutete mit der Hand auf die ursprüngliche rote Lackierung. »Jetzt sieht die neue Motorhaube wieder aus wie die alte.«

Barrett kniete sich hin und hob einen der losen Streifen auf. Er fühlte sich wie der Fetzen eines geplatzten Ballons an. Er rieb ihn zwischen den Fingern hin und her und ließ ihn wieder fallen. Er interessierte sich zwar für die verschiedenen Möglichkeiten, aber er konnte Bobby Girards überschwängliche Begeisterung nicht teilen. Noch nicht.

»Wie lange hat es gedauert, das Zeug aufzutragen?«

»Weniger als drei Stunden. Es sind vier Schichten, und bei jeder habe ich dreißig Minuten gewartet, bis sie getrocknet ist, und dann habe ich versucht, die Katze zu malen. Das hat länger als normal gedauert, weil ich damit keine Übung hatte.«

Barrett durchwühlte die weißen Streifen, bis er einen gefunden hatte, der den merkwürdigen Rotton enthielt.

»Warum haben die Augen so geleuchtet?«

»Das war eine andere Textur. Sie nennt sich Metalizer. Die Farbe heißt Black Cherry.« Bobby zuckte mit den Schultern. »Ich dachte, ich probier's einfach mal aus. Das Zeug kostet nur acht Dollar pro Dose.«

»Interessant«, sagte Barrett.

»Das ist mehr als nur interessant! Falls Kimmy Sie nicht belogen hat, hat er es auf *diese* Weise getan. Garantiert. Die Motorhaube wurde nicht überlackiert. Da bin ich mir sicher, und ihr Labor war auch davon überzeugt.«

Das stimmte. Die Kriminaltechniker hatten ausgeschlossen, dass man die Haube überlackiert hatte.

»Es ist also möglich, dass Mathias die Haube hiermit lackiert und alles innerhalb von …«

»… fünf Minuten wieder entfernt hat.«

Barrett nickte. »Innerhalb von fünf Minuten, ja. Als Jeff den Pick-up bei ihm wieder abgeholt hat, sah der Wagen also aus wie vorher, sodass er keinen Verdacht schöpfte.«

»Genau.« Bobby schaute ihn mit einem stolzen Lächeln an, als hätte er gerade den Fall gelöst.

»Ich frage mich nur, warum er das getan haben sollte«, sagte Barrett. »Selbst wenn sich das Zeug schnell auftragen lässt und billig ist, warum hat er dann Zeit und Geld in einen Pick-up gesteckt, der ihm nicht gehörte?«

Bobbys Lächeln wurde schwächer.

»Mann, ich kann nicht auf alle Ihre Fragen eine Antwort haben! Ich sage nur, dass man es auf diese Weise gemacht haben könnte.« Bobby deutete auf die tropfende rote Motorhaube, die eben noch weiß gewesen war.

»Ich versuche nur zu begreifen, warum er sich die Mühe gemacht haben sollte, den Pick-up Ihres Bruders mit einer derartig markanten Lackierung zu versehen, kurz bevor er Fahrerflucht beging.«

Barrett ging erneut zu der Motorhaube, kniete sich hin und durchsuchte die losen Gummistreifen, bis er einen weiteren mit einem Spritzer der metallisch-roten Farbe gefunden hatte.

Kimberly Crepeaux hatte die Augen der Katze nicht gemocht. Sie hatten sie mehr als alles andere beunruhigt. Kimberly fand, dass sie böse aussahen, und glaubte, dass das Absicht war.

»Offensichtlich wollte er, dass der Wagen auffällt«, sagte Barrett. »Das alles ergibt nur Sinn, wenn er *wollte*, dass man sich an den Wagen erinnert.«

»Er hat also alles geplant.«

»Es ist eine Sache, zu glauben, dass Mathias einen Mord geplant hat«, sagte Barrett. »Das kann ich mir durchaus vorstellen. Aber wäre er so dumm, zwei Zeugen mitzunehmen?«

Bobby runzelte die Stirn, hob eine Ratsche auf und wirbelte sie herum, als könnte er die Frage mittels Drehkraft beantworten.

»Vielleicht hat er sie nicht mitgenommen. Vielleicht hat man Sie belogen, und Sie wollen das nicht wahrhaben. Hören Sie, ich habe nur versucht, Ihnen zu helfen, mehr nicht. Ich habe von Anfang an gedacht, dass diese Schlampe Crepeaux gelogen hat, und dann …«

»Kimberly Crepeaux ist tot, Bobby, und wenn Sie sie noch einmal als Schlampe bezeichnen, schnappe ich mir diese Ratsche und ziehen sie Ihnen über den Schädel.«

Bobby Girard starrte ihn nur an und legte die Ratsche wieder hin.

»Was haben Sie für ein Problem, Mann? Ich wusste nicht, dass sie tot ist. Außerdem ist mein Cousin ebenfalls tot. Vergessen Sie das nicht.«

»Das tue ich nicht. Tut mir leid. Sie haben nur …«

Sag's nicht, verdammt noch mal. Sag nicht, dass er dich in Rage bringt.

Barrett holte ein paarmal Luft und spürte, wie seine Kopfwunde zu kribbeln begann. Die Drohung, die er gerade gegen Bobby Girard ausgesprochen hatte, war unprofessionell gewesen. Vor dieser Art von Verhalten hatte er die Studenten in seinen Vorlesungen über Polizeifehler stets gewarnt, Studenten, die nicht vorhatten, sich an der Ermittlungsarbeit vor Ort zu beteiligen. Heute jedoch hatte er diese Worte selbst ausgesprochen, und sie waren an einen Zeugen gerichtet gewesen, der ihm bloß helfen wollte.

»Tut mir leid«, wiederholte er. »Das könnte ein wichtiger Hinweis sein, Bobby. Danke, dass Sie mich verständigt haben, um mir das zu zeigen.« Er hockte sich auf seine Fersen und ließ den schmalen Kunststoffstreifen mit der dunklen, metallisch-roten Farbe durch seine Finger gleiten. »Ich weiß das wirklich zu schätzen.«

Bobby Girard war verwirrt. »Das ist die einzige Möglichkeit, wie er es getan haben könnte«, sagte er gereizt. »Da bin ich mir sicher.« Er starrte verloren auf die feuchte, rote Motorhaube, die über ihrer Ummantelung aus losen, weißen Streifen ruhte. Er war überzeugt, dass er ein Puzzlestück gefunden hatte. Aber er hatte keine Ahnung, wie die anderen Stücke aussahen, geschweige denn, wie sie zusammenpassten. Er konnte lediglich dieses eine Puzzlestück betrachten und Vermutungen anstellen.

»Das hier ist Zeitverschwendung«, murmelte er. »Sie haben mich auf eine Idee gebracht und meine Neugier geweckt. Aber das hier war reine Zeitverschwendung, nicht wahr?«

»Es gibt nur eine Person, die uns diese Frage beantworten kann.«

»Mathias Burke wird nicht mit Ihnen reden.«

»Vielleicht nicht«, sagte Barrett, »aber jetzt wäre der richtige Zeitpunkt, um es noch mal zu versuchen. Falls Sie recht haben und er auf diese Weise den Pick-up bearbeitet hat, wird es ihm nicht gefallen, wenn ich ihn danach frage.«

Er verdrängte die Erinnerung an ihre letzte Begegnung, bei der er versucht hatte, Mathias zu einer Reaktion zu provozieren, und ihm erzählt hatte, dass die Taucher den See absuchten.

»Ich denke, dann werde ich wissen, ob Sie recht haben«, sagte er mehr zu sich selbst als zu Bobby Girard.

43

Mit einem Handy, das Barrett sich von einem Rentner in einem Dunkin' Donuts in Wiscasset geliehen hatte, rief er bei Mathias Burke an. Er erzählte ihm, dass er gerade nach Rockport gezogen sei, aber die Stadt für einen Monat verlassen werde und Ärger mit seinem Hausverwalter habe. Der Mann habe jede Menge zu tun, sagte Barrett, und er suche jemanden, der zuverlässig sei. Er fragte Mathias, ob er ihm garantieren könne, die Arbeiten probeweise bis Ende der Woche durchzuführen, und bot ihm an, sofort einen Scheck darüber auszustellen.

»Worum geht es denn?«, fragte Mathias.

»Die Oberflächen müssen mit einem Hochdruckreiniger gesäubert und versiegelt werden«, sagte Barrett.

Mathias erklärte sich einverstanden, meinte jedoch, dass er gerade auf einer Baustelle in St. George sei. Er überprüfe dort eine Mauer, die sein Team errichtet habe, darum könne er den Scheck erst am nächsten Tag abholen. Barrett sagte, dass er sowieso nach St. George fahre, um bei Luke's Lobster vorbeizuschauen. Er könne ihm den Scheck vor fünf Uhr persönlich vorbeibringen.

Mathias nahm sein Angebot an.

Als Barrett die Baustelle in St. George erreichte, fuhr gerade ein Transporter mit dem Schriftzug PORT HOPE HAUSMEISTERSERVICE fort, und es stand nur noch ein Pick-up da. In dem Transporter saßen zwei Männer, aber Barrett sah, dass Mathias noch auf dem Grundstück war und alleine mit dem Rücken zur Straße eine halbfertige Natursteinmauer inspizierte, die sich fast über die gesamte Distanz zwischen Hauptgebäude und Gästehaus erstreckte. Hinter ihm konnte man die Penobscot Bay erkennen, und bei wolkenlosem Himmel reichte die Sicht bis zu den Inseln und Owls Head Light und vielleicht sogar bis Marshall Point. Es handelte sich um eine millionenschwere Immobilie. Allein die neue Mauer kostete mehr als viele Häuser hier in Maine.

Barrett schaltete den Motor des Mustangs aus und beobachtete Mathias einen Moment lang. Er kniete sich hin und überprüfte die Oberseite der Mauer mit einer Wasserwaage, dann strich er mit dem Daumen über die Ränder der Verfugungen zwischen den großen, runden Steinen. Es war eine hübsche Mauer, wunderschöne Handarbeit, und der Hausbesitzer würde damit zufrieden sein. Mathias Burkes Kunden waren stets zufrieden. Das hatte Barrett schon von vielen gehört.

Erst als er die Tür zuknallte, warf Mathias einen Blick in seine Richtung. Obwohl er Barrett ganz offensichtlich erkannte, zeigte er keine Reaktion. Ohne etwas zu sagen, blieb er knien und wartete, bis Barrett neben ihm stand.

»Säubern und versiegeln«, sagte er. »Das findest du wohl witzig.«

Er stand langsam auf und wischte sich an der Jeans den Staub von den Handflächen, dann nahm er die Wasserwaage und steckte sie in seine Gesäßtasche. Er sah noch genauso aus, wie Barrett ihn in Erinnerung hatte. Nur seine Brust wirkte etwas kräftiger, als hätte er im Winter ein paar Muskeln zugelegt, als hätte er seinen Körper gestählt, während die anderen Bewohner zu Hause blieben und verweichlichten.

»Ich wusste, dass du einen einfachen Reinigungsauftrag annehmen würdest. Das ist unkompliziert, und du hast einen guten Ruf zu verlieren.«

Mathias lehnte sich gegen die Mauer. »Du siehst beschissen aus, Barrett.«

In aller Seelenruhe musterte er mit einem beiläufigen Blick Barretts verunstaltete Kopfhaut.

»Ich hatte ein paar anstrengende Tage.«

»Trotzdem bist du zurückgekommen, um Streit zu suchen, was? Warum solltest du sonst hier sein?«

»Wegen neuer Hinweise«, sagte Barrett. »Es ist zwar mühsam, aber das ist nun mal mein Job. Du weißt ja, wie das ist. Irgendjemand muss für Ordnung sorgen, und wenn es Probleme gibt, kümmern wir uns darum.«

»Sicher. Das haben wir beide gemeinsam.«

»Allerdings. Die Leute rufen uns, wenn es Probleme gibt.«

Hinter der Mauer ging der Rasen in einen Landschaftsgarten mit riesigen Felsbrocken über, die jeweils bestimmt Hunderte oder Tausende von Kilos wogen, und keiner davon war hier im Garten gefunden worden. Sie waren von Männern wie Mathias ausgegraben, aus dem Erdreich gehievt und sorgfältig angeordnet worden, für eine Summe, die das Vorstellungsvermögen der meisten Menschen überstieg, aber die Bewohner von Häusern wie diesem nicht mal ein Wimpernzucken kostete. Es war die Art von Arbeit, die Barretts Großvater so sehr bewunderte. Die Leute hier leisteten *echte* Arbeit, hätte er gesagt, und sein Enkel wäre gut beraten, ihnen Beachtung zu schenken. Doch Rob lebte in einem anderen Amerika, einem Land der Denker und Redner und nicht der Macher. Und wenn er einer von ihnen wurde, nun, dann wäre er nicht besser als sein Vater. Dieser schwächliche Mann, der andere für die Arbeit bezahlte, die er nicht tun wollte oder konnte.

Während seines Vortrags hätte Ray sich unweigerlich einen weiteren Drink eingeschenkt, und die Arbeit, die anstehende Arbeit in der Harpoon hätte warten müssen, bis sich jemand anders darum kümmerte. Offensichtlich war ihm die Ironie seines Verhaltens nie bewusst gewesen.

»Was hat Kimmy eine derartige Angst eingejagt«, sagte Mathias, »dass sie sich in eine Vene ihres zerstochenen Körpers eine weitere Spritze gerammt hat?«

Barretts Puls dröhnte wie Gewitterwolken am Horizont in seinen Ohren. Er wandte den Blick ab und atmete die salzige Meeresluft ein. Schließlich richtete er die Augen wieder auf Mathias.

»Kimberly hat mir von diesem Zeug namens Plasti Dip erzählt«, sagte er. »Das war ziemlich interessant. Nun, ich habe keine Ahnung, was die Jungs im Labor damit anfangen können, aber …« Er zuckte mit den Schultern. »Zumindest haben sie jetzt einen Ansatzpunkt.«

Mathias drehte Barrett den Rücken zu, kniete sich hin und legte die Wasserwaage auf die Steinwand. Die grüne Blase in der Waage glitt nach links, dann nach rechts und wanderte schließlich langsam in die Mitte.

»Sie ist lotrecht. Es hat lange gedauert, bis ich ein paar Männer gefunden habe, die so etwas können. Meistens vermasseln sie es auf die eine oder andere Weise. Aber jetzt … habe ich endlich das richtige Team.«

Er drehte sich nicht um, sondern betrachtete weiter die Wasserwaage, als wäre sie der faszinierendste Gegenstand der Welt. Die Blase bewegte sich nicht. Sie verharrte genau in der Mitte.

»Ich sehe die ganze Sache so«, sagte Barrett. »Du hast den Pick-up bei Girard abgeholt, ihn lackiert, abgespritzt und wieder zurückgegeben. Das war äußerst raffiniert. Die Kriminaltechniker werden meine Vermutung bestätigen, und wir werden diesem Hinweis weiter nachgehen. Aber ich bin neugierig – warum hast du diese zusätzliche Maßnahme ergriffen? Warum hast du dir von diesem armen Schwein nicht einfach den Pick-up geliehen und ihm die ganze Sache angehängt? Wegen dieser Lackierung steckst du jetzt in Schwierigkeiten. Und weil du die beiden Frauen mitgenommen hast.«

Mathias erwiderte nichts und drehte sich auch nicht um. Stattdessen schob er die Wasserwaage auf der Mauer einen Meter weiter. Die Blase zuckte hin und her und wanderte wieder in die Mitte.

»Ich weiß inzwischen, warum du zum See zurückgekehrt bist«, sagte Barrett. Die Sache ist jetzt um einiges klarer, und ich weiß, welche Fehler ich gemacht habe. Aber warum die Lackierung?«

Mathias ließ die Wasserwaage dreißig Zentimeter weiter wandern und hob beide Hände, um seine Augen abzuschirmen. So wie Barrett, als er durch das Fenster geschaut und Kimberly Crepeaux' Leiche entdeckt hatte. Die Blase bewegte sich von links nach rechts, wanderte in die Mitte und verharrte dort.

»Weißt du, was mich glücklich macht?«, sagte Mathias in einem unbeschwerten, gönnerhaften Tonfall, als wäre er ein verständnisvoller Lehrer, der mit einem schlechten Schüler redete. »Wenn man eine anspruchsvolle Arbeit anständig ausführt. Das hat mich immer glücklich gemacht. Und das hier?« Er klopfte mit den Fingerknöcheln gegen die Mauer. »Bevor sich diese Mauer auch nur einen Zentimeter bewegt, wird das Haus ins Meer stürzen. Denn ich erkenne, wenn eine anspruchsvolle Arbeit anständig ausgeführt wurde.«

Er richtete sich auf, steckte die Wasserwaage zurück in die Hosentasche und drehte sich zu Barrett um. Für sein Alter war sein Gesicht ziemlich stark verwittert, aber seine Haare, die sich in der leichten Brise hoben, verliehen ihm ein jungenhaftes Aussehen. »Plasti Dip«, sagte er. »Na toll.«

Es hatte eine Weile gedauert, bis er seinen spöttischen Tonfall wiedergefunden hatte, und er hatte sich dafür abwenden müssen. Barrett hatte ihn schon häufig befragt, aber heute hatte Mathias ihm zum ersten Mal den Rücken zugewandt.

»Noch nie davon gehört?«, fragte Barrett.

»Sicher habe ich das. Ich hab das Zeug zum ersten Mal gesehen, als mein Vater sein Werkzeug darin eingetaucht hat, um die Griffe auszubessern. Damit er kein neues Werkzeug kaufen musste, das weniger stabil war. Inzwischen benutzen es Junkies und reiche Kids für ihre Autos. Sicher habe ich schon mal davon gehört.«

Seine graublauen Augen verrieten keine Emotion. Aber Barrett konnte sich nicht erinnern, dass Mathias während ihrer früheren Gespräche ungefragt von seinem Vater erzählt hatte. Barrett hatte ein paarmal versucht, die Sprache behutsam auf dieses Thema zu bringen, aber dann einen Rückzieher gemacht, weil er nicht den Verlauf der Befragung bestimmen wollte. Man erfuhr die Wahrheit, indem man zuhörte und nicht redete, indem man sich leiten ließ und nicht die Richtung vorgab.

Doch heute fiel es ihm schwer, sich daran zu halten.

»So weit ist es also mit dir gekommen«, sagte Mathias, »dass du mich mit irgendwelchen Hirngespinsten behelligst.«

»Das sind keine Hirngespinste. Ich bin nicht Kimberly. Jetzt kommt es vor allem auf die Kriminaltechniker an. Allerdings tue ich nicht so, als würde ich ihren Job verstehen. Das ist höhere Wissenschaft.«

Erneut legte er eine Verhaltensweise an den Tag, die er stets vehement abgelehnt hatte. Er lenkte die Befragung nicht nur in die gewünschte Richtung, sondern er log, um das zu erreichen.

»Selbst, wenn ich den Pick-up lackiert hätte«, sagte Mathias, »ob nun mit Plasti Dip, Rust-Oleum oder Fingerfarben, wüsste ich gerne, *warum* ich das getan haben sollte. Kannst du mir das verraten, Special Agent Barrett?«

»Ich habe mich Folgendes gefragt«, sagte Barrett, ohne der

Frage Beachtung zu schenken. »Wer war dein Komplize? Irgendjemand hat dir an dem Abend, als ich dich verhaften ließ, geholfen. Jemand, der wusste, wo sich die Leichen befinden. War es Girard?«

Mathias lächelte bloß.

»Oder vielleicht Mark Millinock. Ich glaube nicht, dass du Girard genug vertraut hast. War es Mark?«

Als Antwort erntete er erneut ein Lächeln.

Barrett zuckte mit den Achseln. »Na schön. Ich werde auf die Auswertung der Beweise warten.«

»Natürlich. Was ist mit dem Motiv, Special Agent? Bist du da inzwischen fündig geworden?«

»Ich vermute, dass die Tat mit den Drogen im Zusammenhang stand, aber vielleicht liege ich damit auch falsch. Ich werde also abwarten. Ich habe Geduld. Das weißt du inzwischen.«

Mathias lächelte erneut. »Ah, die *Drogen*. Was hatte ich noch mal mit den Drogen zu tun?«

»Du hast sie verkauft oder transportiert – sag du es mir.«

»Verkauft oder transportiert? Was für eine Karriere! Ich spiele jetzt wohl in der obersten Liga, was? Das *gefällt* mir. Als du mir den Mord – das heißt, den *Doppel*mord – zur Last gelegt hast, habe ich die Drogen angeblich nur *konsumiert*. Und jetzt verkaufe und transportiere ich sie! Sieh mal einer an! Ich habe eine Frage an dich: Ich bin zwar kein Rechtsexperte, aber solltest du nicht irgendwann mal bei einer Geschichte bleiben?«

»Das ist ein langsamer Prozess. Und ich habe Geduld.«

Mathias grinste. Es schien ein aufrichtiges Lächeln zu sein, ein ansteckendes Lächeln, dem sich niemand entziehen konnte.

»Ich mag deine verschiedenen Theorien. In einer Version bin ich ein zugedröhnter Wahnsinniger, der bereit ist, mit einem Pick-up, einem Rohr und einem Messer zu töten. In einer anderen bin ich ein Gangsterboss. Oder Drogenbaron. Und in der dritten Version … *habe ich nicht das Geringste getan.*« Er stieß sich von der Wand ab, trat auf Barrett zu und blieb nur wenige Meter von ihm entfernt stehen. »In allen drei Versionen gibt es nur eine Konstante. Egal, welche du für richtig hältst – Wahnsinniger, Gangsterboss oder Unschuldiger –, sie laufen alle auf dasselbe hinaus.«

»Und das wäre?«

»Egal, welche davon wahr ist, ich stelle eine ernsthafte Bedrohung für deine Zukunft dar.«

Mathias schob sich mit der Schulter an ihm vorbei und lief zu seinem Pick-up.

TEIL DREI
UNGETRÜBTE TRAGÖDIE

Skin and bones, you never did come home
Crashing on my heart through the telephone.
I remember the tall grass waving,
In past lives, old poems.
– Brian Fallon,
»Nobody Wins«

44

Barrett hatte Howard Pelletier zwar gebeten, in der Nähe des Telefons zu bleiben, dennoch beschloss er, persönlich mit ihm zu sprechen. Obwohl neue und alte Informationen und etwas, das tief in seinem Unterbewusstsein verborgen war, in seinem Kopf durcheinanderwirbelten, hatte er das Gefühl, kurz vor einer Lösung zu stehen. Dazu musste er jedoch eine seiner früheren Theorien überprüfen. Die Sache würde Howard schwer zusetzen, und ein Telefonat reichte deshalb nicht aus.

Als Barrett vorfuhr, öffnete Howard genau wie am Morgen die Tür. So als hätte er ihn bereits erwartet. Allerdings war der Mustang auch nicht wirklich zu überhören.

Sie begaben sich erneut in die Garage, Howards bevorzugter Treffpunkt.

Er hielt ein Bier in der Hand und bot Barrett ebenfalls eins an, doch der schüttelte den Kopf.

»Ich hatte wohl selber eins zu viel davon«, sagte Howard, und seine schleppende Sprechweise verriet, dass er mehr als nur ein Bier zu viel getrunken hatte. »Ich war einfach … völlig durch den Wind, nachdem Sie mir von Kimberly erzählt hatten. Von ihr hing so viel ab, wissen Sie? Wenn sie den Geschworenen nicht sagen kann, *Dies ist die Wahrheit, und darum habe ich meine Aussage geändert*, sind sie wahrscheinlich nicht so leicht zu überzeugen. Meinen Sie nicht auch?«

»Wir werden sie überzeugen.«

Howard widersprach ihm zwar nicht, aber es war offensichtlich, dass er ihm nicht glaubte.

»Howard, wissen Sie noch, wie ich Sie nach dem Wurfnetz gefragt habe?«

»Sicher. Aber das hätte nicht funktioniert.« Howard zupfte an seinem Bart. Es war einer der nervösen Ticks, die er immer dann zeigte, wenn sie über die Leiche seiner Tochter sprachen.

»Sie haben gesagt, dass es nicht funktionieren würde, weil sich das Netz über dem Grund ausbreiten und alles darüber nach oben ziehen würde.«

»Genau.«

»Hätte es funktioniert, wenn man es vorher am Grund ausgelegt hätte?«

»Also … sicher. Aber ein gutes Netz ist nicht billig, und wahrscheinlich würde es niemand am Grund des Sees liegen lassen, und …«

Dann kapierte Howard und verstummte. Er sah aus, als hielte er die Luft an.

»Wenn er dort unten ein Netz ausgelegt hat«, sagte Howard Pelletier langsam, »dann heißt das, dass er alles geplant hatte.«

»Ich frage mich, ob das möglich ist.«

»Aber das ergibt keinen …«

»Vergessen Sie alles andere. Überlegen Sie nur, ob es hätte funktionieren können. Wenn er sich am Floß orientiert und darunter das Netz ausgelegt hätte, hätte er dann zurückkehren und sie zügig aus dem Wasser ziehen können?«

Howard schien in Gedanken versunken. Dann leckte er sich über die Lippen und sagte: »Ja. Mit Hilfe … des Floßes wäre es einfacher gewesen. Er hätte von dort aus das Netz ins Wasser werfen und dabei zusehen können, wie es zum Grund sinkt. Auf diese Weise hätte er gewusst, wo es sich befindet.«

Wir wateten ins Wasser, bis es mir bis zum Hals reichte, und dann schwamm er noch ein Stück weiter und zog sie Richtung Floß, hatte Kimberly Crepeaux gesagt.

»Hätte er dann später nach ihnen tauchen müssen?«

»Nein. Wenn er sich alles gut überlegt hatte, hätte er eine Leine am Ufer befestigt. Dann hätte er sie nur noch … nur noch rausziehen müssen.«

Barrett nickte. Genauso hatte er sich das vorgestellt. Aber er hatte bisher noch nie ein Wurfnetz benutzt.

»Was Sie da erzählen«, sagte Howard, »passt zu keiner unserer Theorien. Es bedeutet, dass er die ganze Sache geplant hatte! Und das hat nichts mit dem zu tun, was Sie mir weismachen wollten!« Er schlug mit der Handfläche auf die Werkbank, sodass die Werkzeuge darauf schepperten.

»Ich weiß.«

»Falls das stimmt, hat sie gelogen. Dabei haben Sie mir die ganze Zeit erzählt, dass sie die Wahrheit sagt! Wenn er auf dem Grund ein Netz ausgelegt hat, wusste er, dass er es benutzen würde, und alles, was Kimmy gesagt hat, war gelogen!«

»Vielleicht nicht. Vielleicht wollte er die Sache tatsächlich wie einen Unfall aussehen lassen.«

Howard starrte ihn mit offenem Mund schweigend an, und Barrett spürte an der Naht auf seinem Kopf erneut ein heftiges Kribbeln.

»Worüber zum Teufel denken Sie nach?«, fragte Howard mit leiser Stimme.

»Ich glaube Kimberly. Und um ihre Geschichte glauben zu können, muss ich ein paar dumme Entscheidungen erklären, die ein sehr intelligenter Mann getroffen hat. Außerdem hat man mir gesagt, dass ich mich zu sehr auf die Einzelheiten konzentriere. Darum versuche ich, im größeren Maßstab zu denken.«

Er beugte sich vor und versuchte, Howard in die Augen zu sehen, der seinen Blick jedoch nicht erwiderte.

»Laut Kimberlys Schilderung handelte es sich um einen Unfall, der zu einem Mord ausartete«, sagte Barrett. »Sie hat einen zugedröhnten, betrunkenen und wütenden Mann beschrieben. Aber dann wurde Mathias plötzlich wieder ganz ruhig. Wissen Sie noch, wann er sich laut ihrer Schilderung wieder beruhigte?«

»Nachdem alles passiert war«, sagte Howard mit ausdrucksloser Stimme.

»Genau. Und als er sich wieder beruhigt hatte, machte er einen Fehler. Einen ziemlich blöden Fehler. Und Kimberly fiel das sofort auf. Sie waren allein und befanden sich keine hundert Meter vom Meer entfernt, außerdem herrschte gerade Flut. Sie hätten die Leichen einfach ins Wasser tragen können, sodass sie aufs Meer hinausgetrieben wären. Aber Mathias Burke entschied sich dagegen. Er entschied sich dafür, die Leichen in den Pick-up zu verfrachten und zum See zu fahren. Direkt vor ihnen erstreckte sich das Meer, und er entschied sich für den See?«

Howard krümmte sich, als hätte er Magenkrämpfe. »Ich verstehe nicht, worauf Sie hinauswollen.«

»Ich frage mich, warum er diesen Fehler gemacht hat«, sagte Barrett.

Howard, der sich immer noch krümmte, starrte auf den rissigen Betonboden.

»Das ergibt keinen Sinn. Selbst wenn Sie recht haben und er das Netz ausgelegt hat, wäre es immer noch klüger gewesen, sie ins Meer zu werfen.«

»Nein.«

»Wie kommen Sie darauf?«

»Weil er zwei Zeuginnen hatte. Ihre Aussage hätte ihn ins Gefängnis gebracht. Mir hätte sogar die Aussage einer Zeugin gereicht.«

»Warum hat er die beiden nicht auch getötet, die Leichen im Meer entsorgt und sich aus dem Staub gemacht?«

»Er war die ganze Nacht mit den beiden zusammen und die letzte Person, die bei Kimberly im Schnapsladen war. Noch vor Sonnenuntergang hätte man ihn der Tat verdächtigt.«

»Falls er sich wegen der Zeuginnen Sorgen gemacht hat, warum hat er sie dann gehen lassen?«

»Im Grunde hat er das nicht«, sagte Barrett. »Aber ich glaube auch nicht, dass er Angst hatte, sie könnten reden.«

»Warum zum Teufel nicht?«

»Weil er wusste, in welche Richtung die beiden die Ermittlungen der Polizei lenken würden«, sagte Barrett. »Er wusste, dass, falls die Frauen die Wahrheit erzählen würden, irgendein armer Trottel mit Marke zum See fahren, auf das Wasser zeigen und sagen würde, *Da sind die Leichen.*« Er konnte erneut seinen Herzschlag in den Ohren hören. »Aber dort unten waren sie nicht. Was hätte der arme Trottel mit Marke dann vorzuweisen?«

Howard rieb sich die Hände, als wollte er sie wärmen.

»Das ist ziemlich weit hergeholt«, sagte er. »Die Sache mit dem Netz ist durchaus *möglich*, aber solange Sie nichts anderes haben ...«

»Ich werde das beweisen«, sagte Barrett. Seine Worte erfüllten ihn mit einer Zuversicht, wie er sie nicht mehr empfunden hatte, seit er im Sonnenuntergang Little Spruce Island aufgesucht hatte, um Howard zu erzählen, dass man am nächsten Morgen die Leiche seiner Tochter finden würde. »Er hat einen Pick-up gemietet, den er gar nicht benötigte, und ihn dann umlackiert. Das hat etwas zu bedeuten. Ich muss nur noch herausfinden, was es damit auf sich hat, und für wen das bestimmt war.«

In diesem Moment klingelte Barretts Handy. Er wollte es schon auf stumm schalten, als Howard sagte: »Gehen Sie dran.« Barrett fiel ein, dass das Telefon ja Howard gehörte, und wollte es ihm geben. Doch dann sah er auf dem Display Liz' Nummer und nahm ab.

»Wir müssen reden«, sagte sie ohne Umschweife.

»Sicher.«

»Nicht am Telefon.«

»Ich komme vorbei.«

»Nicht in meinem Haus. Ich habe die Berichte des Gerichtsmediziners zu Odom und Millinock, aber wenn du hierherkommst, wirst du sie nicht zu Gesicht kriegen. Inzwischen suchen eine Menge Leute nach dir, Rob.«

»Wer?«

»Deine Chefin, die State Police und die DEA. Und keiner davon macht einen besonders entspannten Eindruck.«

»Ich kann Roxanne anrufen, damit sie dich in Ruhe lassen.«

»Ich will erst mit dir reden. Ich bin auf meinem Boot.« Sie war ein wenig außer Atem, und Barrett wusste nicht, ob sie in Eile oder aufgeregt war.

»Was steht in den toxikologischen Berichten?«

»Keine Ahnung. Ich habe noch nicht reingeschaut. Aber ich habe noch etwas anderes. Für die Droge, die Millinock Devil's Cut oder Devil's Calling genannt hat, gibt es noch einen anderen Namen.«

»Und zwar?«

»Devil Cat.«

45

Als Barrett in Camden ankam, war es bereits dunkel, und vor der Bibliothek und im Park am Hafen leuchteten im Schatten des Mount Battie schwach die Lichter. Draußen auf dem Wasser, auf den besetzten Booten, brannten ebenfalls ein paar vereinzelte Lampen. Allerdings gehörte keines davon Liz. Falls sie sich an Bord befand, war es dort dunkel.

Nachdem sie ihm von dem massiven Polizeieinsatz erzählt hatte, fand Barrett das nicht weiter verwunderlich. Statt den Hafen aufzusuchen, fuhr er ein Stück in die Stadt und parkte unterhalb des längst erloschenen Schornsteins der Papiermühle. Von hier aus konnte er die Polizeiwache und den entgegenkommenden Verkehr sehen. Alles schien ruhig zu sein.

Er stieg aus dem Wagen, überquerte die Straße und lief über einen der öffentlichen Parkplätze zu einem Gehweg, der sich den Megunticook River entlangschlängelte. Er marschierte darauf an einigen kleinen Wasserfällen vorbei Richtung Meer. Um diese Jahreszeit begann sich der Hafen erst langsam zu füllen, und es waren nur ein paar Dutzend Boote an den Flößen vertäut. Im Juli würden es einige Hundert sein. Die Warteliste für einen Liegeplatz in Camden war lang – es dauerte Jahre, bis man endlich an die Reihe kam.

Liz' hatte den Liegeplatz ihres Vaters übernommen, in bester Lage, mitten im Hafen. Viele Leute fuhren mit ihren Beibooten, die über einen kleinen Außenbordmotor verfügten, zu ihrem

Liegeplatz, aber Liz benutzte ein Ruderboot. Ihr altes, wunderschön erhaltenes Beiboot war am Kai vertäut, und die Ruder waren verstaut. Also war sie entweder nicht auf dem Segelboot oder mit jemand anders aus dem Hafen hinübergefahren, damit Barrett ihr Ruderboot benutzen konnte.

Er kletterte in das Boot und hakte die Ruder ein, dann legte er ab und begann zu rudern. Liz tat dies stets mit anmutigen Schlägen und effizienten Bewegungen. Barrett hingegen hatte das Gefühl, als müsste er gegen den Wind und das Wasser ankämpfen. Als er sich dem Segelboot näherte, konnte er nirgends ein Licht entdecken. Er begann sich Sorgen zu machen und musste daran denken, wie er Kimberly gefunden hatte. Doch dann hallte Liz' Stimme aus der Dunkelheit zu ihm herüber.

»Ich wusste erst, dass du es bist, als du angefangen hast zu rudern«, sagte sie. »Du wirkst dabei immer noch wie eine flügellahme Möwe.«

»Saukomisch«, sagte er, und beim Klang ihrer Stimme wichen seine Befürchtungen einem Gefühl der Erleichterung.

Sie trat aus dem Schatten und warf ihm eine Leine zu, die er natürlich verfehlte, sodass sie im Boot landete. Er hob sie auf, zog das Ruderboot heran, und Liz zurrte es fest. Er kletterte an Bord und blieb vor ihr stehen. Liz trug eine dunkle Jeans und ein schwarzes Oberteil, die beide mit der Dunkelheit verschmolzen. Offensichtlich war das kein Zufall.

»Glaubst du, dass du beobachtet wirst?«

»Es würde mich nicht überraschen, nachdem man heute mein Haus belagert hat. Mir ist zwar niemand gefolgt, aber …« Sie zuckte mit den Schultern und warf einen vielsagenden Blick Richtung Hafen.

»Wo steht dein Wagen?«, fragte er, als ihm der Peilsender einfiel, der an seinem Auto angebracht gewesen war.

»Vor dem Büro. Ich dachte, es wäre besser, einen langen Spaziergang zu machen, statt ihn an einer Stelle zu parken, die meinen Aufenthaltsort verrät.«

»Du würdest eine verdammt gute FBI-Agentin abgeben.«

»Ich habe gehört, dass die hier in der Gegend Mangelware sind«, sagte sie und nahm ihn leidenschaftlich in den Arm. Er drückte sie fest an sich, und nach einer Weile holte sie tief Luft und trat einen Schritt zurück.

»Gehen wir nach unten. Meinst du, du schaffst es runter, ohne dir im Dunkeln die Beine zu brechen, du Landratte?«

»Wir werden sehen.«

Das Segelboot war ein dreizehn Meter langes, hölzernes Ungetüm, das in den Zwanzigerjahren in England als Rettungsboot für Einsätze bei schwerer See konstruiert worden war. Als Liz' Vater vor der Küste von Halifax gestorben war, hatte sie noch eine schnittige Schaluppe aus Fiberglas besessen. Das Rettungsboot aus Holz bedeutete zwar mehr Arbeit und weniger Spaß, aber Barrett vermutete, dass ihr die Geschichte des Bootes, das gekenterte Seemänner aus den feindseligen Fluten geborgen hatte, mehr bedeutete, als sie je zugeben würde.

Er folgte ihr unter Deck. Sie schloss die Luke und schaltete eine schwache batteriebetriebene Laterne an. Sämtliche Vorhänge waren zugezogen, und auf dem Tisch lagen ein Messer und eine Dose Pfefferspray.

»Wer jagt dir solche Angst ein, Liz?«

»Du. Kimberly. Jeder, mit dem ich heute gesprochen habe.« Sie setzte sich auf eine der gepolsterten Bänke längs des Tisches. »Du bist da einer Sache auf der Spur, die ich nicht verstehe – und ich glaube, du auch nicht. Aber Menschen müssen deswegen sterben.«

»Wer hat dir von der Bezeichnung Devil Cat erzählt?«

»Theresa – eine Gerichtsmedizinerin, meine Informationsquelle. Ich habe sie gefragt, ob sie die beiden anderen Bezeichnungen schon mal gehört hat, und sie sagte Nein. Aber dafür kannte sie den Ausdruck Devil Cat. Für Heroin, das mit Fentanyl verschnitten wird.«

»Mit Fentanyl oder Carfentanyl?«

»Macht das einen Unterschied?«

»Vielleicht schon«, sagte er. »Du hast doch meinen Freund Vizquel von der DEA kennengelernt, oder?«

»Ja. Er hat nach dir gesucht.«

»Mehr nicht? Er hat dir keine Fragen zu Kimberly, Mathias oder sonst irgendwem gestellt?«

Sie schüttelte den Kopf. »Sie sind nur hinter dir her, Rob. Die Vertreter von drei verschiedenen Behörden haben mich alle dasselbe gefragt – wo ist Rob Barrett? FBI, DEA und Maine State Police. Ach, und rate mal, welche Beamtin von der State Police bei mir aufgekreuzt ist. Emily Broward. Sie war vollkommen geschäftsmäßig drauf und wollte nur wissen, wie sie mit dir Kontakt aufnehmen kann.«

»Warum?«

»Weil du hier in ein Wespennest gestochen hast, schätze ich.«

»Es geht dabei noch um etwas anderes«, sagte er. »Diese Leute haben es mit einem Fall zu tun, dessen Ausmaß meine Vorstellungskraft übersteigt. Der Typ von der DEA, Vizquel, hat mir unmissverständlich zu verstehen gegeben, dass er sich nicht für Mathias Burke oder Kimberly Crepeaux interessiert. Was wissen sie also, was mir entgangen ist?«

Liz legte ihm ihre Hand auf den Arm, und erst da merkte er, dass er vor lauter Frust seine Stimme erhoben hatte.

»Immerhin hat sich deine Vermutung bestätigt«, sagte sie. »Cass Odom und J.R. Millinock sind derselben Droge zum Opfer gefallen.« Sie schob ihm zwei Aktenmappen über den Tisch. »Die habe ich von Theresa. Zu Molly Quickery konnte ich keine Einzelheiten erfahren. Bei ihr gab es keine toxikologische Untersuchung. Man hat sich mit der Tatsache zufriedengegeben, dass eine drogensüchtige Alkoholikerin offensichtlich das Bewusstsein verloren hatte und ins Meer gestürzt war. Anscheinend war dem Büro des Leichenbeschauers die Sache ein wenig peinlich, aber, ich zitiere, ›Letzten Sommer hat es verdammt viele Drogentote gegeben‹.«

Kimberly hatte während ihres Geständnisses fast dasselbe gesagt.

Obwohl Barrett Cass Odoms Akte bereits kannte, nahm er sie sich als Erstes vor. Er hatte vor mehr als einem Jahr einen Blick hineingeworfen, als man ihnen mitgeteilt hatte, dass sie eine Bekannte von Mathias Burke war. Der Bericht des Gerichtsmediziners war erst vier Monate nach ihrem Tod fertiggestellt worden. Wenn es um Drogentote ging, war diese Verzögerung inzwischen normal.

Bei der toxikologischen Untersuchung nach Odoms Tod hatte man sowohl synthetisches Heroin als auch Carfentanyl in ihrem Blut gefunden. Als Barrett das zum ersten Mal gelesen hatte, hatte ihm das kaum zu denken gegeben, denn es gab scharenweise Drogentote durch Opiate. Jetzt allerdings dachte er über die Frage nach, die er auch Howard Pelletier gestellt hatte: Was wäre, wenn der Dealer die genaue Zusammensetzung der Droge kannte? Die Konsumenten erhofften sich zwar ein Gefühl der Euphorie und nicht den Tod, aber wenn der Lieferant wusste, um was für eine Droge es sich in Wirklichkeit handelte, und die Konsumenten nicht, dann war das Mord.

Und wenn die Opfer aktenkundige Drogenkonsumenten waren, würde man wegen der Morde wahrscheinlich keine Ermittlungen anstellen. Angehörige und Freunde der Drogenabhängigen hielten die Nachricht vom Tod durch eine Überdosis, so tragisch das auch war, für glaubwürdig. Einige von ihnen hielten es sogar für unvermeidlich. Und nur wenige vermuteten dahinter einen Mord.

Barrett klappte Cass Odoms Akte wieder zu und widmete sich der von J. R. Millinock. Fünf Monate nach seiner Beerdigung hatte man bei der toxikologischen Untersuchung in einem Labor in Pennsylvania denselben Drogencocktail in seinem Blut gefunden, der auch Cass Odom getötet hatte.

»Nun«, sagte Barrett, »das könnte ich Nick Vizquel immerhin mitteilen. Ich weiß zwar nicht, wo Cass ihren Stoff herhatte, aber Millinocks kam von Jeffrey Girard.«

»Willst du Vizquel anrufen?«

»Ich denke, das sollte ich tun. Ich wäre ihm zwar gerne einen Schritt voraus, aber ehrlich gesagt, hinke ich ihm gewaltig hinterher. Allerdings ist mir der Typ gewaltig auf den Keks gegangen. Er hat zu sehr darauf beharrt, dass die Sache mit Jackie und Ian nur Kinderkram sei. Menschen wie Kimberly sind ihm egal. Menschen wie diese hier.«

Er schob den Bericht zur Seite und deutete auf die Fotos von Cass Odoms Leiche am Fundort. Es waren nur zwei Bilder von ihr und drei von Millinock. Weder die Polizei noch der Leichenbeschauer behandelten Fälle wie diese als mögliche Straftat, weil sie schon so oft damit zu tun gehabt hatten. Eine Überdosis bedeutete nur einen weiteren Toten auf der Liste; man knipste ein paar Fotos, schaffte die Leiche fort und wartete, bis das Labor in Pennsylvania die Vermutung der Polizei bestätigte, dann kümmerte man sich um den nächsten Toten. Denn es gab immer einen weiteren Toten.

»Ich möchte, dass er sich für diese Menschen interessiert«, sagte Barrett. »Ich weiß, dass das Vertriebsnetz von entscheidender Bedeutung ist, doch ich möchte, dass er sich auch für die Opfer interessiert.« Er tippte auf eines der Fotos.

Selbst im Tod wirkte J. R. Millinocks Körper robust; seine

Schultern waren kräftig und rund und seine Arme muskulös. Bestimmt hatte er sich unbesiegbar gefühlt, als er sich seinen Schuss gesetzt hatte. Vielleicht hatte er nicht mal mehr Zeit gehabt, sich schwach zu fühlen, bevor er starb. Auf eine merkwürdige Weise hoffte Barrett, dass das stimmte.

Er betrachtete das Foto von Millinock und dachte daran, wie Kimberly zusammengerollt in dem Bett gelegen hatte, am Ohr das Handy, neben sich die Spritze.

»Haben sie sich den Stoff gespritzt?«, fragte er Liz.

»Ja.« Sie griff an ihm vorbei und blätterte zum nächsten Foto, zur Großaufnahme einer Spritze. Darauf war nichts Ungewöhnliches zu sehen. Nur eine ganz normale Spritze, eine von Millionen. Als das Foto aufgenommen wurde, war ihr Inhalt bereits im Blut des Toten gelandet.

»Ich hätte ihr das Handy abnehmen sollen«, sagte Barrett. »Damit sie den Dealer, den sie ausfindig gemacht hatte, nicht hätte anrufen können. Aber man hätte ihr das Telefon nicht ewig vorenthalten können, oder? Außerdem hätte sie irgendwann ein anderes aufgetrieben, oder sie hätte die richtige Straße aufgesucht und …«

Er verstummte, und Liz sagte: »Rob?«

Statt zu antworten, deutete er auf eine der oberen Ecken des Fotos. Auf einem überladenen Couchtisch, neben der Spritze, stand eine Wodkaflasche auf einem Plastikbeutel.

»Wonach sieht das für dich aus?«

Sie beugte sich vor. »Meinst du den Beutel?«

»Ja. Was ist da drauf?«

»Sieht aus, als hätte jemand mit Edding etwas draufgemalt.«

»Ja. Was soll das sein?«

Sie neigte ihren Kopf zur Seite. Dabei fielen ihr die Haare ins Gesicht, und sie strich sie hinter die Reihe silberner Ohrringe in ihrem linken Ohr. Sie zog das Foto näher zu sich heran und kniff die Augen zusammen, die sich kurz darauf weiteten, als sie erkannte, was das Bild darstellte.

»Das ist eine Katze.«

»Das hab ich auch gedacht.«

»Eine Katze mit gekrümmtem Rücken. Wie eine …«

»… Halloween-Katze«, beendete er ihren Satz.

Liz schaute zu ihm hoch. »Wie die auf dem Pick-up, die Kimberly beschrieben hat.«

Barrett nickte und spürte, wie sich sein Nacken mit einer kribbelnden Gänsehaut überzog. Er starrte auf das Foto und musste daran denken, wie Bobby Girard mit dem Hochdruckreiniger die Farbe entfernt hatte, während er selbst die Zeit gestoppt hatte.

Weniger als fünf Minuten.

Er hatte die Motorhaube strahlend weiß lackiert, und darauf prangte das schlecht gemalte Bild einer schwarzen Katze, wie es kleine Kinder zu Halloween malen, wissen Sie? Mit gesträubtem Fell, Buckel und erhobenem Schwanz. Und überall diese schwarzen Schnörkel. Das hatte Kimberly Crepeaux gesagt. *Mit gesträubtem Fell, Buckel und erhobenem Schwanz. Und überall diese schwarzen Schnörkel.*

Barrett zog das Foto zu sich heran und betrachtete es mit zusammengekniffenen Augen, dann schüttelte er den Kopf. »Der Beutel ist zu klein, und die Flasche wirft einen Schatten.«

»Was versuchst du zu erkennen?«

»Ob die Augen rot sind.«

»Glaubst du, das ist wichtig?«

»Das könnte sogar sehr wichtig sein.«

»Warum sollte jemand so was da draufmalen?«

»Der Verkaufswert wird durch die Qualität bestimmt. Die Dealer markieren ihre Droge mit einem Logo, einer Farbe oder mit Initialen. Dann wissen die Käufer, dass sie bekommen, wofür sie gezahlt haben, und wenn die Dealer herausfinden, dass jemand unmarkierten Stoff verkauft … dann gibt es in der Regel Tote.«

Er legte das Foto wieder hin und lehnte sich zurück. Er verspürte einen Adrenalinschub, der ihn mit Energie erfüllte, und gleichzeitig war ihm schwindelig, als hätte er zu schnell ein paar Drinks zu viel getrunken.

»Die Gerichtsmedizinerin, die den Stoff Devil Cat genannt hat – hat sie ein Logo oder einen Stempel erwähnt? Oder nur den Namen?«

»Nur den Namen. Aber natürlich musste ich dabei an Kimmys Geschichte denken. Glaubst du, sie hat vielleicht das da gesehen …« Sie deutete auf das Bild, das den Beutel zierte. »Und als die Drogen zu wirken begannen, hat sie im Rausch auf der Motorhaube eine Halluzination dieses Bildes gesehen? Oder vielleicht lag der Beutel auf dem Armaturenbrett des Pick-ups, und falls sie betrunken und zugedröhnt war, hat sie die Reflexion in der Scheibe verwirrt.«

»Ich glaube nicht, dass sie sich das eingebildet hat. Ich glaube, dass das Bild auf dem Pick-up war. Bobby Girard hat mir gezeigt, wie man so etwas schnell und problemlos aufsprühen und wieder entfernen kann. Ich glaube, dass in dieser Nacht das Bild tatsächlich auf der Motorhaube war, und es war für eine bestimmte Person gedacht. Aber ich weiß nicht, warum oder für wen.«

Das Boot schaukelte leicht hin und her, und über ihnen ächzte die Takelage im Wind. Für einen Moment schauten die beiden einander schweigend an.

»Was denkst du?«, fragte Liz.

»Mir sind die Partys eingefallen, von denen Kimberly erzählt hat.«

»Die Partys, die Ian in seinem Haus veranstaltet hat?«

»Ja, und die Lagerfeuer am Strand. Wir wissen, dass dort unten Heroin konsumiert wurde. Die Herkunft wurde nie geklärt. Der Stoff war halt da, hätte Kimberly gesagt und mit den Achseln gezuckt. Das war keine große Sache für sie. Aber falls Mathias dieses Bild auf seinen Pick-up gesprüht hat, hat er das aus einem bestimmten Grund getan. Seit Kimberlys Geständnis bin ich von der Theorie ausgegangen, dass Jackies Tod ein Unfall war und der von Ian ein Kollateralschaden, um einen Zeugen zu beseitigen.«

»Glaubst du, dass Mathias es auf die beiden abgesehen hatte?«

»Es scheint, als hätte er alles inszeniert. Als hätte er nicht in Panik gehandelt, sondern alles geplant. Wenn ich die Sache auf diese Weise betrachte …« Er nickte. »Schon möglich. Zumindest hatte er es auf mindestens einen von den beiden abgesehen.«

»Aber dann muss er sich mit einem von ihnen in Verbindung gesetzt haben.«

»Warum?«

»Weil sie sich bei Sonnenaufgang auf einer Landstraße befanden, und außer Jackie wusste sonst niemand, dass Ian nach Maine kommen würde, geschweige denn, wo sie sich treffen wollten.«

Sie hatte recht, das war ein verdammt guter Einwand. Dennoch ließ Barrett das Logo auf dem Beutel keine Ruhe. Plötzlich gab es für Kimberlys wildes Hirngespinst eine reale Grundlage.

»Ich brauche digitale Kopien der Fotos«, sagte er. »Ich brauche eine Vergrößerung davon. Weißt du, wer sie gemacht hat? Der Leichenbeschauer oder ein Cop?«

»Nein.«

»Das ist in jeder Region anders, aber hier schicken sie normalerweise keinen Gerichtsmediziner oder stellvertretenden Leichenbeschauer zum Tatort. Sondern die Polizei.« Er blätterte die

Akte durch und suchte nach dem Einsatzbericht. »Der Beamte vor Ort war …« Als er den Namen las, verschlug es ihm die Sprache.

Der Beamte vor Ort war Lieutenant Don Johansson von der Maine State Police gewesen.

46

Im Hochsommer hatten einige Bars an der Küste noch spät geöffnet, und auf einigen Booten im Hafen wurden Partys gefeiert. Aber an diesem kühlen Werktag im Mai lag der Hafen still da, als die beiden an Deck gingen, um sich zusammen in die Dunkelheit zu setzen. Der Wind hatte aufgefrischt und pfiff durch die Trossen, und die Schiffstaue knarzten.

»Entweder hat er das Katzenlogo gar nicht bemerkt, oder er konnte sich später nicht mehr daran erinnern«, sagte Liz schließlich. »Das erscheint uns jetzt wichtig, aber damals war Millinock für Johansson nur ein weiterer Drogentoter, und wahrscheinlich hat er sich nicht mal die Fotos angesehen. Als Kimberly dann ihre Geschichte über den Pick-up erzählt hat, konnte er sich nicht mehr daran erinnern.«

»Der Wagen war das Erste, was sie beschrieben hat«, sagte Barrett. »Johansson ist diesen Hinweisen nachgegangen und hat mit den Millinocks gesprochen. Und obwohl er am Fundort war, konnte er sich nicht mehr daran erinnern, dass in diesem Sommer einer ihrer Angehörigen gestorben war? Ausgeschlossen. Er ist ein gewiefter Cop, und dies ist ein kleiner Ort.«

»Vielleicht hat er die Gemeinsamkeit einfach nicht gesehen.«

»Vielleicht.«

»Du glaubst nicht daran.«

»Das würde ich ja gerne.«

»Aber du tust es nicht.«

Die Wolkendecke hatte sich gelichtet, und am Himmel zeichneten sich verschwommen die Sterne ab, die alles daransetzten, mit ihrem Licht zu den Bergen vorzudringen.

»Ich habe ihn nach J. R. Millinock gefragt, und er tat so, als hätte er noch nie von ihm gehört«, sagte Barrett.

»Vielleicht konnte er sich nicht mehr an ihn erinnern. Wenn er so mit Medikamenten zugedröhnt war, wie du gesagt hast ...«

»Nein.« Barrett schüttelte den Kopf. »Er hätte Mark Millinocks Neffen nicht vergessen. Er ist den Spuren in der Harpoon nachgegangen und hat Mark in regelmäßigen Abständen getroffen. Und das tut er immer noch, wenn auch aus anderen Gründen.« Er zuckte mit den Achseln. »Oder auch aus denselben. Ich habe keine Ahnung, seit wann er die Pillen nimmt. Aber ich würde ihm gerne die Gelegenheit geben, es mir zu erzählen.«

Liz' Schweigen verriet ihm, dass sie davon nichts hielt.

»Er war bei diesem Fall mein Partner«, sagte Barrett. »Zumindest das, was einem Partner am nächsten kommt. Und der Fall hat sein Leben auf den Kopf gestellt, Liz. Ich würde mit ihm gerne unter vier Augen sprechen, bevor ich irgendwelche Telefonate führe.«

Ein langgezogener Windstoß wehte Liz die Haare ins Gesicht. Die beiden saßen am Heck auf dem Boden und lehnten sich gegen die Sitzbänke. Der Mond tauchte die Bucht in ein zartes Licht, aber es schien, als würde es aus dem Wasser kommen und nicht darauf herabscheinen. Das Boot schaukelte sanft und gleichmäßig.

»Ich wünschte, sie wäre geblieben«, sagte Liz plötzlich.

»Wer?«

»Kimmy. Kimberly.« Sie beugte sich vor und schlang ihre Arme um die Knie, stützte ihr Kinn darauf ab und schaute zu ihrem heiß geliebten Mount Battie hinauf, dessen flacher Gipfel sich als dunkler Umriss vor dem sternenhellen Himmel abzeichnete. »Ich wünschte, sie wäre in meinem Haus geblieben. Das ist alles nur meine Schuld. Ich wollte sie nicht bei mir haben, und sie wusste es. Darum ist sie abgehauen, und jetzt …«

»Sie wollte sowieso gehen. Du hättest sie nicht aufhalten können.«

»Vielleicht. Aber das weißt du nicht mit Sicherheit.«

Sie hatte recht, also erwiderte er nichts. Er tätschelte bloß ihre Schulter und versuchte nicht daran zu denken, wie klein Kimberly zwischen den zerwühlten Decken auf dem Kinderbett gewirkt hatte, in dem sie gestorben war.

»Wann wirst du zu Don fahren?«, fragte Liz.

»Morgen früh. Vorher muss ich noch ein paar Anrufe erledigen und ein paar Dinge klären, aber ich will das Boot direkt bei Tagesanbruch verlassen.«

»Es könnte sein, dass ihn die DEA observiert.«

»Schon möglich.«

Erneut kehrte Stille ein.

»Howard meinte, dass er morgen fischen geht, aber ich mache mir Sorgen um ihn«, sagte Barrett. »Könntest du vielleicht nach ihm sehen? Um dich zu vergewissern, dass er tatsächlich mit seinen Fallen draußen auf dem Wasser ist? Ich will Howard nicht für längere Zeit aus den Augen lassen. Er soll auf mich warten, aber ich weiß nicht, ob er die Geduld dafür aufbringt.«

»Warum soll er auf dich warten?«

»Ich habe nur dummes Zeug geredet, das ist alles. Das war, kurz nachdem ich Kimberly gefunden hatte … und ich hatte mich nicht ganz unter Kontrolle.«

»Dummes Zeug«, wiederholte sie. »Was zum Beispiel?«

Er antwortete nicht.

»Du hättest in Montana bleiben sollen«, sagte Liz. »Da warst du vor dir selbst sicherer.«

Er betrachtete sie in der Dunkelheit, doch sie wandte sich von ihm ab. Also lehnte er sich zurück und starrte zu den Bergen hinauf. »Bringen sie im Winter immer noch den Stern zum Mount Battie?«

Als sie beide noch Kinder waren, wurde im Dezember auf dem Mount Battie immer ein riesiger Weihnachtsstern angebracht. Bei wolkenlosem Himmel konnte man ihn sogar von einem Boot in der Bucht aus erkennen. Als er und Liz ein Paar wurden, waren sie nachts bei eisigen Temperaturen immer auf das Meer hinausgesegelt, um ihn sich von dort aus anzusehen.

»Ja«, sagte sie leise. »Das tun sie immer noch.«

Er nickte und betrachtete den dunklen Berg, während er an die Zeit dachte, die sie dort oben oder in dieser Bucht zusammen verbracht hatten. Liz hatte ihn dazu gebracht, diesen Ort, den er früher so gehasst hatte, lieben zu lernen. Viele seiner Erinnerungen an Maine waren mit einem Gefühl der Angst oder des Scheiterns behaftet. Aber bei dem Gedanken an Liz fühlte er sich hier stets wie zu Hause.

»Ich liebe dich, Liz«, sagte er.

Für einen Moment glaubte er, sie würde ihm eine scheuern.

»Nicht heute Nacht. Willst du mich auf den Arm nehmen? *Heute Nacht* sagst du mir das?«

»Tut mir leid. Aber ich werde heute Nacht sagen, was ich zu sagen habe. Ich liebe dich. Das habe ich immer getan. Egal, ob wir zusammen waren oder nicht. Ob du verheiratet warst oder nicht. Und ich werde dich immer lieben.«

Er konnte im Mondlicht zwar ihr Gesicht erkennen, aber nicht ihre Augen.

»Ich habe dazu nichts zu sagen«, erklärte sie mit leiser Stimme.

»Ist schon okay …«, begann er, doch sie unterbrach ihn.

»Sei still. Bitte, Rob. Sei einfach still. Ich habe nichts zu sagen.«

Sie stand auf und reichte ihm die Hand. Er erhob sich und

griff danach, dann führte sie ihn unter Deck. Sie hatte nicht gelogen – sie hatte nichts zu sagen. Wortlos zog sie ihm in der Dunkelheit die Kleidung aus, und er spürte ihre Lippen auf seinen. Dann lag sie nackt auf ihm, und danach unter ihm. Aber sie sprach kein einziges Wort. Er hörte nur ihren schnellen, keuchenden Atem und dann ein leises, unterdrücktes Stöhnen, als ihr Körper von einem lang anhaltenden Schauer erfasst wurde und sich ihre Fingernägel tief in seine Haut bohrten. Später, während sie aneinandergeschmiegt in der verschwitzten Dunkelheit lagen und das Boot unter ihnen schaukelte, hörte er ihren Herzschlag.

Sie sagte immer noch nichts.

Als sie schließlich das Wort ergriff, hatte sich ihr Herzschlag wieder beruhigt, der Schweiß war getrocknet, und die stickige Hitze unter Deck war der kühlen Luft vor der Morgendämmerung gewichen.

»Du musst los, wenn du bei Tagesanbruch aufbrechen willst«, sagte sie.

Er wollte nicht gehen.

»Du kannst auch bleiben«, sagte sie. »Und Vizquel, Broward und die anderen ihre Arbeit machen lassen.«

Seine Brust hob und senkte sich unter ihrem Gewicht, und sie nickte, als hätte er ihr geantwortet. Dann rutschte sie in der Dunkelheit von ihm fort. Sofort vermisste er ihre Wärme.

Als Liz begann, sich anzuziehen, setzte er sich schließlich auf und folgte ihrem Beispiel. Während sie an Deck ging, nahm er seine Jacke und Howard Pelletiers Pistole und leistete ihr Gesellschaft.

An Deck konnte er sie im schwachen, grauen Schein der Dämmerung zum ersten Mal seit Stunden deutlich sehen, doch trotzdem schien sie weiter entfernt zu sein als zuvor.

»Mach das Ruderboot an derselben Stelle wieder fest«, sagte

sie. »Ich werde dafür sorgen, dass man sieht, wie ich das Segelboot verlasse, und zwar ohne dich.«

»Okay. Hör zu, Liz …«

Sie schüttelte den Kopf. »Geh jetzt, Rob. Geh, bevor ich etwas sage wie, *Sei vorsichtig* oder *Bitte ruf mich* an oder *Bleib bei mir*. Ich will nicht die Frau sein, die so etwas zu dir sagt.«

Sie wandte sich von ihm ab und verschwand unter Deck.

Barrett kletterte die Leiter am Heck hinunter und stieg in das Boot, löste die Leine und ruderte zum Hafen hinüber. Ganz auf seine Tätigkeit konzentriert, warf er einen Blick über die Schulter Richtung Festland, und als er die Worte *Ich liebe dich* hörte, schaute er in die falsche Richtung.

Er drehte sich zum Segelboot um, konnte Liz aber nirgends entdecken. Die einzigen Geräusche kamen jetzt vom Wasser und den knarzenden Rudern, und es schien, als hätte er sich die Worte nur eingebildet.

47

Als Barrett seinen Wagen erreichte, war die Sonne bereits aufgegangen. Er legte sich mit seinem schmerzenden Rücken auf den Asphalt und suchte die Karosserie erneut nach einem Peilsender ab. Aber sie war sauber. Also setzte er sich ans Steuer und fuhr aus der Stadt Richtung Westen, fort von der Küste. Dabei behielt er die ganze Zeit den Spiegel im Auge. Doch er wurde nicht verfolgt.

Vor einer Tankstelle, in der sich Frühaufsteher mit Kaffee und Sandwiches versorgten, hielt er im hinteren Bereich des Parkplatzes und rief die einzige Person mit Kontakten zum FBI an, die seine Motive nicht anzweifeln würde.

Dem Klang von Seth Millers Stimme nach zu urteilen, begann sein Tag als Rentner in Florida später als der des FBI. Sobald er jedoch richtig wach war, entpuppte er sich ganz als der joviale Partner, als den Barrett ihn in Erinnerung hatte.

»Du arbeitest da unten doch als Privatdetektiv, oder?«, fragte Barrett.

»So wenig wie möglich, denn das hält mich vom Golfspielen ab.«

»Hast du direkten Zugriff auf die Grundbucheinträge?«

»Sicher.«

»Könntest du für mich bitte ein paar Namen überprüfen?«

Seth gab die Suchanfragen ein und hatte in Kürze ein Ergebnis.

»Das Haus läuft auf ihren Namen. Megan Johansson. Geboren am 9. Juli 1971.«

»Ich bin mir nicht sicher, ob sie es ist, aber es hört sich ganz so an, und es ist der richtige Name.«

»Sie hat eine Sozialversicherungsnummer aus Maine.«

»Dann ist sie es wahrscheinlich. Sie wurde hier geboren.«

»Okay. Sie wohnt nicht weit von hier, im Süden. In Lakewood Ranch. In der Nähe von Sarasota. In einer Art Schlafstadt mit Pförtnerhäuschen und Golfplätzen.«

»Wann hat sie das Haus gekauft?«

Es waren ein paar Mausklicks zu hören. »Dieses Jahr im Januar.«

»Was hat es gekostet?«

»1,2 Millionen. Nette Hütte. Ich sehe gerade die Bilder. Mit Swimmingpool, Veranda und Bar. Nicht übel. Man verbringt den Sommer in Maine, wenn es hier heißer ist als in einem Backofen, und sobald die Leute in Maine ihre Winterstiefel schnüren, kehrt man nach Florida zurück. So lässt es sich leben.«

»Allerdings«, sagte Barrett mit zugeschnürter Kehle.

»Was macht der Ehemann noch gleich beruflich?«

»Er war früher mal ein Cop.«

»Ich schätze, das ist schon eine Weile her«, sagte Seth und lachte.

»Ja«, sagte Barrett. »So kommt es mir jedenfalls vor.«

Er wollte das Telefonat beenden, als Seth sagte: »Megan besitzt außerdem einen schicken Pick-up.«

»Wie bitte?«

»Er ist in Maine auf sie zugelassen. Einen F-250 Diesel, Modell vom letzten Jahr. Die Dinger sind nicht billig. Die kosten bestimmt an die sechzig Riesen. Oder siebzig. So ein großer Pick-up kostet eine hübsche Stange Geld. Ich muss zugeben, dass ich Frauen mit Pick-ups immer gemocht habe, Barrett. Je kleiner die Frau und je größer der Pick-up, desto besser. Ich sage dir, je kleiner die …«

»Welche Farbe hat er?«

»Was?«

»Welche Farbe hat der Wagen, Seth?«

»Schwarz.«

»Und er ist in Maine und nicht in Florida zugelassen?«

»Ja. Sie hat den Pick-up offensichtlich im selben Monat wie das Haus gekauft. Außerdem ist ein Honda CR-V auf ihren Namen angemeldet.«

Barrett konnte sich an den Wagen erinnern, und auch an Don Johanssons lädierten Ford Ranger Pick-up. Das Modell wurde inzwischen nicht mehr hergestellt. Der Ranger hatte in der Auffahrt gestanden, als Barrett Johansson das letzte Mal besucht hatte, aber ein F-250 war nirgends zu sehen gewesen.

Damals jedenfalls nicht. Aber später in seinem Rückspiegel … da vielleicht.

Barrett bedankte sich bei Seth, beendete das Gespräch und startete den Mustang. Er neigte den Rückspiegel nach unten und betrachtete das wurmartige Band aus Fäden, Kleber und verflochtenem Fleisch auf seinem Schädel. Er warf die Mütze auf die Rückbank und steckte Howard Pelletiers Neun-Millimeter in seine Jackentasche, bog auf die Route 17 und fuhr über die Hügel Richtung Westen, um seinem ehemaligen Kollegen erneut einen Besuch abzustatten.

48

Die Fenster des Hauses standen offen, als Barrett bei Johansson eintraf, und im Innern lief ein Radio; mehrere Sportexperten analysierten gerade den missglückten Saisonstart der Red Sox, die von den Indians vernichtend geschlagen worden waren. Das Haus machte einen idyllischen und friedlichen Eindruck. Barrett ließ Howards Pistole, die er mit einer Hand umklammert hielt, in seiner Jackentasche stecken, als er zur Vordertür lief und klingelte. Das Radio wurde ausgeschaltet, dann näherten sich Schritte. Die Tür öffnete sich, und Don Johansson lächelte ihn an.

Barrett zog die Pistole hervor und drückte Johansson den Lauf so kräftig gegen die Stirn, dass sein Kopf nach hinten schnellte. Und wie die meisten Mensch, denen man eine Waffe vors Gesicht hielt, hörte er auf, sich zu bewegen, und spitzte die Ohren.

»Erinnern Sie sich noch an meine Regel für Befragungen?«, sagte Barrett.

Johansson versuchte, statt Barrett die Pistole anzusehen, und mit seinem schielenden Blick wirkte er, als würde er den Himmel um Beistand anflehen.

»Welche Regel?«

»Keine Pistolen im Verhörzimmer. Wissen Sie noch, warum ich diese Regel aufgestellt habe?«

»Weil Pistolen die Menschen einschüchtern«, sagte Johansson, den Blick auf Barretts Finger am Abzug gerichtet.

»Genau. Aber ich scheiße jetzt auf diese Regel.«

Barrett ging, die Pistole immer noch gegen Johanssons Stirn gedrückt, ins Haus, sodass dieser gezwungen war, einen Schritt rückwärts zu machen. Barrett trat mit dem Fuß die Tür zu.

»Wo waren Sie, als man meinen Kopf wieder zusammengeflickt und mich mit dem Blut anderer Menschen vollgepumpt hat, um mich am Leben zu erhalten?«, sagte er.

»Ich war hier.«

»Sicher doch. Der arme alte Don hockte auf dem Boden dieses leeren Hauses, vom Schicksal gebeutelt, voller Schuldgefühle und Pillen.«

Barrett trat zurück und nahm die Pistole weg. Die Mündung hinterließ auf Johanssons blasser Haut einen Abdruck, an dessen Rändern sich eine glänzende Schweißschicht bildete.

»Sie hatten recht, Barrett, ich habe ein Problem mit Pillen, aber ich hätte niemals …«

Barrett hob erneut die Pistole. »Halten Sie den Mund.«

Nachdem Johansson für ein paar Sekunden geschwiegen hatte, sagte Barrett: »Fangen Sie noch mal von vorne an. Und geben Sie sich diesmal mehr Mühe. Halten Sie sich mehr an die Wahrheit, und erzählen Sie weniger Blödsinn. Wo ist Ihr Pick-up?«

»Direkt vorm Haus.«

»Ich habe mich falsch ausgedrückt. Wo ist Megans Pick-up?«

Johansson bewegte zwar den Mund, aber er brachte kein Wort heraus. Er erinnerte Barrett an Jeffrey Girard, der sterbend im Gras lag, mit einer unerzählten Geschichte hinter seinen nutzlosen Lippen.

»Warum haben Sie nicht auf mich geschossen, Don?«

»Ich habe keine Ahnung, wovon Sie reden. Ich habe niemals …«

»Sie waren etwa drei Meter von mir entfernt. Und hatten den Finger am Abzug. Warum haben Sie nicht abgedrückt?« Barrett ließ seinen eigenen Finger zum Abzug der Taurus wandern, und Johansson folgte ihm mit seinem Blick. »War da so viel Blut, dass Sie dachten, ich wäre tot, dass Sie sich sagten, warum soll ich dem Unfall noch einen Mord hinzufügen? War das der Grund?«

»Ich habe nicht versucht, Sie umzubringen.«

»Blödsinn.«

»Das ist die Wahrheit«, sagte Johansson. »Ich wollte Sie verjagen, aber nicht umbringen. Ich habe Ihnen nur eine Abreibung verpasst, das war alles.«

»Eine Abreibung. Zehn Minuten länger, und ich wäre verblutet.«

»Sie waren noch bei Bewusstsein, als ich weggefahren bin. Das konnte ich sehen. Sonst hätte ich jemandem Bescheid gesagt. Deshalb bin ich aus dem Pick-up gestiegen.«

»Das war wirklich rücksichtsvoll von Ihnen.«

Jetzt, da die Pistole nicht mehr auf Johansson Stirn gerichtet war, schöpfte er wieder etwas Zuversicht. »Sie wollen das große Rätsel lösen? Das haben Sie bereits. Donny hat ein Drogenproblem. Ist das nicht tragisch?« Er grinste Barrett spöttisch an. »Hängen Sie die Sache ruhig an die große Glocke. Lassen Sie Ihre Freundin darüber berichten, damit jeder weiß, dass ich meine Familie, meinen Job, alles, was mir je etwas bedeutet hat, wegen der Pillen verloren habe.«

»*Wife took the truck and took off.* Von wem stammt dieser Songtext noch mal, von Waylon oder Hank? Jedenfalls hat das bestens funktioniert. Ihre Frau hat da unten in Lakewood Ranch ein hübsches Haus.«

Johansson erstarrte erneut, wie in dem Moment, als die Pistole auf sein Gesicht gerichtet gewesen war. Aber es war eine andere Art von Anspannung – er duckte sich nicht, sondern wirkte verkrampft.

»Halten Sie meine Familie da raus.«

»*Sie* haben sie da mit reingezogen, Sie korrupter Scheißkerl! Sie dachten, sie könnte da unten einfach untertauchen, ohne dass es jemand mitbekommt. Sie haben einen *Sohn*, Mann, und der hat Freunde, ist auf Facebook und Instagram und wer weiß wo sonst noch. Irgendwann wird jemand in Maine erfahren, dass die Johanssons weich gelandet sind. Wahrscheinlich weiß inzwischen schon jemand Bescheid. Die DEA ist jetzt an der Sache dran.«

Johansson sah aus, als hätte man ihm gerade mitgeteilt, dass er todkrank sei. Er war zu benommen, um wütend oder verängstigt zu sein. Vorerst.

»Als ich das letzte Mal hier war«, sagte Barrett, »haben Sie mir erzählt, dass Sie noch nie von J. R. Millinock gehört hätten. Dabei waren Sie am Fundort seiner Leiche.«

Don massierte den Abdruck der Pistole auf seiner Stirn. »Wir haben jede Menge solcher Typen gefunden. Falls Sie glauben, dass die Millinocks Ihnen irgendwie nützlich sein können, sind Sie wirklich am Ende.«

»Das denke ich nicht. Sie haben an diesem Tag mehrere Fotos gemacht. Die Drogen, die ihn getötet haben, waren mit einem hübschen kleinen Logo markiert. Es hatte große Ähnlichkeit mit dem Bild auf dem Pick-up, das Kimberly beschrieben hat. Ist Ihnen das nicht aufgefallen?«

»Ich habe keine Ahnung, wovon Sie reden, Barrett.«

Es gefiel Barrett nicht, dass er mit dem Rücken zu den breiten Erkerfenstern stand, und er setzte sich aufs Sofa. Während er die Taurus weiter auf Johansson richtete, der immer noch in der Mitte des Zimmers stand, warf er einen Blick in den Flur.

»Der DEA-Agent hat gesagt, dass ich in einem größeren Zusammenhang denken muss«, sagte Barrett. »An Drogen und Geld. Ich mochte ihn zwar nicht, aber er hatte recht. Also … Ich kann Sie alleine aufgrund des schwarzen Fords drankriegen. Ich weiß nicht, wo Sie ihn versteckt haben, aber ich werde ihn finden. Wenn Sie mir allerdings erzählen, was Ihre Rolle bei der ganzen Drogengeschichte ist, können Sie sich etwas Zeit erkaufen.«

Johansson schüttelte müde den Kopf. »Ich habe nichts mit den Drogen zu tun.«

»Kommen Sie. Das alles hier« – Barrett deutete mit der Hand auf das halbleere Haus – »ist eine verdammt gute Fassade, das muss ich schon zugeben. Sie haben sogar Ihr Äußeres angepasst. Das war wirklich brillant. Erst nehmen Sie ein paar Pfund ab, und nach dem Auszug Ihrer Familie kaufen Sie Pillen bei einem Typen, von dem Sie *wissen*, dass er die Klappe nicht halten kann. Sie haben da wirklich ein großartiges Lügengebilde errichtet. Wenn Sie von hier verschwinden, ergibt alles einen Sinn. Dann sind Sie bloß ein weiteres tragisches Drogenopfer.«

»Das ist keine Lüge.«

»Verdammt, Don, ich …«

»Das ist keine Lüge!«, brüllte Johansson, und für einen Moment glaubte Barrett, er würde trotz der Waffe auf ihn losstürzen. Doch Johansson starrte ihn nur hasserfüllt an, während sich seine Brust hob und senkte. »Sie müssen immer so verdammt schlau sein. Sie glauben, dass Sie all die Dinge sehen, die den anderen entgehen. Aber Sie kapieren einen *Scheiß*. Das war schon immer so. Als man Sie hierher geschickt hat, damit Sie mir über die Schulter schauen, war klar, dass Rob Barrett glaubte, er würde diesen Fall lösen. Weil er die Dinge mit anderen Augen betrachtet. Aber Sie haben *gar nichts* kapiert.«

»Haben Sie Geld bekommen, weil Sie während der Ermittlungen einfach weggesehen haben oder weil Sie an der Sache aktiv beteiligt waren?«, sagte Barrett. »Was ist Ihre Rolle dabei?«

Johansson stieß ein verächtliches Lachen hervor.

»Der Umstand, dass Sie Girard getötet haben, war sicher nützlich, oder?«, sagte Barrett, und das Lächeln wich aus Johanssons Gesicht. »Wie viel war das wert?«

»Die ganze Summe.«

Er sprach so leise, dass Barrett für einen Moment glaubte, Johansson hätte es gar nicht gesagt.

»Wie bitte?«

Johansson straffte die Schultern und sah Barrett mit unnachgiebigem Blick an. Doch er hatte Tränen in den Augen. Er räusperte sich geräuschvoll und sagte dann mit lauter, klarer Stimme: »*Die ganze Summe.*«

Barrett beugte sich vor, richtete den Pistolenlauf zu Boden und starrte seinen ehemaligen Partner bloß an. Aus Johanssons müden, blauen Augen liefen Tränen.

»Sie glauben, dass alles andere eine Lüge ist«, sagte Johansson. »Sie *Arschloch*. Megan hat mich verlassen, und David redet nicht mehr mit mir. Ich habe meine Frau und meinen Sohn verloren. Megan versucht eine Möglichkeit zu finden, das verdammte Haus loszuwerden, ohne mich da mit reinzuziehen. Sie will nicht, dass man mich verhaftet, obwohl ich es verdient habe. Und wissen Sie, was mir hilft, das alles zu ertragen? Die Drogen. Man bekommt davon zwar keinen klaren Kopf, aber sie …« Er machte eine Geste, als würde er einen unsichtbaren Hund streicheln. »Halten alles auf Abstand. Zumindest für eine Weile.«

Er wischte sich mit seinem Hemdsärmel über das Gesicht.

»Man hat Sie dafür bezahlt, ihn zu töten«, sagte Barrett und erinnerte sich daran, wie das Blut aus Jeffrey Girards Mund gesprudelt war, während er im Gras gelegen und versucht hatte, das Gewehr in seine Richtung zu schieben, um das schreckliche Missverständnis auszuräumen.

»Ja. Eine Million Dollar.«

»Von wem kam das Geld?«

Johansson ignorierte seine Frage. »Wissen Sie, dass ich Megan von der ganzen Sache erzählt habe? Ich war überzeugt, das Richtige getan zu haben. Wir hatten Girards Fingerabdrücke auf den Leichen, und dann fanden wir den Pick-up … Ich hatte wegen der Sache kein schlechtes Gewissen. Ich hatte nur Angst, dass er unseretwegen bei einem Prozess ungestraft davonkommen würde. Weil wir Kimmys schwachsinnige Geschichte publik gemacht hatten. Ein Verteidiger hätte Girard mit Hilfe ihres Geständnisses freibekommen oder ein vermindertes Strafmaß erwirkt – obwohl er zwei unschuldige junge Menschen getötet hatte, Barrett, und eine davon *schwanger* war. Als Jackie an diesem Morgen aufbrach, trug sie ein neues Leben unter dem Herzen. Girard hat das alles zerstört. Darum hatte er den Tod verdient.«

»Und Sie hatten das Geld verdient?«

Johansson zuckte mit den Schultern.

»Von wem kam das Geld?«, fragte Barrett erneut. Er erwartete keine Antwort und war ganz bestimmt nicht auf die Antwort gefasst, die er dann zu hören bekam.

»Von George Kelly.«

Barrett nahm den Finger vom Abzug und legte die Pistole neben sich auf das Sofa. Er lehnte sich zurück und starrte Johansson bloß an, der ihm mit einem Ausdruck grimmiger Befriedigung zunickte.

»Einer von den Guten«, sagte Johansson. »Das schmeckt Ihnen nicht, was? Sie haben es immer auf die bösen Jungs abgesehen, Barrett. Aber im echten Leben … gibt es alle möglichen Abstufungen. Da ist die Sache nicht so eindeutig.«

»George Kelly hat Sie für den Mord an Girard bezahlt«, sagte Barrett. Er war wie betäubt.

»Nein. Er hat mir eine Belohnung versprochen, wenn ich die *Person töte, die es getan hat.* Niemand wusste zu diesem Zeitpunkt, wer Girard war. Bevor Sie aus Boston hier runtergekommen sind, suchte ich Kelly eines Abends in seinem Haus auf. Damals, als ich sah, wie diese Familien jede Hoffnung verloren. Und George schaute mich an und sagte, dass es nicht zum Prozess kommen dürfe, falls ich den Mörder seines Sohnes finde. Er wollte, dass man ihn tötet.«

»Haben Sie eingewilligt?«

»Nicht an diesem Abend. Aber er hat sein Angebot mehrfach wiederholt: *Ich geben Ihnen eine Million Dollar, wenn Sie diesen Scheißkerl umbringen, nachdem Sie ihn aufgespürt haben*. Ich habe darauf nie geantwortet.«

»Aber als sich Ihnen die Gelegenheit bot, haben Sie Girard getötet, um das Geld zu kassieren.«

Johansson dachte nach. »Wissen Sie … Ich bin mir nicht sicher. Sie werden mir das nicht glauben – verdammt, niemand wird das –, aber ich bin mir immer noch nicht ganz sicher. Die Wahrheit ist: Ich habe ihn getötet, und ich habe das Geld genommen. Aber ob ich ihn *wegen* des Geldes getötet habe?« Er wiegte den Kopf hin und her. »Schon möglich. Vielleicht habe ich das, aber in diesem Moment … Vielleicht habe ich ihn einfach nur getötet, weil ich es *wollte*. Vielleicht war das an diesem Tag der einzige Grund.«

Barrett erinnerte sich an die Sonne und den Lackgeruch und an das Geräusch des Drucklufthammers, und er erinnerte sich daran, wie Johansson ihm mit brüchiger Stimme erzählt hatte, dass Jackie Pelletier schwanger gewesen sei. Vielleicht hatte Johansson gerade die Wahrheit gesagt.

»Ich habe selbst einen Sohn«, sagte Johansson. »Er sieht Ian Kelly sogar ein wenig ähnlich. Er ist zwar jünger, aber er hat dieselbe Statur und dasselbe alberne Grinsen. Als ich nach dem Gespräch mit George wieder nach Hause kam und David sah, konnte ich … da konnte ich Georges Anliegen gewissermaßen verstehen.«

»Aber Sie haben das Geld genommen«, sagte Barrett. »Sie hätten das alles vermeiden können, aber Sie haben das Geld genommen.«

»Im Grunde habe ich es *behalten*. Er hat das Geld vom Ausland elektronisch auf ein Online-Konto überwiesen, das er für mich eingerichtet hatte. Ich habe es eine Weile lang nicht angerührt, doch irgendwann dachte ich, *Niemand hat etwas bemerkt, niemand interessiert sich dafür*. Ich wollte weg von hier, wollte meine Familie an einen anderen Ort bringen. Ich brauchte …« Er holte keuchend Luft. »Ich brauchte einfach einen Neuanfang.«

»Don«, sagte Barrett langsam, »was auch immer die Gründe waren, Sie haben den falschen Mann getötet.«

Johansson wandte sich von ihm ab und ging in die Küche. Als er die Hand nach einer Schublade ausstreckte, griff Barrett nach seiner Pistole.

»Immer mit der Ruhe«, rief Johansson. »Ich hole keine Knarre, Barrett. Und sollte ich heute eine Waffe benutzen, dann stecke ich den Lauf in meinen und nicht in Ihren Mund.«

»Sie werden heute auf niemanden eine Pistole richten.«

»Warten wir's ab. Aber erst sollten wir eine kleine Spazierfahrt unternehmen.«

Er kehrte mit seinen Autoschlüsseln aus der Küche zurück.

Barrett missfielen sein Blick und die Art, wie sich aus der dünnen Schweißschicht dicke Tropfen bildeten, die in die Falten seines eingefallenen Gesichts liefen.

»Wohin fahren wir, Don?«

»Zu Georges Haus.«

»Warum?«

»Weil George dort ist.«

Barrett neigte den Kopf zur Seite. »Ich dachte, George und Amy wollten ihr Haus hier verkaufen.«

»George ist zurückgekommen.«

»Wann?«

»An dem Tag, als Sie in die Stadt kamen.« Johansson klimperte mit den Schlüsseln, lief zur Haustür und öffnete sie. »Sie können auch Meldung machen und mich von meinen Kollegen in Handschellen abführen lassen. Es ist Ihre Entscheidung. Ich werde Sie nicht bitten, mir Gehör zu schenken. Aber ich bitte Sie, sich anzuhören, was George zu sagen hat. Er und Ihr Kumpel Howard Pelletier unterscheiden sich kein bisschen voneinander.«

»O doch, sehr sogar.«

»Höchstens ein wenig«, sagte Johansson. »Der eine hat Geld. Der andere eine Pistole.« Er deutete mit dem Kopf auf die Taurus. »Howard hat sie vor zwei Monaten gekauft. Niemand hier hat sich irgendwelche Illusionen darüber gemacht, für wen die Waffe bestimmt war.«

Barrett sagte nichts; er war hin- und hergerissen zwischen dem Bedürfnis, ihm zu widersprechen und dem Versuch, nicht zu lügen. Als Johansson merkte, wie er mit sich kämpfte, musste er lachen.

»Verstehen Sie, was ich meine, Barrett? Sie wollen sich einreden, dass wir alle so verschieden sind. Aber das sind wir nicht. Howard und George, Sie und ich? Wir sind nicht so verschieden.«

Wir werden ihn vergraben, hatte Barrett zu Pelletier gesagt, *und ungeschoren davonkommen.*

»Reden Sie mit ihm«, sagte Johansson. »Schauen Sie ihm wie Howard Pelletier in die Augen, und hören Sie ihm zu, und dann treffen Sie Ihre Entscheidung.«

49

Durch ein Tor gelangte man auf einen langen Asphaltstreifen, der zum Haus der Kellys führte. Johansson tippte einen Zugangscode ein, das Tor öffnete sich, und sie fuhren auf der gewundenen Straße zwischen hohen Pinien hindurch, bis der makellose Landschaftsgarten mit kunstvoll angeordneten Findlingen und Blumenbeeten in ihrem Blickfeld erschien. In der Mitte des Hofs stand der Mast eines alten Segelboots, der als Fahnenstange diente. Eine Flagge flatterte in der kräftigen Meeresbrise, die rauchartige Nebelfetzen landeinwärts trieb.

Hinter einer weiteren Kurve tauchte vor ihnen der Nordatlantik auf, die raue, offene See, wie man sie selbst in Maine nur selten zu Gesicht bekam. Die Kellys hatten von hier aus einen Millionen-Dollar-Blick.

In einem Gebäude im Stil eines Landsitzes, das durch einen verglasten Gang mit dem Haupthaus verbunden war, befanden sich eine Garage und darüber mehrere Gästezimmer. Auf dem Haupthaus, einem imposanten Gebäude mit einer Verkleidung aus graublau gebeiztem Zedernholz, ragte zu beiden Seiten jeweils ein Schornstein empor. George Kelly öffnete die Tür und blieb ohne das geringste Anzeichen von Verwunderung an der Schwelle stehen.

Barrett hatte per Telefon und Videokonferenz unzählige Male mit ihm gesprochen, aber er hatte ihn nur einmal persönlich getroffen. Nach dieser Unterhaltung hatte er das Gefühl gehabt, als hätte er sie nicht über den Stand der Ermittlungen informiert, sondern für eine Rolle darin vorgesprochen.

Vielleicht hatte sich Johansson ähnlich gefühlt.

Barrett stieg mit der Neun-Millimeter in der Hand aus Johanssons Pick-up. Sein ehemaliger Kollege warf ihm einen Blick zu und zuckte wortlos mit den Schultern, dann führte er ihn die geschwungene Eingangstreppe hinauf, an deren Ende George Kelly auf sie wartete. Er musterte ebenfalls wortlos die Waffe.

Don Johansson hatte seit den Ermittlungen stark abgenommen, und Barretts Schädel sah aus, als wäre er von einem Maskenbildner für Horrorfilme präpariert worden. George Kelly hingegen wirkte erstaunlich unverändert. Er trug ein strahlend weißes Polohemd und eine Chino-Hose im selben Grauton wie das Haus. Seine dichten, nach hinten gekämmten Haare waren so weiß wie sein Hemd. Er stand vollkommen aufrecht, als wäre diese militärische Haltung natürlich und bequem.

George Kelly warf erneut einen Blick auf die Pistole. »Hallo, Agent Barrett. Treten Sie ein.«

Die beiden folgten ihm in einen sonnendurchfluteten Raum, dessen einziger Zweck darin bestand, die Aufmerksamkeit auf die Fenster und Glasschiebetüren zu lenken, die auf die Bucht hinausgingen. Man hatte von hier aus einen atemberaubenden Blick auf einen wunderschönen, aber Furcht einflößenden Bereich des Meeres. Man konnte einige der Inseln und ein paar Leuchttürme erkennen. Aber obwohl sich das Grundstück an der Küste befand, hatte man keinen direkten Zugang zum Meer. Das Haus stand auf hohen, zerklüfteten Granitklippen, wie ein Baudenkmal, das Dominanz über die Natur ausdrücken sollte.

Falls das Meer beeindruckt war, ließ es sich davon nichts anmerken. Die Wellen sprühten Gischt auf die Terrasse, bevor sie sich mit einem dumpfen Grollen wieder zurückzogen.

»Wie oft müssen Sie die Schindeln ersetzen?«, fragte Barrett.

George Kelly blinzelte ihn an. »Wollen Sie sich etwa über Schindeln unterhalten?«

»Ich bin nur neugierig.«

Offensichtlich hielt Kelly das für einen interessanten Gesprächseinstieg. »Jedes Jahr ein paar. Das Haus ist zwar solide gebaut, aber der Wind?« Er deutete mit dem Kopf Richtung Meer. »Im Winter ist es besonders schlimm. Er zieht das Haus ganz schön in Mitleidenschaft.«

Auf eine merkwürdige Weise war Barrett froh, das zu hören.

»Die Tatsache, dass Sie hier sind, sagt mir, dass Don Ihnen von seinem finanziellen Bonus erzählt hat«, stellte er ruhig fest. »Er vermutet, dass Sie hingegen an so etwas nicht interessiert sind.«

»Damit liegt er richtig.«

»Dann haben Sie also vor, die wenigen Freunde, die Sie bei der Polizei noch haben, darüber zu informieren. Roxanne Donovan vielleicht.«

Es war beunruhigend, von ihm diesen Namen zu hören, als hätte er eine Liste mit möglichen Widersachern erstellt und sich überlegt, wie er mit ihnen fertig wurde.

»Ich glaube nicht, dass das so einfach ist«, sagte Barrett.

»Ach nein? Für mich ist die Sache klar. Entweder Sie behalten es für sich oder nicht.«

»Erst mal will ich meinen Job richtig machen.«

George warf ihm einen merkwürdigen Blick zu. Seine Augen waren rot unterlaufen, als hätte er kurz vor ihrer Ankunft geweint.

»Ihren Job richtig machen«, wiederholte er, als ergäben die Worte keinen Sinn.

»Ja. Ich will herausfinden, wer Ihren Sohn getötet hat, und warum. Oder interessiert Sie das nicht mehr, George? Oder wissen Sie es bereits?«

George starrte für einen Moment in die Ferne, dann sagte er:

»Damit ist niemandem geholfen, begreifen Sie das nicht? Die beiden sind tot. Davon werden sie nicht wieder lebendig. Aber sie werden geliebt. Allerdings wird das nicht so bleiben, wenn Sie herausfinden, was passiert ist.«

»Ich bin das nicht gewesen«, sagte Barrett. »Sondern Sie beide.«

»Sie sind zurückgekommen, um zu helfen, zumindest theoretisch. Sie glauben, dass die Wahrheit den Menschen hilft.«

»Ja, das tue ich.«

»Wem? Dons Familie? Meiner? Jackie Pelletiers?«

»Jeffrey Girards Familie zum Beispiel.«

»Wie soll ihr das helfen? Finanziell wahrscheinlich schon. Sie könnte mich verklagen. Aber ihr Sohn wird davon nicht wieder lebendig, und er ist immer noch an einem Mord beteiligt gewesen.«

»*Beteiligt*. Interessante Wortwahl. Er ist also nicht schuldig?«

»Nicht allein, nein.«

Barrett war erstaunt, wie nüchtern er klang.

»Was ist passiert, George?«

»Ich bin mir nicht ganz sicher.«

»Aber Sie wissen, dass nicht passiert ist, was allgemein angenommen wird.«

»Wenn überhaupt, ist das nur die Spitze des Eisbergs. Falls Girard in die Sache verwickelt war, hat er bestimmt nicht alleine gehandelt. Aber inzwischen fällt es mir schwer zu glauben, dass er überhaupt daran beteiligt war. Je mehr ich über ihn erfahre, desto weniger kommt er als Täter infrage.«

»Was steckt also noch dahinter?«

»Ich würde Ihnen gerne etwas zeigen, bevor Sie irgendeine Entscheidung treffen. Ich glaube, Sie sollten sich das mal ansehen.«

»Was?«

»Ein Geständnis«, sagte George Kelly. Er machte auf dem Absatz kehrt und lief aus dem Zimmer und einen Flur hinunter.

Barrett warf Johansson einen Blick zu.

»Haben Sie es schon gesehen?«

»Nein.«

»Okay.« Barrett deutete mit der Pistole Richtung Flur. »Dann schauen wir uns mal an, was er meint.«

50

George Kelly saß hinter einem modernen Schreibtisch aus Glas und rostfreiem Stahl, der nicht annähernd so gut zu ihm passte wie der polierte Mahagonitisch in Virginia. Als die beiden das Zimmer betraten, schaute er kurz zu ihnen herüber, um sich zu vergewissern, dass sie auch zusahen. Dann wandte er sich wieder dem Computer zu. Er öffnete den Ordner mit den Downloads und ließ den Cursor zu einer Videodatei mit dem Namen Badtimes1 wandern. Nach einem Doppelklick erschien auf dem Monitor das Bild einer Terrasse, von der man auf dunkle Pinien und Granitklippen blickte. Man konnte das Meer hören, aber es nicht sehen. Die Aufnahme stammte offensichtlich von einer hochauflösenden Überwachungskamera, und in einer der Ecken waren Uhrzeit und Datum eingeblendet: 13.43 Uhr, 9. August 2016. Die Terrasse kam Barrett bekannt vor, doch er konnte sie nicht sofort zuordnen. Er wollte gerade nachfragen, als Ian Kelly wie ein Geist, den man heraufbeschworen hatte, im Bild erschien.

Und jetzt erkannte Barrett die Terrasse wieder. Sie befand sich direkt über ihm. Das Haus hatte eine weitläufige Hauptterrasse und eine kleine Privatterrasse, die vom Elternschlafzimmer abging. Ian befand sich auf der Hochterrasse, von der aus man einen kilometerweiten Blick auf die Bucht hatte.

Es war ein unwirklicher und trauriger Anblick, Ian über die Terrasse laufen zu sehen. Er wirkte genauso, wie man ihn kannte – wie ein intelligenter, attraktiver junger Bursche mit einem selbstbewussten, natürlichen Lächeln, das die Gewissheit zum Ausdruck brachte, dass er noch sein ganzes Leben vor sich hatte. Und er konnte es nicht abwarten, es in vollen Zügen auszukosten.

»Hören Sie«, sagte George und drehte den Ton lauter. Auf dem Monitor war zu sehen, wie Ian ein klingelndes Handy hervorzog, während das Lächeln aus seinem Gesicht wich. Er warf einen Blick auf das Display, bevor er das Telefon ans Ohr nahm.

»Er ist *tot*?«, sagte Ian Kelly. Seine Stimme war erstaunlich gut zu verstehen. Barrett beugte sich vor und starrte auf das Video, während Johansson ebenfalls aufmerksam das Geschehen verfolgte. George hingegen hatte sich vom Monitor halb abgewandt, als hätte er das Video schon zu oft gesehen oder wollte es sich nicht direkt anschauen. Oder beides.

»Bist du sicher?«, sagte Ian, lehnte sich auf die Brüstung und bedeckte mit der linken Hand sein hübsches junges Gesicht. Er war fix und fertig. »Ach du Scheiße«, sagte er, und jetzt klang er weniger wie ein junger Mann, sondern mehr wie ein verängstigter Junge. »O nein, so eine *Scheiße*. Hast du eine Ahnung, was passiert, wenn man das bis zu mir zurückverfolgen kann?« Es entstand eine Pause, als der Anrufer am anderen Ende etwas sagte, dann richtete Ian sich auf und schüttelte den Kopf. »Auf keinen Fall. Diese Sache kann mein Vater nicht wieder in Ordnung bringen. Willst du mich verarschen? Ich soll meinen *Vater* anrufen?«

Barrett schaute zu George Kelly. Er hatte die Augen geschlossen.

»Die Sache aussitzen?«, sagte Ian. Offensichtlich wiederholte er, was man ihm gerade gesagt hatte. »Was, wenn es noch im Umlauf ist? Ich muss mit jemandem Kontakt aufnehmen, okay? Irgendwie.« Erneut eine lange Pause, dann: »Bist du dir sicher?

Mann, du musst dir *absolut* sicher sein. Ich habe das Zeug zwar nicht hergestellt, aber ich habe es an die Leute verteilt.«

Ian Kelly stand jetzt mit dem Handy am Ohr auf der Terrasse und hielt den linken Arm hoch über den Kopf, als wollte er von weit draußen auf dem Meer Hilfe herbeirufen.

»Du musst dir sicher sein«, sagte er. »Ich meine, wenn du dir *absolut* sicher bist …« Eine weitere Pause, dann: »Natürlich will ich nicht in den Knast wandern!«

Es folgte eine längere Pause, dann senkte Ian die Hand und begann auf und ab zu laufen. Offensichtlich brachte die Person, mit der er telefonierte, ein überzeugendes Argument vor.

»Okay«, sagte Ian, als der Anrufer fertig war. »Hauptsache, es ist nicht mehr im Umlauf, und was passiert ist, ist passiert. Ich werde damit leben können.« Er sagte das voller Zweifel, und dann, als er auf die nächste Äußerung antwortete, hob er erregt die Stimme. »Nein, ich habe Jackie nichts davon erzählt! Weißt du, wie sie darauf reagieren würde? Dann wäre es aus zwischen uns. Sie hätte für so etwas kein Verständnis. So jemand ist sie nicht.« Dann leiser: »Sie ist ein sehr viel besserer Mensch als ich.«

Angesichts seiner Worte verspürte Barrett eine gewisse Erleichterung. Er hatte glauben wollen, dass ihre Liebe echt gewesen war, dass man diese Liebe nach ihrem Verschwinden nicht verklärt hatte. Er hatte zwar alle Möglichkeiten in Betracht ziehen müssen – Affären, gewalttätige Auseinandersetzungen und Streitigkeiten –, dennoch hatte er immer gehofft, dass sie sich bei Sonnenaufgang auf dem Friedhof hatten treffen wollen, weil sie ineinander verliebt waren.

Ian murmelte irgendetwas Unverständliches, beendete das Telefonat und steckte das Handy wieder in die Tasche. Er streckte die Hände aus und umklammerte das Geländer, als müsste er sich abstützen, um sich aufrecht zu halten. Dann begannen seine

Schultern zu zittern, und man musste sein Gesicht nicht sehen, um zu wissen, dass er weinte.

George Kelly öffnete die Augen erst wieder, als der Bildschirm schwarz wurde. Barrett vermutete, dass er das Video oft genug gesehen hatte, um den zeitlichen Ablauf zu kennen. »Wie viel haben Sie davon verstanden?«, sagte er.

»Es ging um Heroin. Um Devil Cat, falls Sie die Bezeichnung schon mal gehört haben.«

George nickte. »Hab ich.«

Barrett ließ sich auf einen Stuhl sinken, denn er fühlte sich plötzlich müde. Er betrachtete die Pistole in seiner Hand und legte sie dann neben sich auf den Schreibtisch.

»Hat Ian es aus Virginia mitgebracht?«

»Von der Uni, ja. Ich glaube, er hatte es von einem seiner Mitbewohner, einem Kommilitonen. Ein äußerst freundlicher junger Mann aus Dayton, der in dem Sommer im Haus seiner Eltern gestorben war.« Er hielt inne. »Ian hat es nicht selbst genommen, aber er spielte gerne den Gastgeber. Er gab gerne Partys und wollte den Gästen etwas Besonderes bieten.« George setzte ein beunruhigendes Lächeln auf. »Das Zeug war bestimmt was Besonderes, oder?«

»Er hat Ihnen nie davon erzählt?«

George schüttelte den Kopf. »So etwas kann Daddy nicht in Ordnung bringen«, sagte er mit leicht brüchiger Stimme.

»Wann haben Sie das Video bekommen?«

»Etwa zwei Wochen nachdem man Ians Leiche gefunden hatte.«

Barrett missfiel seine Antwort, aber nicht nur, weil er das Video der Polizei offensichtlich vorenthalten hatte. Eigentlich hätte er gedacht, dass ein Mann wie George Kelly genau wusste, wann er dieses Video erhalten hatte. Dass er sich nicht so vage ausdrücken oder Vermutungen anstellen musste.

»Das Video hätte die Ermittler bestimmt weitergebracht, glauben Sie nicht auch?«

»Zu diesem Zeitpunkt dachte ich, es wäre jede Summe wert, um meine Familie zu beschützen.«

»Moment mal – sie haben das Video *gekauft*, um es der Polizei vorzuenthalten?«

»Man hat mir nie mit der *Polizei* gedroht«, sagte George. »Es gab eine Liste mit Medienvertretern. Die sollten das Video bekommen. Und es gab noch weitere Videos. Sie haben nur einen kleinen Vorgeschmack erhalten. Wollen Sie noch eins sehen?«

George drehte seinen Stuhl Richtung Schreibtisch, öffnete eine weitere Datei und tippte ein Passwort ein, worauf ein Bild von der unteren Terrasse auf dem Bildschirm erschien. Das Video stammte vom 24. August 2016 um 19.03 Uhr.

Diesmal war Ian nicht allein. Jackie Pelletier war bei ihm.

George kehrte dem Bildschirm den Rücken zu und schloss die Augen. Johansson beugte sich vor; auf seiner Stirn und auf seiner Oberlippe hatte sich erneut Schweiß gebildet, und sein Gesicht war bleich und grau wie eine dreckige, schmelzende Schneewehe.

Für eine gefühlte Ewigkeit – laut der Uhr am unteren Rand des Bildschirms waren es jedoch nur fünfundvierzig Sekunden – standen Ian und Jackie einfach nur am Geländer der Terrasse und schauten aufs Meer hinaus. Er hatte seine Arme um sie gelegt und sein Kinn auf ihren Kopf gestützt. Die beiden lächelten. Anders als in dem Video vom 9. August zeigte Ian keinerlei Anzeichen von Nervosität oder Angst.

»In zwei Wochen?«, sagte Jackie leise. Der Wind wehte so stark, dass man sie kaum verstehen konnte.

»Ja. Ich nehme mir Montag frei.«

»Wir haben genug Zeit«, sagte Jackie Pelletier. »Es gibt keinen Grund zur Eile.«

»Ich denke schon«, sagte Ian. »Wir sollten unsere Familien frühzeitig einweihen. Es ist besser so. Wenn ich am Freitag, dem neunten, durchfahre, haben wir das ganze Wochenende.«

»Du wirst vor Samstag nicht eintreffen.«

»Ich werde früh am Morgen ankommen. Hey …« Er hob plötzlich begeistert die Stimme, packte sie an den Schultern und drehte sie um. »Wir treffen uns auf dem Orchard Cemetery. Bei Sonnenaufgang.«

Als Jackie über das ganze Gesicht strahlte, stockte Barrett der Atem.

»Im Ernst?«, sagte Jackie Pelletier.

»Ja. Warum nicht? Das ist ein guter Treffpunkt.«

Sie reckte sich empor und gab ihm einen Kuss. Barrett hätte am liebsten den Blick abgewandt, denn er kam sich wie ein Voyeur vor, während er entsetzt dabei zusah, wie die beiden voller Begeisterung den letzten Tag ihres Lebens planten.

»Dann sprechen wir also zuerst mit meinem Vater?«, sagte Jackie Pelletier und ließ von ihm ab.

Ians Lächeln wurde schwächer, und er nickte. »So ist es am besten. Obwohl ich keine Ahnung habe, ob er mich noch mag, wenn er die Wahrheit erfährt.«

»Mein Vater kennt das Leben. Er hatte früher selbst ein paar Probleme.«

»Tut mir leid. Aber ich denke da an meine eigenen Eltern. Sie hatten nicht so viele Probleme. Es wird nicht leicht sein, sie davon abzuhalten … sich um alles zu kümmern. Mein Vater regelt die Dinge gerne selbst. Egal, worum es geht. Darum muss ich ihm klarmachen, dass er sich da raushalten soll. Ich werde es ihm erklären. Du solltest nur wissen, dass er mir Vorwürfe machen wird, okay? Er wird schreckliche Dinge sagen. Aber du musst es einfach hinnehmen, wenn er so über mich redet.«

George Kelly saß mit geschlossenen Augen reglos in seinem

Stuhl. Auf dem Bildschirm hinter ihm starrte sein Sohn, dessen gute Laune inzwischen verflogen war, aufs Meer hinaus. Ians Gesicht wirkte fast feindselig, als er erneut das Wort ergriff. Doch Jackie hielt ihm einen Finger an die Lippen, um ihn zum Schweigen zu bringen.

»Es ist kalt hier draußen«, sagte sie. »Lass uns reingehen.«

Sie griff nach seiner Hand und zog ihn aus dem Bild ins Haus.

Es war der 24. August, 19.07 Uhr, und Ian Kelly und Jackie Pelletier hatten nur noch siebzehn Tage zu leben.

51

Als das Video zu Ende war, schaltete George Kelly den Computer aus und starrte auf den Monitor. Den Anblick des leeren Bildschirms konnte er ertragen, jedoch nicht Aufnahmen seines Sohns.

»Haben Sie verstanden, worum es dabei ging?«, sagte er.

»Die beiden haben ihren letzten Ausflug geplant«, sagte Barrett. »Für den Morgen, an dem alles passierte.«

»Haben Sie auch den Rest verstanden? Warum man mir die Datei unter dem Titel Geständnis zugeschickt hat?«

Johansson hatte sich abgewandt und lief erneut unruhig auf und ab. Es schien, als müsste er sich gleich übergeben. George schaute keinen der beiden an und starrte weiter auf den leeren Bildschirm. Nach einer Pause sagte Barrett: »Ich nehme an, dass sie ihren Familien von der Schwangerschaft erzählen wollten.«

»Wie kommen Sie darauf?«

»Der Zeitpunkt passt. Und die beiden wirken zwar nervös, aber keineswegs verängstigt. Nicht wie Ian in dem ersten Video. Sie haben nicht von der Polizei, sondern von ihren Familien gesprochen.«

George Kelly nahm eine leicht steife Haltung an.

»Howards Probleme«, fuhr Barrett fort, »hatten nichts mit Drogen oder Haftstrafen zu tun, sondern mit der Familie. Unerwartete Ereignisse. Dass er von einem Tag auf den anderen alleinerziehender Vater wurde. Darum hat Jackie wohl geglaubt, dass er Verständnis für ihre Situation aufbringen würde. Wenn sie sich über Drogen und tote Menschen unterhalten hätten, hätte sie nicht damit gerechnet, dass ihr Vater sie unterstützen würde. Außerdem hätte sie die Aussicht auf einen romantischen Spaziergang bei Sonnenaufgang dann nicht so in Begeisterung versetzt.«

»Sehr gut«, sagte George leise. »Ich vermute, Sie haben recht. Aber ist Ihnen auch klar, warum Sie darauf gekommen sind?«

»Weil ich von der Schwangerschaft bereits wusste.«

Ohne sich vom leeren Monitor abzuwenden, zeigte George in seine Richtung. »Da haben wir's! Sie haben den Vorteil, die Vergangenheit mit dem Wissen der Gegenwart zu betrachten. Das ist ein gewaltiger Vorteil, glauben Sie mir.«

Barrett erwiderte darauf nichts.

»Nun«, sagte George, »stellen Sie sich vor, Sie würden das Video ohne dieses Wissen sehen. Sie würden es an dem Tag, als es aufgenommen wurde, sehen, und sie wüssten lediglich, dass es bei Ians *Problemen* um eine tödliche Droge geht. Was hätten Sie dann gedacht?«

Barrett hatte das Gefühl, als würde sich in seinem Magen eine kalte Faust öffnen und wieder schließen. »Dass es um Schadensbegrenzung geht.«

»Erklären Sie das.«

»In dem Fall würde es klingen, als hätte Ian beschlossen, jemanden um Hilfe zu bitten. Jackie bot ihm zwar ihre Unterstützung an, sogar die Unterstützung ihrer Familie. Dennoch würde man annehmen, dass er über Drogen redet.«

George Kelly wandte sich vom Monitor ab und sah Barrett mit einem traurigen Lächeln an.

»Ausgezeichnete Arbeit«, sagte er. »Gut kombiniert. Wo war diese Fähigkeit, als wir sie brauchten?«

»Wo waren diese Videos, als ich sie brauchte?«

»Schon gut, Sie haben ja recht.« George warf erneut einen Blick auf den dunklen Monitor, als würde das Video immer noch laufen.

»Mathias glaubte, dass man ihn bedroht«, sagte Barrett. »Er hat das Video gesehen und dachte, dass man ihn bedroht.«

George Kelly seufzte erschöpft. »Sie können die Geschichte dieser Frau immer noch nicht auf sich beruhen lassen, was? Sie konzentrieren sich zu sehr auf Kleinigkeiten. Sie dürfen nicht vergessen, dass Port Hope mit dem Rest der Welt verbunden ist. Die Probleme in Port Hope kommen von außerhalb und nicht umgekehrt.«

»Ich habe es satt, dass die Leute Informationen zurückhalten und mir dann erklären, ich würde mich zu sehr auf Kleinigkeiten konzentrieren«, sagte Barrett. »Erst die DEA, und jetzt Sie.«

Falls George überrascht war, dass die DEA an den Ermittlungen beteiligt war, ließ er es sich nicht anmerken.

»Mathias ist in die Sache verwickelt …«, begann Barrett, doch George schnitt ihm das Wort ab.

»Definitiv.«

Barrett verspürte ein flüchtiges Triumphgefühl, bevor George hinzufügte: »Aber er ist nur ein Komplize.«

»Wie bitte? Ein *Komplize*?«

»Ja. Er hat mir bei Ians ursprünglichem Problem und den Auswirkungen geholfen. Aber ich habe nicht vor, seine Rolle bei der ganzen Sache mit Ihnen zu diskutieren. Er hat etwas Besseres verdient, als von Ihnen gejagt zu werden. Er weiß, was Loyalität bedeutet und dass sie sich auf lange Sicht auszahlt.«

»Auf lange Sicht«, widerholte Barrett ungläubig. »Ich dachte immer, dass es letztlich darum ging, den Mord an Ihrem Sohn aufzuklären.«

»Sie haben vollkommen recht. Und ich komme der Wahrheit immer näher.«

»Das glaube ich nicht.«

George Kelly ignorierte seine Bemerkung und wandte sich Don Johansson zu. »Haben Sie die Kamera mitgebracht?«

Johansson schien verwirrt, dann blinzelte er und nickte, als wäre er gerade wieder zu ihnen zurückgekehrt. »Sie ist im Wagen.«

»Die Kamera«, sagte George. »Rob sollte mal einen Blick darauf werfen.«

»Ich hole sie«, sagte Johansson und verließ das Zimmer.

»Welche Kamera?«, fragte Barrett.

»Eine der Kameras, mit der diese Videos aufgenommen wurde. Diese kleinen Dinger sind technisch ziemlich ausgefeilt. Mit hoher Auflösung und leistungsstarkem Mikro. Diese Kameras haben ganze Arbeit geleistet.« George setzte erneut sein beunruhigendes Lächeln auf. »Ich freue mich schon darauf, wenn ich herausfinde, wer sie für seine Zwecke missbraucht hat. Ich habe gehört, dass sie sich ziemlich leicht hacken lassen. Sicherheitsmaßnahmen wie diese Kameras können sich oft als Schwachpunkt erweisen.«

»Mathias Burke hat die Kameras eingebaut, nicht wahr?«

»Sie können einem ganz schön auf die Nerven gehen, Barrett. Ich habe Feinde, mächtige Feinde, und ich gebe zu, dass sie gute Gründe haben, mir Schaden zuzufügen. Trotzdem haben Sie mit keinem Einzigen von ihnen gesprochen. Stattdessen richtet sich Ihr ganzes Interesse weiterhin auf meinen Hausverwalter.« Er schüttelte empört den Kopf und stand auf. »Gehen wir auf die Terrasse. Dort zeige ich Ihnen, wo die Kameras angebracht waren.«

Barrett nahm seine Pistole und folgte George zurück in den Flur und weiter durch einen offenen, weitläufigen Raum. Als George eine der Schiebetüren öffnete, wehte Meeresgeruch ins Innere. Der Nebel schien ihm eine Gestalt zu verleihen.

»Dies ist wirklich ein atemberaubendes Fleckchen Erde«, sagte George, trat auf die Terrasse hinaus und betrachtete die schroffen Granitklippen und die Brandung darunter, als würde er mit einem Sprung auf die Felsen liebäugeln. »Mein Großvater hat das Grundstück gefunden. Er hat 1946 fünfzehntausend Dollar dafür bezahlt. Das war kurz nach dem Krieg. Zwei Jahre später hat er ein Haus darauf gebaut. 2001, als Ian noch ein Kind war, habe ich es abreißen und dieses Gebäude errichten lassen.«

Er kehrte dem Meer den Rücken zu und musterte das Haus.

»Ich schätze, dass ich heute sechs Millionen dafür bekommen würde. Vielleicht auch sieben. Jedenfalls ist es an der Zeit, es zu verkaufen. Es erfüllt mich nur noch mit Schmerz.«

Barrett musste an Howard Pelletier denken, der jeden Morgen an Little Spruce Island vorbeischipperte, um seine Hummerfallen einzuholen.

»Glauben Sie, dass Sie wissen, wer die beiden getötet hat?«, fragte Barrett. »Sind Sie in der Lage, mir einen glaubwürdigen Ablauf der Ereignisse zu schildern?«

»Noch nicht. Aber bald. Ich bezahle diesen Scheißkerl, und das ist in Ordnung, denn auf diese Weise beschütze ich meine Familie, und er ist zufrieden. Wer auch immer dahintersteckt, ich will, dass er zufrieden ist. Bis ich ihn gefunden habe.«

»Sie zahlen immer noch Geld?«

»Jeden Monat«, sagte George. Seine Gelassenheit war verwirrend. »In Bitcoin und Ether. Ich habe dabei eine Menge über digitale Währungen gelernt. Man kann sie nur schwer zurückverfolgen, auch wenn das nicht unmöglich ist. Ich werde diesen Kerl kriegen. Wie gesagt, es ist überaus nützlich, wenn er zufrieden ist und sich für unangreifbar hält.«

»Wissen Sie, wer Ihnen vielleicht hätte helfen können, die digitale Währung zurückzuverfolgen? Das FBI. Haben Sie das alles etwa nur geheim gehalten, um Ians Ruf zu schützen?«

»Sie sagen das, als wäre es völlig bedeutungslos. Aber seiner Mutter, seinem Bruder und seiner Schwester ist es das viele Geld wert. Die Öffentlichkeit betrachtet ihn als Opfer tragischer Umstände. Und das ist auch richtig so. Denn es ist die Wahrheit. Aber wenn diese Videos publik gemacht werden, ist Ian kein Opfer mehr, dann ist er ein Täter. Ein privilegiertes Kind, das sich mit Drogendealern eingelassen hat und dabei zu Schaden gekommen ist. Dann würde es ein Gerichtsverfahren geben, und man würde Anklage gegen mich erheben. Wegen Strafvereitelung oder was in der Art.«

»Ja«, sagte Barrett. Fast bewunderte er die emotionslose Abgeklärtheit, mit der George die Situation analysierte.

»Dann schätze ich, dass das Geld klug investiert ist, oder?« Er warf Barrett einen stechenden Blick zu, und Barrett fragte sich, wie viele Sitzungssäle er zu seiner aktiven Zeit in Angst und Schrecken versetzt, wie viele Deals er auf diese Weise abgeschlossen hatte.

»Aber Sie müssen auch an Howard Pelletier denken«, sagte Barrett.

»Er ist genau wie meine Frau von ungetrübter Trauer über diese Tragödie erfüllt. Ich kann mir kaum vorstellen, dass ihm diese Informationen helfen würden.«

»Ich glaube, dass er Ihnen widersprechen würde. Und ich glaube auch nicht, dass man in seinem Fall von *ungetrübter* Trauer sprechen kann ist. Er ist verzweifelt und niedergeschlagen.«

»So oder so, unsere Kinder sind tot. Die Menschen behalten sie in liebender Erinnerung. Warum wollen Sie ihnen das nehmen? Wozu soll das gut sein?«

»Um die Wahrheit zu erfahren, Sie egoistisches Arschloch. Um für Gerechtigkeit zu sorgen. Denn es gibt eine Menge Menschen, die immer noch darauf warten, dass das geschieht, und eine Menge Menschen, die glauben, es wäre bereits geschehen.«

George Kelly machte eine abfällige Handbewegung. »Ich werde für Gerechtigkeit sorgen, aber gleichzeitig werde ich all das beschützen, was mir lieb und teuer ist.«

Barrett warf einen Blick ins Haus und fragte sich, ob Johansson sie belauschte, ob er auf genau diesen Vortrag hereingefallen war, bevor er Jeffrey Girard erschossen hatte. Johansson war immer noch nicht mit der Kamera zurück.

»Wenn Sie mal Kimberly Crepeaux' Geschichte vergessen könnten und glaubwürdigeren Theorien Gehör schenken würden«, sagte George, »wäre das für uns beide äußerst nützlich. Ich hätte Sie gerne an meiner Seite. Ihre Position als FBI-Agent ist von großem Vorteil. Sie könnten für mich jedenfalls mehr erreichen als Don. Zum Beispiel im Ausland, wo die Erpressung wahrscheinlich ihren Anfang genommen hat. Sie könnten mir nützliche Dienste erweisen.«

Nützliche Dienste.

»Ich werde nicht für Sie arbeiten, George.«

George Kelly sah ihn mit trauriger Verachtung an und nickte. Dann wandte er sich ab und rief mit schneidender Stimme: »Don!« Darauf kam Don Johansson um das Haus gelaufen, und obwohl er diesmal keine Maske trug, kam Barrett die schwarze Pumpgun ziemlich vertraut vor. Er hatte damit vor Kurzem durch die Rohrkolben auf Barretts blutbedecktes Gesicht gezielt.

Barrett hielt die Neun-Millimeter zwar immer noch in der Hand, aber er hatte sie zu Boden gerichtet. Er könnte sie hochnehmen und feuern, und wahrscheinlich würde er Johansson auch treffen. Dieser hatte noch nicht abgedrückt, und Barrett glaubte nicht, dass er das hier tun würde. Nicht auf George Kellys Terrasse. Wenn, dann irgendwo anders.

»Sie haben beim letzten Mal nicht den Abzug gedrückt«, sagte Barrett. »Tun Sie es auch jetzt nicht.«

Johansson blickte wie ein Kind, das auf eine Anweisung wartete, von Barrett zu George Kelly, und Barrett zwang sich, seine Waffe nicht hochzunehmen. Er glaubte nicht, dass Johansson eine Schießerei provozieren wollte, aber Glauben war nicht Wissen. Falls er sich irrte, wäre er in Kürze tot.

»Niemand will Sie töten, Barrett«, sagte George Kelly.

»Klar doch. Er hat mir mit dem Pick-up nur einen kleinen Schubser verpasst.«

»Sie haben die Wahl. Seit letztem Jahr hat sich die Situation nicht geändert. Wir sind drei Männer mit einem gemeinsamen Ziel.«

»Für mich hat sich einiges geändert.«

»Legen Sie die Waffe hin, Barrett«, sagte Johansson. »Bitte.«

Seine Aufforderung klang ehrlich. Johansson hatte den Finger am Abzug, doch Barrett schaute ihm lieber in die Augen, um herauszufinden, was er wirklich vorhatte. Er musste jetzt die richtige Entscheidung treffen. Es würde keine zweite Chance geben.

Er senkte die Pistole und legte sie auf einen Tisch.

»Jetzt Sie«, sagte Barrett, aber Johansson schüttelte den Kopf.

»Schön«, sagte Barrett. »Irgendjemand muss immer seine Waffe behalten, was? Sonst gibt es nur Chaos.«

»Sie hatten die Wahl«, sagte George Kelly. »Sie hätten bekommen können, weswegen Sie zurückgekommen sind, und reich dabei werden können.«

Er wirkte aufrichtig enttäuscht.

»Sie wissen nicht, was es bedeutet, eine Familie zu haben«, sagte er, »oder was ein Mann zu tun bereit ist, um seinen Sohn zu schützen.«

»Wenn ich im Leben eins gelernt habe, dann das«, sagte Barrett. »Und zwar lange bevor ich den Namen Ihres Sohnes zum ersten Mal gehört habe.« Er richtete den Blick erneut auf Johansson. »Nun, Don? Warum so zaghaft? Sie haben es doch schon mal getan. Stellen Sie sich einfach vor, ich wäre Jeffrey Girard.«

»Gehen Sie die Treppe runter.« Er machte mit dem Gewehr eine Geste.

Barrett wandte sich wieder George Kelly zu. »Wie viel bin ich wert? Bei Girard war es eine Million. Wie viel zahlen Sie für mich?«

»Schaff ihn von hier fort, Don.«

»Ja, Don«, sagte Barrett. »Vergießen Sie auf dem Familienanwesen bloß kein Blut.«

Johansson lief die Treppe hinauf. Barrett hatte immer noch den Blick auf George Kelly gerichtet, als er von dem Gewehrschaft oben am Rücken getroffen wurde, sodass er auf die Knie sank.

»Sie waren mal ein Cop«, keuchte Barrett. »Haben Sie das vergessen, Don?«

Diesmal traf ihn das Gewehr am Kopf, worauf die ziemlich frische Wunde erneut von Schmerz durchzuckt wurde und er das Bewusstsein zu verlieren drohte. Er lag mit dem Gesicht nach unten auf der Terrasse, und der Schmerz breitete sich in seinem Schädel aus, als er seine Umgebung allmählich wieder deutlich erkennen konnte. Dennoch bekam er kaum mit, wie Johanssons Hand ihn am Hemdkragen packte und aufrichtete.

»Gib mir die Pistole«, sagte Johansson, und George Kelly hob die Taurus auf. Johansson tauschte das Gewehr gegen die Pistole und drückte sie Barrett in den Rücken, während er ihn die Terrassenstufen hinunter auf den Hof stieß. Zu ihrer Rechten glänzte und funkelte das Meer. Der Nebel fegte darüber hinweg und bedeckte mit rasender Geschwindigkeit alles unter sich. Barrett dachte, man würde ihn zum Klippenrand bringen, doch Johansson führte ihn Richtung Pick-up. Eingehüllt in einen Schleier aus Schmerz schöpfte Barrett neue Hoffnung. Wenn sie zur Klippe laufen würden, wäre es ein Fehler gewesen, die Pistole hinzulegen. Eine Autofahrt war besser. Eine Autofahrt verschaffte ihm Zeit.

Als sie den Pick-up erreichten, stieß Johansson Barrett so heftig gegen die Motorhaube, dass er würgen musste und zu Boden sank. Johansson packte ihn an den Händen, und etwas Scharfes schnitt in seine Handgelenke. Ein Paar Fesseln aus Plastik.

Johansson zerrte ihn um den Wagen herum, öffnete die Beifahrertür und stieß ihn ins Innere. Schwach keuchend ließ Barrett sich auf den Sitz fallen. George Kelly stand direkt vor dem Pick-up und hielt mit einem routinierten Griff das Gewehr umklammert. Seine Augen waren vom distanzierten Bedauern eines Henkers erfüllt, der einen unerfreulichen, aber notwendigen Vorgang überwachte.

Johansson nahm ihm das Gewehr ab, riss die hintere Tür auf der Fahrerseite auf und warf es ins Innere. Dann öffnete er die Fahrertür. »Er wird bald tot sein.«

George Kellys Anweisung bestand lediglich aus fünf Wörtern.

»Dort, wo es tief ist.«

52

»Sie wissen, dass er Sie belogen hat«, krächzte Barrett schmerzerfüllt durch seine zusammengebissenen Zähne.

Johansson fuhr rückwärts die lange Auffahrt entlang und hatte dabei den Blick auf den Spiegel gerichtet.

»Er hat diese Videos bekommen, bevor die Leichen gefunden wurden«, sagte Barrett und kämpfte gegen den Schmerz an, um einen vielleicht letzten Einwand vorzubringen. »Er wurde bereits erpresst, bevor es einen richtigen Fall gab. Darum hat Ian gesagt, dass sein Vater die Dinge gerne selbst regelt. Er dachte, dass man sich um die Sache mit den Drogen bereits gekümmert hätte.«

»Halten Sie die Klappe.«

»Wie oft haben Sie das Haus durchsucht? Sie waren dort am Tag, als die beiden verschwunden sind, Don. Haben Sie die Überwachungskameras nicht bemerkt? Hat George etwa vergessen, sie zu erwähnen oder vorzuschlagen, sie zu überprüfen? Blödsinn. Er hatte sie bereits entfernen lassen, bevor sein Sohn vermisst wurde.«

Johansson antwortete nicht. Die Taurus lag auf seinem Schoß, aber Barrett konnte nicht danach greifen, weil seine Hände auf dem Rücken gefesselt waren.

»Waren Sie da bereits in die Sache verwickelt?«, fragte er. »Haben Sie bereits für George gearbeitet, bevor die beiden getötet wurden?«

Keine Antwort.

»Dort, wo es tief ist«, sagte Barrett und hätte beinahe gelacht. »Kimberly hat von Anfang an recht gehabt. Im Meer, bei der richtigen Strömung, hätte man die Leichen nie gefunden. So viel hat George immerhin von ihr gelernt.«

Johansson fuhr in einem halsbrecherischen Tempo, und Barrett dachte, dass er jetzt Kimberlys Stelle eingenommen hatte und denselben Weg wie sie zurücklegte, nur in umgekehrter Richtung.

Sie bogen von der langen Zufahrt auf die Straße, die an einen fast vierzig Hektar großen Küstenstreifen grenzte, auf dem lediglich neun Häuser standen. Hier würde ihm niemand zu Hilfe kommen.

Don fuhr die Straße entlang und bog dann nach rechts auf einen Waldweg, der zum Wasser hinunterführte. Mehrere Schilder wiesen das Grundstück als Privatbesitz aus und untersagten das Betreten des Strandes. Barrett fiel ein, dass Ian am Strand Partys mit Lagerfeuern veranstaltet hatte, und vermutete, dass dies die Stelle war.

Sie fuhren den schmalen Weg hinunter, die Bäume teilten sich, und dahinter kam der Strand – ein schmaler Streifen aus Kies und Sand – zum Vorschein.

Ein paar Meter vom Strand entfernt lag ein Boot vor Anker, ein PS-starker Boston Whaler mit zwei Motoren.

Dort, wo es tief ist.

Johansson schaltete den Motor des Pick-ups aus, und für einen Moment saß er schweigend da und starrte aufs Meer hinaus. Dann sagte er, ohne Barrett anzusehen: »Ich hätte nicht gedacht, dass George so weit gehen würde, einen FBI-Agenten zu töten.« Er schüttelte den Kopf. »Ich sollte Sie zwar mit allen Mitteln verjagen, aber … ich dachte, vor Mord würde er zurückschrecken. Offensichtlich sieht er nur noch den Abgrund, auf den er zurast. Und dann ist einem wohl jedes Mittel recht, um zu verhindern, dass man in die Tiefe stürzt, oder?«

»Sie müssen das nicht tun«, sagte Barrett.

Johansson lachte leise. »Sie haben nicht die geringste Ahnung«, sagte er und stieg aus, lief um die Vorderseite des Wagens und öffnete die Beifahrertür.

»Es ist mir scheißegal, ob Sie es mir leicht machen oder sich wehren.«

Barrett machte es ihm leicht. Er kletterte aus dem Pick-up und ging an den kalten Überresten einer von Steinen umgebenen Feuerstelle vorbei den Strand hinunter. Johansson stieß ihn ins Wasser. Es wurde rasch tiefer. Eben noch plätscherte es gegen Barretts Knie, und im nächsten Moment reichte es ihm bis zur Taille. Er fragte sich, wie gut er mit den Armen hinter dem Rücken schwimmen konnte, aber dann packte Johansson ihn mit der Hand an der Schulter und drückte ihm den Pistolenlauf in den Rücken. Es war gerade Flut, und das Wasser war offensichtlich tiefer als Johansson erwartet hatte – aber wenn Barrett sich zur Wehr setzte, wurde er womöglich erschossen, und alle Fragen blieben unbeantwortet. Stattdessen ließ Barrett sich bereitwillig von Johansson ins Boot befördern.

Johansson startete die Außenbordmotoren, und unter dem Boot ertönte ein Brummen. Mit einer Winde holte er den Anker ein, löste die Leinen, die am Ufer vertäut waren, und dann fuhren sie aufs offene Meer hinaus.

Nach etwa hundert Metern tauchte über den Klippen für einen kurzen Moment das Haus der Kellys auf, bevor es im Nebel wieder verschwand.

Barrett saß am Heck und spürte unter sich die Vibration des Bootes. »Tun Sie mir einen Gefallen, Don. Verraten Sie Howard Pelletier irgendwann die Wahrheit. Tun Sie wenigstens das für ihn, Sie feiges Arschloch.«

Johansson versetzte ihm einen so heftigen Schlag, dass Barretts Kopf von der Reling zurückprallte. Er fiel zur Seite und blieb keuchend auf dem Boden liegen. Johansson kniete sich neben ihn, drückte die Neun-Millimeter gegen seine Stirn und beugte sich zu ihm hinunter. Ihre Gesichter waren jetzt nur wenige Zentimeter voneinander entfernt. »Auf Sie ist eine Kamera gerichtet, darum sollten Sie verdammt noch mal dafür sorgen, dass das hier überzeugend wirkt.«

Barrett konnte alles nur noch undeutlich erkennen und begriff den Sinn von Johanssons Worten nicht.

»George beobachtet uns?«, fragte er.

»O nein. Der *wirkliche* Boss beobachtet uns. Wir werden ihn gleich treffen.« Johansson schirmte mit der Hand, in der er die Waffe hielt, seinen Mund ab. Er hatte eine aggressive Haltung eingenommen, und wenn man ihn aus der Ferne – oder auf einem Videostream – beobachtete, würde man annehmen, dass er Barrett bedrohte. Doch Johanssons Augen flehten ihn an, ihm zu vertrauen. Ihm zu helfen.

»Wer ist es?«

»Sie haben es die ganze Zeit gewusst. Sie haben nur nicht herausgefunden, wie er das alles angestellt hat.«

Barrett starrte ihn an, und Johansson warf ihm ein müdes Lächeln zu.

»Genau. Und wenn Sie mir helfen, überleben Sie das hier vielleicht und können Bericht erstatten.«

Johansson wechselte die Position und versetzte Barrett mit der offenen Hand einen kräftigen Schlag. Dessen Lippe platzte auf, und während er das Blut herunterschluckte, versuchte er sich zu sagen, dass Johansson nur eine Rolle spielte. Allerdings hätte er sich ohne die Handschellen und Ohrfeigen leichter damit abgefunden.

»Wahrscheinlich hat Mathias alles gehört, was Sie auf der Terrasse zu George gesagt haben«, flüsterte Johansson. »Bedenken Sie das. Er kennt jeden Ihrer Schritte. So arbeitet er.«

Mit beinahe verzweifeltem Blick flehte er Barrett an, zu begreifen.

»Aber das Geld kam von George«, flüsterte Barrett.

»George heuert die Leute nur an, aber Mathias kontrolliert sie. Dafür muss nur eine Person Geld ausgeben.«

»Sie müssen sich schon etwas verständlicher ausdrücken«, sagte Barrett, und als Don zusammenzuckte, senkte er seine Stimme: »Seit wann wurden Sie von Mathias erpresst?«

»Nachdem ich das Geld genommen hatte, bekam *ich* mein erstes Video. Er hat eine einwandfreie Aufnahme davon, wie George mir seinen Vorschlag unterbreitet. Mathias wusste, dass man mich bezahlen würde, und sobald ich das Geld angenommen hatte, konnte er loslegen. Alles, was Sie über Florida herausgefunden haben, wusste er seit Monaten. Und so kam es schließlich, dass ich für den Drahtzieher der ganzen Sache arbeitete.«

Obwohl der Motor auf Hochtouren lief und laut dröhnte und Johansson die Stimme gesenkt hatte, schaute er sich die ganze Zeit um, als würde man sie belauschen.

»Er weiß, wie man Menschen manipuliert«, sagte Johansson. »Er findet ihre Geheimnisse heraus und droht damit, den Menschen, die Ihnen am meisten bedeuten, davon zu erzählen.«

Er verpasste Barrett erneut einen Schlag. »Ich kann jetzt nicht viel mehr darüber reden«, flüsterte er.

Er forderte Barrett auf, so zu tun, als wäre er wütend und aufgebracht, was diesem angesichts der ständigen Schläge ins Gesicht nicht allzu schwer fiel. Johansson beugte sich erneut über ihn, nahm die Pistole in die andere Hand und drückte sie ihm gegen das Ohr.

»Sie müssen gefesselt bleiben, okay?«, flüsterte er. »Alles, was er sieht, muss echt wirken. Sobald ich kann, werde ich Sie befreien. Ich weiß nicht, wann das sein wird, aber dann müssen Sie schnell handeln und sofort schießen.«

Er verlagerte das Gewicht und sagte: »Nehmen Sie das hier.« Barrett sah, wie Johansson ihm eine Spritze in die Jackentasche steckte und die Bewegung mit seinem Körper verdeckte. »Naloxon.«

Naloxon war ein Mittel, das Polizisten und Sanitäter gegen eine Überdosis verabreichten.

»Wozu brauche ich das?«

»Unten bleiben«, brüllte Johansson demonstrativ, damit die Kamera es mitbekam, schlug Barrett mit seiner freien Hand zweimal ins Gesicht und trat ans Ruder.

Er steuerte das Boot weiter hinaus aufs Meer und zwischen ein paar knallbunten Bojen hindurch, mit denen die Hummerfallen unten im Wasser markiert waren. Der Nebel über ihnen senkte sich herab und wurde dichter, sodass man die Bojen jetzt nur noch im Umkreis von zehn Metern sehen konnte, bevor sie im grauen Dunstschleier verschwanden.

Barrett rappelte sich am Boden des Bootes auf und setzte sich hin, während er allmählich begriff, was Johansson gerade gesagt hatte: *Handeln Sie schnell und schießen Sie sofort.*

Aber womit sollte er schießen?

Falls Johansson glaubte, dass auf dem Boot Kameras und Mikrofone angebracht waren, dann musste Barrett eine überzeugende Vorstellung abliefern. Aber das fiel ihm nicht schwer – er hatte Schmerzen, er blutete, und seine Hände waren auf dem Rücken gefesselt. Er ließ den Kopf sinken und sah, wie von seinen Lippen Blut tropfte und sich mit einer Pfütze Meerwasser vermischte. Um einen verzweifelten, resignierten Eindruck zu erwecken, behielt er den Kopf weiter unten. Gleichzeitig waren auf diese Weise Schultern und Nacken möglichst entspannt und sein Rücken gestreckt, sodass er seine Hände bewegen konnte, sobald man ihm die Fesseln abgenommen hatte. Er wollte Johansson unbedingt weiter ausfragen, um eine Vorstellung davon zu bekommen, wohin sie unterwegs waren und was sie dort erwartete. Aber er wusste, dass er nicht reden durfte. Also beobachtete er, wie sein Blut in dicken Tropfen zu Boden fiel, wo sie sich an den Rändern verflüssigten und sternenförmig im Wasser ausbreiteten. Währenddessen versuchte er, die Visualisierungstechnik, die sein Vater ihm vor langer Zeit beigebracht hatte, umzukehren, die Technik, bei der man sich die Seiten im Buch seiner Wut noch einmal ansah und es dann zuklappte. Diesmal blätterte er hin und her – da waren Bilder von Mathias Burke, der ihn anlächelte und sagte, *Hol dir keine nassen Füße*; Bilder von den Plakaten mit Jackies und Ians Fotos, die eine Belohnung für Informationen in Aussicht stellten, jene Plakate, mit denen die ganze Küste von Maine gepflastert gewesen war; Bilder von Kimberly Crepeaux, die in den See watete, und von Kimberly, die tot auf dem Kinderbett lag, das Handy ans Ohr gepresst und neben sich die Spritze. Und Bilder, die noch weiter in die Vergangenheit zurückreichten, von einem achtjährigen Jungen, der die Kellertür öffnete und auf den Treppenstufen seine Mutter fand.

Er rief sich sämtliche Seiten im Buch der Wut in Erinnerung, und diesmal klappte er es nicht zu.

Allmählich beruhigte sich sein Atem wieder, und sein Puls wurde langsamer. Der Schmerz bereitete ihm Vergnügen, und er erfreute sich am Anblick seines Blutes im Wasser.

Plötzlich drückte Johansson ihm erneut die Pistole ins Gesicht.

»Ich dachte, wir hätten den Fall geklärt«, flüsterte er. Seine Augen funkelten fiebrig. »Ich dachte, wir hätten den Fall geklärt, und … und darum ist das hier alles passiert. All die Dinge, die ich nicht hätte tun dürfen, habe ich nur getan, weil ich Girard für den Täter gehalten habe.«

»Ich weiß«, sagte Barrett.

Johansson starrte ihn ein paar Sekunden lang an, als würde er sich fragen, ob das die Wahrheit war. Dann nickte er kurz und wandte sich wieder dem Ruder zu. Er blinzelte mit den Augen, murmelte irgendetwas wegen des Nebels und starrte auf das GPS-System neben dem Steuerrad.

»Wir sind von Felsen umgeben, und ich kann nicht das Geringste erkennen.«

Sie fuhren nördlich an Little Spruce vorbei, aber die Hütte der Pelletiers und Jackies Atelier wurden vom Nebel verhüllt. Hinter der Insel schlug Johansson einen anderen Kurs ein und steuerte Richtung Nordnordost weiter in die Bucht hinein. Die Granitklippen wirkten wie geborstene Knochen. Sie waren der Grund dafür, dass die Küste Maines von Leuchttürmen gesäumt wurde. Nach jedem Schiffsunglück wurde ein weiterer errichtet. Am östlichen Horizont bewegte sich ein Frachter, der wahrscheinlich nach Halifax unterwegs war, Richtung Norden. Für einen kurzen Moment war hinter dem Heck ein einzelnes Segelboot zu sehen, das in der Ferne durch das Wasser glitt, bevor es hinter einem grauen Schleier wieder verschwand.

In völliger Stille fuhren sie zwanzig oder dreißig Minuten lang weiter, während der Nebel immer dichter und die Welt um sie herum immer enger wurde. Dann wechselte Johansson erneut den Kurs und riss, den Blick auf das GPS-System gerichtet, das Ruder hart nach Steuerbord. Gischt spritzte über die Bordwand und durchnässte Barretts Körper, und das Salz brannte auf seinen Lippen. In diesem Moment schien es unvorstellbar, dass die Sonne je wieder aufgehen würde; das Boot bewegte sich durch ein Reich aus Schatten – Wasser, Himmel und Nebel schimmerten dunkelgrau. Barrett hatte keine Ahnung, wo sie waren. Er wusste nur, dass sie sich weit draußen in der Bucht befanden. Dort, wo das Wasser tief war.

Als auf der Steuerbordseite mehrere Felsen auftauchten, war Barrett überrascht, wie nah sie waren. Für einen Moment glaubte er, dass er die Orientierung verloren hatte und sie sich der Küste näherten, doch dann begriff er, dass es sich um eine Insel handelte. In der Penobscot Bay gab es über tausend davon, und die meisten sahen aus wie diese – unbewohnbare Ansammlungen schroffen, kalten Felsgesteins ohne jede Vegetation. Diese Inseln taugten lediglich als Orientierungspunkte. Auf ihnen gab es kein Leben. Im Gegenteil, sie forderten immer wieder Todesopfer; sie brachten Schiffe zum Kentern und schickten deren Besatzungen in die Tiefe.

Johansson fluchte und drosselte das Tempo. Offensichtlich hielt er genau wie Barrett die Felsen, die vor ihm auftauchten, für gefährlich.

Johansson warf einen Blick auf das GPS-System und riss das Ruder herum. Dann kam plötzlich eine schmale, v-förmige Bucht zum Vorschein. An ihrem hinteren Ende lag ein weiteres Boot vor Anker.

Die *Jackie II*.

Howard Pelletiers Boot wartete auf sie, und am Heck stand Mathias Burke.

53

Johansson drosselte erneut das Tempo, während sie sich der *Jackie II* näherten, und ließ das Boot auf den Wellen treiben.

»Haltet das Boot fest«, rief er. Mathias rührte sich nicht von der Stelle, aber aus dem Nebel tauchte ein weiterer Mann auf. Er trug ein Sweatshirt und hatte seine Kapuze über den Kopf gezogen. Barrett brauchte einen Moment, bis er ihn erkannte – es war Ronnie Lord.

Die Hinterseiten der beiden Boote schlugen aneinander, doch die Fender verhinderten, dass eines dabei zu Schaden kam. Ronnie vertäute die Boote miteinander, indem er ein Seil um die Klampe schlang und es straff zog.

Mathias blickte Barrett wortlos in die Augen, während der Anflug eines Lächelns sein Gesicht umspielte. Hinter ihm trieben vom Meer Nebelschwaden über die Felsen, als würden sie nach irgendetwas suchen. Alles im unmittelbaren Umkreis der Boote verschwand hinter weißen und grauen Schwaden. Man hätte jetzt in jede beliebige Richtung zeigen und behaupten können, dass sich dort ein Berg oder die offene See befand, und Barrett hätte nicht widersprechen können. Falls er es schaffte, von hier zu entkommen, wäre er nicht in der Lage, die Stelle wiederzufinden. Es schien, als hätte das Wetter Mathias' Anweisungen befolgt.

Johansson schaltete den Motor aus und drehte sich mit der Pistole in der Hand zu Barrett um.

»Steh auf, Arschloch.« Seine Augen waren so ausdruckslos, dass es Barrett schwerfiel, den Worten, die er ihm vorhin zugeflüstert hatte, länger Glauben zu schenken.

Johansson drückte Barrett die Pistole seitlich gegen den Kopf und half ihm auf die Beine. Hier draußen war der Wellengang stärker, und mit den gefesselten Händen hinter dem Rücken hatte Barrett Mühe, das Gleichgewicht zu halten. Johansson stieß ihn vorwärts.

»Hilf mir mal«, sagte er, und Ronnie Lord zog Barrett aus dem Whaler auf das Hummerboot. Dann griff er nach einem Gewehr, wie es auch Johansson benutzt hatte, und trat ans Steuerrad. Mathias trug Handschuhe und hielt einen Revolver in der Hand. Barrett wandte sich in seine Richtung und wollte gerade etwas sagen, als er am Bug eine Bewegung bemerkte.

Dort hockte Howard Pelletier. Er war an Händen und Füßen gefesselt, und seine Hände waren über dem Kopf an der Ankerleine festgebunden. Bei jeder Bewegung des Bootes zerrte sie schmerzhaft an seinen Schultern. Seine Augen waren geschwollen und blau, und das Klebeband über seinem Mund war mit getrocknetem Blut verkrustet.

Instinktiv ging Barrett auf ihn zu, doch Ronnie Lord und Don Johansson griffen nach ihm und hielten ihn zurück. Mathias sah ihnen mit einem müden Lächeln dabei zu.

»Die Blutergüsse hat er sich selbst zuzuschreiben. Dafür, dass er so ein alter Knacker ist, kann Howard noch ganz schön kräftig austeilen.«

Howard blickte Barrett ohne das geringste Zeichen von Hoffnung in die Augen.

»Ihr habt euch bestimmt eine Geschichte dafür zurechtgelegt«, sagte Barrett. »Da bin ich mir sicher. Soll ich ihm das etwa angetan haben? Glaubst du wirklich, dass man dir das abkaufen wird, Mathias?«

»Es wird wahrscheinlich verschiedene Theorien geben. Bestimmt wird man annehmen, dass du ihn getötet hast. Oder dass ihr beide einfach Pech hattet und gestorben seid, als das Boot auf Grund gelaufen ist. So etwas kommt an einem Tag wie heute schon mal vor. Allerdings glaube ich, dass man eher davon ausgehen wird, er hätte *dich* getötet. Es ist kein Geheimnis, dass Howard Pelletier seit dem Tod seiner Tochter in keiner besonders guten Verfassung war.«

»Diese Geschichte wird dir niemand abkaufen.«

»Ach nein?« Mathias zog die Augenbrauen hoch. »Warten wir's ab. Ich schätze, dass man an Howards geistiger Gesundheit zweifeln wird, wenn man in seiner Garage die Bänder findet, auf denen zu hören ist, wie ihr beide einen Mord plant.«

Er findet ihre Geheimnisse heraus und droht damit, den Menschen, die Ihnen am meisten bedeuten, davon zu erzählen, hatte Johansson gesagt.

»Das Sicherheitsgewerbe hat sich für dich ausgezahlt.« Barrett redete hauptsächlich, um Johansson Zeit zu verschaffen. Sein Ex-Kollege stand hinter ihm, aber sein Versprechen, ihm die Fesseln zu lösen, erfüllte Barrett in der momentanen Situation nicht gerade mit Zuversicht – da Ronnie Lord mit einem Gewehr und Mathias mit einem Revolver bewaffnet und seine Hände immer noch auf dem Rücken gefesselt waren, rechnete Barrett sich kaum Chancen aus.

»Jedes Gewerbe hat sich für mich ausgezahlt«, sagte Mathias.

»Ich hätte nicht gedacht, dass du dich in Bitcoin bezahlen lässt«, sagte Barrett. »Und George Kelly offensichtlich auch nicht.«

Auf Mathias Gesicht blitzte ein Anflug von Wut auf.

»Darum hat mein Plan funktioniert«, sagte er. »Weil du wie alle anderen eine bestimmte Vorstellung von mir hast.« Er ging in die Knie und zog unter der Sitzbank am Heck eine Plastikkiste mit durchsichtigem Deckel hervor. In der Kiste, die eigentlich für Bohreinsätze gedacht war, befanden sich fünf Spritzen.

»Ich will nicht, dass ihr mir noch abhaut«, sagte er. »Die Küste ist zwar weit entfernt, aber man hört ja die verrücktesten Geschichten. Einige Leute wissen einfach nicht, wann es Zeit ist zu sterben. Es wird ein sanfter, angenehmer Tod, Barrett. Verdammt, du wirst es genießen.«

Er nahm eine der Spritzen heraus und legte den Revolver hin, um die Kappe zu entfernen.

Jetzt, Don, mach schon, dachte Barrett inständig, sodass er fast nicht mitbekam, wie der Druck an seinen Handgelenken nachließ.

»Hoch mit Ihnen«, sagte Johansson. Er stand direkt hinter Barrett und stieß ihn weiter. Dabei stolperte Johansson demonstrativ vorwärts und rief laut »Scheiße!«, während die Taurus aufs Deck fiel, als wäre sie ihm runtergefallen.

Scheppernd landete die Pistole genau zwischen Barrett, Ronnie und Mathias. Es war die perfekte Position – einer der beiden musste danach greifen, ohne zu ahnen, dass Barrett sich wieder ungehindert bewegen konnte.

Mathias begann sich aufzurichten, besann sich aber angesichts des schwankenden Bootes und der tödlichen Spritze in seiner Hand eines Besseren und nickte in Ronnies Richtung. Ronnie musste sein Gewehr herunternehmen, um die Pistole aufzuheben. Während der Gewehrlauf Richtung Deck wanderte, stupste Johansson Barrett an und trat zur Seite.

Johansson hatte seine Plastikfesseln durchtrennt, und als Barrett sich jetzt auf die Taurus stürzte, konnte er seine Hände frei bewegen. Er landete auf den Holzbrettern und schob die Waffe mit der linken Hand in seine rechte, während er ganz darauf konzentriert war, sich aufzurichten und abzudrücken. Er war überzeugt, dass die Pistole ihre letzte, ihre einzige Hoffnung war. Doch dann hörte er über sich in kurzer Folge mehrere Schüsse.

Er schaute gerade noch rechtzeitig auf, um zu sehen, wie sich auf Ronnie Lords Brust zwei rote Flecken ausbreiteten. Er wankte nach hinten und hob das Gewehr. Verzweifelt streckte Barrett die Hand danach aus und versuchte, den Lauf nach unten zu drücken, als Ronnies Zeigefinger den Abzug berührte.

Doch sein Schuss verfehlte ihn.

Wie ein Donnerschlag ertönte wenige Zentimeter neben Barretts Ohr der gellende Knall des Gewehrs, und er hatte das Gefühl, als würde ihn das Geräusch selbst zu Boden schleudern.

Einen Moment lang stand Ronnie Lord merkwürdig erstarrt da. Dann schaute er auf seine Brust hinunter, taumelte wie ein Bowlingkegel hin und her, ließ das Gewehr fallen und ging rückwärts über Bord.

Während Barrett in seinen Ohren ein lautes Klingeln hörte, sprang er mit der Neun-Millimeter in der Hand auf die Knie. Er drehte sich Richtung Heck und dachte, er sei zu langsam – *Handeln Sie schnell und schießen Sie sofort*. Er sah, wie Mathias auf ihn zukam und den Revolver in seiner linken Hand hochnahm.

Barrett drückte den Abzug der Neun-Millimeter.

Im Vergleich zu der heftigen Detonation des Gewehrs war das Geräusch, das die Pistole von sich gab, geradezu leise. In diesem Moment wurde das Boot von einer Welle erfasst, und Mathias Burke fiel zur Seite und landete direkt auf ihm. Barrett rollte sich auf die linke Schulter und richtete den Lauf der Taurus auf Mathias' Gesicht. Aber dann spürte er, wie sich dessen Blut warm auf seinen Bauch ergoss. Mathias ließ die Pistole fallen und wälzte sich auf den Rücken. Er hielt sich mit beiden Händen den Bauch und versuchte, die Wunde abzudrücken.

Wankend richtete Barrett sich wieder auf und trat Mathias' Revolver fort. Dabei wäre er beinahe gestürzt, denn das Deck war inzwischen mit einer glitschigen Blutschicht überzogen. Doch er fand das Gleichgewicht wieder und wandte sich Johansson zu, um ihm zu helfen.

Johansson lehnte über dem Seitendeck; der Gewehrschuss hatte ihn fast über Bord geschleudert. Die Schrotladung hatte kreuz und quer auf seinem Oberkörper blutende Wunden hinterlassen, die wie die Nähte auf einem Baseball aussahen. Das Hosenbein an seinem linken Unterschenkel hatte sich hochgeschoben, und man konnte das leere Knöchelhalfter sehen, aus dem er seine Ersatzwaffe gezogen hatte. Sie war nirgends zu entdecken – wahrscheinlich lag sie inzwischen auf dem Meeresgrund.

»Wir haben sie erledigt.«

»Ja.«

»Ich dachte, Mathias hätte Sie erwischt. Aber Sie waren schnell.«

Er spuckte Blut auf den Boden und holte Luft, worauf aus den Wunden in seiner Brust Bläschen hervorquollen. Barrett wusste, dass er versuchen sollte, ihm zu helfen, aber er war benommen und zitterte, und er konnte seinen Körper kaum spüren.

»Diesmal war es eine echte Schießerei«, murmelte Johansson. »Und es waren die richtigen Leute.«

»Ja«, sagte Barrett.

Johansson nickte schwach und schaute beinahe gleichgültig auf seine zerfetzte, blutige Brust hinunter.

»Ich fühle mich weniger schuldig«, sagte er undeutlich. »Soweit das überhaupt möglich ist.«

Als Johansson sich nach oben hievte, dachte Barrett, dass er sich aufrichten wollte. »Bewegen Sie sich nicht«, sagte er. Doch dann wurde ihm klar, dass Johansson über die Reling ins Wasser springen wollte. Allerdings war er zu schwach und schaffte es nicht ganz. Für einen Moment hing er zwischen Boot und Wasser, dann krachte eine weitere Welle gegen die Bordwand, und er wurde von der Schwerkraft nach unten gezogen.

Johansson fiel über die Reling ins Wasser, und die Welle spülte das Blut fort, als wollte das Meer alle seine Spuren möglichst schnell beseitigen.

Barrett rannte in seine Richtung und hielt vergeblich Ausschau nach einem Seil, einem Rettungsring oder einem Bootshaken. Plötzlich hatte er Mühe, etwas zu erkennen, und als er sich umdrehte, hob und senkte sich der Horizont. Barrett sank auf die Knie, ohne genau zu wissen, wie er überhaupt hierhergekommen war.

Erst als er die Taurus hinlegte und mit den Händen seine seltsam widerspenstigen Beine nach oben drückte, sah er, dass direkt unterhalb seines Brustkorbs eine Spritze steckte.

54

Barrett zog mit der rechten Hand die Spritze aus seinem Körper. Der Kolben war heruntergedrückt und die Spritze leer. Gebannt starrte er auf die funkelnde Stahlnadel. Er hatte eine derartige Nadel nie zuvor gesehen. Sie war faszinierend, wunderschön und …

Tödlich.

»Howard«, rief Barrett mit schwacher Stimme. »Howard, helfen Sie mir.«

Doch Howard Pelletier konnte ihm nicht antworten, da er immer noch mit dem Klebeband geknebelt war. Er würde Barrett erst helfen können, wenn er ihn befreit hatte. Aber was sollte Howard dann tun? Der alte Fischer konnte ihm bei dieser Sache nicht helfen. Wenn Johansson noch am Leben gewesen wäre, hätte er vielleicht gewusst, was zu tun war …

Er hat *es gewusst.*

Barrett tastete in seiner Jackentasche nach dem Naloxon. Er hatte während seiner Ausbildung mal einen Vortrag darüber besucht. Es wurde auf eine bestimmte Weise verabreicht. Aber wie, verdammt noch mal?

Du musst es inhalieren.

Genau! Es war ein Nasenspray; man zerstäubte das Naloxon und atmete es ein. Das verschaffte einem Zeit, und man blieb am Leben.

Doch zu seiner Überraschung hielt Barrett in seiner Hand

eine weitere Spritze. Es sah nicht aus wie ein Spray. Aber vielleicht wurde es auf dieselbe Weise angewendet. Vielleicht musste er einfach den Kolben herunterdrücken und einatmen.

Er schaffte es, mit seinen schwerfälligen, ungelenken Fingern die Kappe zu entfernen. Die Umgebung verschwand hinter dem hellen Nebel, der jetzt an Geschwindigkeit und Farbe gewann, und das war gar nicht so schlimm. Er drückte zwar seine Lungen zusammen, was ihm ein wenig Angst machte, aber sonst war der leuchtende, umherwirbelnde Nebel gar nicht so schlimm.

Entspann dich, damit der Nebel dich holen kann. Lass dich von ihm forttragen, und folge seinen Farben.

Eine Welle spritzte Gischt auf das Boot und in sein Gesicht. Er spuckte und würgte, und plötzlich begriff er, was er mit der Spritze in seiner Hand tun musste. Das war kein Nasenspray. Entweder hatte man das Naloxon früher so verabreicht, oder es wirkte auf diese Weise stärker. Es war ganz einfach. Er musste die Spritze nur in seine Haut bohren und den Kolben runterdrücken.

Der leuchtende Nebel kräuselte sich und zuckte und drehte sich schnell im Kreis. Barrett bekam kaum noch Luft und verspürte das überwältigende Verlangen, sich von dem Nebel forttragen zu lassen.

Beeil dich, sagte eine entfernte, gedämpfte Stimme irgendwo hinter dem umherwirbelnden Nebel. *Du musst dich beeilen.*

Und du hast nur diese eine Chance. Er musste eine Vene finden. Welche Vene? Er hatte sich noch nie eine Spritze gegeben. Das Handgelenk war eine geeignete Stelle, oder?

Er versuchte es am Handgelenk, aber das Boot stand jetzt quer zur Strömung, und eine weitere Welle schleuderte ihn zur Seite, sodass seine Hand unbeholfen durch die Luft sauste und das Gelenk verfehlte. Er ging zu Boden und landete auf seinem linken Ellbogen, behielt die Spritze jedoch in der Hand.

Er rappelte sich wieder auf und suchte nach einer geeigneten Vene. Warum war das nur so schwer? Unzählige Drogensüchtige taten das jeden Tag, aber er bekam es nicht hin? In eine geeignete Vene konnte man problemlos die Nadel hineinbohren, sie war dick und blau und führte direkt zum Herz …

Genau, dachte er und zielte mit der Nadel auf sein Herz. Doch er verfehlte es ebenfalls, und seine zitternde Hand traf eine Stelle weiter oben. Die Nadel bohrte sich direkt oberhalb des Schlüsselbeins seitlich in seinen Hals. Er verspürte einen stechenden Schmerz und war überzeugt, eine Vene getroffen zu haben. Kurz bevor die Seitenwand des Boots von einer weiteren Welle getroffen wurde, fiel ihm der Kolben ein.

Er drückte ihn herunter und fühlte, wie sich in seiner Kehle ein Gefühl von Wärme ausbreitete. Als das Boot von der Welle erfasst wurde, geriet er ins Straucheln und stürzte erneut. Er begriff, dass es ein Fehler gewesen war, sich hinzustellen, denn er knallte mit den Beinen gegen die Reling und sauste durch die Luft.

Dann war er im Wasser und sank rasch in die Tiefe.

55

Die eisige Kälte des Nordatlantiks machte ihm nichts aus. Genauso wenig wie die Tatsache, dass er immer tiefer in sie eintauchte. Es beunruhigte ihn lediglich, dass der herrliche Glanz des Nebels unter Wasser langsam verblasste.

Er hatte Gefallen daran gefunden, und wenn er schon ertrinken musste, dann im Nebel und nicht im Wasser.

Barrett strampelte Richtung Oberfläche. Allerdings weniger aus einem Überlebensinstinkt heraus. Er sehnte sich vielmehr nach der leuchtenden, behaglichen Wärme des umherwirbelnden Nebels, den er offensichtlich hinter sich gelassen hatte.

Schließlich durchbrach er die Oberfläche und verschluckte sich, als er von den Fluten emporgehoben wurde und dann in einem Wellental versank. Er lehnte sich zurück und versuchte sich treiben zu lassen. Wenn ihm das gelingen würde, könnte er sich wieder in dem leuchtenden, umherwirbelnden Nebel verlieren.

Lass dich einfach treiben. Die einfachste und natürlichste Sache der Welt. Dennoch wollte es ihm nicht gelingen. Bei jedem Versuch wurde er nach unten gedrückt, und jedesmal fiel es ihm schwerer, den Kopf über Wasser zu halten. Bis er schließlich vergaß, welche Haltung er einnehmen musste, um sich treiben zu lassen.

Inzwischen bekam er wieder mehr Luft. Der Druck auf seine Lungen hatte nachgelassen, und wenn er sich nicht noch einmal verschluckte, würde er wieder gleichmäßig atmen können. Das Problem war das Wasser, das verdammte wogende, tosende Wasser. Er war zu schwer und hatte seinen Körper nicht unter Kontrolle. Unter Wasser wäre er besser dran, dachte er. Dort war es zwar dunkler und kälter, aber dort musste er sich weniger anstrengen.

Er wollte sich nicht länger anstrengen.

Er atmete so tief ein wie er konnte, und hielt die Luft an. Und als ihn das nächste Mal eine Welle unter Wasser drückte, leistete er keinen Widerstand. Er ließ sich von ihr hinabdrücken. Doch zu seiner Enttäuschung sank er nicht weiter in die Tiefe. Trotz größter Anstrengungen stieg er wieder empor. Irgendetwas strich über sein Gesicht, eine Hand, die wild entschlossen war, ihn nach oben zu ziehen und zu verhindern, dass er dort unten seinen Frieden fand.

Barrett setzte sich zur Wehr und versuchte mit aller Kraft den unsichtbaren Feind von seinem Gesicht fortzureißen. Doch der schnappte nach ihm und drohte ihm die Hand abzubeißen, und die heftigen Schmerzen zwangen ihn, die Augen zu öffnen.

Seine Hand steckte irgendwo fest. Nicht im Maul eines Tieres. Sie war mit einem Netz umwickelt. Erneut zerrte es an ihm, worauf ein stechender Schmerz von seinem Handgelenk durch die Schulter bis zu seinem Gehirn hinaufjagte. Zum ersten Mal konnte er jetzt klar denken: *Man will dir helfen. Lass dich retten und halt durch.*

Er hob seine linke Hand und umwickelte sie ebenfalls mit dem Netz. Er verspürte das Bedürfnis, Luft zu holen, aber er wusste, dass er das nicht tun durfte, noch nicht.

Das Netz schnitt in seine Hände und zog ihn nach oben. Er strampelte, damit es schneller ging, aber seine Bewegungen waren unbeholfen und schwach. *Halt durch. Halt durch, und warte ab, was passiert.*

Es ging höher und höher. Ihm war zwar immer noch kalt, aber die Schatten verschwanden, und wie durch eine gesplitterte Glasscheibe konnte er weit entfernt das Tageslicht erkennen.

Er wurde schneller und durchbrach die Wasseroberfläche. Er schnappte nach Luft. Die Wellen hoben ihn empor und beförderten seinen Körper in das Netz. Diesmal fiel es ihm leichter, sich über Wasser zu halten. Er fragte sich, woher das Netz gekommen war, und plötzlich packte ihn eine schlimme Befürchtung.

Mathias. Er hat dich aus dem Wasser gefischt.

Barrett versuchte sich zu befreien und die Beine aus dem Netz zu ziehen, um sich erneut dem Wasser anzuvertrauen. Aber er hatte sich darin verfangen, und es zerrte zu stark an ihm. Während er über die Wasseroberfläche glitt, drehte er sich zum Boot um. Er dachte, es wäre besser als nichts, wenn er es schaffte, Mathias auch nur einen Schlag zu verpassen.

Aber es war nicht Mathias, der am anderen Ende des Netzes stand.

Es war Liz.

Sie streckte ihre Hände nach ihm aus, und er versuchte, sich daran festzuhalten, doch er griff ins Leere. Er war völlig entkräftet und bekam kaum noch Luft. Er wollte ihr sagen, dass sie zu spät gekommen sei, als er spürte, wie er aus dem Wasser gehoben wurde und gegen etwas Hartes schlug. Ein Schmerz jagte von seinen Schultern die Wirbelsäule hinunter. Es war ein heftiger Schmerz, und das war gut so. Dann wurde er ganz aus dem Wasser gezogen und hatte wieder festen Boden unter den Füßen.

Nein, keinen festen Boden – er war auf einem Boot. Einem anderen Boot als vorhin. Es hatte einen Mast und ein Segel. Das verwirrte ihn. Genauso wie Liz' Gesicht, das sich über ihm befand und ihm Fragen stellte, die er nicht verstand, und immer wieder seinen Namen sagte. Offensichtlich wollte sie wissen, wie er im Wasser gelandet war. Aber das war nicht so einfach zu erklären. Außerdem fehlte ihm dazu die Kraft, und er konnte sich nicht mehr genau daran erinnern. Also sagte er das Einzige, was ihm in den Sinn kam: »Spritzen. Ich brauche mehr Spritzen.«

56

Er bekam weitere Spritzen.

Als Erstes traf ein Boot der Marine Patrol von Maine ein, und man verabreichte ihm eine zweite Dosis Naloxon. Die Beamten wussten, was zu tun war, weil Howard Pelletier es ihnen erklärte, nachdem sie das Klebeband von seinem Mund entfernt hatten. Er hatte sich etwas verständlicher ausgedrückt als Rob Barrett.

Dann tauchte ein Kutter der Küstenwache am Tatort auf. Der Sanitäter an Bord untersuchte Barrett und wies das Boot der Marine Patrol an, ihn rasch an Land zu bringen, damit man ihn dort in einen Helikopter verfrachtete. Barrett hatte inzwischen das Bewusstsein verloren und konnte sich später nicht mehr an den Flug im Rettungshubschrauber erinnern.

Bevor sich sein Zustand stabilisiert hatte und er wieder bei klarem Verstand war, wurde er in das Pen Bay Medical Center eingeliefert.

Als Erstes stattete ihm dort die Polizei einen Besuch ab, und so erfuhr von den Beamten und nicht von Liz, warum sie am Tatort gewesen war. Sie hatte ausgesagt, dass Barrett sie gebeten habe, Howard Pelletier im Auge zu behalten. Als sie auf seinem Boot zwei Männer bemerkte, beobachtete sie von ihrem Boot aus das Geschehen und setzte die Segel. Niemand rechnete damit, dass von einem Segelboot eine Bedrohung ausging. Man hielt Liz lediglich für eine harmlose Freizeit-Skipperin, der man keine Beachtung schenken musste.

Die Polizisten hatten noch weitere Neuigkeiten für Barrett.

Man hatte Ronnie Lord bei seiner Einlieferung ins Krankenhaus für tot erklärt, aber Mathias Burke lebte noch. Er war nach Portland gebracht worden, wo man ihn in der Unfallchirurgie operiert hatte. Seine Überlebenschancen waren jedoch gering.

Abgesehen von ein paar kleineren Wunden und Prellungen war Howard Pelletier unverletzt. Er hatte der Polizei erzählt, dass Mathias Burke und Ronnie Lord ihm auf seinem Boot aufgelauert hätten. Als er an diesem Morgen an Bord gegangen sei, habe man ihn mit einem Gewehr bedroht, und dann sei die Situation völlig außer Kontrolle geraten.

Dem konnte Barrett nicht widersprechen.

Er erkundigte sich nach Don Johansson, und man erklärte ihm, dass man seine Leiche noch nicht geborgen habe. Man würde danach suchen, aber dort draußen sei das Wasser sehr tief.

Mehr Auskünfte konnten die Polizisten ihm nicht erteilen. Sie brachten die Angelegenheit zügig hinter sich, denn sie waren nicht gekommen, um seine Fragen zu beantworten, sondern um Antworten zu erhalten. Diesmal verlangte Barrett keinen Anwalt. Diesmal erzählte er, was passiert war.

Als Barrett seinen Bericht beendet hatte, saß George Kelly bereits in Untersuchungshaft.

Die erste Person ohne Polizeimarke, die ihn besuchte, war Liz.

Sie setzte sich neben das Bett und hielt mit geschlossenen Augen seine Hand an ihre Wange. Für eine ganze Weile sprachen sie kein einziges Wort. Schließlich küsste Liz seine Hand und ließ sie los.

»Danke für das, was du heute getan hast«, sagte er.

Sie stieß ein ersticktes Lachen hervor. »Keine Ursache.«

»Ich habe nie viel davon gehalten, dass du die alten Rettungsnetze an Bord aufbewahrt hast«, sagte er. »Ich hatte immer das Gefühl, dass sie dich an die Vergangenheit erinnern, an deinen Vater dort draußen im Wasser. Inzwischen denke ich anders über diese Netze.«

Er wollte sie zum Lachen oder Lächeln bringen, aber Liz beugte sich mit eindringlichem Blick zu ihm vor. Dabei fiel ihr das Haar ins Gesicht, und ihr Hemd rutschte von ihrem Schlüsselbein, sodass der obere Rand des tätowierten Seemannsspruchs zum Vorschein kam.

»Weißt du noch, was du mir auf dem Boot erzählt hast?«, fragte sie. »Als wir zu zweit waren. Kannst du dich noch erinnern?«

»Ich habe dich um Spritzen gebeten, oder?«

»Ja. Aber bevor die Marine Patrol dort eintraf, hast du mir noch etwas anderes gesagt. Weißt du das noch?«

Er wusste es nicht mehr.

»Du hast gesagt, dass der Himmel freundlich aussah«, sagte sie. »Ich dachte, du wolltest mir das einreden, weil ich dir die Geschichte von meinem Vater erzählt habe. Weil er sich gefragt hat, wie der Himmel wohl aussieht, wenn man auf offener See ertrinkt. Ob er einen mit Hoffnung erfüllt. Aber du kannst dich nicht mehr daran erinnern, dass du mir das erzählt hast, oder?«

»Tut mir leid«, sagte er. »Nein.«

Sie dachte darüber nach. »Ist wohl auch besser so. Ich bin froh, dass du dich nicht mehr erinnerst.«

»Warum?«

»Weil es wahrscheinlich stimmt.«

Er streckte den Arm aus und berührte ihre Wange, und Liz nahm erneut seine Hand und küsste sie zärtlich.

»Hast du mitbekommen, was auf Howards Boot passiert ist?«, fragte er.

»Nein. Aber als Howard sich so weit von seinen Fallen entfernte, wusste ich, dass irgendwas nicht stimmte. Also bin ich ihm gefolgt und sah, dass er nicht allein war. Ich habe Abstand zu ihm gehalten und immer wieder den Kurs geändert. Als der Nebel aufzog, war es leichter, unbemerkt zu bleiben. Allerdings konnte ich nicht das Geringste erkennen und hatte Angst, ich könnte sein Boot rammen. Als ich dann das Gewehr gehört habe, wusste ich, dass ich etwas unternehmen musste. Ich dachte mir, dass er eine abgeschiedene, tiefe Stelle ansteuern wollte. Bei den Felsen ist das Wasser über zweihundert Meter tief.«

Barrett fragte sich, wie lange es gedauert hätte, bis er zum Grund gesunken wäre.

»Don ist immer noch irgendwo da draußen«, sagte er.

»Ja.« Sie musterte sein Gesicht. »Ich habe gehört, dass sein Haus inzwischen durchsucht wird. Als wäre es ein Tatort.«

Barrett schloss die Augen und dachte an Megan und David, und daran, dass die Polizei sie bestimmt in ihrem Haus in Florida aufsuchen würde. »Es *ist* ein Tatort«, sagte er. »Aber der Mann hat mir trotzdem heute zweimal das Leben gerettet.«

Als Liz nichts erwiderte, sagte er: »Und du hast mir ebenfalls das Leben gerettet.«

»Und die Marine Patrol. Dann die Küstenwache. Und schließlich die Ärzte. Du gibst dich mit einem Lebensretter offenbar nicht zufrieden, Rob.«

»Wie geht es Howard?«

»Besser als er aussieht, hat man mir gesagt.«

»Aber das wird nicht lange so bleiben. Falls man ihm noch nicht erzählt hat, dass George Kelly in die Sache verwickelt war, wird man es bald tun«, sagte Barrett. »Und wenn er die Wahrheit erfährt, wird er am Boden zerstört sein.«

An diesem Abend setzte man Howard davon in Kenntnis, und ein paar Stunden später stattete er Barrett einen Besuch ab.

Er trug seinen Arm in einer Schlinge, seine Lippe war genäht und die Stirn bandagiert. Aber er konnte sich problemlos bewegen. Wie nicht anders zu erwarten, erkundigte er sich zu Barretts Leidwesen zunächst nach dessen Zustand – wie es ihm gehe, ob er bleibende Schäden davongetragen habe und ob die Ärzte sich gut um ihn kümmern würden. Er habe einen Cousin, dessen Freund im besten Krankenhaus von Boston arbeite. Er könne dort anrufen …

»Mir geht's gut, Howard. Mir geht es wirklich gut.«

»Schön, denn ich … wissen Sie, ich will, dass Sie die bestmögliche Behandlung bekommen. Sagen Sie Bescheid, falls Sie irgendwas brauchen.«

»Was hat die Polizei Ihnen erzählt?«, fragte Barrett.

Howards Augen füllten sich mit Tränen. Er blinzelte und wandte sich ab, um sich wieder zu sammeln. Mit dem Gesicht zur Wand ergriff er das Wort.

»Dass Ians Vater die ganze Zeit Informationen zurückgehalten hat. Wissen Sie davon?«

»Ja.«

Howard nickte bedächtig, als würde er gründlich darüber nachdenken. Er setzte zweimal an, um etwas zu sagen, und musste jedesmal innehalten – bis er endlich seine Stimme wiedergefunden hatte.

»Ich mochte den Jungen«, sagte er. »Ehrlich. Und Jackie? Sie hat ihn geliebt. Sie hätte für ihn die Insel verlassen.«

»Ich weiß.«

Howard drehte sich wieder zu ihm um, und sein Kiefer zitterte schwach. »Ich bin so froh, dass sie nicht die Wahrheit über seine Familie erfahren hat. Oder über ihn.«

Barrett betrachtete Howard, und als er daran denken musste, wie George Kelly von der *ungetrübten Trauer über diese Tragödie* gesprochen hatte, fiel ihm nichts ein, was er hätte erwidern können.

Schließlich brach Howard das Schweigen. »Ich habe gehört, dass Mathias vielleicht durchkommt.«

»Ach ja? Man hat mir gesagt, dass er sterben wird.«

Howard schüttelte den Kopf. »Die Ärzte konnten seinen Zustand offensichtlich stabilisieren. Er wird es wohl schaffen.«

»Wie fühlen Sie sich dabei?«, fragte Barrett, obwohl er selbst nicht wusste, was er davon halten sollte.

»Falls er überlebt, wandert er ins Gefängnis«, sagte Howard. »Und diesmal wird er nicht wieder rauskommen. Daran besteht kein Zweifel.«

»Nein.«

»Das ist okay für mich. Vielleicht drücke ich sogar die Daumen, dass er überlebt, zumindest ein wenig. Denn vielleicht beantwortet er dann ja ein paar Fragen.«

»Darauf würde ich mich nicht verlassen«, sagte Barrett.

»Wahrscheinlich sollte ich inzwischen etwas schlauer sein. Wenn die Leute etwas wissen, behalten sie es für sich, nicht wahr?«

Barrett antwortete nicht, und Howard senkte den Blick.

»Ich mochte den Jungen. Er hat sie gut behandelt. Das sollte ich nicht vergessen.« Er schaute auf und warf Barrett einen unnachgiebigen Blick zu. »Ich möchte, dass Sie mich daran erinnern, okay?«

»Okay. Aber man wird uns beide daran erinnern müssen.«

»Glauben Sie, dass Jackie von den Drogen wusste?«, fragte Howard. »Von den Schwierigkeiten, in denen er steckte?«

»Nichts von dem, was ich gehört habe, deutet darauf hin.«

Howard rückte seine Armschlinge zurecht und verlagerte das Gewicht seines verletzten Arms. Als er erneut das Wort ergriff, war seine Stimme so leise, dass man sie kaum hören konnte.

»Ich hoffe, sie wusste nichts davon.«

57

Man würde Mathias Burke vom Krankenhaus direkt in den Gerichtssaal verfrachten, wo ihn unter anderem eine Anklage wegen zweifachen Mordes und versuchten Doppelmordes erwartete.

Laut Nick Vizquel von der DEA war die Anklageschrift allerdings viel zu kurz.

Die DEA hatte die Verbindung zwischen den Todesopfern in sechs Staaten untersucht, die an Devil Cat, dem mit Carfentanyl verschnittenen Heroin, gestorben waren. Die Charge hatte im Sommer von Virginia aus ihren Weg in andere Regionen gefunden, mitgebracht von Studenten, die nach Hause zurückgekehrt waren, um dort die Ferien zu verbringen, ein Praktikum zu absolvieren oder zu arbeiten. Viele der Todesopfer passten nicht ins demografische Profil von Drogensüchtigen – sie waren gebildet, wohlhabend und hatten keinerlei Vorstrafen. Über diese Todesfälle wurde in den lokalen Nachrichten berichtet. Im Gegensatz zu Leuten wie Cass Odom oder J. R. Millinock. Oder Kimberly Crepeaux, deren Tod lediglich aufgrund ihres berühmten falschen Geständnisses für Schlagzeilen sorgte.

In den meisten Orten, wo der Stoff auftauchte, starben die Leute entweder daran oder hielten sich davon fern. Aber Mathias Burke hatte ihn eingesammelt. Man hatte auf Howard Peletiers Boot den Kasten mit den Spritzen sichergestellt, und der Inhalt der verbliebenen vier stimmte mit dem Carfentanyl-Cocktail überein, den Vizquel quer durchs Land verfolgt hatte.

»Man wird ihn wegen des Mordes an Odom anklagen, wenn man ihm nachweisen kann, dass er ihr den Stoff besorgt hat«, erklärte Vizquel Barrett. »Er wusste über die Droge Bescheid und hatte ein Motiv. Ich muss herausfinden, wann er von ihrer Existenz erfahren hat, wie viel er davon besaß und wen er noch damit versorgt hat. Aber dieser Mistkerl hüllt sich in Schweigen, obwohl ihm eine lebenslange Gefängnisstrafe droht.«

Barrett bat Vizquel, Kimberly Crepeaux' Leiche möglichst schnell auf die Droge zu untersuchen, die sie getötet hatte.

»Ich will, dass man ihn für ihren Tod anklagt«, sagte er. »Ich will, dass man ihren Namen zusammen mit denen der anderen Todesopfer im Gerichtssaal verliest.«

»Ich werd's versuchen, aber das spielt jetzt keine Rolle mehr – er ist sowieso erledigt.«

»Ich weiß«, sagte Barrett, »es ist trotzdem wichtig. Ich will, dass man ihren Namen nennt.«

Vizquel konnte das offensichtlich nicht verstehen. Nachdem Mathias sich geweigert hatte, seine Fragen zu beantworten, reiste er schließlich ab. Die Zahl der Todesopfer durch die Droge, die wahlweise unter dem Namen Devil Cat, Devil's Cut oder Devil's Calling bekannt war, lag landesweit inzwischen bei zweihundertfünfundsechzig. Außerdem musste Vizquel in Colorado acht neue Todesfälle untersuchen. Es gab für ihn keine Verschnaufpause. Er hielt Port Hope für einen Sonderfall und war wahrscheinlich genervt, weil ihn die Ermittlungen dort von seinem Kurs abgebracht hatten. Die Droge hatte in Port Hope zwar Todesopfer gefordert, und die Überlebenden hatten mit ansehen müssen, wie ihr weitere Menschen zum Opfer fielen, aber diese Fälle hielten Vizquel nur von seinem Auftrag ab, den Ursprung der Droge und das Vertriebsnetz aufzudecken. Die

Droge stammte nicht aus Maine und war auch nicht für diesen Ort bestimmt gewesen. Sie hatte sich dort lediglich auf der Durchreise befunden.

Sie hatte nur einen kleinen Abstecher gemacht.

Vier Tage nachdem ein Unfallchirurg namens Abeo Mathias Burke das Leben gerettet hatte, wurde er wegen zweifachen Mordes, versuchten Doppelmordes, Entführung, Drogenbesitzes und anderer geringerer Vergehen angeklagt. Mathias plädierte in allen Anklagepunkten auf nicht schuldig.

Er blieb daraufhin weiter in Haft, ohne dass eine Kaution festgelegt wurde.

George Kelly, der sich ebenfalls geweigerte hatte, mit der Polizei zu sprechen, wurde wegen Behinderung der Ermittlungen, betrügerischer Absprache, Unterschlagung von Beweismitteln und Verabredung zum Mord angeklagt. Nach einer eingehenden Anhörung, während der drei Anwälte darlegten, dass keine Fluchtgefahr bestehe und von George keine Bedrohung für die Öffentlichkeit ausgehe, setzte man für ihn eine Kaution von zwei Millionen Dollar fest.

Noch am selben Tag bezahlte er den Betrag und fuhr, ausgestattet mit einer elektronischen Fußfessel, von Maine nach Virginia. Er wies seine Familie an, das Haus nicht zu verlassen, um den Medien aus dem Weg zu gehen. Außerdem versicherte er ihnen, dass die Wahrheit ans Tageslicht kommen würde.

An seinem ersten Tag in Virginia ließ er seine Assistentin in das Büro seines Hauses kommen und bat sie, drei Dokumente für ihn notariell zu beglaubigen. Er trug Anzug und Krawatte, und sie redeten weder über die Anklage noch über den Medienandrang vor dem Haus. George war freundlich und ruhig. Er bedankte sich für ihre Zeit und ihre professionelle Arbeit und überreichte ihr einen Scheck über das Gehalt für die nächsten sechs Monate sowie einen Bonus. *Für all die Unannehmlichkeiten*, wie er sich ausdrückte. Als sie das Haus verließ, nahm er in seinem Büro das Gewehr mit der Silberverzierung von der Wand, entfernte die Preisbänder vom Taubenschießen und lud es mit einer Schrotpatrone. Dann rückte er vom Schreibtisch ab, steckte sich den Lauf in den Mund und betätigte den Abzug.

Als man seine Leiche fand, waren Wände und Decke mit Blut bespritzt, und der Großteil seiner Schädeldecke war über den Boden verstreut. Die beglaubigten Dokumente auf seinem Schreibtisch jedoch waren unversehrt. Es handelte sich um ein aktualisiertes Testament, einen Brief an die Familie und ein elfseitiges Geständnis.

Das Geständnis enthielt eine neue Theorie zum Hergang der Ereignisse. Kurz vor seinem Selbstmord hatte George Kelly offensichtlich zum ersten Mal die Möglichkeit in Erwägung gezogen, dass es sich bei seinem anonymen Widersacher um den zuverlässigen Verwalter seines Ferienhauses handeln könnte.

Dennoch verrieten seine Aufzeichnungen einen Anflug von Zweifel.

Er bestand darauf, dass hinter der ganzen Sache etwas Größeres stecken müsse. Eine sehr viel einflussreichere, wichtigere Persönlichkeit.

Das waren seine letzten Gedanken gewesen, bevor er sich den Gewehrlauf in den Mund gesteckt hatte.

Erneut statteten die Polizei und die Staatsanwaltschaft Mathias Burke einen Besuch ab, und erneut weigerte er sich, ihre Fragen zu beantworten.

Drei Wochen lang rückte er von dieser Haltung nicht ab. Aber in der ersten Juliwoche kontaktierte er schließlich die

State Police und erklärte sich zu einer Aussage bereit. Unter einer Bedingung.

Er wollte nur mit Rob Barrett reden.

Niemand war davon begeistert. Die Polizei und die Staatsanwaltschaft wollten, dass noch eine weitere Person anwesend war. Doch Mathias lehnte das ab. Er wollte mit Barrett, mit ihm ganz allein, reden.

Die Sache sei persönlich, sagte Mathias.

Die beiden trafen sich im Besucherraum des Gefängnisses, nur getrennt durch eine Glasscheibe. Mathias setzte sich und musterte Barrett eingehend, ohne etwas zu sagen. Barrett fragte sich, ob er das Treffen vereinbart hatte, weil ihm langweilig war und er ihn – trotz seiner begrenzten Möglichkeiten – verspotten und schikanieren wollte. Doch dann nahm er schließlich den Hörer ab.

»Kannst du dir vorstellen«, sagte Mathias, »wie erfreut ich war, als du den See abgesucht hast?«

»Nein«, sagte Barrett. »Wie wär's, wenn du's mir erklärst?«

»Das werde ich. Hör mir einfach nur zu, okay? Bleib einfach da sitzen und hör mir zu. Du weißt doch, warum ich mit *dir* reden wollte?«

»Nein.«

»Weil du glaubst, dass du wüsstest, was Sache ist. Das hast du die ganze Zeit.« Er hielt inne und lächelte Barrett durch die Glasscheibe an. »Ich will dein Gesicht sehen, wenn du meine Geschichte hörst.«

»Okay«, sagte Barrett. »Genieß es. Erzähl mir, was passiert ist.«

58

Kimmy hat im Grunde die Wahrheit gesagt. Rückblickend betrachtet ist das schon erstaunlich. Ich hätte nicht gedacht, dass sie tatsächlich eine so lebhafte Erinnerung hätte. Zumal sie glaubte, dass sich die ganze Sache genau in diesem Moment ereignete. Dass es keine Vorgeschichte gab.

Eigentlich hatte ich es nicht auf Ian abgesehen. Ich hatte nicht damit gerechnet, dass er in diesem Sommer überhaupt Zeit im Haus verbringt. Ich hatte es auf George abgesehen.

Du musst wissen, dass es vor George schon fünfzehn andere gab. Ich mache das jetzt seit sechs Jahren. Mein Vater hat mich darauf gebracht. Aber er hat nie kapiert, wie man Profit daraus schlägt. Er sagte mir: Wenn man sich die Bewohner dieser Ferienhäuser ansieht, stellt man fest, dass sich viele von ihnen aus einem bestimmten Grund einen Zweitwohnsitz zugelegt haben. Allerdings geht es nicht darum, auf einer Terrasse am Meer zu hocken und Hummer zu spachteln. Du kennst diese Leute. Irgendein alter Knacker, der mit einer Tussi hier aufkreuzt, die aussieht, als käme sie direkt vom College, und am nächsten Wochenende kehrt er mit seiner Frau zurück. Und glaub mir, Frauen machen genau dasselbe.

Man muss nichts weiter tun, als die Augen aufzuhalten. Solche Leute nehmen jemanden wie mich überhaupt nicht wahr. So war es auch bei meinem Dad. Sie haben einfach über mich hinweggesehen, durch mich hindurch, an mir vorbei. Aber ich habe sie die ganze Zeit beobachtet.

Im Gegensatz zu meinem Vater habe ich mir das zunutze gemacht.

Im ersten Jahr habe ich vierzig Riesen kassiert, nur indem ich den Leuten gedroht habe. Manche von ihnen wollten nicht zahlen, aber ich bin mir nicht sicher, ob sie mehr vor mir oder vor Bitcoin und Ether Angst hatten. Einige dieser Leute fahren lieber ihre Ehe vor die Wand, als in einer Währung zu bezahlen, die sie nicht verstehen. Aber es gibt kein besseres Zahlungsmittel als digitale Währung. Glaub mir.

Im Jahr darauf habe ich bessere Kameras angebracht und neunzigtausend verdient. Das Geld kam nur von zwei Personen. Einem Mann und einer Frau. Und weißt du, was das Witzige daran ist? Sie bewohnten dasselbe Haus. Sie waren ein Paar und haben einander an verschiedenen Wochenenden betrogen. Und sie haben beide gezahlt, um ihre Ehe zu retten. Ich frage mich, ob sie das irgendwann herausfinden. Das würde ich nur zu gerne sehen.

Inzwischen ließ ich die Leute für die Installation der Kameras bezahlen. Einerseits war auf diese Weise das Risiko geringer, dass sie meine versteckten Kameras entdeckten, andererseits verschwendete ich selbst kein Geld für die Kameras, falls ich keine brauchbaren Aufnahmen bekam. Man sollte, wenn möglich, *seine Kosten decken, weißt du? In diesem Sommer habe ich sieben Anlagen installiert, und was glaubst du, wie viele Personen ihr ursprüngliches Passwort geändert haben? Eine. Ich musste mich nicht mal ins System hacken. Das heißt nicht, dass sie mir vertraut haben, sie haben mich einfach nicht wahrgenommen. Ich war bloß da, damit sie nach Belieben meine Dienste in Anspruch nehmen konnten. Und sobald ich meine Arbeit erledigt hatte, hieß es, aus den Augen, aus dem Sinn, bis ich etwas anderes reparieren sollte.*

Ich habe in einem Sommer mehr Kohle gemacht, als du in den nächsten fünf Jahren verdienen wirst. Ich habe mal dein Gehalt überschlagen. Das lässt sich ziemlich leicht schätzen, wenn man die Besoldungsstufe eines Bundesbeamten kennt. Solange du dich nicht bestechen lässt, kommst du auf keinen grünen Zweig.

Ich sage dir, was ich echt genossen habe – ich habe so gelebt wie immer und beobachtet, wie die Leute mich angesehen und behandelt haben, während ich die ganze Zeit wusste, dass ich mehr Geld habe als sie. Ich hatte vor, mir irgendwann eines der großen Häuser zu kaufen, um die ich mich kümmerte. Vielleicht das von George. Ich stellte mir dann vor, dass jemand wie er Ende Juni hier aufkreuzt, wenn es schön warm ist und all diese bescheuerten Hummerbuden geöffnet haben, und feststellt, dass er einen neuen Nachbarn hat. Wem gehört das große Haus da oben auf dem Hügel?, *würde er fragen.* Deinem Hausverwalter. Weißt du noch seinen Namen? Ich glaub nicht.

Das ist eine tolle Vorstellung.

Okay, im Jahr bevor sein Sohn starb, tauchte George also hier mit einer anderen Frau auf, und das machte mich neugierig. Damals hatte ich im Haus noch keine Kameras installiert. Also habe ich selbst ein kleines Video gedreht, alles schön in Großaufnahme, und dann haben George und ich eine saubere, professionelle Transaktion getätigt. Er hat mir fünfundzwanzigtausend Riesen gezahlt.

Während die Sache über die Bühne ging, habe ich ihm eine Rechnung für die Abschlussreinigung geschickt und vorgeschlagen, dass er seine Sicherheitsmaßnahmen vielleicht verschärfen sollte. Inzwischen machte er sich Sorgen wegen der Person, die ihn ausspionierte, und er hielt das für eine gute Idee. Dann könnte er diesen Mistkerl auf frischer Tat ertappen.

Aber diese Leute haben mich nie zu Gesicht bekommen. Kein einziges Mal. Sie glaubten, dass irgendjemand anders in ihre Privatsphäre eingedrungen sei, jemand, der ihnen nahestand.

Ich habe in diesem Jahr mehrere Kameras mit Mikrofonen eingebaut. Sie waren inzwischen günstiger, und die Qualität war besser. Damit hat sich alles geändert – die Leute finden es schon schlimm genug, ein Video von sich zu sehen, aber wenn sie sich dann auch noch hören können, fühlen sie sich vollkommen schutzlos.

Die Kameras waren also einsatzbereit, aber im Jahr darauf tauchte George nicht auf. Er war im Ausland und schickte seinen Sohn alleine hier hoch. Ich war ziemlich frustriert, doch dann veranstaltete Ian diese Partys und lud die Einheimischen zu den Lagerfeuern an seinen Privatstrand ein. Von Mark Millinock erfuhr ich, dass er Drogen an die Gäste verteilte. Vor allem Ecstasy und angeblich auch Heroin. Das überraschte mich. Er sah nicht aus wie jemand, der sich auf Heroin einlässt.

Allerdings nahm er den Stoff nicht selbst, und er verkaufte ihn auch nicht. Warum also das Ganze? Ich schätze, dass er jemand anders sein wollte, dass er in eine andere Rolle schlüpfen wollte. Er mochte seinen Vater nicht besonders. Genauso wenig wie seinen Platz im Leben. Er wollte ums Verrecken, dass die Leute ihn mit anderen Augen betrachteten. Ich glaube, dass die Drogen eine Möglichkeit waren, seinem Leben eine andere Richtung zu geben. Das ging mir total auf den Keks. Du bist unzufrieden mit deinem Leben? Mann, willst du mich verarschen? Du bist mit deinem Luxusleben unzufrieden?

Ich dachte, dass sich in dem Sommer nichts mehr ergeben würde. Denn ich hatte eigentlich mit George gerechnet. Ich spielte mit dem Gedanken, ein paar Aufnahmen von Ian mit den Drogen zu machen, aber ich hielt das nicht für profitabel genug. Anfangs zumindest nicht. Aber eines Morgens bin ich dann zum Haus gefahren, um einen Kostenvoranschlag für eine Feuerstelle aus Steinen unten am Strand zu machen, dort, wo er seine Partys gefeiert hat. Und da fand ich im Sand Molly Quickerys Leiche.

Obwohl das Wasser fast seinen höchsten Stand erreicht hatte, reichte es ihr nur bis zu den Knöcheln. Sie war zwar tot, aber sie war nicht ertrunken. Ich schaute mich dort ein wenig um – alles war voller Bierdosen und Plastikbecher, jemand hatte eine Haschpfeife vergessen, und im Sand lag ein Bierfässchen. Offensichtlich hatten sie eine Mordsparty gefeiert. Ich schätze, dass niemand Molly vermisst hat, nachdem sie gegangen war, oder die Gäste dachten, sie wäre nur ohnmächtig.

Ich setzte mich hin und dachte eine Weile darüber nach. Dann bin ich zum Haus hochgegangen. Ian schlief noch. Ich weckte ihn und sagte, dass ich ihm etwas zeigen müsse. Er war äußerst kooperativ. Er hat die Hausangestellten immer anständig behandelt, als wäre er ein Mann aus dem Volk.

Wir gingen zum Strand hinunter, und als er Molly sah, musste er sich übergeben. Er zitterte. Ich setzte mich, legte ihm den Arm um die Schulter und sagte, Erzähl mir, was passiert ist.

Er hat mir dann von den Drogen erzählt. Er nehme sie nicht selbst, er habe sie nur aus Virginia mitgebracht. Aus reiner Neugier, schätze ich. Ronnie Lord wollte ihm seinen ganzen Vorrat abkaufen, doch Ian meinte nur, er solle sich ruhig bedienen. Er könne ihn mitnehmen. Das war typisch für den jungen Master Kelly, er war absolut großzügig.

Aber am Strand lag jetzt ein totes Mädchen, und der junge Master Kelly steckte in ernsthaften Schwierigkeiten. Denn er hatte mit den Drogen mehrere Staatsgrenzen überquert. Er hatte sie zwar nicht verkauft, aber verteilt, und das Mädchen lag auf dem Grundstück seiner Eltern. Es sah echt übel aus.

Ich hatte alles aufgenommen, was er gesagt hatte. Doch dann stoppte ich die Aufzeichnung und sagte zu ihm, Was, wenn sie nicht hier auf dem Grundstück liegen würde?

Ich deutete auf das Meer, und er betrachtete es, als würde er es gerade zum ersten Mal sehen.

Vielleicht ist sie ertrunken, *sagte ich.* Vielleicht hast du mit ihrem Tod nichts zu tun.

Man muss ihm zugutehalten, dass er länger darüber nach-

dachte, als ich erwartet hatte. Wir haben alle unsere moralischen Grundsätze, nicht wahr? Aber jeder von uns gerät mal ins Wanken. Unter dem entsprechenden Druck, Barrett, kann das jedem von uns passieren.

Wir einigten uns darauf, dass ich Mollys Leiche entsorgen und Ian mich dafür bezahlen würde. Ich wusste, dass man nach Molly Quickery nicht besonders gründlich suchen würde. Es war ein einmaliger Deal, okay? Ian hatte Mist gebaut, und ich beseitigte die Spuren. Kann man sich einen besseren Hausverwalter wünschen als einen, der für dich eine Leiche verschwinden lässt?

Zu dem Zeitpunkt dachten wir beide, sie wäre lediglich an einer Überdosis gestorben. Wir wussten nicht, dass sein ganzer Drogenvorrat diese tödliche Wirkung hatte.

Doch dann … starben immer mehr Leute.

Als ich diverse Geschichten über die Drogen hörte, musste ich an Molly denken, und plötzlich wurde mir klar, dass es ernsthafte Schwierigkeiten geben könnte, wenn sie Teil einer größeren Sache war. Ich wusste, dass Ian einknicken würde, falls man die Drogen zu ihm zurückverfolgen konnte. Dann würde er von Molly erzählen, und dann wäre ich auch dran.

Also suchte ich Ronnie Lord auf. Ihm ging der Arsch auf Grundeis, weil er den tödlichen Stoff verkauft hatte und wusste, dass man ihn nicht nur wegen der Dealerei anklagen konnte. Ich sagte ihm, er solle sich ruhig verhalten, ich würde mich um die Sache kümmern. Dann fuhr ich wieder zu Ian.

Bei meiner Ankunft erklärt er mir, dass er die Polizei verständigen wolle. Aber das konnte ich ihm ausreden. Zusammen mit Ronnie habe ich dann den Stoff, der noch übrig war, ausfindig gemacht, und was er nicht zurückkaufen konnte, habe ich gestohlen. Inzwischen waren sechs oder sieben weitere Personen gestorben. Du kennst nicht mal ihre Namen. Falls es dich interessiert, solltest du dich mal in Augusta umsehen. Und in Bangor. Im Juli war Bangor ein gefährliches Pflaster für Junkies. Eigentlich sollte man meinen, dass die Leute der Sache Beachtung geschenkt hätten, oder? Aber inzwischen kümmerte das niemanden mehr. Nicht, wenn es um Heroin ging. Die Toten waren alle Junkies, keiner, von dem man es nicht vermutet hätte. Darum interessierte es auch niemanden, was sie genommen hatten oder wo der Stoff herkam. Im ganzen Land fielen Menschen der Droge zum Opfer. Aber so etwas passierte normalerweise nicht im Umfeld von Leuten wie Ian Kelly.

Ich sammelte den ganzen Stoff ein, der noch im Umlauf war, und brachte ihn zu Ian, um ihm zu zeigen, dass ich sein Problem beseitigt hatte. Er hatte Angst, das Zeug anzufassen. Kein Witz. Er bat mich, es hochzunehmen, als wäre es eine giftige Schlange.

Ich hatte Angst, dass er auf der Stelle einknicken würde, falls ihn jemand danach fragte. Dass er sich dem ersten Cop, der bei ihm aufkreuzte, anvertrauen würde. Ian waren die Konsequenzen nicht bewusst. Er dachte, sein Vater würde ein paar Telefonate führen, und dann würde man ihm einen Deal anbieten. Fünfzig Stunden gemeinnützige Arbeit für fünf Tote, so was in der Art. Aber je länger ich darüber nachdachte, desto mehr fragte ich mich, ob er nicht recht hatte. Ich steckte inzwischen tief in der Sache mit drin. Ich hatte Mollys Leiche beseitigt, die Drogen eingesammelt und mein Wissen über all die Todesopfer für mich behalten. Falls Ian einknickte, würde Daddy ein paar Telefonate führen und sich mit verschiedenen Leuten treffen. Sein Sohn würde ein paar Sozialstunden abreißen, während ich für fünfundzwanzig Jahre in den Bau wanderte.

Nun, weißt du, wer nicht einknicken würde? George. Wenn er wüsste, dass sein Musterknabe in Gefahr war, würde er das Problem aus der Welt schaffen, bevor man die Cops verständigte, und nicht danach. Also habe ich George von einem anonymen Benutzerkonto eine Mail geschickt. Mit mehreren Videos und ein paar Artikeln über die Drogentoten. Er zahlte sofort – noch am selben

Tag. Ohne zu zögern, ohne sich nach meiner Identität zu erkundigen oder mich zu beschimpfen, ohne den üblichen Mist, den ich sonst zu hören bekomme. Er zahlte einfach. Und ich wusste, dass er Ian zum Schweigen gebracht hatte. Dass die Polizei nichts erfahren würde, nachdem George die Aufnahmen gesehen hatte.

George wusste zwar nicht, wen *er bezahlt hatte, aber er versuchte es herauszufinden. Er glaubte, dass es jemand von außerhalb, aus Virginia, war, vielleicht sogar aus dem Ausland. Er vermutete, dass jemand, der ihn erpresste, eine einflussreiche Persönlichkeit sein musste. Es war fantastisch – rate mal, wen er damit beauftragte, die Kameras zu entfernen? Meine Wenigkeit. Er erklärte mir, dass man seine Kameras gehackt habe und sie deshalb abmontiert werden müssten. Ich sagte darauf, kein Problem, Sir, entfernte die meisten Kameras und schickte ihm eine Rechnung. Ein paar ließ ich hängen, um sie für meine Zwecke zu nutzen.*

Ich hatte eigentlich alles unter Kontrolle.

Doch Ende August habe ich eines der Videos falsch interpretiert. Du hast den Clip gesehen, den ich meine. Er zeigt Ian und Jackie auf der Terrasse. Sie sprachen darüber, dass sie sich an ihre Familien wenden wollten, um ihr Problem aus der Welt zu schaffen. Irgendwie bin ich … Ich bin zu schnell darauf angesprungen. Ich dachte, ich wüsste genau, wovon sie reden. Aber sie verschwanden zu früh aus dem Bild. Jackie wurde kalt, und sie gingen ins Haus, sodass ich sie nicht mehr hören konnte. Keiner der beiden benutzte das Wort schwanger.

Ich dachte, wenn jemand Ian zu einem Geständnis drängen könnte, dann Jackie Pelletier. Sie war ganz anders als George. Und Howard ebenfalls. Ich wusste nicht, was ich mit den beiden anstellen sollte. Die ganze Sache würde mir schnell über den Kopf wachsen.

Mir blieben zwei Wochen, um mir einen Plan zurechtzulegen. Plötzlich begriff ich, dass ich wusste, wo und wann sich die beiden treffen wollten. Draußen auf dem Friedhof, allein.

Damit bot sich eine neue Möglichkeit, *die Sache zu regeln.*

Ich hatte bisher niemanden umgebracht, aber schon oft daran gedacht. Ich habe das immer vorgehabt. Ich dachte, dass ich es irgendwann tun musste. Die Idee mit dem See hatte ich bereits … Keine Ahnung, seit wann. Ich weiß nur, dass ich die Idee mit dem See bereits hatte, bevor ich überhaupt dort gewesen war. Ich musste jetzt nur noch den richtigen Ort finden. Meistens halten sich in so einer Gegend zu viele Leute auf. Aber als ich diesen See sah, dachte ich: Das könnte der richtige Ort dafür sein.

Wenn man jemanden umbringt, gibt es zwei Möglichkeiten. Man kann die Tat vertuschen, so wie es die meisten tun. Und die meisten werden dann auch geschnappt. Oder man hinterlässt Spuren, die auf den exakten Tathergang hindeuten, um dann zu beweisen, dass es so nicht gewesen sein kann.

Ich musste darauf gefasst sein, dass du mich hart rannehmen würdest. Und ich musste dafür sorgen, dass man der Polizei eine Geschichte erzählte, die sie für glaubwürdig hielt, aber nicht beweisen konnte. Darum brauchte ich in jener Nacht Zeugen. Zeugen, die, wenn auch nicht sofort, irgendwann reden würden. Außerdem mussten sie ein gewisses … Glaubwürdigkeitsproblem haben. Kimmy war dafür die perfekte Kandidatin. Ich brauchte sie nicht beide, Kimmy und Cass. Es reichte, wenn eine von ihnen redete, diejenige, die weniger glaubwürdig war. Und das war eindeutig Kimmy. Cass war nur ein Kollateralschaden.

Außerdem brauchte ich natürlich noch einen Sündenbock, und Girard war dafür bestens geeignet. Er war ein Vollidiot. Ich wünschte, ihr hättet mit ihm reden können. Erinnerst du dich noch an diese Fernsehsendung, in der der Junge gesteht, dass er das Mädchen getötet hat, obwohl er mit ihrem Tod nichts zu tun hat? So war Girard. Wenn du ihn festgenommen hättest, hättest du ihn lebenslänglich ohne Bewährung hinter Gitter gebracht, und er hätte dir nicht widersprochen.

Die Sache mit der Lackierung … das war eine persönliche Angelegenheit. Ian sollte verstehen, warum man es auf ihn abgesehen hatte, dass er sich das alles selbst eingebrockt hatte. Er sollte wissen, dass ich am Steuer saß, und … begreifen, worum es ging.

Ich schätze, das hat er am Ende auch. Denn kurz bevor ich ihn über den Haufen fuhr, sah er mich an. Ich erkannte in seinem Gesicht, dass er alles verstand.

Ich habe den beiden Frauen die ganze Nacht etwas vorgespielt. Ich habe ein wenig was getrunken, aber die Drogen habe ich nicht angerührt. Außerdem habe ich so getan, als wäre ich wütend und völlig aufgedreht, als hätte ich mich nicht mehr unter Kontrolle. Es sollte wie ein Unfall mit Fahrerflucht aussehen – Scheiße, wir waren völlig zugedröhnt, als das Unglück passiert ist, und jetzt müsst ihr Schlampen mir dabei helfen, die Leichen zu entsorgen! *Ich hielt das für einen guten Plan, denn ich hatte nie Drogen genommen, und mein Blut war sauber. Man würde dem Bild, das die beiden Frauen von mir zeichneten, keinen Glauben schenken. Denn das war nicht ich.*

In dieser Nacht fuhr ich noch mal zum See zurück. Die Leichen ließen sich problemlos aus dem Wasser ziehen. Ich verfrachtete sie in Girards Pick-up, und zwanzig Minuten später war ich wieder weg. Dann habe ich sie ausgezogen und auf sie geschossen, weil ich wusste, dass dies nicht der Schilderung des Tathergangs entsprechen würde. Es ist wie bei einem Zaubertrick – man lenkt die Aufmerksamkeit auf die rechte Hand, während man mit der linken den Trick ausführt. Alles lief wie am Schnürchen. Präzise wie ein Schweizer Uhrwerk. Ich wusste, dass du irgendwann bei mir aufkreuzen würdest, aber ich wusste auch, dass die Beweise die Geschichte, die man dir erzählt hatte, nicht bestätigen würden.

Ihr habt die E-Mail mit dem Hinweis auf den Fundort der Leichen sofort geschluckt und nie wirklich hinterfragt. Weißt du auch, warum? Weil ihr eine bestimmte Vorstellung von mir hattet. Ma-

thias kennt sich zwar mit Laubbläsern aus, aber mit Computern? Ausgeschlossen! Dabei war die Sache mit der E-Mail ein Kinderspiel. Man nennt das Totmannschaltung. Wäre der Verdächtige ein junger Bursche aus Boston mit einem Keller voller Computer gewesen, hätten eure Techniker die Sache wahrscheinlich überprüft. Aber Mathias? Der ist vielleicht in der Lage, eine Leiche aus einem See zu ziehen, aber er kann garantiert nicht so ein einfaches Computerprogramm schreiben.

Ich weiß, dass du dich nach der Totmannschaltung erkundigt hast, aber darauf solltest du dir nichts einbilden. Du hast mich auch nicht mit anderen Augen betrachtet, du warst bloß verzweifelt. Du hattest dich zum Affen gemacht und wolltest das irgendwie kaschieren. Mehr nicht. Obwohl du mich wegen Mordes hinter Gitter bringen wolltest, hast du mir nicht mal genug Respekt entgegengebracht, um dich zu fragen, wie ich es angestellt habe.

Bei George war es genau dasselbe. Er hat jeden außer mir verdächtigt, denn die ganze Sache war für Mathias Burke viel zu raffiniert.

Als die Polizei eingeschaltet wurde, wusste George bereits, dass irgendjemand da draußen damit drohte, die Wahrheit über seine Familie ans Tageslicht zu bringen – über die Affären und Drogen, die Leichen und all die Lügen. Eine wirklich unschöne Geschichte. Die Frage war nur, ob er euch sofort davon erzählen würde. Oder erst später? Oder vielleicht gar nicht?

Wie sich herausstellte, gar nicht. Und er war bereit, ziemlich weit zu gehen.

Ich habe von Anfang an vorgehabt, Kimmy am Leben zu lassen. Damit sie ihre Geschichte erzählen konnte. Das war ja der Zweck der Sache. Aber dann hat sie erneut mit dir Kontakt aufgenommen. Ich habe mir deswegen zwar keine Sorgen gemacht, aber es war frustrierend. Offensichtlich dachte sie, du hättest die Kontrolle, und nicht ich. Also habe ich Ronnie mit einer kleinen Auf-

merksamkeit zu ihr geschickt. Sie hat ihm stets vertraut. Wenn man jemanden erledigen will, muss man wissen, wem er vertraut und wen er liebt. Das ist entscheidend.

Nun, wenn du mich hier so siehst, verbuchst du den Fall wahrscheinlich als Erfolg. Aber dem ist nicht so. Das solltest du inzwischen wissen. Du bist mir nie auf die Schliche gekommen. Und ich werde nicht … Ich kann *nicht zulassen, dass ich mir im Gerichtssaal anhöre, wie mich der Richter zu einer Gefängnisstrafe verdonnert, während ihr eingebildeten Arschlöcher dort hockt und denkt, ihr hättet den Fall gelöst.*

Ihr wart der Lösung nicht mal nahe. Ist dir klar, dass ich euch weit voraus war? Kapierst du endlich, wer die Fäden in der Hand hielt? Wer die Kontrolle hatte? Weder du noch deine Kollegen, weder George Kelly noch sein kleiner Junge. Ich war das. Die ganze Zeit. Ich habe die Spielregeln festgelegt. Und ihr habt euch alle daran gehalten.

Das solltest du bedenken, Barrett. Vom ersten bis zum letzten Tag habe ich die Entscheidungen getroffen.

59

Howard Pelletier hatte Barrett gebeten, auf die Insel zu kommen, damit er ihm alles erzählte. Wie schon das erste Geständnis würde er sich auch das zweite dort anhören.

Liz fuhr mit Barrett zur Insel hinaus, und als sie dort ankamen, war Howards Boot bereits an der Anlegestelle vertäut.

»Willst du mich begleiten?«, fragte Barrett sie. »Vielleicht hilft es ihm, wenn er die Geschichte in Gegenwart einer weiteren Person hört.«

Sie sah ihn liebevoll an und schüttelte den Kopf. »Das wäre bestimmt hilfreich«, sagte sie. »Aber nicht für Howard.«

Barrett nickte und marschierte alleine den Hügel hinauf.

Howard wartete mit einem Akkuschrauber in der Hand bereits auf ihn. Bei Barretts Anblick ging er wortlos zur Tür des Ateliers. Der Akkuschrauber heulte auf, als er zwölf lange Holzschrauben entfernte, und die rostfreien Schließbänder, mit denen die Vorhängeschlösser befestigt waren, lösten sich und fielen zu Boden. Howard schob sie mit seinem Fuß beiseite, legte den Akkuschrauber hin und entriegelte die Tür.

»Kommen Sie«, sagte er.

Barrett trat über die Türschwelle und betrachtete die handgefertigte Wendeltreppe. Die emporsteigenden Stufen. Mit einem Kloß im Hals und trockenem Mund stieg er darauf nach oben. Im Gebäude roch es immer noch nach Sägespänen und Farbe; die Luft war frisch und zugleich abgestanden.

Am oberen Treppenabsatz fiel Sonnenlicht durch die Panoramafenster. Man überblickte von hier aus das Meer und das Festland, den Norden sowie den Süden. Man konnte beobachten, wie die Sonne auf- und unterging, und sah jede Wolke, jedes Unwetter und jeden vorwitzigen Lichtstrahl. Von hier oben konnte einem nichts entgehen.

Im Raum standen zwei leere Staffeleien, die darauf warteten, dass man sie mit Leinwänden bestückte.

Unter einem der Fenster stand ein Schlafsofa, auf das die Nachmittagssonne fiel.

Howard setzte sich auf das Sofa. Er nahm seine verwitterte Baseballkappe ab und legte sie zwischen seinen Füßen auf den Boden. Dann beugte er sich vor, faltete die Hände und ergriff mit gesenktem Kopf das Wort.

»Okay«, sagte er. »Erzählen Sie.«

Dreiundzwanzig Monate nach dem Verschwinden seiner Tochter und sechzehn Monate nach dem Geburtstermin seines ersten Enkels erzählte Barrett Howard Pelletier, wie man ihm diese beiden Menschen genommen hatte.

Howard hörte ihm schweigend zu. Ohne aufzuschauen, gab er hin und wieder ein leises, trauriges Stöhnen von sich.

»So hat er es mir geschildert«, sagte Barrett und holte Luft, dann erzählte er ihm, was noch passiert war. »Bevor ich den Parkplatz aufsuchen konnte, hat er sein Geständnis widerrufen. Er drehte sich um und erzählte dem nächsten Cop, dass die Geschichte nicht wahr sei. Dass er mich verarscht habe.«

Howard hob den Blick. In seinem Gesicht spiegelte sich weder Überraschung noch Schmerz, sondern nur tiefe Verwirrung. »Was will er damit bezwecken?«

»Er will uns ins Grübeln bringen, uns im Unklaren lassen. Er weiß, dass man ihn verurteilen wird, aber er will uns zu verstehen geben, dass er schlauer als alle anderen ist. Er hat mir das alles nur äußerst widerwillig erzählt. Ich denke, dass ihm die Entscheidung nicht leichtgefallen ist. Er konnte die Tatsache nicht ertragen, dass wir glauben, wir hätten die Wahrheit herausgefunden. Gleichzeitig wollte er keine der offenen Fragen beantworten.«

»Also … war das dann alles tatsächlich gelogen?«

»Vielleicht.«

»Was? Sie wissen es nicht?«

»Es gab in seiner Darstellung ein paar Lücken«, sagte Barrett. »Ein paar offene Punkte. Auf die Erinnerung ist nicht unbedingt Verlass, selbst wenn jemand die besten Absichten hegt. Mathias hat allerdings keine guten Absichten. Möglicherweise hat er die Wahrheit mit ein paar Lügen ausgeschmückt, um noch schlauer zu erscheinen, und vielleicht konnte er sich auch nicht mehr an alle Einzelheiten erinnern. Aber ich glaube, dass er mir größtenteils erzählt hat, was warum passiert ist.«

Howard wirkte frustriert. »Sie *glauben*, dass es die Wahrheit war. Aber sie wissen es nicht?«

Barrett holte tief Luft. Howard hatte ihm die Frage gestellt, die er sich schon sein ganzes Leben stellte: *Wie kann ich sicher sein?*

»Ich denke, mehr dürfen wir nicht erwarten«, sagte Barrett. »Wir tragen möglichst viele Beweise zusammen und rekonstruieren den wahrscheinlichen Tathergang. Manchmal gibt es eben keine *Gewissheit*. Dann muss man ab einem bestimmten Punkt darauf vertrauen, dass man richtig liegt.«

»Ich glaube, dass wir jetzt die Wahrheit kennen«, sagte Howard.

»Ich auch.«

Howard fuhr sich mit der Hand über das Gesicht und schüttelte den Kopf. Dann nahm er seine Baseballkappe und setzte sie wieder auf.

»Bleiben Sie zum Prozess hier?«

»Ja.« Wahrscheinlich musste er dafür seinen Job beim FBI kündigen, aber Barrett glaubte nicht, dass er dabei auf großen Widerstand treffen würde. Er wusste nicht, wie sein nächster Schritt aussah, und er machte sich deswegen auch keine Gedanken. Er hatte nicht vor, abzureisen, bevor man das Urteil verkündet hatte.

»Gut. Ich spiele mit dem Gedanken, umzuziehen.«

»Weg aus Maine?« Barrett war entsetzt. Aber vielleicht bestand kein Grund dazu. Was hielt Maine für Howard außer ein paar schmerzhaften Erinnerungen noch bereit?

»Nein«, sagte Howard. »Aus meinem Haus. Ich habe überlegt, hier raus zu ziehen. Aber ich bin mir noch nicht sicher. Es wird nicht leicht sein. Keine Frage. Aber … sie hat diesen Ort aus gutem Grund geliebt. Es ist ein ganz besonderer Ort.« Howard deutete mit ausgebreiteten Händen auf den endlosen Horizont. »Nirgendwo sonst auf der Welt hat man einen Blick wie auf einer Insel.«

»Das stimmt.«

Howard stand auf und drehte sich langsam um, während er den lichtdurchfluteten Raum mit den frisch gestrichenen Zierleisten betrachtete.

»Ich kann Ihnen nicht sagen, wie sehr ich meine Tochter geliebt habe.«

Barrett konnte nur nicken. Selbst wenn er gewusst hätte, was er darauf erwidern sollte, hätte er keinen Ton herausgebracht.

Howard schaute erneut über das Meer Richtung Festland. »Sie liebte Friedhöfe bei Sonnenaufgang. Viele Leute fanden das seltsam. Aber mir gefiel, dass sie die Welt mit etwas anderen Augen betrachtete als die meisten Menschen. Vielleicht hat sie die Welt in einem besseren Licht gesehen.«

Er lächelte gequält. »Ich frage mich, wie viel von ihr noch in mir steckt.« Er ließ seinen Blick durch das Atelier wandern, und dann vom Festland hinaus aufs endlose Meer. »Ich werde versuchen, es herauszufinden.« Barrett wusste, dass diese Worte nicht an ihn gerichtet waren.

Howard atmete zischend ein, und es klang, als würde man ein Streichholz entzünden. »Wir sollten uns auf den Weg machen. Die Sonne geht hier draußen ziemlich schnell unter.«

Barrett folgte ihm die Treppe hinunter und stieg aus dem Licht in den dunklen Raum im Erdgeschoss. Draußen vor der Tür hob Howard die Schlösser und Schließbänder auf und nahm sie mit. Was er über die Sonne gesagt hatte, stimmte tatsächlich – sie ging rasch unter, und die Bucht wurde in Dunkelheit getaucht, während sich der Himmel über den flachen Bergen blutrot verfärbte und die Wolken darüber mit rosafarbenen Schlieren überzog. Es würde Nacht sein, bevor sie das Festland erreichten. Aber Howard war auch früher schon bei Nacht auf diesen Gewässern unterwegs gewesen.

Die beiden liefen zusammen den Hügel hinunter auf das dunkle Meer zu, das sich zwischen ihnen und Port Hope erstreckte.

Danksagung

Richard Pine hat diesen Roman vom ersten Gespräch über den Entwurf bis zum fertigen Buch betreut. Joshua Kendalls vorbildliches, einfühlsames und gewissenhaftes Lektorat hat entscheidend zum Gelingen beigetragen. Meine Frau Christine hat mehr Seiten gelesen als sonst irgendjemand und geholfen, jede einzelne zu verbessern, während sie es irgendwie geschafft hat, mich zu ertragen.

Mein Dank geht an die wunderbaren Mitarbeiter von Little, Brown and Company und Hachette: Reagan Arthur, Michael Pietsch, Sabrina Callahan, Heather Fain, Terry Adams, Craig Young, Nicky Guerreiro, Alyssa Persons, Maggie (Southard) Gladstone, Ashley Marudas, Karen Torres, Karen Landry, Tracy Roe, Nick Sayers und so viele andere. Es ist ein Vergnügen und Privileg, mit so vielen großartigen Menschen zusammenzuarbeiten.

Außerdem möchte ich mich bei meinen Freunden und den Vorablesern bedanken, die sowohl meine frühen Fassungen als auch mich während des Schreibprozesses ertragen haben: Bob Hammel, Pete Yonkman, Tom Bernardo, Laura Lane, Jayd Grossman, Stewart O'Nan, Ben Strawn und meine Eltern. Außerdem Ryan Easton, Seth Garrett und David Lambkin für ihre Fachkenntnisse.

Nur dank Lacy Nowling-Whitaker kann ich die Illusion aufrechterhalten, dass ich ein funktionierendes Mitglied in einer computervernetzten Gesellschaft bin. Sie wirft nur selten Stühle nach mir.

Mein besonderer Dank geht an den großartigen Staat Maine, der sich während des Schreibens als schier unerschöpfliche Inspirationsquelle erwiesen hat. Es gab Rekordkälte, Rekordhitze, rekordverdächtige Schneemengen sowie rekordverdächtige Stromausfälle und sogar Waschbären im Kamin. Außerdem möchte ich den äußerst hilfsbereiten und gastfreundlichen Bewohnern Maines danken, allen voran Bob und Cecile Caya, Brian Wickenden, Rob Dwelley, Adam Thomas, Robyn Tarantino, Israel und Kathryn Skelton und Melinda Reingold.